5

LAURA C.

DU MÊME AUTEUR

aux éditions Grasset

romans

LA GRANDE TRICHE, 1977.
UNE VOIX LA NUIT, 1979.
LA RUMEUR DE LA VILLE, 1981.
MARIA VANDAMME, 1983, Prix Interallié.
ALICE VAN MEULEN, 1985.
AU DÉBUT D'UN BEL ÉTÉ, 1988.
CATHERINE COURAGE, 1990.

JACQUES DUQUESNE

LAURA C.

roman

BERNARD GRASSET

PARIS

Première partie

Chapitre I

– Regarde comme c'est joli, disait la mère.

La petite fille admirait, heureuse, rêvait d'être bientôt assez grande pour se draper dans la lumineuse robe corail exposée entre deux lourds candélabres de cuivre au centre exact de la vitrine. Ou peut-être la bleue, d'une pâleur extrême, au col châle bordé de strass qui s'étalait sur un fauteuil Récamier.

Elle opta soudain pour un long fourreau de dentelle noire barré d'une ceinture dorée, que le couturier ou l'étalagiste avait placé en retrait, comme à regret. « Le noir va bien aux blondes et tu es blonde comme le soleil », répétait chaque matin Gutsi quand la petite fille grognait qu'elle détestait le sombre et sévère uniforme de l'école des Diaconesses.

« Le noir va bien aux blondes. » Elle s'imagina dansant avec son cousin Rudolf, le plus bel homme d'Allemagne à ses yeux, lors de ces grandes et luxueuses soirées de fête qui la privaient parfois de ses parents et dont elle avait aperçu quelques photos. Il porterait un habit noir, bien sûr, et elle laisserait doucement reposer ses cheveux blonds sur son épaule comme le faisait la vedette féminine du seul film qu'elle eût jamais vu, une histoire

9

d'amour qui l'avait beaucoup amusée tant le héros, un chanteur d'opéra, se ridiculisait à détailler avec conviction des airs que personne n'entendait.

Le soir de ce spectacle, elle avait tenté de faire partager son plaisir à son père. Et déclenché aussitôt, entre ses parents, une vive querelle. Pourquoi l'avoir amenée au cinéma? demandait-il. C'est, pour les enfants, un danger, un poison, un venin. Le comble de l'immoralité. La mère, d'un ton las, soulignait qu'elle avait veillé à la qualité du film présenté; que, d'ailleurs, elle n'avait agi que dans un souci éducatif. Pour faire découvrir à Laura cet art nouveau et aussi la salle du Capitol, à l'avant-garde avec son écran escamotable et sa climatisation, son architecture sobre et superbe.

Alors, le père, exaspéré : « Un art nouveau? Et l'architecture en plus? A six ans? Même pas six ans, en vérité. Mais tu deviens folle, ma pauvre amie. Tu vois trop tous ces artistes. C'est ce Biermann qui te tourne la tête. » Là-dessus, déconcertant, effrayant, un grand rire, énorme, à faire trembler les vitres. La petite fille avait cherché refuge à la cuisine, près de Gutsi. Pour lui demander ce que pouvait bien signifier « le comble de l'immoralité ».

Mais elle ne lui dit mot de ce Monsieur Biermann. Elle le connaissait un peu, pour l'avoir rencontré dans une galerie où elle accompagnait sa mère, au printemps précédent : une sorte de rotonde encombrée de tableaux dont elle s'étonnait qu'à la différence de ceux de son salon ils ne représentassent ni homme, ni femme, ni maison, ni paysage, ni rien qu'elle puisse reconnaître et nommer. Un homme au cheveu long et noir, qui parlait doucement, avec un curieux accent, et qu'elle jugea « gentil », pas plus.

Elle s'amusa aussi de ce nom, que la mère répétait à

plaisir, comme on caresse un bonbon de la langue, commençant par lui chacune de ses phrases – Monsieur Biermann ceci, Monsieur Biermann cela –, et qui évoquait plutôt pour elle les immenses pots de bière dont son père se régalait, le soir, au retour de la banque.

Les enfants, parfois, voient plus clair et plus vite que les adultes. Elle avait deviné entre ce Biermann et sa mère une attirance qu'eux-mêmes ne percevaient peut-être pas encore, le début d'une connivence, l'aube d'un mystère. Mais, solitaire et fermée, elle n'en avait parlé à personne. Pas même à Gutsi, qui n'était que la bonne.

– A quoi penses-tu, Laura?

Elle sursauta, s'ébroua presque, comme au sortir d'un songe, abandonna à regret cette rêverie qui l'avait entraînée de la vitrine du couturier à ce Monsieur Biermann, sourit à sa mère, lui mentit :

– Je pensais que tu serais tellement belle avec celle-là.

Elle montrait la robe corail.

– Tu la voudrais pour Noël? Elle t'irait si bien.

La mère esquissa un sourire. Un peu triste.

– Mais non, ma chérie. Pas de nouvelle robe cette année. Tu sais bien que c'est la crise.

La crise. La petite fille entendait ce mot chaque soir de cet automne 1932. Son père énumérait les magasins qui fermaient, dénombrait les hommes qui se retrouvaient sans travail, évoquait les amis qu'on ne verrait plus puisqu'ils étaient ruinés, cet autre – banquier lui aussi – qui s'était tiré une balle dans la tête, les politiciens incapables qui ne cessaient de se chamailler, et concluait toujours que ça ne pouvait plus durer, que l'on sentait venir la fin, que l'Allemagne toucherait à nouveau le fond, comme dix ans plus tôt, après la guerre, la défaite, la honte et la révolte, quand on se battait dans

11

les rues de Berlin, quand on pillait les boulangeries, quand les paysans assiégeaient les châteaux, et quand mille marks, dix mille marks, cent mille marks, emportés par le cyclone de l'inflation, ne valaient même plus un mark – ce qui semblait à la petite fille, auditrice passionnée de ces discours dont elle ne comprenait pas le quart, le plus incohérent des problèmes d'arithmétique. La crise. Ça ne pouvait plus durer, martelait le père. Ou alors...

– Allons, dit la mère, rentrons.

La rue s'était donné des allures de fête. Comme pour céder à l'habitude. Guirlandes aux portes des magasins, éclairages violents des vitrines, sapins aux carrefours. Au long des trottoirs, des petits marchands avaient envahi pour l'occasion les quartiers chics et proposaient sur des charrettes ou des tréteaux des Jésus de plâtre, des pères Noël en houppelande rouge, des bougies colorées ou des jouets de quatre pfennigs.

La petite fille s'arrêta devant un minuscule clown de bois, grossièrement peint, qu'un vieil homme au manteau rapiécé faisait avancer en manœuvrant des fils. La marionnette se dandinait, comique et pitoyable, au bord d'une tablette chargée de sucreries, de bougies et de modestes crèches.

La maman ne voulait pas s'attarder.

– C'est combien?

L'homme se redressa.

– Quoi? Le...

Il s'interrompit aussitôt. Derrière les lunettes cerclées d'acier, ses yeux noirs n'exprimaient plus que la terreur. Un silence pesant tomba sur la rue. Six jeunes hommes bottés, en chemise brune, brassards à croix gammée au bras, venaient de surgir autour du petit étal.

Laura C.

– Jude, juif, tu veux gagner de l'argent avec les fêtes chrétiennes?

– Je... Je suis un commerçant honnête...

– Alors, file, et en vitesse.

Ils ne lui en laissèrent pas le temps. Bousculant la petite fille et sa mère, ils avaient renversé la table, et hurlaient des injures, « Kleiner Dreckjude, petite saleté de juif, Fickjude, ordure juive ». Le vieil homme tentait de se protéger le visage de l'avant-bras, mais l'un des garçons, qui paraissait être le chef, l'écarta et le frappa en pleine face d'un coup de poing qui envoya les lunettes dans le ruisseau, près du petit clown de bois.

La petite fille se serrait contre sa mère, pétrifiée. Autour d'elles, des badauds riaient, d'autres se taisaient, plus curieux sans doute qu'enthousiastes. Deux garçons d'une dizaine d'années, très élégants dans leur costume marin, s'amusaient à piétiner les sucreries qui avaient roulé sur la chaussée, répétant : « Judenschwein, cochon de juif », sous l'œil approbateur d'une dame âgée qui était peut-être leur grand-mère.

– Laissez-moi, implora le vieil homme, cherchant à fendre la petite foule qui s'était amassée, qui se resserra autour de lui.

– Laissez-le, murmura la mère d'une toute petite voix, tremblante.

L'un des hommes en chemise brune l'entendit. C'était un garçon au visage émacié, aux mains puissantes, un ouvrier à coup sûr. Il la toisa, avec envie, rage, ironie, pensa sans doute que cette belle dame en manteau de fourrure, au maquillage savant, appartenait au monde des ploutocrates cosmopolites qu'Adolf Hitler et Joseph Goebbels dénonçaient dans leurs interminables discours, et lui cracha au visage en la traitant de truie. Puis se détourna, méprisant.

13

Il avait mieux à faire. Le chef de sa petite troupe venait de saisir le vieil homme par le col du manteau, qui lui était resté dans les mains. Alors, furieux, il s'acharnait à coups de pied sur sa victime, bientôt tombée dans le ruisseau. Deux de ses acolytes houspillaient un homme au visage déformé, qui avait peut-être tenté de s'interposer, et qui criait qu'il était ancien combattant, qu'il s'était battu en Russie et en France, ce qui lui avait valu cette blessure à la tête. A quoi un grand échalas répondit en lui écrasant le poing sur la mâchoire : « Tiens, cochon, puisque tu trahis tes camarades des tranchées. » L'homme vacilla, la figure en sang. Quelqu'un cria : « Ça lui remettra la gueule à l'endroit. » Ce qui déclencha quelques rires, un peu embarrassés.

— Viens Laura, dit la mère.

Elle fit un pas pour s'écarter. Déjà, deux hommes en civil, d'allure pourtant paisible, l'avaient saisie aux épaules.

— Restez donc, madame, dit le plus âgé, mondain. Puisque vous êtes une amie des juifs, vous ne pouvez pas abandonner celui-là.

La petite fille sentit trembler la main de sa mère, crispée sur la sienne. Elle se mordit les lèvres pour ne pas crier.

Le vieux marchand, à présent, ne bougeait plus. Les mains qui avaient d'abord tenté de protéger sa tête étaient retombées, inertes, tuméfiées, violettes. L'un des bras, cassé, semblait relié au corps à l'envers, dans une posture ridicule. On n'apercevait plus, du visage, qu'une sanglante bouillie.

Les « chemises brunes » tapaient encore. Ils enrageaient de le faire en vain, puisque le bonhomme était au-delà de toute souffrance. Ils jetaient de rapides

14

regards autour d'eux, comme pour trouver une nouvelle victime. Mais l'homme au visage déformé avait disparu, avec la complicité probable de quelques spectateurs troublés par sa qualité d'ancien combattant.

Le calme revint peu à peu. Mais personne ne bougeait. Comme si tous attendaient une suite qui se refusait.

Le garçon au visage émacié et aux mains d'ouvrier s'approcha de son chef qui se redressait enfin, observant l'assistance avec orgueil, en quête de bravos. Il lui parla à l'oreille, montrant la mère. L'autre sourit, cruel.

Alors quelqu'un cria : « La Schufo ! »

La Schufo, le service d'ordre du « Front de fer » qui regroupait le parti socialiste et quelques organisations ouvrières, rassemblait des hommes entraînés au combat de rue qui portaient souvent casquettes bleues et culottes de cheval noires. Et que l'on voyait moins souvent aux prises avec les nazis, dans cette guerre civile larvée, que les communistes en uniforme rouge.

Qui avait donné l'alerte, appelé la Schufo à la rescousse? Ou bien passaient-ils par hasard? Ils étaient une bonne vingtaine, qui se rendaient peut-être à un meeting.

La petite foule s'était écartée, prévoyant une bataille rangée. Les marchands repliaient, rapides, leurs éventaires, rangeaient leur matériel. Les magasins baissaient leurs rideaux de fer, fermaient leurs volets. Des badauds cherchaient à fuir.

Les « chemises brunes » s'étaient regardés, inquiets. Mais leur chef sortit de sa poche un coup-de-poing américain. Les autres, aussitôt, arborèrent des chaînes de vélo. Ils ne refuseraient pas le combat.

Ils se lancèrent au contraire, hardis, en hurlant « Heil Hitler ! » Bientôt rassurés, car d'autres « chemises brunes » surgissaient en renfort, peut-être sortis des

Sturmlokale, ces petites garnisons de partisans que Goebbels implantait dans tout Berlin et que les communistes appelaient les « antres nazis du crime ».

La lutte fut brève. Mais sans merci. Matraques, pierres, bâtons, chaînes, poings, chaises brandies, charrettes lancées, tessons de bouteille déchirant les visages, couteaux, rasoirs sur les gorges. Hurlements, pleurs. Sang. Hommes à terre, femmes à terre, enfants à terre. Petit garçon au col marin coincé sous une petite voiture, comme désarticulé. Casquette bleue, tout de rouge maculée. Femme accroupie, manteau ouvert, blouse déchirée, cheveux poissés, qui vomit. Vieillard qui pleure, assis au bord du ruisseau. Et pour finir, les chemises brunes victorieuses qui s'embrassent – « Heil Hitler, heil Hitler » –, ramassent leurs blessés, abattent une dernière fois matraques et chaînes de vélo sur les autres, se forment en rangs et repartent en chantant « Aujourd'hui l'Allemagne est à nous et demain le monde entier ».

La mère avait mis à profit le flottement des premières minutes pour fuir et trouver refuge dans une église évangélique qui se dressait au bout de la rue.

La petite fille détestait les églises depuis que Gutsi lui avait conté une ancienne légende germanique, l'histoire d'une petite vieille très pieuse qui se rendait chaque matin à l'office, dès l'aube. Un matin, elle s'éveille, affolée : il fait grand jour déjà, elle va rater la messe. Elle se précipite, traverse des rues désertes et silencieuses, respire enfin en pénétrant dans l'église : l'officiant n'est pas encore arrivé. Elle gagne sa place, dans les premiers rangs. Rien ne bouge. Les minutes s'écoulent. Et bientôt, une étrange rumeur, un cliquetis d'os plutôt, emplit la vaste nef. Elle se retourne, et comprend enfin : à cause de la pleine lune, elle avait pris la nuit pour le jour et, comme chaque nuit, tous les morts de la ville se sont donné rendez-vous dans l'église. Parmi eux, son mari, le squelette de son mari en vérité, qu'elle a d'abord peine à reconnaître mais qui s'approche d'elle pour lui souffler à l'oreille : « Va-t'en vite, sinon tu seras fille de la mort. » Elle suit son conseil, traverse l'église au milieu des squelettes qui tentent de l'attraper de leurs doigts griffus. Elle parvient à leur échapper, se retrouve sur le péristyle du bâtiment où, étrangement, les quelques squelettes qui la suivent paraissent se dissoudre dans l'air. Elle rentre chez elle, soulagée, réconfortée. Mais le lendemain, les voisins la retrouvent morte dans son lit.

Gutsi lui a tant répété cette légende que la petite fille n'en ignore plus un détail. Elle est convaincue, surtout, que toutes les églises du monde servent ainsi de refuge aux morts qui se livrent, la nuit, à d'étranges cérémonies, se préparent peut-être à passer devant le tribunal de Dieu. Et ce jour-là, elle ne peut s'empêcher de penser que le squelette du vieux petit marchand se joindra, la nuit prochaine, qui ne va plus tarder, à ce rassemblement de fantômes. Elle tremble. Elle serre contre elle les débris de la marionnette de bois, les restes du petit clown que, dans la confusion générale, elle est allée ramasser dans le ruisseau. Elle n'a pas vu que tout son visage désormais, et plus seulement le nez, est rouge : rouge du sang du vieux bonhomme.

« Mon enfance, écrira-t-elle plus tard, n'a été qu'une longue épouvante. » Elle n'en connaît encore que les prémices.

Laura C.

> *Vole, vole, ma coccinelle,*
> *Papa est à la guerre,*
> *Maman est au pays,*
> *C'est en Poméranie,*
> *Tout a brûlé,*
> *Vole, vole, ma coccinelle.*

La petite fille avait dessiné puis découpé une immense coccinelle rouge, mouchetée d'une infinité de points noirs et s'offrait l'illusion de la faire voler parmi les philodendrons et les palmiers phœnix du grand jardin d'hiver. Elle aimait répéter la vieille comptine, bien qu'il y fût question de cette guerre qu'elle craignait, la guerre que son papa lui racontait parfois parce qu'il l'avait faite, et en était revenu auréolé de gloire, comme disait Gutsi avec un respect affecté, décoré de l'ordre pour le Mérite – « avec les feuilles de chêne, ce qui est très rare », précisait-elle toujours.

Elle pouvait expliquer, dès qu'elle sut parler correctement, comment il avait obtenu cette distinction, en 1915, près d'une ville appelée Lens, en se battant contre des nègres que les Français, pas très courageux eux-mêmes, envoyaient se faire tuer à leur place. De véritables sauvages comme on en voit dans les récits d'exploration, soulignait le père, qui n'hésitaient pas à couper les têtes de leurs ennemis. Mais lui, brave comme il y en a peu, tout jeune officier encore, avait résisté seul à des dizaines et des dizaines de nègres qui attaquaient son petit fortin de bois et de sacs de terre. Tous ses camarades étaient morts. Il ne restait que lui, avec une mitrailleuse. En outre, il était blessé. Quand des renforts l'avaient enfin secouru, il perdait déjà beaucoup de sang, semblait près de mourir. Il avait gardé de cette blessure une cicatrice,

18

en haut de la poitrine, qu'on ne voyait pas d'ordinaire, mais qu'elle aimait caresser, doucement, l'été, quand ils étaient à la plage sur la mer Baltique, tout près d'un petit pays appelé Danemark dont le père disait qu'il devrait faire partie de l'Allemagne.

Ce soir-là, la petite fille lui en voulait. Si elle tentait de jouer avec cette coccinelle de papier, c'était pour oublier qu'en rentrant de la banque, il ne l'avait pas cherchée pour l'embrasser. Un rite qui la réjouissait toujours : dès que s'ouvrait la porte de la villa, dès que Gutsi se précipitait pour débarrasser le maître de maison du pardessus, du chapeau et du parapluie, la petite fille courait de pièce en pièce, en quête de la meilleure cachette, dessous de lit, lourds rideaux bordés de pompons, tapisseries dissimulant les portes, placards de l'office. Et il parcourait à sa suite toute la demeure, s'étonnant à haute voix de son absence, passant et repassant devant elle qui retenait son souffle, en feignant de ne jamais la voir. Elle le soupçonnait parfois de le faire exprès, mais une grande personne n'aurait pas eu de telles idées. Elle triomphait quand il lui fallait en fin de compte tousser, faire mine de tomber, ou crier « coucou » pour qu'il la retrouvât enfin, l'emportât dans une sorte de ronde en la couvrant de baisers. Qui piquaient. Car il portait, alors que la mode en était de longue date éteinte, une magnifique moustache pointue, comme celle de l'empereur Guillaume II dont un grand portrait dominait le hall d'entrée.

Ce soir, elle avait prévu de se cacher entre les plantes du jardin d'hiver, et regroupé dans ce but trois grands pots d'hibiscus. Mais il n'était pas venu jusque-là, trop pressé, à peine rentré, de se précipiter dans le grand salon pour triturer les boutons du grand poste de radio marqueté, écouter les informations. Peut-être attendait-il qu'on annonce la fin de la crise, lui qui répétait sans cesse que ça ne pouvait plus durer. Ce qu'elle lui eût volontiers pardonné, car elle n'aimait pas le front soucieux qu'il montrait depuis des mois. Elle détestait surtout qu'il ne l'écoutât pas davantage, le soir, pendant l'heure qu'ils passaient ensemble dans son bureau avant que Gutsi l'emmène pour la faire dîner et la coucher : il paraissait attentif, mais ne répondait pas aux questions, regardait d'un œil un journal plein de chiffres, et sursautait quand elle se plantait devant lui pour l'interpeller : « Tu vois bien que ton père est ailleurs », sifflait parfois la maman, amère.

C'était la première fois qu'il rompait le rite, l'habitude de la chercher. Elle ne se sentait pas disposée à lui pardonner, relançait l'insecte de papier par-dessus les palmiers phœnix en transformant pour se venger les paroles de la comptine

> *Vole, vole, ma coccinelle*
> *Papa m'abandonne*
> *Maman est dans sa chambre*
> *Et moi je suis...*

– Laura ! Laura ! ma chérie...

Lui ! Elle oublia tout, aussitôt, se précipita dans ses bras.

– Laura, veux-tu m'accompagner ?

L'accompagner ? Où ? Tout de suite ? Et maman ? Que se passait-il ?

Il expliqua qu'un grand événement venait de se produire au matin de ce 30 janvier 1933. Bien sûr, elle était un peu jeune pour tout comprendre mais qu'elle retienne cette date qui serait un jour consignée dans les livres d'histoire comme celui, à la couverture bleue, qu'elle emportait tous les lundis dans son cartable à l'école des

Diaconesses. Qu'elle retienne que, le lundi 30 janvier 1933, Adolf Hitler avait été nommé chancelier : chef de l'Allemagne et de tous les Allemands en somme.

Elle l'avait souvent entendu médire de cet Adolf Hitler qu'elle connaissait un peu, comme tout le monde, y compris les plus jeunes enfants, puisque son nom et sa photo apparaissaient partout. Elle savait que son père préférait le Kaiser, l'empereur Guillaume II exilé en Hollande depuis la défaite et la révolution. Il se montrait très fier de lui avoir été présenté un jour – avant la guerre bien sûr – qu'il rentrait par le train de Heidelberg à Berlin. Ils étaient une dizaine de jeunes à mener grand tapage, leurs études terminées la veille, leurs diplômes en poche qu'ils avaient toute la nuit sérieusement arrosés. Et l'empereur, qui avait fait accrocher son wagon-salon et ceux de sa suite à ce train de voyageurs, s'était mis en tête de voir de près ces chahuteurs. Un officier d'ordonnance les avait convoqués, l'un après l'autre. Ils tremblaient, pas flambards du tout, craignant reproches, rappels à l'ordre, à la discipline et au respect. Ils avaient été désarmés, séduits par sa simplicité, flattés à l'extrême par les félicitations qu'il ne leur ménageait guère.

« De telles rencontres, disait le père, marquent une vie à jamais. Tu comprendras cela plus tard. »

Donc, quand il lui annonça l'avènement d'Adolf Hitler, la petite fille pleurnicha. Elle ne voulait pas que cet homme-là, qu'elle jugeait très laid, devînt le chef de l'Allemagne et des Allemands. « D'abord, c'est un méchant. »

Elle voulait l'empereur Guillaume, tout de suite. Il était beau, lui, avec ses moustaches en crocs et ses joues roses comme celles des poupées. Voilà, elle voulait Guillaume. Seulement lui.

21

Mais elle devina vite qu'il s'agaçait :

– Tu ne comprends rien, Lauralei (il l'appelait ainsi, parfois, sans qu'elle sache pourquoi). Hitler, justement, va peut-être ramener le Kaiser Guillaume. Et même s'il n'y parvient pas, même s'il veut rester le chef tout seul, sa nomination est très, très importante, c'est un grand changement pour toute l'Allemagne, tout le monde te le dira.

Alors, voilà ce qu'il venait de décider. La radio annonçait que les partisans de Hitler organisaient un grand défilé de fête, le soir même, à la porte de Brandebourg – « tu sais, cette très grande arche de pierre, avec des statues de chevaux au-dessus » – et il ne voulait pas manquer d'y assister, mais sans y participer, ce qui n'était pas la même chose, elle devait le comprendre. Il voulait voir, voilà. Et l'emmener avec lui pour qu'elle s'en souvienne toute sa vie, parce qu'on n'a pas tellement d'occasions d'assister à des événements historiques. D'ailleurs, elle ne le regretterait pas parce que ce serait, à coup sûr, un beau défilé avec musiques, uniformes, et tout.

– Et Maman? Elle vient aussi?

– Non. Elle est trop fatiguée. Et puis, ces choses-là ne l'intéressent pas beaucoup.

La petite fille ne fut qu'à demi surprise. Mais ne s'en soucia guère. Enthousiaste déjà, elle ne voulait rater pour rien au monde cette promenade imprévue aux allures de fête. Gutsi, ma cape et mes chaussures! Vite!

– Non, Gutsi. Laissez. Et retournez à la cuisine.

La mère venait de surgir.

– Tu n'emmènes pas cette enfant là-bas. On ne sait pas ce qui peut se passer. C'est trop dangereux.

– Dangereux?

Il s'esclaffait. Soulignait qu'on ne pouvait trouver au monde gens plus ordonnés que les nazis.

– Et les communistes?

C'était vrai. Les communistes. Leurs parades, en grand uniforme et musique en tête, drapeaux rouges flottant au vent, valaient bien celles des hitlériens. Mais on ne les imaginait pas sortant ce soir-là. A présent que Hitler avait le pouvoir, c'est-à-dire la police et l'armée à sa botte en plus des chemises brunes et des SS, il ne les ménagerait pas. Or, ils n'étaient pas fous. Ils n'allaient pas lui offrir ce prétexte.

La petite fille ne comprenait pas grand-chose à ce débat. Mais elle rêvait tant de sortir, elle serait si déçue de ne pouvoir assister à la fête promise.

– Gutsi, ma petite Gutsi, ma cape et mes bottines, vite.

La mère :

– Gutsi, vous m'avez entendue? Et toi, Laura, va jouer dans ta chambre.

Gutsi haussa les épaules, attendant. Laura ne bougea pas.

Alors, le père la prit par la main. « Viens, va chercher ta cape. Et dépêche-toi d'enfiler tes bottines. »

La mère était repartie. Furieuse.

La petite fille n'y prêta même pas attention.

Aussitôt sortie et montée dans la DKW, elle s'étonna. Au coin de la rue, à côté du policier qui se tenait sous le réverbère, comme d'ordinaire, un homme en uniforme noir montait la garde, armé d'un fusil et d'une matraque.

– Un SS, chuchota le père.

Ils en virent bientôt à tous les croisements. Parfois aussi des soldats au casque d'acier, quelques-uns armés de lourds fusils posés sur des trépieds et gros comme des petits canons, que la petite fille n'avait jamais vus.

– Des mitrailleuses, expliquait-il.

23

Laura C.

A mesure que la voiture avançait vers le centre, la ville paraissait plus rouge. Les réverbères, les vitrines des magasins éclairaient des centaines et des centaines d'oriflammes hitlériennes suspendues aux balcons et aux fenêtres. Des groupes bottés marchaient en chantant. Des familles entières, rieuses, enthousiastes, leur emboîtaient le pas.

La foule fut si dense, bientôt, qu'il fallut laisser l'automobile. D'ailleurs, ils approchaient de la porte de Brandebourg. Ils quittèrent une colonne de jeunes qui chantonnaient « Le drapeau haut, les rangs solidement serrés ». La petite fille apprit plus tard que c'étaient les premières paroles du *Horst Wessel Lied*, l'hymne des nazis.

Une marée les emporta. Ils furent aspirés dans une mêlée de ménagères et de bourgeois, d'employés et d'étudiants, de retraités et d'ouvriers. Entraînés par des fanfares surgies de partout. Noyés dans un océan monstrueux de drapeaux rouge et noir.

Ils aperçurent la porte, là-bas, enfin. Le père, comme beaucoup de ses voisins, avait pris la petite sur ses épaules, pour éviter qu'elle ne soit écrasée, et afin qu'elle ne perde aucune image de ce furieux spectacle.

Ce qu'elle vit, jamais elle ne devait l'oublier. Ils étaient des dizaines et des dizaines de milliers à avancer au pas cadencé, dressant bien haut des torches qui jetaient au vent des myriades d'étincelles et leur faisaient des visages de statues. Ils braillaient, agressifs, « La République, c'est de la merde » ou chantaient, chaleureux, « Frères, allons vers le soleil, vers la liberté ». Ils criaient « Sieg Heil » et « Heil Hitler » en une immense clameur qui roulait et déferlait dans la nuit et qui paraissait assez forte pour recouvrir la terre entière. On entendait à peine les fanfares dont les réverbères et les torches faisaient briller les cuivres; on ne distinguait guère le martèlement rythmé des pas sur la chaussée. Ces milliers de voix réunies dominaient tout, abolissaient tout. La petite fille eût voulu chanter elle aussi, s'étonna que son père ne se joignît pas à ce chœur. Car il ne disait rien. Il avançait. Il suivait. Et en dépit de l'hiver, du froid de janvier, ses mains qui tenaient les siennes, qui les serraient de peur qu'elle ne tombe, ses mains étaient moites de sueur.

Le cortège suivait maintenant la Wilhelmstrasse, ralentissait, s'arrêta presque. Une silhouette apparut à une fenêtre, mal éclairée. « Le maréchal Hindenburg, hurla le père pour être sûr qu'elle l'entendît : c'est lui qui a demandé à Hitler de devenir chef des Allemands. » De la mer de flambeaux une clameur s'était levée. Qui redoubla, devint folle quand se montra à une autre fenêtre, très illuminée, une autre silhouette bien connue. C'était lui! Le Führer! Comme une idole dans une niche, cernée de lumières.

« Le drapeau haut, les rangs solidement serrés »... Cent mille voix, deux cent, trois cent peut-être, avaient repris le *Horst Wessel Lied*. Cent mille bras, deux cent, trois cent peut-être, se dressaient, droit vers le ciel, comme celui du Führer, là-haut. La fumée des torches montait vers lui comme un encens. Des femmes, des hommes aussi, pleuraient de joie et d'émotion. Quelques-uns, autour de la petite fille, s'étaient agenouillés.

Cette grand-messe semblait ne devoir jamais s'achever. Les cris redoublaient, les chants reprenaient sans cesse, et les applaudissements, et les saluts. Mais des chefs canalisaient cette foule ivre de bonheur, d'orgueil et de haine. Les colonnes se remirent en marche, chan-

tant « Nous sommes prêts à mourir pour notre drapeau ».
D'autres, derrière eux, arrivaient, se pressaient, les poussaient, aveuglés par l'éclat des flambeaux et enveloppés
dans leur fumée, attirés par les clameurs qui leur annonçaient le Führer, et martelaient le sol pour défier l'univers.

Le père et la petite fille se laissèrent entraîner. Il marcha longtemps, l'enfant sur les épaules, prisonnier de la
foule. Trouva enfin à s'évader par une rue transversale,
plus calme, où une voiture de pompiers recueillait des
manifestants épuisés ou étouffés – ou des blessés peut-
être. Pas plus qu'il n'avait chanté ou crié, seul de tous
ceux qui les entouraient, il n'avait dressé le bras pour le
salut à Hitler, la petite fille l'avait remarqué. Mais
c'était peut-être par peur de la faire tomber.

– Vous savez, papa, dit-elle soudain, longtemps après,
alors qu'ils erraient par les rues à la recherche de la voiture, vous savez : il y avait avec nous beaucoup, beaucoup de messieurs avec des chemises brunes et des brassards... eh bien, ceux qui ont tué le vieux marchand de
jouets, l'autre jour, ils étaient pareils. Et ils tapaient sur
lui avec leurs pieds et leurs poings. Vous auriez vu ça.
Des méchants, très méchants. Il avait l'air si gentil, pourtant, le petit marchand.

Il fut soulevé d'un élan de tendresse, l'embrassa.

A deux pas, un groupe sortait d'une taverne marquée
de la croix gammée en chantant « La République, c'est
de la merde ».

La petite fille apprit vite qu'il fallait dire « Heil
Hitler » à tout propos. Coutume ou loi, le salut au dicta-

teur était devenu de règle pour tous les Allemands, enfants compris. On racontait l'histoire d'un petit retraité nommé Uttenberg que son voisin saluait chaque matin d'un vigoureux « Heil Hitler » et qui finit par lui indiquer, en toute simplicité d'âme, qu'il n'avait pas changé de nom et s'appelait toujours Uttenberg; le lendemain, des chemises brunes venaient le cueillir à son domicile où il ne reparut que quinze jours plus tard, le visage bandé. Les Diaconesses elles-mêmes, que les enfants nommaient respectueusement les « dames » et dont les cœurs battaient encore pour l'empereur, se décidèrent à respecter le rite. Et la petite fille sursauta le premier jour où son institutrice, une femme sèche et maigre en longue robe noire et petite coiffe blanche surchargée de ruches qui faisait chaque jour prier pour Guillaume, commença sa classe par un vibrant salut au Führer.

L'enfant finit par trouver un moyen, risqué quand même, d'échapper à l'obligation : remplacer « Heil Hitler » par un « Drei liter [1] » qui avait la même consonance. Une de ses camarades de classe le lui souffla un jour comme un secret d'importance, un conseil d'une terrifiante audace. La petite fille s'en amusa : elle reportait sur Hitler l'aversion que lui inspiraient les chemises brunes depuis la mort du vieux marchand de jouets.

Elle gardait sur une étagère, parmi ses objets les plus précieux, entre les restes d'une poupée de porcelaine brisée un jour dans un moment de colère et un collier de fantaisie offert par le cousin Rudolf, le petit clown au visage ensanglanté. Elle décida donc de saluer désormais en murmurant « Drei liter », même lorsqu'elle rencontrerait le « chef d'îlot » que les nazis avaient nommé dans son quartier comme partout ailleurs. Ce fut, sans doute,

1. Trois litres.

sa première manifestation d'indépendance. Mais elle la cacha à ses parents.

Son père, ces mois-là, paraissait plus détendu. Non qu'il approuvât tout ce que décidait le nouveau régime : elle l'entendait parfois grommeler à l'écoute du grand poste de radio, le soir, après la rituelle partie de cache-cache. Mais il avait cessé de répéter que ça ne pouvait plus durer et que l'Allemagne allait toucher le fond. Il lui arrivait même de dire que les affaires reprenaient.

La mère semblait de plus en plus lointaine, étrangère à ces débats. Elle lisait beaucoup, passait sans se lasser sur le gramophone du salon de grands disques de Mahler, de Schubert ou de Brahms, sortait chaque jour, laissant sa fille aux soins de Gutsi. Laquelle arborait désormais, pour fixer son tablier blanc, une broche en forme de croix gammée, chantait à la petite fille les vertus du Führer, racontait que l'Allemagne devenait une sorte de paradis terrestre sans privations ni souffrances, dont les malandrins et les assassins avaient disparu du jour au lendemain, à tel point que la plupart des gens, même dans les coupe-gorge de Kreuzberg et des autres quartiers ouvriers, ne fermaient même plus leurs portes à clé. Hitler, ajoutait-elle parfois, était un deuxième Messie envoyé pour châtier les juifs qui avaient tué le premier.

La petite fille apprit aussi qu'il fallait haïr les juifs. Non chez les Diaconesses qui, sur ce sujet, gardaient le silence. Mais sur les inscriptions et les affiches des murs, dans les cris poussés lors des incessantes manifestations retransmises par la radio, et même lors des goûters d'enfants auxquels elle était parfois invitée. Un jour, la maîtresse de maison avait même distribué, juste après le gâteau au chocolat, un petit carnet illustré intitulé « ce que doit savoir le bon enfant allemand » où l'on lisait que la race juive était inférieure à la race nègre, que les juifs portaient la responsabilité de la guerre, de l'armistice de 1918, du traité de Versailles et de l'inflation, et enfin qu'ils étaient tous communistes.

La petite fille avait alors expliqué à son voisin, un garçon un peu plus âgé qui s'était octroyé une triple ration de gâteau, qu'elle n'avait jamais vu un de ces personnages terrifiants, mis à part un petit marchand de jouets qui ne faisait de mal à personne et que l'on avait tué, mais c'était peut-être une erreur, il n'était peut-être pas juif du tout, ce qui rendait sa mort encore plus bête.

Le garçon lui avait demandé :

– Est-ce qu'il avait les jambes tordues? Un gros ventre? Un grand nez un peu recourbé? De longues oreilles? Des cheveux noirs et frisés? Un regard un peu louche, pas franc? Ils sont comme ça, les juifs.

Il essayait d'imiter à mesure ce qu'il décrivait, se plaisant à provoquer les rires des voisins.

Mais la petite fille s'obstinait. Non, non, et non, le marchand de jouets ne ressemblait pas du tout à cela. C'était un pauvre vieux petit bonhomme de rien du tout, avec au contraire un regard gentil.

– Bon, dit le garçon qui ne voulait pas s'avouer vaincu. Alors, ce petit vieux devait avoir un nom en « mann ». Tous les juifs ont des noms qui se terminent par « mann ».

Biermann, l'homme de la bière, comme elle l'appelait, juif? Elle tentait de se le représenter : les jambes, les oreilles, le ventre, le regard. Rien ne correspondait. Sauf les cheveux, peut-être : noirs, c'est certain, très noirs même; mais pas frisés, bien plaqués sur le crâne, comme collés. Est-ce qu'on pouvait se défriser les cheveux? Se friser, oui, toutes les femmes et les filles le savent. Mais se défriser?

Le garçon insistait :

– Alors, il s'appelait mann quelque chose, le marchand ? Lehmann, Inschermann, Trucmann, Machinmann ?

Elle faisait non de la tête.

– Ah, mais y a aussi des Baum, reprenait l'autre. Trucbaum, Machinbaum, Chosebaum, Grandbaum, Petitbaum ?

Leurs voisins riaient, se lançaient des noms en « baum » ou en « mann ». Elle éclata en sanglots.

Elle entendait son père, le soir de la séance de cinéma : « C'est ce Monsieur Biermann qui vous tourne la tête, chère amie. »

Dès son retour, elle interrogea sa mère. Pouvait-on se défriser ?

Bien sûr, on défrisait même trop vite, parfois, quand on avait mis des papillotes.

– Non, c'est pas ça. Mais est-ce qu'on peut avoir des cheveux plats, tout le temps, quand on est né avec des cheveux tout frisés, comme un nègre ? On peut les aplatir pour toujours ?

La mère haussa les épaules. Elle n'en savait rien. Et s'étonna d'une telle question.

– Tu connais quelqu'un qui souhaite se défriser ? Une de tes amies ?

– Non. Comme ça, pour savoir.

La petite fille s'éclipsa, monta dans sa chambre, entreprit de faire la classe à ses poupées, mais jugea vite qu'elles étaient indisciplinées, très mauvaises élèves, et décida qu'elle ne serait jamais maîtresse d'école. En tout cas pas comme ces Diaconesses à petites coiffes blanches qui lui avaient d'abord appris à faire la révérence, chaque jour à l'entrée de l'école, en passant devant l'abbesse, et qui maintenant voulaient l'obliger à se dresser en criant « Heil Hitler ».

Elle redescendit à la recherche de Gutsi, qui terminait une longue séance de repassage. Savait-elle, Gutsi, comment on reconnaît un juif?

— Les juifs, ils sont tous riches, c'est simple. Mon père, il le disait toujours, quand on prenait le train : « Nous, on voyage sur les banquettes en bois en troisième classe et si tu vas en première, là où il y a des fauteuils de velours et même des petites dentelles à la hauteur de ta tête, qu'on change à chaque voyage, pour que tu n'attrapes pas les poux des autres, eh bien là, tu trouveras que des juifs. Parce que pendant la guerre, nous, les Bavarois, comme les Prussiens, les Saxons et même les Berlinois, on s'est fait trouer la paillasse tandis que les juifs, eux, ils gagnaient de l'argent, des marks et des marks à n'en plus finir, à vendre des uniformes, des armes, et du ravitaillement qui était si mauvais que dans les tranchées, là-bas en France, on devait en jeter la moitié, que même les enfants français en voulaient pas. » Voilà ce qu'il disait mon père. Et c'était bien avant qu'on entende notre Führer, Dieu le protège, le pauvre homme, il a tant à faire.

— Mais tous les riches, ils sont pas juifs quand même?

— Bien sûr, il y a riche et riche. Vos parents, si vous allez par là, ils sont un peu riches mais pas juifs.

— Alors, les juifs, comment on les reconnaît?

— Parce qu'ils sont sales, ma petite demoiselle. C'est pour ça qu'ils nous amènent toutes ces maladies. Après la guerre, la République a laissé entrer n'importe qui dans notre pauvre pays. Alors, ils se sont abattus sur nous, de partout, de Pologne, de Russie, et de je ne sais plus où. Et ils nous ont amené le typhus.

— Quoi?

– Le typhus. C'est une maladie qui vous fait devenir toute rouge, et puis vous avez la fièvre, et puis après vous mourez.

Mais le typhus n'intéressait guère la petite fille. Seulement les cheveux noirs. Etaient-ils toujours frisés ? Gutsi n'en savait rien : « Moi, des juifs, j'en ai pour ainsi dire jamais vu. Dans mon village, y en avait pas. Monsieur et Madame n'en reçoivent pas, j'crois pas. Et ici, un quartier bien comme Grunewald, même les juifs riches viennent pas s'y installer. Enfin : pas beaucoup, je crois. »

La petite fille retourna vers sa mère, la trouva dans sa chambre. Assise devant une coiffeuse, en robe de chambre de crêpe de Chine, blanche comme neige, elle ordonnait ses longs cheveux blonds. L'enfant se jeta contre elle, éperdue d'admiration.

– Tu es si belle, maman, plus que la reine des fées, avec ses grandes tresses et son manteau bleu tout étoilé...

La mère ne put longtemps s'attendrir ; la petite fille revenait à la charge, brusque :

– Maman, je voulais te demander : Monsieur Biermann, tu sais bien, celui des tableaux de peinture, est-ce qu'il est juif ?

– Monsieur Biermann... Tu te souviens de lui ? Monsieur Biermann, juif ? Qui t'a dit cela ? Qu'est-ce que c'est que ?...

Elle s'affolait, inquiète, saisissait sa fille par les épaules :

– Regarde-moi bien... Dans les yeux... Qui t'a dit cela ?... Qui t'a parlé de lui ?... Qu'est-ce que c'est que cette histoire ?

La petite fille crut avoir commis une très grosse faute, un de ces péchés dont on disait à l'école des Diaconesses qu'ils vous emmènent très très loin sous la terre, en un lieu où l'on brûle toujours. Elle pleura un peu. Elle ne comprenait plus rien. Et surtout pas pourquoi elle avait provoqué chez sa maman désarroi et colère. Les enfants n'ont pas le droit de poser certaines questions, elle le savait : par exemple demander comment naissent les bébés. Il était donc aussi mal d'essayer de savoir si ce Monsieur Biermann était juif?

La mère s'était reprise, serrait l'enfant contre elle, l'embrassait.

– J'voulais pas te faire de la peine, hoqueta la petite fille.

– Tu ne m'as pas fait de peine. C'est que...

Elle n'acheva pas. La petite fille ne bougeait plus. Elle était soudain heureuse, la joue sur le sein de sa mère dont elle devinait la pointe à travers le crêpe de Chine. Elle aurait voulu demeurer là longtemps, ronronner comme un jeune chat, tout oublier, le vieux bonhomme dans le ruisseau, les rendez-vous des squelettes dans les églises, le garçon qui imitait les juifs après avoir mangé tant de gâteau au chocolat, les histoires de Gutsi, tout.

– Oui, murmura la mère, il est juif, Monsieur Biermann.

La petite fille parut d'abord n'avoir pas entendu. Puis s'écarta.

– Et c'est mal, maman, d'être juif?

– Non, ce n'est pas mal.

– Mais alors, pourquoi le Führer, et Gutsi, et tout le monde disent que... Tu sais bien, maman, ce qu'ils disent?

La petite fille n'attendait pas de réponse. Ou alors du genre : « Tu es trop jeune pour comprendre. » Une phrase qu'elle connaissait par cœur, comme tous les enfants. Le cri de sa mère la surprit :

Laura C.

– Mensonges! ce sont des mensonges.

Puis, plus bas, comme effrayée d'en avoir trop dit :

– Je... je t'expliquerai. Mais pas ce soir, pas ce soir. Et surtout n'en parle pas. A personne, tu m'entends. Personne. Seulement toi et moi. Toi et moi.

Elle l'embrassa. La petite fille crut apercevoir une larme glissant sur sa joue. Elle trouva très agréable de partager un secret avec sa maman et de pleurer un peu avec elle.

Chapitre II

La petite fille ignorait qu'elle n'était pas le premier enfant du couple.

Elle n'apprit que beaucoup plus tard les malheurs de sa mère, élevée par une veuve qui ne savait qu'inventer pour nourrir, vêtir et éduquer ses six enfants : son mari, hors d'âge, s'était laissé mourir dès l'automne de 1914 après avoir deviné que la guerre le ruinerait.

Repliée à la campagne, la famille vécut d'expédients, économisant sur tout, fabriquant le café à partir de glands grillés, le cirage avec la suie d'une cheminée, un produit baptisé pâté en mêlant un quart de restes de viande à trois quarts de pain, et le tout à l'avenant. En août, les enfants allaient dans les champs glaner les épis de blé oubliés par les moissonneurs. En septembre, ils ramassaient de la même manière les pommes de terre, les disputant aux gamins du village qui se moquaient de ces petits bourgeois devenus leurs égaux en misère. Ils furent bientôt aussi rudes qu'eux, capables de leur administrer de violentes volées s'ils allaient trop loin, de tendre des pièges aux oiseaux ou de grimper à la cime des arbres pour dénicher leurs œufs. A commencer par la plus jeune des filles, Susanne, que tout le monde considéra vite comme un garçon manqué.

C'est en jouant aux gendarmes et aux voleurs avec des gamins, le 11 novembre 1918, le jour même où l'Allemagne, accablée, apprenait sa défaite, que Susanne se blessa. Gravement, mais elle ne le sut pas d'abord.

Elle s'empala le sexe sur une grille. Pas très profondément et la douleur ne fut pas aussitôt intolérable : Susanne, on l'a dit, était rude. Prudente aussi : elle n'osa pas en parler à sa mère, qui se montrait toujours d'une pudeur extrême. Dans sa famille, on n'évoquait jamais cette partie du corps que l'on considérait avec honte et répugnance; filles et garçons devaient garder pour se laver leurs longues chemises de nuit, et, en dépit de toutes les interdictions, ils étaient tous soupçonnés de se livrer aux plus vicieuses des pratiques. La jeune Susanne cacha donc son mal, le supporta, nettoya la plaie avec l'eau d'un ruisseau, et enfouit soigneusement les pansements tachés de sang qu'elle se fabriquait à partir d'un vieux drap retrouvé dans une malle au grenier.

Quelques semaines plus tard, elle avait oublié sa blessure, et put même, en compagnie des garçons du village, suivre les bandes de mendiants, de réfugiés, de révolutionnaires et d'ouvriers agricoles qui allaient de ferme en ferme et de château en château en quête de nourriture, d'argent, d'alcool ou d'armes. Mais après quelques mois, le sang réapparut : les premières règles. Accompagnées d'insupportables douleurs qui lui firent décidément regretter de n'être pas un garçon. Le mal s'aggrava; chaque retour de règles entraînait convulsions et hémorragies. Adieu pudeur excessive : il fallut avouer la blessure et consulter. Le premier médecin prescrivit tout bonnement des calmants qui ne calmèrent rien. Un deuxième ne fit pas mieux. Toutes les quatre semaines recommençait la torture.

Entre-temps, l'aînée des filles ayant épousé un voisin fortuné, la situation de la famille s'était améliorée. La mère et les cinq autres enfants purent regagner la capitale. On adressa Susanne à un gynécologue en renom. Qui l'examina beaucoup, l'écouta longuement, se fit payer très cher, et conclut que ce n'était rien, que la plaie avait parfaitement cicatrisé, et que tous ces maux disparaîtraient dès la naissance du premier enfant.

Alors Susanne se transforma, devint une jeune fille, gomma et oublia en quelques jours toutes ses habitudes masculines, inventa tous les moyens de séduire, toutes les manières de plaire. Elle ne se jetait pas au cou de tous les garçons, elle ne collectionnait pas les flirts comme les Indiens les scalps – ce qui était très à la mode dans le Berlin de cette époque où les rêves de liberté les plus insensés succédaient aux deuils et privations de la guerre et aux humiliations de la défaite. Elle cherchait l'homme de sa vie, et un enfant qui la guérirait de son mal.

A dix-neuf ans, elle épousa un jeune banquier revenu de la guerre couvert de brillantes décorations, qui avait quelque temps fréquenté les bals de veuves : il s'en donnait beaucoup en ces années où tant de jeunes femmes se retrouvaient seules sans avoir été vraiment mariées. Karl Hopper s'éprit follement de cette jeune fille au charme ambigu, qui semblait à la fois si forte et si faible, et qui dansait mieux que personne le fox-trot, le shimmy et le charleston. Elle se laissa impressionner par la stature et la réputation de cet homme immense, à qui les augures annonçaient la plus brillante des carrières.

Elle découvrit avec lui le sexe, n'y trouva qu'un médiocre plaisir, souffrit plus encore à chaque retour de

règles, tenta de se consoler en pensant que tout s'arrangerait, comme on le lui avait promis, à la naissance du premier enfant qui s'annonça, par chance, assez vite.

C'était un garçon. Il mourut pendant l'accouchement.
En pleurant sur lui, ils pleurèrent sur eux. Rien n'était
résolu.

La deuxième naissance tarda quelque peu. Les deux
époux s'en firent reproche. Leurs étreintes étaient
gâchées par la crainte d'échouer; leurs caresses, hale-
tantes et brèves, manifestèrent bientôt moins d'amour et
de tendresse que la recherche d'une fécondation rapide.
Tant d'efforts, au bord même du désespoir, finirent par
aboutir. Susanne constata, ravie et libérée, qu'elle était
enfin enceinte. C'était dans l'été 1926. Karl, le mari, partageait son enthousiasme. Les affaires reprenaient, le
gouvernement américain envisageait un système de prêts
qui financeraient le redressement économique de l'Allemagne et il allait être enfin père. Ces quelques mois
furent peut-être les plus heureux du couple. Jusqu'à la
naissance de Laura.

Le médecin appelé dès les premières douleurs constata
que l'enfant se présentait bien mal. Une césarienne serait
nécessaire. On transporta la jeune femme, de nuit, dans
un service spécialisé. L'un des deux chirurgiens était
absent, l'autre surmené. Il sauva le bébé, mais blessa la
mère, gravement, par un mouvement malencontreux.
Pour la sauver, il fit pis encore, tailla à tort et à travers.
Ce qui la rendit, assura-t-elle à sa fille bien plus tard,
totalement frigide.

Les gestes de l'amour, les étreintes de son mari lui
devinrent odieux, insupportables. Elle avait parfois
éprouvé quelque plaisir, les années précédentes, aux
caresses de Karl sur ses seins, plutôt lourds mais très

beaux et dont il aimait titiller les pointes de la langue. Elle jugea bientôt ces pratiques ridicules, voire répugnantes, se refusa autant qu'elle le put, abrégea toujours plus leurs embrassements et finit par en rendre son mari responsable : si elle n'aimait pas l'amour, si elle le détestait même, c'était, trancha-t-elle, parce que Karl ne savait pas l'aimer, parce qu'il ne l'aimait pas vraiment. Or, elle souffrait, plus que jamais, d'une urgente faim d'amour.

Karl se désespérait. Il tremblait de voir sa femme sombrer dans une incurable neurasthénie, comme on disait alors. Il n'en comprenait pas les raisons. Il pensa qu'ils menaient une vie bien trop austère, que son épouse, jeune encore et dont l'adolescence avait été si rude, s'était trouvée trop tôt privée, par un rapide mariage, des plaisirs de son âge, et décida de la sortir. Elle se laissa faire, trop heureuse de s'évader.

Dès lors, on ne vit plus qu'eux dans le Berlin qui brillait. Ils allaient de réceptions en cabarets, ne manquaient pas une première à l'Opéra national ni un spectacle de variétés à la Scala, se montraient chez Kempinski ou Horckers, les restaurants chics, s'encanaillaient avec les snobs en mangeant des boulettes dans les petites Budiken de quartier, ou en buvant d'immenses bières dans les bistrots bavarois à la mode. Et bien entendu, ils atterrirent un jour au Romanisches Kafe.

Le Kurfürstendamm, la grande avenue que Bismarck avait voulu percer pour égaler et dépasser les Champs-Elysées, réunissait et symbolisait alors toutes les folies et les plaisirs de l'époque – toutes les débauches aussi, dirait bientôt Goebbels chargé par Hitler de conquérir cette capitale dépravée. Magasins chics, cinémas, Lunapark, cafés à la mode, boîtes de nuit, couturiers dans le vent, salons de thé et galeries de peinture s'entassaient, se succédaient, au long de l'avenue animée nuit et jour par un peuple grouillant, cosmopolite, versatile et frivole, amoureux de l'art et des artistes. C'est dans la salle baroque et surchargée de lustres, de fausses dorures et de vrais marbres, du Gloria-Palast, sur le Ku'damm, comme on disait, que Susanne et son mari, le 1ᵉʳ avril 1930, acclamèrent follement, avec des centaines d'invités, une jeune femme à la voix rauque et envoûtante, vedette d'un film, *L'Ange bleu*, projeté pour la première fois : Marlene Dietrich. Le Romanisches Kafe s'ouvrait juste en face, de l'autre côté de la rue.

En ce temps-là, les talents éclataient à Berlin. La ville s'était ouverte à toutes les avant-gardes : celle de Paris mais aussi de la jeune Russie soviétique, pas encore domestiquée et étouffée. Elle accueillait toutes les célébrités européennes de l'art, séduites par son climat de liberté, attirées par son parfum d'avenir, persuadées que de ce chaos d'idées, de sentiments et de mœurs surgiraient de nouveaux langages, de nouvelles expressions, de nouvelles beautés. Tout ce monde se retrouvait au Romanisches Kafe, vaste espace sans séduction véritable, aux allures de hall de gare. Ecrivains et éditeurs, comédiens et metteurs en scène, journalistes en renom, peintres et musiciens, tous le fréquentaient. Et aussi ceux qui brûlaient de les apercevoir, de côtoyer Bertolt Brecht et Fritz Lang, Heinrich Mann et Ernst Lubitsch, le peintre Otto Dix et le compositeur Kurt Weill qui avait triomphé avec la musique de *L'Opéra de quat'sous*, les vedettes populaires de cinéma enfin, Willi Forst, Hans Albers, ou Brigitte Horney.

Chaque groupe avait sa table. Ici les auteurs dramatiques, ailleurs les peintres, plus loin les gens de cinéma, ailleurs encore les politiques et les intellectuels qui refaisaient le monde, scrutaient avec passion les intentions et les réalisations de la Russie communiste, se déchiraient à propos de Trotski ou de Boukharine, se désespéraient ou se réjouissaient des déboires de leur jeune et faible République. Chaque groupe avait sa table mais ne détestait pas que des bourgeois plus argentés, élégantes en robe de soie et étole de vison, hommes d'affaires désireux d'oublier pour un temps leurs calculs et leurs bilans, viennent s'y asseoir pour régler les consommations.

Bientôt, Karl eut des habitudes aux tables des intellectuels, les marxistes de préférence, qu'il voulait convaincre de leur erreur, détaillant les succès remportés à la fin des années 20 par le système allemand : en dépit de la crise et du chômage, leur pays jouissait désormais d'un niveau de vie supérieur à celui de ses voisins de l'Ouest, il faisait circuler le train le plus rapide du monde, venait de diffuser son premier programme télévisé, et la nouvelle Opel dépassait les 200 kilomètres à l'heure.

Susanne n'avait cure de ces débats. Elle préférait les tables des peintres. C'est là qu'elle rencontra Jakob Biermann.

Le hasard et les tourmentes européennes avaient amené Jakob Biermann à Berlin au lendemain de la guerre. Son astuce, son flair et son goût de l'art firent, dans cette ville étrangère, sa fortune.

Le jeune Biermann terminait à Varsovie, sous domination russe, des études cahotantes quand les troupes allemandes, bousculant celles du tsar, pénétrèrent dans la ville. Elles l'embarquèrent bientôt pour travailler en Prusse-Orientale, dans une usine d'armement, où les conditions de vie préfiguraient un peu celles des camps

41

de concentration. Quinze heures de travail par jour dans la plus étouffante des chaleurs, puis retour vers des baraquements impossibles à chauffer, surtout au cœur de l'hiver, discipline rigoureuse, appels sur le terrain central, qu'il vente, pleuve ou neige, par de vieux sous-officiers qui vivaient dans la peur panique des évasions, repas limités le plus souvent à des bols de bouillon où nageaient des morceaux d'une viande inconnue, accompagnés les jours de fête de deux ou trois rondelles de saucisson.

Par chance Jakob Biermann rencontra là un jeune Silésien nommé Kwiatski, employé comme lui à la fonderie, qui occupait ses rares loisirs à croquer, fort bien, sur tous les papiers qu'il trouvait, les scènes de la vie du camp. Par chance encore, Kwiatski fut surpris par un feldwebel pendant un appel qui s'éternisait, alors que, pour tromper l'attente, il dessinait sur un morceau de carton d'emballage guère plus grand qu'une main la tête d'un de ses voisins. Le feldwebel fit un rapport suggérant la plus sévère des punitions, qui échoua, après avoir remonté toute la voie hiérarchique, sur le bureau du commandant du camp. Lequel jugea ce dessin de bien bonne qualité, convoqua le jeune Kwiatski et décida qu'il occuperait désormais le plus clair de son temps à le portraiturer, lui, son épouse, ses enfants, puis le directeur de l'usine, les ingénieurs, leurs épouses et leurs enfants.

Le Silésien sut agir comme il convenait, c'est-à-dire redresser les nez tordus, ignorer les rides trop creusées, relever les joues tombantes, tout en gardant à ses tableaux la plus grande ressemblance avec les modèles. Il devint une petite puissance dans le camp et, bon bougre, fidèle aussi, en fit profiter son ami Biermann. Celui-ci obtint bientôt un emploi de principe au secrétariat.

Laura C.

Un service en vaut un autre : après l'armistice, Biermann voulut emmener son ami Kwiatski à Varsovie. Il souhaitait l'aider à vivre de ses seuls talents. Mais une tempête de persécutions, provoquée par les bouleversements de la guerre, le réveil des nationalismes, la naissance de l'empire communiste, soufflait sur cette partie de l'Europe. Les deux hommes rebroussèrent chemin, se retrouvèrent à Berlin, dans le Scheunenviertel, le quartier juif de l'est, où coexistaient les associations religieuses, d'innombrables échoppes de fripiers, quelques bars avec serveuses montantes et des cabarets pornographiques, tout un peuple d'artisans besogneux et de rabbins, de marchands gagne-petit, de prostituées et de voyous. Ils n'y furent pas malheureux, multiplièrent les succès féminins et comptèrent vite parmi les personnalités du lieu. Mais leurs ambitions étaient plus vastes.

Biermann trouva rapidement les moyens et les filières qui permettaient de vendre à bon prix les tableaux de son ami. Il put bientôt lui installer un petit atelier dans la Wassertorstrasse, une longue rue humide habitée par des familles ouvrières, mais c'était un début. Il fit à ce moment la connaissance d'un certain Baader, un architecte réputé pour la futuriste hardiesse des tombeaux qu'il dessinait, et qui présentait l'étonnante originalité d'avoir été, dans une circonscription de Berlin, le candidat aux élections législatives du mouvement Dada, tout droit importé de Suisse. Par lui, Biermann fut mis en contact avec l'avant-garde, les groupes excentriques de cette capitale qui entrait, avec délectation, et un sérieux de chargés de mission universelle, dans les Années folles. Il n'allait plus les quitter.

L'ami silésien, dont la manière était d'un classicisme de bon aloi, mourut alors, victime de l'épidémie de grippe espagnole, léguant ses dernières toiles à Jakob. Lequel décida de se lancer dans le commerce des tableaux, obtint un prêt de bonne dimension – que l'inflation délirante de l'année 1923 allait l'aider à rembourser, en même temps qu'elle ferait sa fortune.

Les zéros se multipliaient sur les billets de banque. Les Berlinois qui recevaient leur salaire chaque matin se hâtaient d'acheter ce qu'ils pouvaient dès le premier arrêt de travail puisqu'ils n'auraient plus dans les mains, le soir, que des papiers sans valeur. Les économies de toute une vie permettaient tout juste d'acheter un ticket de tramway. Un fauteuil d'orchestre coûtait trois milliards de marks, mais les théâtres étaient bondés. Des femmes et des filles formées au plus strict respect des vertus familiales se prostituaient pour survivre. Des fortunes s'effondraient. Des collectionneurs se voyaient contraints, le désespoir au cœur, de se séparer de leurs toiles les plus aimées que gros industriels et spéculateurs désireux d'investir leurs énormes gains dans des valeurs sûres recherchaient, frénétiques. Pour un intermédiaire avisé, et connaisseur, ce fut une période de rêve.

Jakob Biermann, qui avait fait construire pour son ami Kwiatski par son autre ami Baader le plus somptueux des tombeaux dans le Dorotheenstädtischer Friedhof, un cimetière situé au cœur de la ville, n'aimait pas l'argent pour l'argent. Il s'était entiché, on l'a dit, des mouvements d'avant-garde. Il admirait les promoteurs de changement, les créateurs d'impensable, de jamais vu et de jamais imaginé. Il spécula sur de jeunes inconnus qu'il prenait le risque de lancer. Il échoua parfois, ne se découragea jamais, s'amusa beaucoup, se passionna avec délices. Ce que les folies de l'inflation lui avaient permis de gagner, il le perdit les années suivantes à faire vivre des peintres qui ne perçaient décidément pas. Il lui resta pourtant de quoi vivre largement, faire fonctionner une galerie à deux pas du Kurfürstendamm, et garder dans une réserve spécialement aménagée des dizaines et des dizaines de toiles achetées pour dix marks et qui vaudraient peut-être, un jour, des millions.

Plus tard, bien plus tard, Jakob Biermann et Susanne s'interrogeraient sur la date de leur première rencontre. Elle prétendrait que c'était le désormais fameux 1er avril 1930, au Romanisches Kafe où Karl l'avait emmenée après la projection, le triomphe, de *L'Ange bleu*. Il l'assurerait du contraire : ce soir-là, avec des amis, il était resté en compagnie de Marlene Dietrich qu'il connaissait depuis des années, quand, figurante encore inconnue, elle tentait de se distinguer en arborant sur le Kurfürstendamm des tenues extravagantes, portant monocle et traînant toujours un long instrument de musique – une scie.

En vérité, Susanne, cette jeune bourgeoise au regard triste et volontaire, ne lui fit pas grande impression d'abord. Naturellement polygame, avide de plaisirs, doté par son père et la nature d'un regard profond et chaleureux, Jakob Biermann ne s'étonnait guère d'être toujours entouré de femmes. Etrangement, celles qui lui furent le plus proches paraissaient atteintes d'une sorte de langueur, de neurasthénie. Il ne semblait pas le remarquer, ou s'en accommodait. Plusieurs étaient des peintres de talent, qui rencontraient les pires difficultés dans ce petit univers encore très masculin. Il organisait pour elles des

expositions, tentait d'intéresser à leurs travaux les journalistes, y parvenait rarement, entrait alors dans des
crises de colère qui faisaient la joie des habitués du
Romanisches Kafe.

Susanne se sentait très étrangère à ce monde. Elle
était arrivée là par hasard et par ennui, attirée par son
éclat, en quête d'évasion et d'oubli. Le premier souvenir
certain qu'elle ait eu de Jakob Biermann était l'une de
ses colères, justement, dirigée contre un critique du *Ber-
liner Tageblatt* qui avait méconnu les qualités d'une
débutante. Elle s'était demandé comment ce petit
homme aux yeux si doux et amicaux pouvait soudain se
dresser comme un coq et hurler, puis, ses vociférations
terminées, se rasseoir, calme et presque timide, pour
entrer dans une autre conversation.

Elle s'était beaucoup amusée ensuite à l'entendre évoquer ses rencontres lors d'un voyage à Paris : Salvador
Dali, Luis Bunuel, Aragon, André Breton, qui le présentait partout comme son « ami boche », deux mots dont le
voisinage faisait encore sursauter plus de dix ans après la
guerre.

Une telle liberté d'esprit ravissait Susanne. Mais elle
resta longtemps à l'écart, de crainte d'être rejetée, consi-
dérée comme une intruse. Elle se tenait dans l'ombre de
la femme d'un industriel rencontrée lors de réceptions
officielles, une grande brune paradante, aux décolletés
généreux et au parler haut, qui après avoir longtemps
fréquenté les tables des gens de cinéma et de théâtre en
était, au printemps 1930, à celle des peintres, et lui servit
en somme d'introductrice. Jusqu'au jour où, Jakob Biermann ayant longtemps parlé d'une exposition dont il
espérait beaucoup – il avait fait venir de Paris des
tableaux de surréalistes –, elle décida de s'y rendre.

Or – surprise – il la reconnut, se précipita vers elle, entreprit de lui conter l'aventure surréaliste, de lui détailler les toiles. Elle l'écoutait, ravie, comme le disciple son maître.

– Apprenez-moi, souffla-t-elle enfin.

– Quoi?

– Tout.

Tout. C'était l'art moderne, contemporain, nouveau, fauve, abstrait, surréaliste, l'expressionnisme, le constructivisme, la « nouvelle objectivité », bref, toutes les écoles apparues depuis un siècle, les créateurs qui, dans le désordre d'un monde qui sortait de la plus folle hécatombe, faisaient surgir de nouvelles visions, de nouvelles manières de le montrer et de le signifier.

Alors, cet homme, qui se plaisait tant à mettre les femmes dans son lit ou à visiter le leur, parut oublier qu'elle avait un corps, pour se faire enseignant, éducateur, maître à penser, gourou. Au fil des mois, elle désapprit le chemin du Romanisches Kafe – par chance, Karl, son mari, se lassait des débats avec les intellectuels marxistes prêts à croire dur comme fer qu'un monde nouveau, pacifique et juste, se construisait à Moscou. Mais elle passait de longues heures à la galerie, absorbée dans la contemplation des tableaux, attentive aux jeux des lumières et aux rencontres des couleurs, scandalisée comme une fraîche convertie par les propos des visiteurs indifférents, snobs, prétentieux, ou franchement rigolards. Et quand Jakob Biermann apparaissait, elle se précipitait, transformée, anxieuse d'être accueillie par lui et de se faire expliquer, expliquer, expliquer. Jusqu'au 1ᵉʳ avril 1933.

Ce jour-là, les nazis décidèrent le boycott de tous les commerces juifs. Dès le petit matin, des camions sillon-

nèrent la ville, porteurs de slogans impératifs : « N'achetez pas dans les magasins juifs », « Les juifs sont notre
malheur », « Pourquoi acheter juif? Vous trouverez
mieux chez les chrétiens ». Un peu plus tard, tandis que
des membres des Jeunesses hitlériennes, opérant par
bandes, obligeaient les commerçants à peindre eux-
mêmes des étoiles de David sur leurs vitrines, des
équipes de chemises brunes se postèrent à toutes les
portes des commerces et des entreprises juives, celles des
petites boutiques comme celles des grandes surfaces. Des
jeunes hommes parfois polis et souriants, plus souvent
agressifs et brutaux, tentaient de dissuader les clients de
pénétrer dans les « affaires juives ». D'autres photo-
graphiaient ceux, assez nombreux, qui osaient passer
outre.

Cet après-midi-là, Susanne, désireuse de manifester sa
fidélité, décida de se rendre à la galerie de Jakob Biermann. Deux hommes à chemise brune en gardaient
l'entrée. Ils la toisèrent.

— Nous sommes le 1ᵉʳ avril, madame.

— Avez-vous écouté la radio ou lu les affiches?

— La radio? Les affiches?

— Oui. A propos du boycott des affaires juives.

Elle crut tomber. Terrifiée, bien qu'elle ait prévu cet
affrontement, imaginé et dix fois répété ses réponses à
leurs injonctions.

Surtout, ne pas montrer de peur. C'est ce qu'ils
attendent. Ne pas le montrer.

— Je... Je voudrais passer.

— Vous savez ce qu'a demandé le Führer? Vous savez
ce que nous ont fait les juifs?

— Je... Laissez-moi passer.

Ils s'écartèrent enfin, s'efforçant de charger leurs
regards de tout le mépris du monde.

49

Laura C.

La galerie était presque déserte. Deux hommes seulement qui parlaient une langue étrangère – l'espagnol semblait-il. Et la secrétaire de permanence qui se tournait, effrayée, vers les fenêtres.

Susanne, agitée, n'eut pas un regard pour les tableaux, exposés là depuis trois semaines et qu'elle connaissait. Postée près des grandes baies vitrées, elle observa la rue, qui paraissait animée comme à l'ordinaire. Mais devant le magasin du fourreur, l'un des plus réputés de la ville, qui faisait presque face à la galerie, quatre chemises brunes formaient un barrage infranchissable, semblaient échanger arguments et insultes avec une vieille dame, d'une rare élégance, qui agitait, furieuse, son parapluie, et qui, enfin, exaspérée sans doute, fit mine d'embrocher le plus jeune. Les quatre hommes ripostèrent aussitôt, sans la ménager. La vieille dame tomba sur le bord de la chaussée. Où ils la laissèrent, souriants, se frottant les mains, bravant les passants comme pour demander « à qui le tour? »

Susanne, honteuse mais tremblante, allait sortir pour lui porter secours quand deux adolescents, des vendeurs de journaux, survinrent et l'aidèrent à se relever.

– Vous voyez, dit Jakob Biermann, tout n'est pas perdu. Les hitlériens vont échouer.

Elle ne l'avait pas vu arriver.

– Tout n'est pas perdu? Mais vous êtes aveugle! Voyez donc votre galerie... Vide.

– Vous oubliez que c'est presque la fin de l'exposition. Les derniers jours, c'est toujours comme cela. Tous ceux qui devaient venir sont déjà passés. Et je me suis renseigné. On me dit que les consignes de boycott ne sont pas tellement suivies, que les nazis se demandent déjà s'ils n'ont pas commis une bêtise, s'ils ne sont pas allés trop loin cette fois.

– Trop loin? Mais ils vont gagner par la peur. Vous avez vu quel bond ils ont fait aux élections de l'autre semaine?

– 45 % des voix, ce n'est pas la majorité. Et pourtant, ils contrôlent tout. Ils auraient dû faire beaucoup plus.

– Justement, vous l'avez dit : ils contrôlent tout. Et ce sera encore pis maintenant que Hitler s'est octroyé les pleins pouvoirs. Ils ne reculeront devant rien. Avez-vous déjà oublié l'incendie du Reichstag? Ils l'ont mis sur le dos des communistes. Un autre jour, ils brûleront une église et ils accuseront les juifs!

Elle n'avait jamais parlé de la situation de l'Allemagne avec lui et voilà qu'elle oubliait toute timidité et toute réserve, s'enflammait comme un militant dans un meeting électoral. Il sourit, charmeur.

– N'ayez pas peur, Susanne. Cela ne durera pas.

Il l'avait appelée Susanne; c'était la première fois.

– C'est pour vous que je crains, Jakob. Pas pour moi.

Elle l'appelait Jakob pour la première fois.

Un peu plus tard, elle le suivit dans le petit appartement qu'il s'était aménagé au-dessus de la galerie.

Elle ne le revit plus de quelques mois.

Cette rencontre, brève, l'avait laissée insatisfaite. Presque blessée. Avec un sentiment d'humiliation et de gâchis.

Fallait-il qu'avec les hommes toute amitié aboutisse ainsi ?

Elle inventa des prétextes, puis décida qu'elle était malade à ne pouvoir mettre le nez dehors. Et accueillit enfin avec soulagement l'approche de l'été qui lui permettrait de quitter Berlin avec mari et fille.

Comme les années précédentes, ils avaient loué une villa au bord de la Baltique. Ce furent des vacances paisibles : le soleil se montra généreux ; la maison, agréable, donnait de plain-pied sur la longue plage de sable blanc ; Karl, ragaillardi par la reprise des affaires, se dépensait beaucoup pour distraire et amuser celles qu'il appelait les deux femmes de sa vie.

A leur arrivée, il avait bien tenté de faire lit commun avec Susanne qui, dès le début de sa prétendue maladie, avait obtenu qu'il aille coucher ailleurs. Elle le jugeait toujours responsable de sa frigidité. Elle renouvela son refus. Il trouva à la bière des vertus nouvelles.

Laura C.

Pour le voyage de retour, ils allèrent déjeuner au wagon-restaurant. C'était d'ordinaire un plaisir dont la petite fille ne se lassait pas : voir défiler champs, arbres, clochers et maisons tandis qu'assis à table on déguste tranquillement des Russischeier, des œufs à la russe, et une tranche de bœuf sauce tomate, servis dans de véritables assiettes et non des gamelles de pique-nique, faisait partie à ses yeux de l'extraordinaire et du miraculeux. Le plaisir, cette fois, fut gâché.

Le wagon était plein à craquer et ils s'apprêtaient à attaquer les rollmops qui, par exception, remplaçaient les œufs à la russe quand surgirent deux jeunes hommes en élégantes tenues de sport qui parlaient très fort et exigèrent du maître d'hôtel qu'il leur trouvât deux places. Et comme celui-ci leur montrait d'un geste du bras qu'il n'en restait plus une seule, ajoutant qu'il n'y en aurait pas plus au deuxième service parce que tout était déjà réservé, qu'ils auraient d'ailleurs dû en faire autant, ils sortirent de leurs portefeuilles des papiers d'identité. Ce qui parut l'embarrasser beaucoup. Il se courba un peu, réfléchit, leur proposa de revenir une demi-heure plus tard : il s'arrangerait pour leur offrir un repas entre les deux services, c'était tout à fait possible, il y avait toujours des gens qui quittaient très vite la table tandis que d'autres n'arrivaient que dix minutes, voire vingt, après l'heure prescrite. Et quand il disait « offrir un repas », insista-t-il, c'était vraiment offrir : ils seraient ses invités. En attendant, s'ils voulaient bien indiquer le numéro de leur compartiment, un garçon se ferait un plaisir de leur porter l'apéritif, ou une bière s'ils préféraient, par exemple une excellente Weisse, fraîche à souhait. Bref, ils auraient tout ce qu'ils voulaient. Et même plus.

53

Mais ils n'en démordaient pas. Ils voulaient les deux places, tout de suite. Qu'il se débrouille.

Le plus grand regardait le wagon où la majorité des voyageurs avaient interrompu leur repas et leurs conversations pour observer et écouter, attentifs, peut-être heureux de cette diversion. Son regard s'arrêta soudain sur un jeune couple assis près d'une fenêtre, se détourna, y revint. Insistant.

— Mais il me semble, dit l'homme, que ceux-là sont des juifs.

Tous les yeux se tournèrent vers eux : un garçon d'une vingtaine d'années aux cheveux noirs (non frisés, remarqua la petite fille) et une très belle jeune femme qui détournait la tête, sans penser qu'on pouvait en voir le joli reflet dans la vitre. Son époux, ou son fiancé, ou son ami, avait posé sa main sur la sienne, comme pour la rassurer ou la calmer.

Un silence glacé était tombé sur le wagon.

— Allez donc vérifier, lança l'homme au maître d'hôtel.

Celui-ci, un costaud, sanguin, pas très jeune, qui en avait sans doute vu d'autres depuis qu'il exerçait ce métier, hésita, fit celui qui n'avait rien compris.

— Moi... Vérifier ? Pourquoi ? Tout le monde a le droit de manger ici. Même les étrangers.

— Faites ce qu'on vous dit ! Vite ! Et libérez-nous des places, s'ils sont ce que je pense.

Le maître d'hôtel esquissa un mouvement. Mais le couple s'était levé sans attendre, quittait le wagon. Il les suivit, leur chuchota un « merci » que tous entendirent. Un garçon s'empressait déjà de débarrasser les deux couverts et de préparer la table pour les deux hommes qui continuaient, méprisants, d'observer l'assistance. Le plus grand sortit un carnet, interpella le maître d'hôtel qui revenait vers lui : qu'il donne son nom et son numéro matricule, son attitude antinationale serait signalée à qui de droit. Quelques bravos partirent d'une table pour saluer cette réprimande. L'homme répondit d'un sourire avec un petit salut de la main gantée. La plupart des convives avaient baissé la tête, murmuraient ou bien parlaient très fort de la qualité du temps et des excellentes vacances qu'ils venaient de vivre.

La petite fille avait bien tenté d'interroger ses parents sur l'identité des deux personnages qui se faisaient maintenant porter d'immenses pots de bière. Mais ils s'étaient empressés de lui imposer le silence et d'aiguiller la conversation vers sa lecture préférée du moment, un recueil de contes. Ils craignaient, comme tous, les oreilles de leurs voisins.

Elle posa de nouveau sa question dans le taxi qui les ramenait à la maison. Sans plus de résultat.

Le soir enfin, Karl accepta de lui dire que les deux hommes étaient probablement des dignitaires du parti nazi – désormais le seul parti – ou de la police. Susanne, sombre, le somma de dire qu'il désapprouvait de telles pratiques. Il le fit sans réticences mais sans chaleur, ajoutant que c'était malheureusement une sorte de prix à payer, l'envers regrettable d'une politique aux aspects positifs de plus en plus évidents.

Le lendemain, elle retourna au Romanisches Kafe.

La vaste salle était moins enfumée, bruyante et surpeuplée qu'à l'ordinaire. Elle ne s'en étonna pas, mit les absences au compte de l'été et des vacances. Mais l'épouse de l'industriel, qui l'avait accueillie avec de grandes exclamations – « Susanne, mon amie, quel bonheur! Il y a si longtemps! » – la détrompa vite. Quelques habitués, les juifs surtout, avaient profité de la saison pour quitter l'Allemagne en catimini et n'y plus revenir. Des écrivains aussi depuis que Goebbels avait organisé, avec des associations d'étudiants, l'autodafé de plus de vingt mille livres dont les flammes avaient éclairé le ciel comme un bûcher médiéval. Des peintres enfin, victimes d'une véritable épuration des académies et des écoles. Ils vivaient maintenant à Vienne, ou à Prague, la plupart à Paris. Quelques-uns avaient donné de leurs nouvelles. Ils espéraient bien rentrer, dans six mois, un an ou deux, peut-être, quand Hitler aurait quitté le pouvoir. Ils comptaient sur une révolution, ou pensaient que l'incompétence des nazis en matière économique paraîtrait vite si patente que le pouvoir s'écroulerait de lui-même.

— Et Biermann?

— Jakob? Toujours là. Il n'a pas voulu partir, bien qu'il ne soit plus allemand, vous savez, il a perdu sa nationalité au mois de juillet comme tous les juifs nés à l'étranger. Mais il ne s'inquiète pas : il est en affaires avec Hermann Göring, qui est un grand amateur d'art à ce qu'on dit... Et comme le voilà devenu ministre de l'Intérieur!...

Elle rit.

— Il a raison, Jakob, de ne pas s'inquiéter. Même si tous les autres avaient des ennuis, il s'en tirerait toujours.

Susanne ne riait pas.

Elle se rendit dès le lendemain à la galerie, qu'elle trouva presque déserte. La table de la secrétaire de permanence était occupée par une dame âgée, aux cheveux blancs très bien coiffés, qu'elle ne connaissait pas. Et qui lui expliqua que les deux jeunes employées de Bier-

mann l'avaient quitté, craignant des ennuis si elles continuaient à travailler pour lui.

– Des sottes, des couardes. Les nazis ne vont quand
même pas les manger, hein? Et puis, on n'est pas responsable des opinions, de la religion de son patron,
hein? On travaille où on peut. Et puis, Jakob, il a des
relations. Si quelqu'un n'a rien à craindre, c'est bien lui.

Elle parlait avec un accent que Susanne ne put identifier, qui était polonais peut-être, en agitant beaucoup les
mains chargées de lourdes bagues. Et Monsieur Biermann, pouvait-on le voir? Pas ce jour-là, ni le lendemain, il était en voyage. A Munich précisément. Il pré-
parait une exposition.

Susanne ne s'attarda guère. Les murs de la galerie ne
présentaient que des toiles qu'elle jugea d'un classicisme
rétrograde, sans intérêt.

Elle revit Jakob trois jours plus tard. La vieille dame
aux lourdes bagues et aux cheveux blancs lui avait-elle
signalé son passage? Il ne parut guère surpris de la
retrouver, la salua comme s'ils s'étaient quittés la veille,
notant seulement : « Je ne vous avais pas présenté
maman. » C'était donc à sa mère qu'il avait été
contraint de faire appel. Susanne, dépitée, se dit qu'il ne
lui en avait jamais parlé, puis se rassura vite : ce silence
n'était guère étonnant puisqu'ils ne discutaient toujours
que de peinture; elle ne savait rien de lui; il ne savait
rien d'elle.

Elle l'interrogea sur l'exposition qu'il projetait. Il se
montra confiant. Bien sûr, il n'accrocherait aux cimaises
que des toiles allemandes, évitant pour l'instant
cubistes, dadaïstes, impressionnistes que Hitler avait
pris la peine de condamner lui-même : il n'était pas
assez fou pour jouer les provocateurs. Mais enfin, l'art

allemand avait produit ces derniers temps tant de richesses qu'il serait possible, pendant des années, de présenter des œuvres intéressantes sans céder aux diktats du style officiel. Et puis de nouveaux clients apparaissaient, chez les dignitaires nazis justement, les affaires marchaient.

Elle n'était pas convaincue. Dans la vie quotidienne, n'éprouvait-il donc aucune gêne? La multiplication des pancartes « Interdit aux juifs » ou « Ici les juifs sont indésirables », à l'entrée des hôtels, des restaurants ou de certains magasins, l'avait bouleversée depuis son retour à Berlin.

Le regard de Jakob Biermann se voila. Et elle fut emportée par un élan de compassion, et de tendresse. Il la devina toute proche, davantage peut-être qu'elle ne l'avait jamais été, avoua : oui, il était humilié, comme tous les juifs bien sûr; oui, il avait peur; oui, il avait reçu des menaces; oui, il n'osait plus parler devant sa bonne ni devant la femme de ménage de la galerie, de crainte qu'elles n'aillent tout répéter aux nazis ou à la police, ce qui revenait désormais au même; oui, il ne se passait pas un matin sans qu'il se demandât s'il ne fallait pas mettre la clé sous la porte et fuir, comme il l'avait déjà fait de Pologne.

Elle ne l'avait jamais senti si livré, fragile. Il parlait bas, tout contre elle, se détournait parfois pour vérifier que sa mère, à l'autre bout de la galerie, ne l'écoutait pas. La vieille semblait absorbée dans la confection d'étiquettes pour la prochaine exposition. Mais restait peut-être aux aguets.

La désignant du regard à Susanne, il proposa de monter à l'appartement. Elle était bouleversée. Elle se demanda, inquiète, si cette conversation ne finirait pas au lit, puis se dit qu'après tout c'était Karl qui l'avait rendue frigide et que Jakob, s'il avait échoué la première fois, parviendrait peut-être un jour à la guérir de cette infirmité. De plus, elle n'était pas mécontente d'échapper aux regards de la vieille femme que, d'instinct, elle détestait. Elle s'avoua enfin qu'elle aimait cet homme.

Alors, elle sourit, triste, amoureuse et vaillante. Et le précéda sans répondre.

Chapitre III

— N'y allez pas, Mademoiselle Laura. Restez ici.

Gutsi rattrapa la petite fille, qui atteignait déjà la porte, et la traîna, brusque, jusqu'à la table de la cuisine. A l'étage, dans la pièce qui servait de bureau au père et dont il avait fini par faire sa chambre, les cris avaient repris. Comme souvent depuis ce jour de la semaine précédente où Karl était rentré abattu et furieux : dans l'après-midi, des hommes de la Gestapo, surgissant à la banque, lui avaient appris que sa femme était depuis des mois la maîtresse d'un juif. Il ne se contenait pas, criait au scandale, à la trahison.

La petite fille avait interrogé Gutsi : maîtresse, qu'est-ce que cela voulait dire?

— Cela signifie qu'elle fait des choses qu'une femme honnête ne devrait pas faire, voilà...

— Tu veux dire qu'elle vole? C'est pas une voleuse, maman.

— Mais non.

La bonne haussait les épaules, bougonnait des mots indistincts.

— Quelles choses elle fait, alors?

— Des choses.

61

– Elle est amoureuse, c'est ça?

– Amoureuse, amoureuse... son ventre, oui.

– Gutsi, je te défends de parler de maman comme ça.

La petite fille devinait, traçait son chemin à travers les mots codés, les lourds silences et les cris. Peu surprise en vérité. Elle avait depuis longtemps perçu comme une fêlure entre ses parents. Et puis il y avait ce Monsieur Biermann.

Gutsi tentait de la maintenir à l'écart des discussions, des disputes qui renaissaient chaque soir.

– C'est une vraie misère, geignait-elle, mais les petites filles ne doivent pas s'en mêler, ni écouter. D'abord, ça vous ferait du mal. Tenez, je vais vous préparer un grand bol de chocolat... Non? ... Vous n'aimez plus le chocolat, maintenant?... Ou bien, un grand verre de limonade, avec du sirop de fraise... Non? Vous n'aimez pas non plus?...

C'était toujours non.

Cette Gutsi est sotte, pensait la petite fille : on ne guérit pas un tel malheur avec un bol de chocolat ou un verre de limonade.

Quelle idiote : je n'ai plus quatre ans, j'en aurai bientôt huit, ce n'est plus un âge où on se laisse mener par le bout du nez.

Gutsi est injuste et je la déteste, pensait aussi la petite fille : dès le premier soir, dès qu'il s'est mis à crier dans l'entrée, si fort que j'ai eu vraiment peur, elle s'est mise dans le camp de papa, je l'ai senti tout de suite; et il faut voir comment elle traite maman, c'est une honte. Ça ne la regarde pas.

La petite fille n'avait personne à qui dire sa peine, sa colère, et ses incertitudes. Alors, elle boudait, visage fermé, répondait à peine à qui l'interrogeait. Et à Gutsi, promue bouc émissaire – puisqu'il en fallait un et qu'elle ne pouvait se résoudre à choisir entre son père et sa mère –, à Gutsi, elle disait toujours non. Elle n'avait d'ailleurs, jugeait-elle, aucune raison de lui obéir, elle pouvait en faire à sa tête puisque dans cette maison, désormais, il n'existait plus aucune règle et tout allait de travers.

Ce soir-là après que Gutsi l'eut ramenée de force dans la cuisine, elle choisit le moment où la bonne emplissait de charbon la cuisinière pour s'échapper à nouveau, courir vers l'entrée aux panneaux de bois veiné, grimper à toutes jambes l'escalier de chêne ciré, s'offrir le luxe d'un demi-tour pour faire la nique et tirer la langue à sa poursuivante qui n'osait monter jusque-là, craignant que Monsieur, s'il ouvrait la porte à cet instant et la voyait, la soupçonnât de vouloir écouter.

Résignée, Gutsi fit de grands signes à la petite fille pour l'inciter à redescendre, puis s'en alla, vaincue.

L'enfant s'était installée sur la première marche, en haut de l'escalier, et tendait l'oreille.

C'était le père qui menaçait.

– Vous savez ce qu'on va vous faire, un jour? Comme à cette femme dont le parti a diffusé la photo, l'autre fois, cette photo où elle portait une pancarte accrochée au cou, vous vous souvenez, une pancarte où l'on avait écrit : « Je suis la plus grosse truie, je ne me donne qu'aux juifs. »

La petite fille comprit que son père comparait sa mère à une truie. Elle faillit courir jusqu'à elle pour la défendre. Elle ne comprit guère, en revanche, quand elle l'entendit annoncer qu'un journal – elle apprendrait plus tard que c'était un hebdomadaire nazi appelé le *Stürmer*

– clouerait sa mère au pilori comme toutes les femmes « qui fricotent avec les juifs ». Clouer? Comme Jésus? Comme les juifs avaient fait à Jésus? Elle descendit interroger Gutsi qui, soulagée de la revoir mais pas mécontente de s'offrir quelque vengeance, fût-elle minime, répondit qu'elle ne savait pas au juste, mais que cela voulait sans doute dire exposer sur la place publique, comme les malandrins au Moyen Age, ou dénoncer dans le journal, ou quelque chose comme ça, mais que de toute manière, c'était vrai, ces malfaisants de juifs y étaient mêlés.

Malfaisants? La petite fille songeait au vieux bonhomme qui vendait des jouets à quatre pfennigs, la veille de Noël. Cette Gutsi disait n'importe quoi. Elle ne lui demanderait plus jamais rien. Une méchante femme, sotte et bête, qui était contente du mal qu'on allait faire à sa mère.

Sa mère! il fallait la consoler, la défendre, et tout suite.

Elle quittait la cuisine quand elle l'aperçut, en haut de l'escalier. Elle comprit aussitôt. Valise à la main, manteau de printemps hâtivement enfilé, chapeau de guingois sur la tête, Susanne partait.

– Maman!

Elle se précipita, se colla à ce ventre comme on se met à l'abri.

– Ma petite fille!...

La mère avait laissé sa valise, la soulevait, l'étreignait, l'embrassait partout.

– Ma petite fille...

– Ne pars pas, maman. Reste avec moi.

Gutsi était apparue à son tour, ne bougeait plus, silencieuse.

64

Laura C.

Et la voix du père, du haut de l'escalier, glaciale soudain, d'une solennité affectée.

— Laissez Laura, madame. Laissez cette enfant. Elle n'appartient pas à la maîtresse d'un juif. Vous avez trahi les devoirs de la mère allemande, vous n'avez plus aucun droit sur elle. Si vous essayez de l'emmener, dès ce soir, toutes les polices d'Allemagne seront à vos trousses.

Elle tenait toujours l'enfant dans ses bras. Serrée. Immobile. Hasarda, tremblante :

— Je suis sa mère, quand même.

— Mais c'est le père qui a l'autorité. Toute l'autorité. Laissez-la donc. Si vous essayiez de l'emmener, vous ne feriez pas dix mètres avant que je vous l'arrache. Elle est à moi.

— Et à moi !

— A moi ! Allez, viens petite Lauralei, viens avec papa, ma chérie.

La petite fille mêlait larmes et baisers, ne répondait pas. Susanne, soudain, soupira longtemps, la serra plus fort encore.

— Je m'en vais chez tante Helga, lui souffla-t-elle à l'oreille. Je ne t'abandonnerai pas.

Puis, la déposant, elle courut vers la porte, qui claqua.

La petite fille n'eut pas un geste.

— Qu'est-ce qu'elle t'a dit avant de partir ?

— Rien.

— Mais si, Laura ; j'ai bien vu qu'elle te parlait.

— Rien.

Les premiers jours, elle refusa toute nourriture. Gutsi lui mettait sous le nez des bols de chocolat odorant, du consommé de bœuf à la moelle, des boulettes ou des harengs frits, ses plats préférés : elle détournait la tête. Le père alternait cajoleries et menaces. Il achetait pour elle dans les meilleures confiseries du Kurfürstendamm ou de la Friedrichstrasse de somptueuses friandises qu'elle refusait de regarder. Il lui promettait de l'inscrire à la prochaine rentrée dans une de ces pensions disciplinaires recommandées par les Jungmädel, l'organisation nazie pour les filles. Elle ignorait les bonbons et les gâteaux, semblait sourde aux menaces. Et, la nuit, quand tout dormait, elle se glissait dans le placard à provisions, se gavait de biscuits sucrés dont elle refermait soigneusement les paquets et les boîtes, pour ne pas être découverte, en emportait aussi des poignées qu'elle cachait dans le ventre de ses poupées de porcelaine.

Gutsi avait fini par flairer ce manège. Mais, encore plus attachée à l'enfant depuis le départ de la mère, elle jouait celle qui n'avait rien vu et que l'on pouvait aisément berner. Bien plus, puisqu'elle régnait désormais sans contrôle sur les achats quotidiens, elle s'employa à remplir régulièrement les boîtes et les paquets que la petite fille vidait. En se permettant quelques allusions aux souris et aux rats qui se multipliaient dans la maison. Et en se persuadant que les odeurs des harengs frits, de chocolat ou de boulettes finiraient par avoir raison d'un tel entêtement.

Ce fut le père qui l'emporta. Un jour, le sommeil ayant vaincu la faim, la petite fille ne s'approvisionna pas le soir et ne se leva qu'à l'aube. Eveillé, Karl l'entendit descendre à pas feutrés, en fit autant, la surprit, alors que, grimpée sur un escabeau, elle opérait ses habituels transferts de biscuits, la malmena, furieux, lui annonça que, c'était décidé cette fois, il l'inscrirait sans plus attendre dans un de ces pensionnats, gémit sur les soucis qu'elle lui causait alors qu'il était si malheureux, se surprit lui-même à pleurer, tenta de lui expliquer qu'elle n'avait pas de raison de regretter une mère qui, en somme, l'avait abandonnée, elle, et pour qui? Pour un de ces juifs aux origines obscures, qui n'avait même pas fait la guerre et gagnait sa vie en vendant les œuvres de peintres dégénérés, des sous-hommes, de prétendus Allemands, hélas! mais aussi beaucoup de Français, incapables de réaliser de beaux et vrais tableaux ressemblant à quelque chose, et qui se vengeaient en décomposant, en détruisant même, les images des objets et des gens, comme pour saper les fondements de la société.

Elle n'écouta pas tout ce discours, mais ses pleurs la bouleversèrent. Un homme comme lui pouvait donc éprouver un tel chagrin, donner de tels signes de faiblesse? Elle le sentit tout proche, fut saisie de pitié, réconfortée aussi. Ce fut une sorte de brutal retour d'affection, elle courut vers lui, à demi affaissé sur la longue table de la cuisine, la tête entre les mains, et l'entoura de ses bras pour le consoler, prit le relais de ses sanglots alors qu'il se redressait, réjoui, heureux et saisi d'orgueil peut-être, pour lui embrasser le front, les yeux, les joues, le nez, et même, par accident, les lèvres – ce qui les fit tous les deux tressaillir. Elle promit que, désormais, elle mangerait.

Les jours suivants, il voulut confirmer ce premier succès. Il l'amena au Lunapark du Kurfürstendamm, lui permit de choisir tous les vêtements d'été et de plage qu'elle souhaitait chez Wertheim ou au KaDeWe, le plus grand des grands magasins de la capitale, et profita des premières chaleurs du printemps pour l'emmener canoter sur le lac de Wannsee et vagabonder dans la forêt voisine.

Elle se laissait faire, flattée qu'il lui accordât soudain tant d'intérêt, heureuse de le retrouver, de l'aimer et de se sentir aimée. Mais il ne se passait pas de jour qu'elle ne pensât à sa maman disparue. Que faisait-elle? Habitait-elle chez tante Helga? Ou bien chez ce Monsieur Biermann à peine aperçu, dont elle essayait de reconstituer les traits, de retrouver le visage? Et quand reviendrait-elle? Car la petite fille s'était persuadée qu'elle vivait une crise passagère, qu'il existait un ordre naturel des choses où son papa et sa maman vivaient ensemble et s'aimaient, et que cet ordre se rétablirait comme la paix succède à la guerre.

Un soir qu'ils rentraient à Grunewald par l'Avus, la première autoroute berlinoise et allemande, elle lui posa la question. Quand réapparaîtrait maman? La voiture fit presque une embardée, faillit mordre sur la bande de gazon qui séparait les deux voies. Mais il ne répondit pas d'abord, et donna un brusque coup d'accélérateur qui effraya Laura. C'est seulement au retour à la maison qu'il lui parla, solennel, après l'avoir assise face à lui dans un fauteuil du grand salon, la fixant dans les yeux :

— Tu vas avoir huit ans, Laura, c'est plus que l'âge de raison. Tu peux comprendre les choses de la vie. On peut t'expliquer comme à une grande personne. Ta mère ne reviendra pas, il faut que tu acceptes ça, même si ça te rend un peu malheureuse. C'est comme si elle était morte, vois-tu. On a de la peine quand on perd sa maman. Beaucoup de peine. Mais on n'y peut plus rien. C'est fini. On sait qu'elle ne va pas ressusciter, qu'elle ne reviendra pas. Alors, même si on a du chagrin, on ne rêve pas à son retour. Surtout quand on est une grande fille comme toi...

Il parlait posément, cherchant ses mots, articulant avec soin, ardent de convaincre.

Elle ne disait rien, immobile.

Il prit ce silence pour un acquiescement, crut possible d'aller plus loin :

— Et même si elle revenait, vois-tu, il ne faudrait pas la laisser rentrer. Ce n'est plus possible de recommencer avec elle comme si rien ne s'était passé. Parce qu'elle m'a trompé, moi, et qu'elle t'a abandonnée, toi.

— Et si... et si elle demandait pardon ?

— Si elle demandait pardon ?

Pris au dépourvu, il hésita quelques secondes.

— Si elle demandait pardon... non. D'abord, elle ne le fera pas. Et puis, tu ne te rends pas compte, ma petite fille : ce juif l'aura contaminée. Et elle...

— Qu'est-ce que ça veut dire, contaminée ?

— Tu ne sais pas ? C'est comme une maladie contagieuse qu'on se passe de l'un à l'autre, une sale maladie.

— Ils sont tous malades, les juifs, tous?

— Pas malades dans leur corps, tu comprends. Bien que, sans doute, il y en ait beaucoup. Mais dans leur tête, oui, tous malades. Ils ont dans l'esprit une sorte de poison qui les pousse à vouloir abaisser les Allemands, détruire la société allemande. Tu le sais, non? Tu écoutes bien ce qu'on dit, tu lis bien les journaux, parfois, je le vois, ou les affiches sur les murs?

Oui, elle voyait, elle entendait. Comment n'aurait-elle pas lu la grande affiche collée deux rues plus loin et qui proclamait : « 800 000 juifs doivent payer pour les crimes de leurs chefs. » Certains matins, des morceaux en étaient arrachés. Mais dans la journée elle réapparaissait, toute fraîche et brillante.

— Tu vois, reprit-il, je ne suis pas le seul à le dire.

— Mais ce sont les nazis qui parlent comme ça, papa. Vous n'êtes pas nazi, vous.

— Nazi, moi?

Il eut un petit rire, l'interrompit vite, regarda autour de lui comme s'il craignait que quelqu'un l'ait entendu. Pourtant, ils étaient seuls dans la maison, avec Gutsi.

— Non, reprit-il, un ton plus bas. Mais il faut reconnaître qu'il y a du vrai dans ce qu'ils disent, sur ce point-là notamment. Tu me crois, n'est-ce pas?

Elle ne répondit pas.

Puis :

— J'ai faim.

Il pensa qu'elle n'était décidément qu'une enfant. Mais il s'était plutôt bien tiré d'une explication difficile et nécessaire. Et, après tout, si elle interrompait ainsi leur conversation, c'est qu'il l'avait, pour l'essentiel, convaincue. Bien sûr, le départ de sa mère la chagrinait. Mais cette cicatrice finirait par s'effacer.

Il se surprit à glisser un doigt dans l'ouverture de sa chemise pour caresser la blessure que lui avait faite la balle française en haut de la poitrine, un jour de 1915, près de Lens, alors qu'il faisait face à une horde de nègres déchaînés. Qui étaient peut-être, allez savoir, commandés par des juifs.

Les juifs, il les montrerait à sa fille sous leur vrai visage.

Deux jours plus tard, il l'emmena près du pont de Varsovie, dans les petites rues où s'entassaient bien des juifs venus de l'Est. Un quartier qui la surprit d'abord parce qu'on y semblait presque ignorer l'existence des moteurs. Aucune automobile ne circulait dans ces voies étroites. Seulement de lourds chariots traînés par de solides chevaux, des charrettes poussées par des hommes de tous âges, très jeunes parfois, qui s'arrêtaient à l'occasion devant des boutiques aux vitres grises où s'accumulaient quincailles en tous genres, vêtements fripés, pâtisseries orientales, bottines et pantoufles, livres aussi, imprimés en lettres étranges qu'il lui dit être de l'hébreu et qu'ils retrouvèrent sur quelques portes.

Des policiers allaient et venaient, hautains, interpellant parfois un gamin en casquette ou un homme en chapeau mou pour vérifier, expliqua le père, que leurs papiers d'identité étaient bien marqués du grand J majuscule, obligatoire depuis l'année précédente pour les gens de leur race. Des ouvriers sortaient de minuscules échoppes, comme par miracle, de grands meubles de bois blanc que des porteurs, petits et pâles, parvenaient à arrimer sur leurs dos. Des mendiants voûtés, quelques-uns éclopés, assiégeaient les passants. Des gamins galopaient ou s'affairaient à des jeux inconnus, et la petite fille nota qu'ils n'étaient pas tous frisés.

Le père la fit entrer dans un immeuble plus imposant, mais plus sombre que les autres, et dont le corridor encombré de détritus – cartons, vieux journaux, restes de nourriture – ouvrait sur une vaste cour autour de laquelle couraient balcons et couloirs. Des vêtements et des linges pendaient aux fenêtres ou à des fils qui formaient de complexes treillis.

De puissantes odeurs rôdaient. On entendait pleurer des bébés, crier des enfants, psalmodier quelques voix féminines. Quatre hommes, groupés dans le seul coin où le soleil printanier avait réussi à se faufiler, s'étaient assis pour jouer aux cartes.

L'un de ceux qui suivaient la partie, un grand personnage au chapeau rond de velours noir et à la barbe cuivrée, très fleurie, se détourna pour sourire à la petite fille. Qui lui rendit son sourire, esquissa même la petite révérence qu'on lui avait apprise à l'école des Diaconesses. Le sourire de l'homme s'élargit, il porta la main à la poche de son long manteau noir, en sortit un paquet enveloppé d'un papier un peu gras qu'il déplia, doucement, pour en montrer le contenu : c'était une sorte de gâteau carré et blanchâtre qu'elle aimerait plus tard sous le nom de loukoum. L'homme le lui tendit. Elle avançait la main pour le saisir, remerciant déjà, quand le père lui donna une tape, brusque. Le gâteau roula à terre. Elle se pencha pour le reprendre. Il la tira en arrière, violent.

L'homme au chapeau rond fixa le père de ses yeux noirs. Le père le brava. Les joueurs de cartes avaient interrompu leur partie. La petite fille gigotait, essayait

Laura C.

de se dégager pour saisir le loukoum. Le père la gifla, l'emporta hors de la cour. Elle pleurait très fort, à gros sanglots exagérés, afin de l'embarrasser.

Le soir, elle prit avec elle, pour la nuit, la petite marionnette, le petit clown au visage taché de sang.

La petite fille ignorait que, dans des bureaux aux murs encombrés de bibliothèques et d'étagères chargées de lourds dossiers, des personnages austères et importants s'intéressaient à son destin.

Dès le lendemain de son départ, Susanne avait demandé le divorce. Karl en fit autant le même jour. Il ne doutait pas de l'obtenir dans les conditions les plus favorables puisque les meilleures cartes étaient dans ses mains.

La partie ne fut pas aussi facile qu'il le pensait. Les principes et le droit étaient ce qu'ils étaient, l'antisémitisme de même, mais dans l'Allemagne nazie l'argent gardait attrait et puissance. Or, de l'argent, Jakob Biermann ne manquait pas. Il en répandit là où il le fallait, trouva des témoins pour assurer que Karl était porté plus que de raison sur les boissons alcoolisées et qu'on l'avait souvent aperçu, du moins avant l'avènement du Führer, dans des boîtes de travestis : La Flûte enchantée où des centaines de garçons en costume féminin tangotaient en se tenant par la taille, ou même l'Adonisdiele, bistrot crasseux devenu un véritable marché aux prostitués mâles. Ce qui eut pour premier résultat de ralentir la procédure.

Entre-temps, Karl vit surgir chez lui, débarquant de Nuremberg où elle s'était retirée, une longue dame au visage étroit qu'il connaissait bien mais n'avait pas revue depuis son mariage : la mère de Susanne, venue affirmer ses droits à rencontrer sa petite-fille, et qui négocia ferme la possibilité pour sa fille d'en faire autant. Les avocats et la justice s'en mêlant, un modus vivendi fut trouvé en attendant le jugement de divorce. Dès lors, les loisirs de l'enfant se trouvèrent partagés à peu près également entre Karl, qui s'était mis en tête de lui apprendre l'équitation et de lui donner une éducation virile, et Susanne, qui l'amenait au cinéma, courait avec elle magasins et musées.

La petite fille apprit à connaître Jakob Biermann. Elle le jugea amusant, drôle, rigolo.

Il lui parla d'abord de ses chiens. D'un dogue qu'il lâchait chaque soir dans le jardin entourant la villa où il vivait désormais avec Susanne. L'animal, dressé au combat par un spécialiste, était censé veiller à la sécurité de la maisonnée en ces temps difficiles. Hélas, il s'endormait dès qu'il reniflait l'odeur du gazon. Par deux fois déjà, des voyous (Jakob Biermann ne dit pas qu'il soupçonnait aussi des policiers ou des nazis : il voulait séduire la petite fille, non l'inquiéter) étaient parvenus à pénétrer sans problème au sous-sol. La seule victime des interventions du dogue était le facteur : si celui-ci entrait apporter colis ou télégramme, le chien, pris peut-être de passion pour ce fonctionnaire, allez savoir, se mettait en tête de lui interdire la sortie...

En revanche, un fox-terrier offert par Jakob Biermann à Susanne, peu après son arrivée chez lui, avait révélé une personnalité peu commune. Acheté dans un

chenil où il avait peut-être souffert, il commença par
jouer les timides. Susanne fut obligée d'extirper son
cadeau de dessous un lit où il avait disparu. Le lendemain, alors qu'on lui passait collier et laisse pour le
promener, il s'assit sur le cul et se laissa traîner; si
bien que les passants, indignés, menaçaient Jakob Biermann de tous les maux s'il persistait à brutaliser ce
malheureux animal. Lequel, quelques jours plus tard,
laissé libre dans une rue du centre encombrée de voitures, s'était sagement collé aux talons de sa maîtresse
pour traverser un passage clouté, alors que le moindre
bruit de moteur le faisait tressaillir de panique quand il
était enchaîné.

Ces histoires enchantaient la petite fille. D'autant
que le petit chien au poil dur et un peu bouclé, se devi-
nant l'objet d'une attention particulière, lui faisait mille
grâces.

A leur troisième rencontre, elle se jugea assez libre
pour conter à Jakob Biermann sa visite dans le quartier
du pont de Varsovie et lui demander s'il était le seul
juif riche de Berlin. Il s'esclaffa, avant de souligner
que l'on ne pouvait à la fois prétendre que les juifs
comptaient parmi les plus miséreux et les plus lamen-
tables citoyens de l'Allemagne et les rendre responsables de tous les maux qui avaient accablé le pays,
comme si ces loqueteux étaient assez puissants pour
manœuvrer empereurs et chanceliers, ministres et présidents, et en faire des marionnettes. Elle trouva ce raisonnement logique et songea au vieux marchand qui
dirigeait le petit clown sur le bord de la table avant
d'être assassiné par les chemises brunes. Elle raconta
cette histoire à Jakob Biermann qui en fut touché, et
l'embrassa sur le front. C'était la première fois.

Bientôt, elle se prit à attendre, impatiente, ces visites à la villa. Et à détester, le soir, le coup de sonnette de Gutsi qui venait, ponctuelle, la chercher. C'était l'une des conditions expresses formulées par son père. Il ne voulait voir à sa porte, pour emmener ou ramener sa fille, ni son épouse, ni l'amant de celle-ci.

Les semaines passaient, l'échéance, c'est-à-dire le jugement de divorce, approchait, quand furent bousculés habitudes, accords, projets et rêves : Karl venait d'entrer au parti nazi et figurait désormais parmi les puissants.

La petite fille l'apprit la première : un soir qu'elle rentrait de l'école des Diaconesses, elle aperçut, suspendu à la rampe de chêne et dominant la grande entrée en lieu et place de l'image de l'empereur Guillaume, un immense portrait du Führer. Elle voulut interroger son père aussitôt. Et le trouva raide, arrogant, cassant. Plus âgée, avec plus d'expérience, elle eût compris qu'il n'était pas très sûr de lui.

Il avait peu à peu découvert, assurait-il, que la vérité et la raison étaient du côté des nazis. L'Allemagne effectuait un redressement spectaculaire, ses voisins, qui l'avaient humiliée à Versailles et les années suivantes, la respectaient désormais comme une puissance de premier rang, les communistes, les anarchistes et les révolutionnaires de tout poil ne paradaient plus dans les rues, les journaux et les salles de réunion. Elle ne comprit pas tout, mais lui parla des juifs. Alors, il se déchaîna, fulmina, vitupéra cette maudite engeance d'où venaient les maux de son pays et de l'Europe entière. Grâce au Führer, l'Allemagne, heureusement, l'avait compris la première.

L'enfant connaissait l'origine réelle de sa haine pour

les juifs. Elle prit peur. Elle sut qu'il lui faudrait bientôt renoncer au partage de son temps entre la villa de Jakob Biermann et la maison de son père, qu'elle aimait encore.

Susanne, prévenue, n'hésita guère : si Karl avait adhéré au parti nazi, c'était dans le seul but de se ménager au plus haut niveau des relations qu'il utiliserait contre son amant. Ne lui avait-il pas écrit, dans les dernières semaines, plusieurs lettres pour lui proposer de reprendre la vie commune? On reviendrait en arrière, on effacerait tout et on reconstruirait l'ancien bonheur. Elle l'avait même vu surgir devant sa table un soir qu'elle prenait le thé, attendant Jakob Biermann, dans une pâtisserie du Kurfürstendamm. Il alternait supplications et menaces, disait combien il regrettait d'avoir accepté son départ, jurait qu'il n'aimait et n'aimerait jamais qu'elle, chaque jour davantage. Il l'avait poursuivie jusqu'aux toilettes où elle cherchait un refuge, un moyen d'échapper un instant à cette scène qui attirait l'attention de toute la salle. Il s'était accroché à sa robe printanière dans un geste qui était à la fois une caresse et un assaut et dont il devait s'excuser l'instant d'après, hagard, les yeux noyés et fous. Elle s'était jetée, pour lui échapper, dans un taxi. Mais, persuadée qu'il la suivait ou la faisait suivre, elle hésitait désormais à sortir seule.

Elle ne douta pas un instant qu'il voulait désormais, par la mort, la prison ou l'exil, se débarrasser de Jakob Biermann pour la reconquérir plus sûrement. Elle supplia son amant de se méfier. Qu'il fasse donc comme la plupart de ses amis, comme l'écrivain Heinrich Mann, le metteur en scène Max Reinhardt, l'actrice Dita Parlo et tant d'autres, qu'il choisisse l'exil. Elle l'accompagnerait, s'il voulait bien, et tant pis pour la loi, le droit, la puissance paternelle, le juge et les avocats : une frontière se dresserait désormais entre eux.

Il hésitait. Non qu'il ne voulût pas se charger de Laura. Ce n'était même pas une question. Il aimait la mère. Il avait été touché par la grâce de la fille, son sérieux, ce qu'il appelait sa « profondeur ».

Mais quoi ? il était las de jouer les juifs errants. Il avait subi la haine depuis l'enfance, elle l'accompagnait partout et franchirait sans doute les frontières avec lui. Et puis, tout n'était peut-être pas perdu en Allemagne pour des hommes de son espèce. Une jeune peintre de ses protégées ne venait-elle pas d'être couronnée dans un très officiel concours en dépit du double handicap de sa race et de son sexe ? Les nazis commençaient à comprendre qu'ils étaient allés trop loin. L'opinion internationale les désavouait. Ils avaient dû réintégrer des hauts fonctionnaires juifs après les avoir exclus, pour faire tourner l'administration. Dans les affaires, c'était la même chose : le docteur Schacht, l'homme qui gérait le redressement, avait accepté de redevenir ministre de l'Economie en posant comme condition que les furieux de l'antisémitisme ne lui mettent pas de bâtons dans les roues. Goebbels lui-même avait assuré que toutes les mesures qui devaient être prises contre les juifs étaient maintenant appliquées, que l'on n'irait pas plus loin. Bref, le moment béni de la pause arrivait ; les nazis se calmaient.

— Peut-être, répondait Susanne. Mais je ne te parle pas de politique internationale ni de redressement économique. Je te parle de Karl. Et si tu l'avais vu dans ce salon de thé, sur le point de me violer ou de me tuer, je ne sais pas, je ne sais plus, si tu l'avais vu

Laura C.

comme je l'ai vu, tu comprendrais qu'il est prêt à tout, et qu'il l'obtiendra de ses nouveaux amis nazis. Que leur importe, à eux, de lui sacrifier un marchand de tableaux, le propriétaire d'une galerie? Tu sais le peu de cas qu'ils font de la peinture, et surtout de la peinture que tu aimes, toi. Tu sais comment ils l'appellent cette peinture, non? Ils l'appellent « la peinture casher ».

Il savait. Il avait même commencé à retirer son argent des banques. D'abord directement. Puis, pour éviter les soupçons, par l'intermédiaire d'un homme de paille qui le taxait de 5 % sur tous les retraits. Quelques dizaines de milliers de marks en coupures de cent étaient cachés dans le grenier de la villa sous une pile de vieux journaux.

Il voulait pourtant espérer. Parmi les nazis les plus huppés, un homme, au moins, s'intéressait à la peinture qu'il aimait : Hermann Göring, ministre du Reich, pour qui il avait déniché souvent des toiles intéressantes, et qui lui manifesterait peut-être quelque bienveillance.

Il demanda audience. Fut reçu. Et déçu. Le ministre à qui il promettait quelques toiles tirées de ses propres réserves, en échange de sa protection, lui fit comprendre qu'il lui serait facile de mettre la main sur toute sa galerie et ses collections du jour au lendemain, s'il le souhaitait, sans devoir lui accorder quelque contrepartie.

Jakob Biermann se dit qu'il était sans doute habile en affaires et bon connaisseur en peinture, mais qu'en matière de cynisme il lui restait beaucoup à apprendre.

Trois jours après, une limousine s'arrêta devant sa villa. Des hommes en manteaux de cuir et feutres mous en sortirent. Ils l'emmenèrent. Le fox-terrier aboyait, furieux, et faillit déchirer la main d'un des gestapistes. Le dogue dormait.

Susanne resta plusieurs jours sans nouvelles. Jakob Biermann avait tout simplement disparu. Mais personne ne touchait à la galerie ni aux collections.

Susanne, persuadée que le coup venait de Göring, s'informa auprès d'amis de sa famille, de relations qu'elle avait gardées dans l'administration, et dut bientôt se rendre à l'évidence : un certain désordre régnait aussi chez les nazis, le ministre du Reich ignorait tout du sort de Biermann. Alors, elle alla sonner à la porte de Karl, la porte de la maison où ils avaient connu ensemble, des années durant, quelque chose qui ressemblait beaucoup au bonheur. Elle fut toisée par Gutsi, reçue d'abord avec transports par celui qui était encore son mari.

Ce fut un dialogue heurté, violent, frémissant de passion et de colère.

Il triomphait. Elle se demandait, presque honteuse, comment elle avait pu aimer cet homme, ou croire qu'elle l'aimait. Elle devina qu'il avait adhéré à l'alcool en même temps qu'au nazisme.

Il menaçait. Si elle ne lui revenait pas, elle ne reverrait plus sa fille. Le jugement de divorce, qui ne tarderait plus maintenant – il s'était informé à bonne source –, rejetterait sur la mère tous les torts, ne lui reconnaîtrait aucun droit. Mais si elle revenait, alors tout serait possible.

Il pleurait, la suppliait, tentant de l'enlacer avec le même visage hagard, les yeux déments qu'elle lui avait vus dans les toilettes du salon de thé. Elle pensa qu'il l'eût violée si elle avait accepté, en arrivant, de le suivre, comme il le proposait, dans son bureau; mais elle était restée dans la grande entrée sous le portrait de Hitler. Et tant pis, ou tant mieux, si Gutsi, derrière la porte de la cuisine, entendait tout.

Il finit par lui proposer l'échange qu'elle prévoyait : si elle revenait, il s'arrangerait pour faire expulser ce Biermann qui pourrait ainsi vivre libre à l'étranger. Sinon, celui-ci resterait enfermé. Et pas dans une prison, dans un de ces camps qui commençaient à exister sans que personne, ou presque, le sût encore, et auprès desquels les prisons de Berlin ressemblaient à des hôtels de luxe.

Elle s'enfuit.

Le lendemain, elle demandait à son tour audience à Göring : elle espérait qu'il se souviendrait d'elle; elle l'avait parfois rencontré dans des soirées après que Hitler l'eut chargé des contacts avec les milieux d'affaires.

Il la fit attendre, ne la reçut qu'au tout début de l'été. Jakob Biermann était en prison depuis deux mois.

Le ministre du Reich, elle le constata aussitôt, l'ignorait encore. Elle lui proposa à tous risques, et sans trop d'illusions, un marché qu'il accepta : les collections de Jakob, plus quelques toiles dont elle connaissait seule l'existence (des cadeaux de son amant qu'elle avait mis en lieu sûr) en échange de sa libération immédiate. Mais il exigea un supplément : Susanne était une jeune femme séduisante et la fièvre, la passion, la volonté de sauver l'homme qu'elle aimait la rendaient plus attirante encore. Elle se laissa faire. Elle jugeait que c'était sans grande importance avec lui puisqu'elle ne ressentirait ni émotion ni plaisir, resterait à coup sûr froide comme la pierre : rien n'avait changé, hélas, depuis qu'elle vivait avec Jakob Biermann; il n'était pas encore parvenu à la guérir.

Laura C.

Elle se trompait : ce fut une sorte de torture, un accouplement qu'elle jugea dégoûtant, animal. Elle sortit du ministère bouleversée, humiliée, promettant pourtant qu'elle reviendrait – ce qui lui fournissait, pensait-elle, une sorte de gage.

Göring tint parole : trois jours plus tard, Jakob Biermann reparaissait à la villa. Susanne décida de ne pas tenir la sienne entièrement : Göring aurait les collections, pas le reste. Les deux amants disparurent aussitôt.

La petite fille ne voyait plus sa maman depuis des semaines. Karl lui avait expliqué, le jour même de l'arrestation de Jakob, que celui-ci venait de quitter l'Allemagne, accompagné de Susanne qui préférait son amant à son enfant.

La petite fille ne l'avait pas cru.

Elle fut expédiée à Hambourg, chez une sœur de son père. Une famille où la mère appartenait à l'Association des femmes national-socialistes, les garçons aux Jeunesses hitlériennes, à l'exception du cousin Rudolf engagé dans l'armée, les filles à la Ligue des jeunes Allemandes, l'organisation nazie pour les adolescentes. Tous pris par des réunions et activités multiples. Si bien qu'elle y jouit, contre toute attente, d'une certaine liberté et put envoyer son adresse à sa grand-mère.

Elle ne fut donc pas autrement surprise de la rencontre qu'elle fit un jour en sortant de la piscine qu'elle fréquentait depuis le début des vacances. Un petit bonhomme à la tignasse rousse et aux yeux jaunes, plutôt laid jugeat-elle, lui tendait une photo prise par Susanne, qu'elle reconnut aussitôt : elle la représentait devant la villa, le petit fox-terrier dans les bras. Une lettre l'accompagnait.

Laura C.

Sa mère expliquait l'urgence de sa fuite avec Jakob Biermann, et ajoutait qu'elle souhaitait passionnément la
revoir, qu'ils souhaitaient tous les deux qu'elle vînt vivre
avec eux, enfin délivrés de la peur, dans un pays paisible.
Bien sûr, c'était à Laura de choisir. Quoi qu'elle décidât,
ils l'aimeraient toujours autant. Mais si elle voulait les
rejoindre, qu'elle fasse tout ce que lui dirait « le monsieur
roux » – Susanne avait bien écrit « le monsieur roux » –
qui lui apportait la photo et la lettre.

La petite fille eût préféré garder à la fois son père et sa
mère. Elle caressait le souvenir doux et nostalgique des
vacances de l'année précédente. Elle fut très malheureuse et pensa en même temps qu'elle vivait une
aventure excitante comme on en racontait dans les livres
et comme aucune de ses compagnes de l'école des Diaconesses n'en avait connu ou n'en connaîtrait jamais.

Le petit homme roux aux yeux jaunes attendait.

– Alors ? souffla-t-il après un instant.

Il fallait, hélas, répondre.

– Je ne peux pas attendre demain ?

– Etes-vous certaine d'être encore là demain ? Et si
votre père venait vous rechercher ?

Le petit homme était donc informé de tout ? Elle le
considéra avec un respect nouveau. Mais souffrit de choisir. Elle ne savait plus très bien si elle aimait encore son
père, ne voulait pas lui faire de peine, mais avait trop
souffert de vivre loin de Susanne. Et s'il décidait de la
faire héberger longtemps chez cette tante, avec ces
jeunes nazis qui chantaient sans cesse « Vous les soldats
d'assaut, saisissez-vous de vos armes, car des juifs sac-
cagent et pillent la patrie allemande » ?

Elle songea au vieux marchand de jouets et au petit
clown taché de sang enfoui au fond de sa valise, dans la
chambre, chez sa tante.

Elle demanda :

– Je peux prendre mes affaires?

L'homme roux eut un petit sourire :

– Si vous les prenez, on devinera que vous partez.

Elle se jugea idiote. Rougit. Et s'en voulut de rougir. Il allait la considérer comme un bébé.

– J'ai quand même une chose à prendre. Rien qu'une chose, que je pourrai cacher. Et c'est juste à côté, dans l'autre rue.

– Je sais. Mais vous croyez qu'on vous laissera ressortir?

– Ben... Il n'y a peut-être personne, à part les domestiques. Et puis je dirai que j'ai oublié quelque chose à la piscine.

Il sourit encore. Mais autrement. Elle se jugea moins idiote.

– Vous le voulez vraiment? Cette... cette chose, vous en avez vraiment besoin?

Elle se dit qu'il pensait sans doute à une poupée, ou même à un nounours. Elle eut envie de lui raconter mais décida que non, c'était son secret, à elle.

– Bon, j'y vais, dit-elle.

Il la suivit, de loin.

Quelques minutes plus tard, elle ressortait du grand immeuble de pierre grise. Il observa ses mains, ne remarqua rien. La petite marionnette était glissée dans la ceinture de sa jupe, comme une arme.

– Alors, c'est toujours décidé?

Elle leva les yeux vers lui.

– Oui, souffla-t-elle, très bas.

Il vit qu'elle était près de pleurer.

Au long du trottoir, une voiture bleue attendait. Le petit homme roux fit un signe au conducteur, se retourna vers la petite fille.

– Allons-y, dit-il.

Puis, aussitôt :

– Mais d'abord, écoute bien ce que je vais te dire : à partir de maintenant tu t'appelleras Sarah Bernstein. Tu as entendu? Sarah Bernstein. Retiens bien, et oublie l'autre nom. Sarah Bernstein.

Elle secoua la tête.

Sarah.

Chapitre IV

La voiture quitta rapidement la ville. L'homme roux s'était assis à l'avant, près du conducteur.

La petite fille comprit qu'ils la ramenaient à Berlin. Elle prit peur. Et s'il s'agissait d'une sorte de piège tendu par son père pour savoir lequel de ses parents elle préférait? On voyait des choses bien plus compliquées dans les récits d'aventures dont elle s'était nourrie chez ses cousins pour tromper l'ennui. Mais comment son père aurait-il pu se procurer la photo qui la représentait avec le petit fox-terrier? Sans difficulté, si sa mère était arrêtée et si les policiers ou les nazis avaient perquisitionné la villa de Jakob Biermann. Et la lettre de Susanne? Il existait des gens, elle le savait, qui imitaient très bien l'écriture des autres.

— Arrêtez!...

Elle avait hurlé si fort que le conducteur sursauta et que la voiture fit une embardée. Le petit homme roux se retourna, vif mais impassible.

— Qu'est-ce qu'il y a?

— Je veux qu'on arrête.

— Tu es malade en voiture? C'est pour cela?

— Non.

89

Elle regretta ce mot, à peine l'eut-elle lâché : si elle avait répondu « oui », elle aurait pu sortir de la voiture et se sauver peut-être.

Il la scrutait.

– Qu'est-ce qui ne va pas?

Elle crut avoir trouvé un moyen de se rattraper.

– Je ne suis pas malade mais je... je dois faire mes... besoins, vous comprenez.

Il sourit, rassuré. Ils traversaient une ville.

– Ici, ce serait difficile. Mais dès qu'on aura regagné la campagne, on trouvera bien un petit bois, une haie, quelque chose comme ça.

Un petit bois, ce serait l'idéal. Elle s'imaginait détalant entre les arbres, les deux hommes à sa poursuite : elle courait vite, ils ne la rattraperaient pas. Surtout le conducteur, avec son gros ventre. Quant à l'autre, ses petites jambes ne lui permettraient pas de battre des records.

Il avait fait demi-tour, face à la route, apparemment tranquille, l'incident clos.

Après quelques secondes, elle s'aperçut qu'il l'observait dans le rétroviseur. Elle ne dit rien d'abord. Puis fut incapable de supporter plus longtemps le regard de ces yeux jaunes, et perçants.

– Pourquoi? grogna-t-elle.

Il sourit, ce qui l'agaça.

– Pourquoi quoi?

– Pourquoi me regardez-vous comme ça? Vous n'êtes pas certain que c'est moi? Ou bien je suis une bête curieuse, comme les girafes du zoo?

Avoir évoqué les girafes lui rappela soudain les dimanches passés au zoo avec Karl et Susanne. C'était le paradis, alors. Pourquoi le bonheur ne pouvait-il toujours durer?

Elle fut à nouveau au bord des larmes.

– Quand tu as crié d'arrêter, ce n'était pas pour tes besoins, dit le petit homme roux.

Elle haussa les épaules, ne répondit pas. Elle se mordait les lèvres, détourna la tête, fit mine de s'intéresser au défilé des maisons et des rues pour qu'il ne la vît pas pleurer, ne la prît pas pour une gamine sans courage.

– Ce n'était pas pour faire tes besoins, reprit-il. Il y a quelque chose d'autre.

Elle lui en voulut davantage de l'avoir devinée. Elle avait maintenant la certitude d'être tombée dans un piège. Elle essayait, accablée, de trouver les arguments qu'elle donnerait à son père pour expliquer son attitude : dire, par exemple, que les deux hommes ne lui avaient même pas demandé son avis, l'avaient enlevée parce qu'ils étaient pressés, voilà. Mais il ne la croirait jamais. Jamais.

Pourtant, s'il l'aimait, et il l'aimait tout de même un peu, il tenait à elle puisqu'il l'empêchait de voir sa mère, il finirait par lui pardonner. C'était un mauvais moment à passer. Mais les mauvais moments se multipliaient. Si elle pouvait seulement se faire consoler, câliner par sa maman, se coller contre elle, sentir son sein contre sa joue.

– Vous croyez que j'ai menti? demanda l'homme roux.

Elle remarqua d'abord qu'il ne la tutoyait plus. Puis enragea, avec un temps de retard : il comprenait donc tout?

Il sortit un passeport, le lui tendit. C'était bien le sien, puisqu'on voyait sa photo. Et un nom : Brockman Aron. Encore un nom en « man ». Mais celui-ci était roux. Il y avait donc des juifs roux? Car il était juif à n'en pas douter : un grand « J » marquait le passeport, et elle savait ce que cela signifiait.

Elle se sentit soudain libérée, rassurée, presque joyeuse.

Il avait demandé au conducteur de lui confier aussi son passeport, et le lui montrait. Celui-ci s'appelait Levy. Avec un immense « J » qui barrait tous ses papiers. Pas de doute.

Des années plus tard, revivant ces minutes, elle penserait que ces documents auraient pu être des faux. Mais cette idée ne lui vint pas un instant. Elle voulait trop croire qu'elle ne s'était pas trompée et ne l'avait pas été.

Elle ne lança au petit homme qu'un bref « merci », à demi ravalé. Elle craignait de le voir triompher, refusait de lui avouer sa peur. Elle en voulait à tous les adultes, lui compris, qui faisaient vivre de telles terreurs aux enfants, qui obligeaient une petite fille à soupçonner son père de lui tendre des pièges, qui n'étaient pas capables de mieux organiser le monde. Elle se prit à rêver qu'elle devenait dictateur de la planète mais dictateur pour le bien. Elle condamnerait tous les gens à être bons, voilà. Et surtout à être bons avec les enfants.

Il y avait deux milliards d'hommes et de femmes et d'enfants sur la terre, selon la Diaconesse qui faisait les cours de géographie. Deux milliards. Et parmi eux, combien de malheureux? Les nègres : on disait que les Français et les Anglais, qui commandaient à presque tous les Africains, leur en avaient fait voir de rudes, les traitaient comme des esclaves. Et aussi, les Chinois : un de ses livres racontait qu'on pliait les pieds des petites filles pour les empêcher de grandir ou bien qu'on les jetait à l'eau dans les rivières, parce que les grandes personnes préféraient avoir des garçons. Et aussi les Tziganes. Et aussi les juifs, maintenant. Du moins en Alle-magne. Comme si cela ne suffisait pas qu'il y eût des nègres, des Chinois, des Tziganes et aussi des enfants, comme elle, qui n'étaient ni nègres, ni chinois, ni tzi-ganes, ni juifs, rien, à qui l'on imposait de telles peines et de telles peurs. Comment l'expliquer? Quand elle serait grande, elle trouverait la réponse, peut-être, et compren-drait comment le bon Dieu pouvait tolérer tout cela.

En attendant, elle voulut se consoler et se rassurer en rêvant à la dictature du bien. Elle inventait des uni-formes avec chemises roses ou bleues très claires – elle hésitait encore – pour les équipes qui circuleraient dans les rues des villes comme Berlin ou Hambourg afin d'aider les petites vieilles à éviter les voitures, les vieux marchands à vendre tous leurs jouets à quatre pfennigs, et pour défendre les petites contre les grandes dans les cours de récréation. Mais que pourraient faire ces équipes, quand une maman et un papa se sépareraient? C'était leur droit, et même une bonne chose pour eux, s'ils ne pouvaient vraiment plus s'entendre. Et que pour-raient-elles faire si un papa se mettait à terroriser son enfant? Et si une Diaconesse était injuste, choisissait des chouchous parmi ses élèves et en punissait d'autres à tort et à travers? La dictature du bien était plus difficile que la dictature du mal. Le diable avait de la chance, au fond.

La voiture s'était arrêtée sur le bord de la route, le long d'un petit bois.

– Si tu veux faire tes besoins, c'est le moment, dit le petit homme roux. Tu passes derrière ce taillis, tu te caches dans les arbres, et personne ne pourra te voir. On t'attendra là.

Elle hésita. Puis se décida : ainsi, ils croiraient peut-être qu'elle n'avait pas menti, qu'elle avait vraiment besoin. Elle sortit. Le petit homme roux aussi, mais il s'appuya à la voiture, alluma une cigarette. Elle s'enfonça dans le taillis.

Il bordait un petit bois de chênes, au sol moussu. De l'endroit où elle s'était arrêtée, près d'un jeune arbre un peu tordu, on ne voyait plus la route. Ni la voiture. Elle fut saisie de peur, une fois encore : et s'ils en profitaient pour partir, l'abandonner? Mais non, cela ne tenait pas debout. Voilà qu'elle avait peur de tout, maintenant. C'était ridicule, comme disait la Diaconesse qui donnait les leçons de maintien et n'avait que ce mot à la bouche. Ridicule pour une fille de huit ans. Quand même, il ne fallait pas exagérer : huit ans ce n'est pas encore beaucoup. Maman. Où était-elle? Dans quel pays inconnu? Est-ce qu'ils avaient emmené le petit chien? Et l'autre, le dormeur?

Elle revint vers l'orée du bois. L'homme roux – comment s'appelait-il déjà? Aron quelque chose – s'avançait vers elle.

– Vous aviez peur que je me sauve?

Il secoua la tête, agacé, comme on chasse une mouche. Puis :

– Comment t'appelles-tu?

Mon Dieu! Elle avait oublié cette affaire-là. Elle se souvint aussitôt du nom.

– Sarah. Sarah Bernstein.

Il sourit.

– Bravo. Pour tous ceux que tu vas rencontrer maintenant... enfin presque tous, tu t'appelles Sarah Bernstein et tu es juive.

Il montra le conducteur, toujours assis dans la voiture

et qui semblait, de loin, lire un papier, peut-être une carte :

– Pour lui aussi.

– Aussi?

– Pour tout le monde, je te l'ai dit, sauf la vieille dame chez qui tu vas passer la nuit et qui est la mère de Jakob.

– De Monsieur Biermann?

– Oui.

– Mais pourquoi ça? Pour quoi faire? Tous les juifs sont malheureux ici, on les embête autant qu'on peut et moi on va me faire passer pour juive. Comme si je n'étais pas déjà assez malheureuse!

– Calme-toi. Je ne peux pas t'expliquer, parce que c'est trop compliqué, mais nous le faisons pour ton bien. Tu comprendras plus tard...

– Plus tard. C'est ce qu'on dit toujours aux enfants. « Tu verras plus tard, tu sauras plus tard, tu comprendras plus tard. » C'est comme la dictature du bien qui est plus difficile que celle du mal : je comprendrai plus tard.

– La quoi...?

– La dictature du bien. Je vous expliquerai peut-être si vous me dites pourquoi je dois devenir juive.

– Tu ne dois pas devenir juive. Seulement faire semblant, pendant quelques jours.

– Dites-moi pourquoi, alors. Je ne suis plus un bébé. Je peux comprendre. J'ai dix ans. Et même... et même bientôt onze.

Il sourit.

– Tu ne fais pas ton âge.

Elle lui en voulait de tout deviner. Elle ne pourrait donc jamais mentir?

Elle recula d'un pas.

– Et si je me sauvais maintenant, hein? Vous ne pourriez peut-être même pas me rattraper, et qui serait le plus embêté?

Il sourit un peu plus, découvrit des dents presque aussi jaunes que ses yeux. Il n'était pas beau. Sympathique quand même.

Elle montra ses cheveux.

— D'abord, votre histoire, personne ne la croira. Blonde comme je suis, personne ne me prendra pour une juive. Vous allez me teindre?

— Ce serait une idée. Mais non. Il y a des juives blondes, tu sais. Pour être juif, on n'a pas besoin d'avoir tous ses parents, tous ses grands-parents, et les parents de ses grands-parents, juifs. Les juifs se sont mêlés quand même à d'autres, parfois. Tu n'as pas lu la Bible?

Elle fit non de la tête. Se reprit aussitôt:

— Enfin, si. Des morceaux.

Elle se promit d'y regarder d'un peu plus près. Mais ce qu'elle avait lu dans la bible de sa mère lui avait paru tout à fait rasant.

— Je ne sais pas si au début tous les juifs avaient des cheveux noirs, poursuivait-il. Mais je peux te dire que j'en ai toujours vu des blonds, des châtains...

— Et des rouquins.

Il sourit à nouveau.

— Bon. Allons-y maintenant. Levy doit se demander ce qui se passe, ce que nous sommes en train de faire tous les deux.

— Eh ben, tant pis. Moi, je ne bougerai pas tant que vous ne m'aurez pas dit pourquoi je dois faire la juive.

— Mais c'est toi qui m'en empêches, avec tes histoires de cheveux.

— Moi? C'est vous qui ne vouliez pas.

Tous semblables, les adultes: c'est toujours la faute des enfants.

– Bon. Voilà : pour te faire sortir d'Allemagne, pour te faire rejoindre ta maman, ça n'est pas facile. Il faudrait une autorisation de ton père et, bien sûr, tu ne l'auras jamais. Alors, Jakob...

– Monsieur Biermann ?

– Oui. Il s'est adressé à une organisation qui aide les juifs qui le veulent, et qui ne peuvent pas, à fuir l'Allemagne. Une organisation secrète. Tu comprends ?

– Oui. Et elle ne le fait que pour les juifs, pas pour les autres ? C'est pas bien, ça. Au fond, les juifs, ils ne valent pas mieux que le reste.

– Je ne t'ai pas dit ça. Ce n'est pas le problème. Le problème, c'est que cette organisation a assez à faire avec les juifs, elle ne peut pas s'occuper de tout le monde, tu comprends ?

Il semblait maintenant agacé, impatient.

– Oui, bon. Et même pour faire plaisir à Monsieur Biermann, qui est juif, lui, ils ne le feraient pas ?

Il haussa les épaules.

– Peut-être... Je ne sais pas. C'est difficile, tu comprends.

Elle avait le sentiment d'être entrée dans un monde de mystères et de dangers, comme une immense et sombre forêt où un ennemi se cacherait derrière chaque arbre. Maman.

– Et ça va durer longtemps ? Ma mère, je la reverrai quand ?

Il ne souriait plus.

– Je ne sais pas. Dans quelques jours peut-être, si tout va bien. Ça dépend des possibilités.

– Là, où allons-nous ?

– Chez la maman de Jakob. Elle va t'expliquer des choses, des choses que tu dois savoir pour faire semblant d'être juive. Mais tu ne resteras pas chez elle longtemps, une nuit seulement : si on te recherche, la police ou... les autres, ils penseront peut-être que tu es chez des amis de Jakob, ou dans sa famille. Tu ne peux donc pas rester là, tu comprends?

Il l'agaçait à toujours répéter cette question. Elle n'était pas si bête quand même.

— Oui, je comprends, je comprends, je comprends. Et après, alors, où j'irai?

— Après, tu iras dans un orphelinat.

Un orphelinat. C'était ce qui lui convenait, pensa-t-elle. Du moins pour le moment.

— Un orphelinat d'enfants juifs?

— Oui. Et puis je viendrai te chercher. Enfin, je pense que ce sera moi.

Elle l'espérait aussi. Mais se garda bien de l'avouer.

Ils repartirent vers la voiture.

L'appartement, sombre, encombré de meubles raides et hostiles, faits de bois teint en noir, déplut à la petite fille. La vieille dame aux cheveux blancs rangés comme pour la parade et aux mains alourdies de bagues, aussi.

Elle l'avait à peine regardée avant de l'envoyer dans la bibliothèque.

– Allez lire, j'ai acheté des livres de votre âge. Ils sont sur la table. Et je dois parler à Monsieur Brockman.

La petite fille pensa qu'ils la traitaient comme un colis encombrant. En outre, les deux albums illustrés qu'elle découvrit sur la table de la bibliothèque (si l'on peut employer ce mot pour un salon à peine occupé par deux rayonnages de livres) étaient un abécédaire et une géographie. Elle tourna les pages de celle-ci, laissa errer son doigt sur une carte de l'Europe, s'interrogeant sur sa destination finale – Londres, Bruxelles, Paris, Madrid? – décida que, tous comptes faits, l'Amérique serait préférable, et commença de s'ennuyer.

Elle sortit.

Elle n'entendait aucun bruit. Elle prit peur, une fois de plus, se crut abandonnée dans l'appartement vide.

Laura C.

Avança à pas prudents, vers l'antichambre où la vieille dame les avait d'abord accueillis.

Ils étaient toujours là. Elle entendait leurs voix, qui venaient d'une pièce voisine. Elle s'approcha, colla l'oreille contre le mur. C'était de son sort, après tout, qu'ils parlaient et elle avait le droit de savoir. Elle pensa même, l'espace d'un instant, que si on la traitait trop mal, elle pourrait filer chez son père puisqu'elle se trouvait désormais à Berlin. Il l'accueillerait à bras ouverts. Mais il lâcherait peut-être ses amis policiers à la poursuite d'Aron Brockman, et cette hypothèse la contraria.

— Jakob a toujours voulu oublier qu'il était juif, et voilà qu'il épouse une goy, une protestante, disait la vieille dame; car il va l'épouser, c'est couru d'avance. Et en plus, il se charge de la fille.

— Je croyais qu'il vous avait tout expliqué, répondait l'homme roux.

— Bien sûr que oui. Mais j'ai bien le droit de donner mon avis, non? Cela dit, soyez sans crainte : je ferai pour la fille ce que j'ai promis. Et il sait pourquoi. Du coup, me voilà professeur de judaïsme, de juiverie, appelez ça comme vous voudrez, mais c'est drôle.

Elle eut un rire aigu, très jeune soudain.

La petite fille conclut que, décidément, elle gênait tout le monde. Sauf son père, peut-être. Elle courut jusqu'à la porte de l'appartement, décidée à fuir, la trouva fermée à clé, se jugea prisonnière, et, partagée entre fureur et désespoir, s'appuya au chambranle pour pleurer.

— Que fais-tu là?

C'était l'homme roux, bien sûr. Ne pas répondre. Les adultes, tous les mêmes. Toujours à poser des questions : que fais-tu là? A quoi penses-tu? Et si les enfants en faisaient autant?

Ceux-là, en plus, la faisaient marcher comme une marionnette, et cette vieille lui reprochait de gêner son fils. Elle n'avait pourtant rien demandé, elle.

Deux mains la saisirent aux épaules pour la décoller de la porte. Elle sentit les bagues. Se dégagea, brusque.

— Laissez-moi!

— Voyons, Laura!

Tiens, elle savait quand même son vrai prénom?

— Lâchez-moi et laissez-moi partir puisque je vous embête, vous et votre fils. Je vais aller voir mon père, voilà.

A présent, elle leur faisait face, rageuse. Butée. Les yeux secs. Au-delà des larmes.

Ils se regardèrent, troublés.

— Et si vous ne me laissez pas sortir, je sauterai par la fenêtre, de votre troisième étage, et sûrement je mourrai. Comme cela, tout le monde sera débarrassé de moi. Je ne gênerai plus personne.

Elle avait lancé cette menace dans le seul but de les effrayer, mais se prit soudain à penser que ce serait si simple...

— Ecoutez, Laura, murmura Aron Brockman.

Elle fit non de la tête. Il était capable, celui-là, de lui faire voir la nuit le jour, ou prendre la suie pour de la neige. Elle ne l'écouterait pas.

Comme s'ils avaient entendu ses pensées, ce fut la vieille dame qui parla. Doucement, d'abord. Avec une drôle de petite voix, différente des précédentes. A croire qu'elle disposait de toute une gamme.

— Ce siècle n'était pas encore commencé; et j'habitais une petite ville, là-bas, à l'est, une petite ville avec des rues juives et des rues non juives. Les gens des rues non juives n'allaient pas du tout dans les rues juives. Pas du tout. Et les gens des rues juives n'allaient pas trop souvent dans les rues non juives. Mais on était heureux. Dans les rues juives, il y avait tout ce qu'il fallait : des rabbins, des tailleurs, des ferblantiers, des changeurs, des égorgeurs rituels pour que l'on puisse avoir de la viande casher, celle que mangent les juifs, des porteurs aux couffins tressés d'osier, des administrateurs de synagogue, des cordonniers, des marchands, des maîtres d'école, tout. Et des mamans, comme moi. Et des enfants, qui couraient dans les rues, qui s'occupaient l'été aux jeux qui amusent les enfants, avec des toupies, des cailloux, des petites boîtes, des poupées de chiffons; des enfants qui s'entassaient l'hiver dans les maisons où l'on ajoutait parfois des couvertures, ou des planches, aux vitres des fenêtres parce qu'il faisait souvent très froid là-bas, à l'est, l'hiver; des enfants qui allaient à l'école où ils apprenaient les chapitres casse-tête et les chapitres faciles des textes sacrés, qui apprenaient comment les Hébreux – c'est l'autre nom des juifs – comment les Hébreux étaient sortis d'Egypte, conduits par leur chef Moïse qui leur avait fait construire dans le désert, là-bas, du côté de la Méditerranée, l'Arche de l'Alliance avec le Seigneur Dieu qu'on appelle Yahvé, l'Arche avec le tabernacle, l'autel, le chandelier décoré de petites roses... On était heureux dans les rues juives et, je crois, dans les rues non juives aussi. Mais un été, le soleil a fait celui qui n'existait plus. On ne voyait que des nuages. On ne les voyait même pas vraiment tant il pleuvait tous les jours et toutes les heures, tant il tombait tous les jours et toutes les heures de grosses gouttes, épaisses, qui recouvraient d'eau le ciel et la terre. Autour de la ville, les paysans étaient malheureux, très malheureux, parce qu'ils ne pouvaient pas ramasser le blé, l'orge, le seigle et l'avoine,

parce que le blé, l'orge, le seigle et l'avoine s'étaient mis
à pourrir avant même que les grains soient formés – et
l'on manquerait donc de blé ou de seigle pour faire du
pain, d'orge pour faire de la bière, d'avoine pour les chevaux. Bientôt, les gens de la ville aussi ont été malheureux, très malheureux, parce que les boulangers
n'avaient plus de farine, les brasseurs n'avaient plus de
bière, et les marchands plus de nourriture pour les bêtes
qui tiraient leurs chars et leurs voitures de foire en foire.
Il en restait quand même un peu, un tout petit peu, mais
il fallait payer très cher pour en obtenir. Alors, dans les
rues juives et dans les rues non juives, on a commencé à
murmurer que, si l'on manquait de tout, c'était parce que
des messieurs qu'on appelle des spéculateurs avaient fait
des provisions énormes de blé, d'orge, de seigle et
d'avoine avec l'idée de les revendre petit à petit très cher,
quand les gens auraient faim et seraient prêts à payer
n'importe quel prix pour en obtenir et nourrir leurs
enfants. Dans les rues juives on disait que les spéculateurs habitaient dans les rues non juives. Et dans les rues
non juives, on disait qu'ils habitaient dans les rues juives.
La colère grondait partout. La colère devenait rage et
fureur. Et un vendredi soir, les hommes des rues juives
avaient déjà mis leurs habits de sabbat – le sabbat, c'est
notre dimanche à nous – pour se rendre à la synagogue –
les synagogues, ce sont nos églises à nous –, la bénédic-
tion des lumières était déjà faite, quand nous avons
entendu un grand bruit dans la rue, comme un tonnerre
de clameurs et de cris : les habitants des rues non juives
voulaient chercher le blé qu'ils croyaient caché chez nous
et punir les habitants des rues juives d'avoir provoqué la
famine. C'était l'habitude, là-bas, à l'est, comme ici
maintenant : les juifs étaient toujours responsables de

tous les malheurs du monde. Alors, pour se venger, les autres faisaient un pogrom. Pogrom, en russe, signifie « dévastation ». Donc, ils dévastaient les rues juives, et parfois ils tuaient. Souvent même.

– Ils tuaient? Comme le vieux petit marchand de jouets de quatre pfennigs?

La vieille dame n'entendait pas. Elle parlait pour elle-même, comme si elle avait oublié la petite fille et Aron Brockman.

– Le rabbin Shiffrah, un très vieux rabbin, je le vois encore avec le bonnet bordé de zibeline qu'il portait pendant le sabbat, le rabbin Shiffrah s'est avancé vers les premiers qui arrivaient par la grande rue avec des bâtons, des piques, je ne sais plus quoi, des armes pour blesser et tuer. Il a tenté de leur parler de paix. Il est tombé le premier. Un coup de pique. Et puis, ils lui ont marché dessus. Toute cette foule. Parce que ceux qui étaient derrière poussaient en criant « Hep, hep, Jude » et « Où est le blé? », « On veut le blé! » Comme s'il restait plus de blé chez nous que chez eux, les fous... Moi, dès que j'ai vu tomber le rabbin, j'ai couru chez moi. Mes enfants! Jakob et Hannah, sa sœur.

Avant d'aller à la synagogue, je les avais laissés à la garde de ma grand-mère impotente. Mon mari était en voyage, parti à Varsovie acheter des fournitures pour notre atelier de vêtements féminins. Quelques hommes des rues non juives sont arrivés, presque sur mes pas. Ils ont envahi l'atelier : ils volaient autant qu'ils tapaient. Je les entendais hurler en ouvrant les placards et les armoires. Nous étions dans notre petite maison, au fond de la cour, derrière l'atelier. Et ils n'allaient pas tarder à entrer. Il n'existait qu'un moyen de leur échapper : passer par-dessus un petit mur de clôture qui donnait sur

Laura C.

une ruelle. Pour ma grand-mère, c'était impossible. Elle a compris. Elle m'a dit d'y aller, avec les enfants, qu'une vieille comme elle ne risquait pas grand-chose, que d'ailleurs elle était arrivée à la fin de sa vie : un peu plus tôt, un peu plus tard, cela n'avait pas d'importance. Nous l'avons embrassée, très vite, en lui promettant de revenir le lendemain ou le jour d'après, quand le pogrom serait fini : Hannah, l'aînée, a entassé trois ou quatre caisses le long du mur, et elle est passée la première. Je suivais avec Jakob, qui n'avait que quatre ans. Alors, j'ai entendu un grand cri, je l'entends encore, toutes les nuits, je l'entendrai jusqu'à l'heure de ma mort : d'autres hommes couraient dans la ruelle et quand Hannah a sauté, ils l'ont attrapée... ma petite fille! J'étais sur les caisses, je les ai vus partir avec elle, trois ou quatre; j'ai hésité quelques secondes, quelques secondes de trop, mais je ne pouvais pas abandonner Jakob non plus. Et puis j'ai eu une idée. Je l'ai caché dans une caisse en lui recommandant de m'attendre là, sans bouger. Et j'ai sauté à mon tour. Ces ruelles... un vrai labyrinthe. J'ai couru partout. Où étaient-ils passés? Impossible de les retrouver. La nuit est tombée. Les hommes et les femmes des rues non juives commençaient à rentrer chez eux, à moitié ivres de colère, de sang, et de l'alcool qu'ils avaient volé. Je suis retournée chez nous. L'atelier était saccagé; mais ça m'était égal. J'ai couru jusqu'au fond et j'ai retrouvé Jakob dans sa caisse. C'était déjà un petit garçon sérieux et intelligent. Il les avait entendus. Il n'avait pas bougé, pas fait un bruit. Ils ne l'ont pas trouvé. Il en a été quitte, si l'on peut dire, pour des cauchemars, pendant des années et des années. J'ai retrouvé ma grand-mère un peu plus tard. Morte. Son corps appuyé à la margelle du puits, comme s'ils avaient essayé

105

de l'y jeter. On l'a mise en terre le lendemain, avec les autres morts, une quarantaine en tout, chacun avec un morceau de bois à la main ; c'était l'habitude chez nous, un symbole, cette pointe qui devait permettre aux morts de se creuser un petit tunnel jusqu'à Jérusalem le jour de l'arrivée du Messie. Moi, je cherchais toujours Hannah. En vain. Je suis allée dans les rues non juives, où nous avions quelques bons clients. Quelques-uns m'ont aidée, d'autres m'ont injuriée ou ignorée. On m'a envoyée chez les uns, chez les autres, qui croyaient l'avoir aperçue, qui avaient entendu parler d'une petite fille de huit ans emmenée par des marchands, et ainsi de suite. Pour obtenir de l'aide, un renseignement, j'étais prête à faire tout ce qu'on me demandait. Mais je n'ai rien trouvé. On a aussi fouillé de fond en comble les rues juives, en commençant par les puits. Rien non plus.

Quand mon mari est revenu, nous avons décidé de quitter la ville, nous nous sommes installés à Varsovie. Là, il a ouvert un nouvel atelier. Ses affaires ont bien marché. Et tout l'argent que nous avons gagné, nous l'avons dépensé pour rechercher Hannah. Sans plus de résultats. Je pense parfois qu'elle est encore vivante je ne sais où et que je la retrouverai un jour. Je lui achète des bijoux, des bagues, de temps en temps, et je les porte pour qu'elle soit quand même un peu avec moi. Mais elle est sans doute morte. Alors, Laura, quand mon fils m'a demandé de vous accueillir, je n'ai pas pu refuser. Vous avez à peu près son âge. Et je sais ce qu'il coûte à une mère de perdre une enfant de cet âge. Je le sais trop. C'est pourquoi je le fais. Ne me demandez surtout pas de vous aimer, en plus.

— Je ne vous ai rien demandé, dit la petite fille. Mais je voudrais vous embrasser.

Plus tard, des années plus tard, elle pensa qu'il avait été son premier grand amour. Salomon. Un garçon qui ressemblait tout à fait aux juifs décrits par les affiches et les livres nazis pour enfants : grand nez, longues oreilles, yeux sombres, cheveux noirs et frisés. A cette différence près qu'il souriait toujours, lumineux.

Un sourire qui l'avait réchauffée dès la première minute. Elle était épuisée : une nuit de train depuis Berlin, puis le taxi jusqu'à cette bâtisse blanche entourée de vergers sur une colline dominant le lac de Constance. Aron Brockman l'avait à peine laissée dormir, lui serinant son rôle : « Si les autres t'interrogent, réponds que tes parents sont morts dans un accident de voiture et que tout le reste de la famille, oncles, tantes, cousins, tout cela est parti pour l'Amérique dès l'arrivée de Hitler au pouvoir. D'accord ? Ah, et puis pour éviter les erreurs, tu peux dire que tu habitais Grunewald, puisque c'était ton quartier, et que ton père était banquier. Tu comprends ? » Elle faisait oui de la tête, se détournait, s'installait sur le siège, cherchant le sommeil. Il lui tirait sur le bras : « Ah, et puis si on te demande d'où venait ta famille, tu réponds qu'elle était en Russie depuis des siècles, et tous des banquiers, tu comprends?» Oui, elle comprenait. Elle revoyait son père parlant de faillites, de dividendes, de bilans, d'actionnaires, des mots qu'elle connaissait par cœur mais aurait été bien incapable d'expliquer. Que faisait-il à présent? Où la cherchait-il? Et la tante de Hambourg, et les cousins qui chantaient : « Les ennemis sont partout, arme-toi, arme-toi, tiens bon à l'ouest comme à l'est; en avant l'armée brune! Heil Hitler à toi!»? Qu'avaient-ils pensé en ne la voyant pas reparaître? Ils la croyaient peut-être morte, tombée dans un bassin du port. Ou enlevée par des bandits qui demanderaient une rançon. Alors, la main d'Aron Brockman se posait une fois de plus sur son bras : « Ah, et puis si on te demande combien de temps tu dois rester à l'orphelinat, tu réponds que tu n'en sais rien. » Ce qui était vrai. La seule vérité dans cette folle histoire, pensa-t-elle.

Elle s'étonnait que le petit homme roux, si sûr de lui, si confiant dans la voiture qui l'emmenait à Berlin, se montrât soudain si nerveux, presque angoissé. Comme s'il craignait davantage les gens de l'orphelinat juif que les policiers de la capitale. Ou comme s'il avait appris quelque chose de nouveau, l'existence d'un danger imprévu qu'il s'efforçait de lui cacher. Elle avait pris peur. Au point de ne plus trouver le sommeil.

Et puis, dès l'arrivée, le sourire de Salomon que le directeur avait appelé dans son bureau : « Tiens, tu conduiras la nouvelle dans le dortoir des Colombes. » Le directeur, un petit homme tout sec, dont la pomme d'Adam descendait parfois jusque sous la barbe, expliquait à Aron Brockman que tous les enfants – une bonne quarantaine – étaient en excursion pour la journée dans l'île de la Mainau, très intéressante en raison de sa végétation tropicale, au beau milieu du lac.

Laura C.

Salomon avait saisi le sac de voyage de la petite fille :
« Allez, viens ! » Aron la regardait, s'approchait. Elle crut
qu'il voulait l'embrasser, tendait déjà la joue. Mais non.
Il eut un geste de recul, bafouilla. « Bon... Bientôt. A
bientôt », et repartit vers le directeur.

Les adultes pouvaient donc être timides ? Elle pensa
courir jusqu'à lui, le remercier, lui dire n'importe quoi,
quelque chose de gentil. Elle hésitait. Mais Salomon :
« Alors, on y va ? » Elle le suivit jusqu'à la porte. Se
retourna. Le petit homme roux la regardait, n'écoutait
pas, d'évidence, le directeur qui débitait un discours sur
l'organisation de L'Arche de Noé, l'orphelinat. Elle
esquissa un sourire, un peu tremblant. Elle se sentait près
de pleurer, et pestait : il la prendrait une fois de plus
pour un bébé. Il répondit par un autre sourire. Gentil,
pensait-elle. Pas plus. Pas comme celui de Salomon :
joyeux, celui-là, le sourire d'un véritable ami. Elle l'avait
senti dès le premier instant.

Il lui raconta qu'il ne participait pas à l'excursion
parce qu'il sortait tout juste d'une pneumonie : on craignait pour lui les courants d'air sur le bateau qui menait
à l'île.

La maison semblait presque vide. Silencieuse. Très
claire. Le dortoir des Colombes, au deuxième étage, était
signalé par des rameaux d'olivier. Elle s'étonna :

– Pourquoi des branches d'olivier ?

– A cause de Noé.

Ah, oui, Noé. La Bible. Zut ! Elle tentait de se rattraper.

– C'est vrai. Il y avait des colombes sur son bateau.
Mais aussi des serpents, des ânes, des dinosaures, des tri-
cératops, des plésiosaures, des vaches, des perroquets...

– Des brontosaures, des diplodocus...

109

Il aimait aussi les dinosaures. Comme elle! Elle se sentit en confiance, lança : « Et tous ces animaux-là mangeaient des olives », comprit aussitôt qu'elle avait dit une bêtise, car il la regardait, surpris :

– Ah oui? Tiens, je ne savais pas. Je croyais que les branches d'olivier c'est à cause de ce que raconte la Bible, tu sais quand elle dit que Noé voyant baisser le niveau de l'eau envoie la colombe en exploration : et elle revient avec un rameau d'olivier dans le bec, ce qui lui fait comprendre que la terre n'est pas loin.

Voilà. Elle ne s'était pas assez méfiée. Résultat : une première erreur. Et elle venait à peine d'arriver. La prochaine fois, elle se tairait, si possible. Aron Brockman aurait dû lui dire de rester muette. Bien plus facile. Elle n'avait quand même pas pu apprendre la Bible et tous les trucs juifs en une soirée!

La vieille dame, pourtant, avait fait de son mieux. Toujours très raide. Avec ce mur qu'elle avait bâti entre elles : « Mais ne me demandez pas de vous aimer en plus. » Un mur de glace. Qui n'avait pas beaucoup fondu quand elle lui avait donné un petit bisou sur la joue. Aussitôt, la vieille avait pris une tête d'institutrice, pas mieux que les Diaconesses. Elle lui avait expliqué le sabbat, la synagogue et les prières. Elle s'était énervée, la petite fille ayant jugé qu'à la synagogue on traitait les femmes en inférieures en ne leur permettant pas de prendre place à côté des hommes. Alors, la vieille dame : « Oui, mais c'est la femme, la maîtresse de maison, qui allume chez elle les bougies du sabbat, qui entoure les flammes de ses mains, puis bénit les lumières, et dit la prière. » Elle s'était agacée aussi quand la petite fille avait ri à l'énumération de toutes les activités interdites pendant le sabbat : « On ne peut même pas toucher à la sonnette électrique? C'est idiot ça. » « Et vous, les chrétiens, vous avez aussi des interdictions, non? Et puis... ». La petite fille avait pensé à la jeune Hannah enlevée par des gens qui se disaient chrétiens, disparue, morte sans doute. Elle avait tâté, sous sa ceinture, la petite marionnette tachée de sang. Et s'était promis de ne plus faire aucune remarque.

Elle écouta sans réagir l'énumération des fêtes. Mais tout se mêlait : Rosh ha-Shana et Yom Kippour, la nuit de Kol-Nidré et la fête des Tabernacles. Tout comme la Torah et le Talmud.

Elles avaient fait de leur mieux, l'une et l'autre, jusque tard dans la nuit, persuadées qu'Aron Brockman leur demandait l'impossible. Ce que la vieille dame lui avait presque crié, le lendemain, quand il était venu chercher l'enfant. D'abord embarrassé, il s'en était tiré par une nouvelle recommandation : « Eh bien, tu diras que tes parents n'étaient pas pratiquants, tu comprends? » Il portait un sac de voyage bourré de vêtements qu'il venait d'acheter pour la petite fille. Elle les avait jugés plus affreux les uns que les autres, criards ou vieillots, informes ou trop habillés. Les hommes ne comprenaient rien à ces problèmes. Pourquoi ne pas avoir demandé à la vieille dame de faire ces achats? Mais la vieille dame... Au moment du départ, elle avait tenté de détourner la tête quand la petite fille essayait de l'embrasser...

– Tu verras : ici tu auras de bons camarades et de bonnes copines.

C'était Salomon, toujours souriant, qui posait le sac sur un lit – « Celui-là n'est pas occupé. Ce sera pour toi » – et l'emmenait vers la fenêtre.

Le lac éclatait de soleil.

– L'île est par là, dit-il, vers l'ouest. En face, là-bas, ces montagnes, c'est la Suisse. Et les autres, dans le coin à gauche, l'Autriche.

La Suisse, l'Autriche. Sa mère et Monsieur Biermann étaient peut-être là, derrière ces montagnes. Ce qui expliquait pourquoi Aron Brockman l'avait menée dans cet orphelinat.

— Est-ce qu'il y a aussi des nazis dans ces pays-là?

— Oui, mais pas les chefs, je crois.

— Alors, ils ne sont pas aussi méchants qu'ici avec vous... avec nous?

Il ne parut pas avoir remarqué ce lapsus, hésita :

— Je ne sais pas... Non, pas aussi méchants. Mais je crois qu'ils ne nous aiment pas tellement. Et ils ne veulent pas de nous.

— Il n'y en a pas beaucoup... souffla-t-elle, un peu triste.

— Beaucoup quoi?

— Beaucoup qui veulent de... de nous.

— Si, demain, en Eretz-Israël. Certains y sont déjà partis, tu sais.

Où? Que signifiait ce mot nouveau? Elle ne se souvenait pas de l'avoir entendu chez la vieille dame. Mais impossible de demander. Faire comme si.

— Oui, sûrement demain, approuva-t-elle.

— Tu le crois aussi, hein?

Il la regarda, radieux. Elle le fixa. Ferme. Inquiète pourtant.

— Bien sûr, je le crois.

Il se retourna vers la fenêtre.

— Tu vois tout cela, le lac et les montagnes, les arbres là-bas, les petits bateaux tout blancs et la prairie devant nous, c'est beau comme un tableau. Eh bien, il paraît qu'Eretz-Israël, c'est encore mieux, beau comme une mélodie venue du fond du cœur.

Elle l'admira de parler si bien, comme dans les

112

manuels de récitations, et se promit de découvrir au plus vite la situation du merveilleux pays qui le faisait rêver. Peut-être sa maman et Monsieur Biermann l'emmèneraient-ils là-bas?

Elle lui prit la main, soudain, la serra. Il contemplait les montagnes. Ailleurs.

Après le repas, vite expédié, on les sépara. Il devait passer une radio, « de vérification », expliquait la surveillante, qui renvoya la petite fille vers le dortoir des Colombes. « Fais donc la sieste, tu dois être fatiguée. »

Elle eut, une fois de plus, le sentiment d'être un colis que l'on ne savait où déposer mais fut réconfortée en découvrant dans son sac de voyage trois livres qu'Aron Brockman avait glissés à la dernière minute : *Le Dernier des Mohicans*, *Robinson Crusoé* et *Les Voyages de Gulliver*. Trois livres qu'elle aimait. Comment avait-il pu deviner? Elle choisit *Robinson Crusoé* à qui elle ressemblait, jugea-t-elle : seule comme lui, avec Salomon dans le rôle de Vendredi. Mais en mille fois plus malin, bien sûr.

Elle décida de lui offrir un cadeau, une surprise pour son retour. Seulement voilà : elle n'avait rien à donner que ces livres – or, on n'offre pas ce qui vous a été offert. Et pas le moindre mark. Qu'en eût-elle fait d'ailleurs dans cette maison isolée?

Elle choisit d'aller lui cueillir un bouquet, se hasarda autour de la maison où fleurissaient surtout des liserons, quelques dahlias aussi.

Les enfants rentraient d'excursion en chantant « Qui construira la Galilée? Nous! Nous! » Quelques filles l'entourèrent, s'étonnant de son bouquet, la questionnant sur sa famille, son passé – un interrogatoire dont elle se tira assez bien –, lui expliquant, bavardes, l'organisation de l'orphelinat, divisé en équipes qui portaient le nom des animaux cités dans l'histoire du Déluge : « les bestioles », « les oiseaux », « les bêtes sauvages » (une équipe très recherchée par les garçons), « les volatiles », « les colombes » enfin.

Plus tard, d'autres, plus âgées, qui semblaient des monitrices, organisèrent une ronde. Garçons et filles se tenaient par les épaules, dansant sur un rythme endiablé, plein de révolte. Une brune aux très longs cheveux vint la chercher pour qu'elle se joigne au groupe.

– Mais je ne sais pas, je ne saurais pas. C'est quoi, cette danse?

– Comment, tu ne sais pas? Mais, c'est une « hora »!

L'autre repartit, haussant les épaules, méprisante. La petite fille rêva de fuir : trop de mots, trop de choses et de gestes inconnus. Elle était étrangère ici, et tricheuse en somme. « Tu sais, dit la voix de Salomon, la " hora ", c'est la danse de notre peuple, là-bas en Eretz-Israël. Ils dansent comme David qui tournoyait de toutes ses forces devant Yahvé au son des cithares, des harpes, des tambourins et des cymbales. »

Elle ne l'avait pas entendu approcher et eut envie de lui sauter au cou. Elle l'admira aussi de tout connaître. Elle osa – tant pis! – lui demander ce qu'était cet Eretz-Israël dont il parlait tant. Il la regarda, surpris. Comment pouvait-elle ignorer la Palestine, la terre où tous les juifs – enfin, les vrais juifs – rêvaient de se retrouver un jour?

Elle se sentit vaciller. Hasarda :

– Mes... mes parents ne sont pas pratiquants. Tu comprends?

Voilà qu'elle répétait « Tu comprends? » comme Aron Brockman. Mais Salomon, après un silence :

- Ne le dis pas trop ici. Ils n'aiment pas beaucoup ceux qui ne pratiquent pas. Je parie que ton père s'était fait raser la barbe. Pas vrai?

Elle fit oui, de la tête.

- Tu as vu le directeur? Il a gardé la sienne, même s'il la taille un peu. C'est notre marque, la barbe. Et si elle disparaît, c'est qu'on renie le peuple juif. Moi, je voudrais bien qu'elle pousse plus vite. J'ai déjà quelques poils qui commencent, regarde.

Il se pencha vers elle, afin qu'elle observât son menton, cherchant un poil follet sur le côté gauche, dans un geste qu'elle jugea comique.

- Tu vois, là? Tu vois?

- Oui.

Elle ne voyait rien, s'inquiétait de ce qu'elle venait d'entendre, mais se rassura parce qu'il la protégerait, elle en était certaine. Elle lui tendit son petit bouquet, qu'elle avait presque oublié.

- Tiens, j'avais cueilli ça pour toi.

Il parut étonné, chercha des yeux où le poser pour s'en débarrasser, balbutia un vague merci. Elle était dépitée, se consola en pensant qu'après tout il n'était qu'un garçon, et que les garçons ne comprenaient pas toujours.

- Tu sais, dit-il soudain, à la radio, ils m'ont dit que j'étais tuberculeux. J'ai deux gros trous, des cavernes comme ils disent, au poumon gauche, et puis un autre à droite. Des cavernes, comme au temps des dinosaures.

Il essaya un petit rire, qui s'étrangla.

- Alors, je vais devoir partir. Parce que je suis contagieux : je donnerais la tuberculose à tout le monde ici. On va m'évacuer. Tu te rends compte, j'ai toutes les maladies : déjà j'étais juif, ensuite orphelin, et maintenant tuberculeux.

115

Laura C.

Il lança un nouveau rire, pas plus réussi, qui déchira le cœur de la petite fille. Elle eût voulu serrer dans ses bras et dorloter ce garçon qui la dépassait d'une bonne dizaine de centimètres. Elle se hissa sur la pointe des pieds. Et l'embrassa sur les lèvres.

Les autres, un peu plus loin, dansaient avec rage.

Le soir, au réfectoire, il s'arrangea pour venir se placer près d'elle, à la table des « Colombes ». Ce qui était en principe interdit – il appartenait à l'équipe des « bêtes sauvages », une bizarrerie qui l'amusait –, mais il semblait jouir d'un statut particulier dans l'orphelinat. En arrivant dans la grande pièce blanche ornée de dessins, il était passé de table en table, plaisantant avec celui-ci, donnant à celui-là une bourrade amicale, caressant les cheveux d'un plus petit, provoquant rires et plaisanteries.

Penché vers la petite fille, il lui raconta Eretz-Israël et ses rêves. Elle l'écoutait à peine, dévisageait ses voisines qui crevaient à coup sûr de jalousie, s'attardait aussi à observer ses mains qu'il avait longues, très blanches, très belles. Elle n'avait jamais pensé que des mains puissent êtres belles et fut saisie par l'envie de caresser celles de Salomon. Elle posa la sienne sur l'une d'elles, comme par inadvertance, et en fut troublée.

Elle était surprise de l'entendre évoquer Bethléem, Jérusalem, Jéricho, comme des lieux où l'on pouvait se rendre et s'installer à demeure : depuis qu'elle avait appris l'histoire de Jésus chez les Diaconesses, elle les considérait comme des villes de légende, guère plus

117

réelles que l'île de *Robinson Crusoé* ou le Pays des Merveilles.

A la fin du repas, elle chuchota qu'elle aimerait partir avec lui en Eretz-Israël, plus tard, quand ils seraient grands, s'il voulait bien d'elle, de quatre ans sa cadette.

– Ken, répondit-il.

Et comme elle s'étonnait :

– Ça veut dire « oui » en hébreu.

Elle eût voulu, de joie, se jeter à son cou. Mais il y avait tous les autres, autour.

– Ken, c'est « ja » en allemand, « oui » en français, « yes » en anglais, « da » en russe, « si » en espagnol. Tous ces mots différents pour dire la même chose... un peu comme les couleurs de l'arc-en-ciel. Si tous les « ken » et les « ja » et les « oui », et les autres, faisaient la ronde...

Elle se sentait prête à l'écouter des heures encore. Mais une monitrice réunissait tous les enfants pour leur lire un récit avant le coucher. C'était l'histoire d'un pionnier juif parti pour la Palestine à la fin du siècle précédent, avec toute sa famille pour échapper aux pogroms de la Russie des tsars. Il avait créé là-bas une ferme modèle. Il était passé par Jérusalem et l'auteur du récit le décrivait devant le Mur des lamentations, priant en balançant le corps et introduisant entre deux vieilles pierres moussues un petit papier où étaient inscrites ses intentions et ses demandes. La petite fille se promit d'en faire autant s'ils allaient à Jérusalem. Elle n'était pas juive mais c'était le même Dieu qui se trouvait derrière le Mur. Il l'écouterait donc. Elle lui demanderait de l'aide pour les juifs, les nègres, les Tziganes, les gamines chinoises aux pieds bandés et comprimés, et tous les enfants un peu perdus comme elle. Elle souffrit, impatiente, jusqu'à la fin du récit, tant elle souhaitait vite partager ce projet avec Salomon. Et fut réjouie de l'entendre dire que c'était une bonne idée, qu'il en ferait autant et ajouterait même d'autres intentions qu'il lui révélerait le moment venu.

En attendant, il devait lui confier une mauvaise nouvelle, tenue cachée le plus longtemps possible : il prendrait le train pour le sanatorium le lendemain à l'aube, bien avant l'heure du réveil de tous. Il fallait donc se quitter ce soir même. Mais il lui écrirait; c'était promis, juré.

Elle s'affola. Lui écrire? Où? A l'orphelinat? Mais elle n'y serait plus! Elle rêva, l'espace d'un instant, d'y rester par tous les moyens, à seule fin de recevoir ses lettres, elle se dit vite que c'était impossible, qu'Aron Brockman n'accepterait jamais, qu'elle ne serait pas de taille contre tous les adultes.

Alors, elle lui avoua tout. Et ce fut lui qui l'embrassa.

— Eh bien, dit-il ensuite, il ne nous reste qu'à nous fixer un rendez-vous. Tiens, à Jérusalem, justement. En 1940 par exemple. Non, c'est trop tôt. Tu n'auras que treize ans, ce sera peut-être difficile. On ne fait pas toujours ce qu'on veut à treize ans...

— Moi, si, je le ferai. D'accord : en 1940 à Jérusalem.

Il sourit, indulgent :

— Non, on ne sait jamais. Disons plutôt quand tu auras vingt ans. Ça fait en 1947. En 1947 à Jérusalem.

— Et le jour?

— Nous sommes le 1er août. Alors, disons le 1er août 1947 à Jérusalem, devant le Mur des lamentations. On se reconnaîtra facilement.

— Il faut prêter serment, dit-elle, grave.

Elle songeait à des récits où des amis prononçaient d'étranges formules ou mêlaient leurs sangs pour se jurer

119

fidélité. Il jugea que c'était difficile dans ce couloir, par où les enfants se rendaient dans les dortoirs. Ils devraient se contenter de ce serment et d'une longue poignée de mains.

Cette petite cérémonie la réconforta. Elle avait le sentiment de vivre une aventure exceptionnelle, une histoire d'amour comme on n'en trouvait dans aucun livre, comme n'en connaîtrait aucune des élèves de l'école des Diaconesses, aucune de ses nouvelles camarades de l'équipe des Colombes. Ce qui adoucit sa peine. Elle pensa même, après avoir vu disparaître Salomon vers le dortoir des « bêtes sauvages », que ce soir, seule dans son lit, elle pourrait être doucement triste, comme après la lecture d'un conte dont l'héroïne est très malheureuse : on a pitié, alors, de tous ceux qui souffrent dans le monde entier, on se sent proche d'eux, on a envie d'être bonne pour tous, c'est presque agréable.

Elle n'avait pas prévu le pire.

Une fille l'attendait dans les lavabos voisins du dortoir des Colombes, la brune aux très longs cheveux qui l'avait méprisée d'ignorer la « hora ».

— Alors, il le sait?

— Quoi?

— Salomon. Il sait qu'il va mourir?

Mourir? Salomon? Cette fille était folle, ou jalouse. Oui, jalouse parce que Salomon ne l'avait pas quittée de la soirée. Alors, elle disait n'importe quoi. Une méchante. Une... une salope, voilà.

La petite fille employait ce mot pour la première fois, l'attribuait pour la première fois à quelqu'un; et elle se plut à se le répéter pour étouffer, oublier si c'était possible ce qu'elle venait d'entendre. Mais l'autre n'était pas décidée à lâcher sa prise.

120

Laura C.

– Il ne le sait pas? Le médecin ne lui a rien dit, alors? Ni le directeur? Rebecca et moi, on l'a entendu tout à l'heure. C'était la monitrice qui le disait à la surveillante de nuit : ils le font partir demain matin au sana mais ils n'ont plus d'espoir, parce que c'est une tuberculose spéciale, « galopante », elle a dit, et ses poumons sont trop atteints ; ça pourrait être fini dans quelques jours, elle a dit. Il ne pourra même pas faire sa bar-mitsva...

Elle ne mentait pas, c'était certain. Salope, salope. Galopante, galopante. Le 1er août 1947, devant le Mur des lamentations. Un petit papier glissé entre les pierres moussues. Salomon.

La petite fille s'enfuit vers le dortoir, s'engloutit tout habillée sous les couvertures, et pleura.

Elle ne parla à aucun autre enfant pendant les deux semaines de son séjour à L'Arche de Noé, se contenta de répondre par oui ou par non aux monitrices qui s'inquiétaient de ce silence, et d'assurer que tout allait bien au directeur qu'elles avaient alerté. L'orphelinat ne connut jamais pensionnaire plus respectueuse des habitudes et de la discipline. Elle se montrait ponctuelle aux repas, aux réunions comme aux activités, faisait mine de s'esclaffer quand tout le monde riait et d'écouter en montrant les sentiments convenables les contes et les récits lus chaque soir avant le coucher ; elle marchait d'un bon pas lors des promenades, participait aux jeux en tentant de faire gagner son équipe, apprit à chanter la prière du « Chema Israël » et même à danser la « hora », et s'appliqua scrupuleusement à ne rien laisser paraître de ses ignorances en matière de judaïsme ou de sa véritable identité. Cette petite fille, modèle comme un robot, ne s'autorisa qu'une entorse à la règle : elle s'empara du carnet vert qui servait à la brune aux longs cheveux de journal intime et en déchira les pages une à une.

121

Laura C.

Quand, un matin, elle aperçut Aron Brockman sortant du bureau du directeur, elle crut que son cœur éclaterait de joie. Mais elle apprit dans le même temps la mort de Salomon, survenue la veille dans un sanatorium de l'Allgau, et ne put retenir ses sanglots que tout le monde attribua à son regret de quitter l'orphelinat. S'étant accoutumée à dissimuler, elle se garda de les détromper. Mais pleura davantage encore lorsque, dans la voiture qui les emmenait, le petit homme roux lui annonça qu'il ne serait pas, cette fois, son guide. Elle changerait à nouveau d'identité pour devenir Else Ahrens, une Allemande pure de la moindre goutte de sang juif. Elle voyagerait en simple compagnie d'un homme d'une quarantaine d'années portant réellement le nom de Hermann Ahrens et qui serait, pour l'occasion, son père; elle devrait donc jouer avec lui la comédie de la tendresse. Ah, et puis, il allait l'oublier, elle porterait des lunettes aux verres légèrement teintés et on lui couperait ses tresses blondes; mais les cheveux repoussant vite, ce n'était qu'un mauvais moment à passer.

« Encore un », murmura-t-elle, mais il ne répondit pas.

Il semblait à la fois heureux de la retrouver et triste de devoir bientôt la quitter. Elle fut sur le point de lui fixer un rendez-vous pour l'année suivante, mais songea aussitôt que cela lui porterait malheur. Elle s'aperçut du même coup qu'il ne lui avait encore rien dit de sa destination et le lui reprocha. Pour l'instant, dit-il, c'était Vienne. Ensuite, mystère. Elle le somma d'en dire plus. Il prétendait ne pas savoir. Elle ne le crut pas, et décida de bouder. C'était la bonne méthode, jugea-t-elle, pour le punir de son silence, l'embarrasser et l'obliger à la laisser tranquille : si elle pleurait, au contraire, il se croirait obligé d'intervenir, de lui faire des promesses, de mentir peut-être. Rien n'est plus pratique pour les enfants que la bouderie.

Elle s'y enferma pendant près d'une heure. Il ne disait mot, paraissait préoccupé, regardait souvent dans le rétroviseur, finit par s'arrêter dans une petite ville, consulta un plan, repartit, tourna et retourna, s'arrêta enfin devant une petite villa verte entourée d'un jardin en piteux état où, expliqua-t-il, elle allait retrouver ce Monsieur Hermann Ahrens. C'est là aussi qu'on lui couperait les cheveux. Et soudain, la fixant : « Il y a autre chose que je dois te dire, et qui nous oblige à prendre encore plus de précautions : ton père a quitté la banque. Il est entré dans la Gestapo. »

Contrairement aux craintes d'Aron Brockman, le voyage jusqu'à Vienne ne fut marqué d'aucun incident. Hermann Ahrens était un monsieur au charmant bedon, portant besicles, qui transpirait beaucoup. Il tenta de faire partager à la petite fille sa passion pour les échecs. Mais le voyage était court. Elle n'eut pas le loisir de vraiment progresser.

Le médecin autrichien qui la prit en charge à Vienne lui annonça qu'elle se nommait désormais Else Holler. Trois jours plus tard, elle était à Paris dans les bras de Susanne. Et retrouvait son identité.

Deuxième partie

Chapitre I

Laura fut réveillée par le raffut des merles. Ils nichaient dans les hauts de l'immeuble depuis le début de mai. Depuis le 10, peut-être, le jour où les armées allemandes s'étaient lancées à l'assaut de l'Ouest.

Laura, qui se voyait volontiers alors en auteur de contes pour enfants, avait imaginé toute une aventure : ces malheureux oiseaux auraient élu domicile, sans penser plus avant, dans les immenses cornets des sirènes d'alarme, inutilisées depuis les premiers jours de cette guerre qui ne se décidait pas à commencer ; jusqu'à cette aube du 10 mai 1940 où un souffle terrifiant avait balayé les nids, cassé les œufs, tué les petits, projeté les parents à des kilomètres, les rendant sourds à jamais – ce qui expliquerait l'intensité de leurs cris. En somme, ils étaient une espèce particulière et déjà meurtrie de réfugiés.

Jakob Biermann, que cette histoire amusait, poussait Laura à l'enrichir de quelques détails saugrenus : en vérité, les oiseaux auraient niché à Vincennes, au-dessus du fort où s'était installé l'état-major français et qui avait été, sans conteste, le lieu le plus endormi de Paris pendant ces mois de « drôle de guerre » à moins qu'ils ne se soient installés dans un de ces bombardiers dont les journaux publiaient souvent l'image, sans jamais annoncer qu'ils soient allés jeter sur l'ennemi le moindre projectile.

Il niait, ferme, qu'il pût s'agir de merles, ceux-ci, à l'en croire, détestant les villes, où ils ne trouvaient pas pitance à leur goût. L'adolescente rétorquait, non moins ferme, que ces bavards étaient bien des merles, du latin *merula*, pluriel *merulae*, oiseaux passereaux voisins de la grive, précisait le dictionnaire. Au vrai, elle n'en savait rien, ignorant tout du cri des oiseaux et n'étant jamais parvenue à les repérer, bien qu'elle se précipitât plusieurs fois par jour à la fenêtre de la cour. Mais elle entretenait avec un soin patient cette polémique et quelques autres touchant des sujets aussi graves que la race d'un chat abandonné par ses maîtres fuyards et recueilli par la concierge, ou le nombre exact d'employées qui avaient, depuis le début des « événements », déserté l'étude notariale du rez-de-chaussée.

Elle s'y accrochait et en cherchait d'autres, dans l'espoir toujours déçu de détourner les esprits et les conversations des seules questions qui les obsédaient tous depuis quatre semaines : la progression des armées nazies serait-elle enfin arrêtée? La prudence élémentaire ne commandait-elle pas de partir, comme l'avaient fait déjà tant de Parisiens? D'autant que Susanne imaginait la sombre silhouette de Karl derrière les Panzerdivisionen qui fonçaient à travers les plaines du Nord, l'imaginait en terrifiant King Kong grandi par chaque victoire allemande et qui n'aurait bientôt qu'à se pencher sur la ville sans défense pour saisir sa fille dans sa grande patte noire.

Car il n'avait pas renoncé, elle en était persuadée. Plusieurs fois, les années précédentes, alors qu'elle promenait Laura dans les squares, les grands magasins ou les musées, elles s'étaient crues poursuivies par d'inquiétants personnages en long pardessus, aux feutres rabattus sur le visage. Et même, elles avaient été bousculées, puis séparées, à la sortie du pavillon de l'Elégance de l'Exposition universelle de 1937, par deux matrones en tailleurs gris, des femmes solides auxquelles Laura avait échappé en mordant, sauvage, les mains qui la tenaient serrée, tandis que Susanne les harcelait de son parapluie.

Biermann, alors, se voulait rassurant, soulignait que ces gens agissaient en amateurs, rappelait que des réfugiés antinazis de haut rang et de grand prestige vivaient depuis des années à Paris, à Lyon, sur la Côte, sans être vraiment inquiétés. Enfin, Karl, à en croire les informations venues d'Allemagne, ne faisait pas dans la Gestapo une carrière exceptionnelle : il n'osait donc pas recourir officiellement à ses agents pour retrouver sa fille et devait se contenter des services de demi-solde ou de seconds couteaux.

Conciliant, Jakob avait pourtant attaché quelques semaines un détective privé aux pas de Laura, ce qui l'avait d'abord flattée, puis agacée. Mais comment échapper à la menace? Traverser l'Atlantique, s'installer aux Etats-Unis? Ils y avaient parfois songé. Mais il se trouvait si bien à Paris : il tenait galerie à deux pas des Champs-Elysées, fréquentait le gratin des arts et des lettres, vendait à prix d'or les peintres à la mode pour acheter et encourager les nouveaux venus qu'il aimait, et amassait un joli pécule. Susanne ne s'y déplaisait pas, s'y était fait quelques amies, courait les musées et les expositions, recevait l'été sa mère ou ses frères qui n'auraient pas aussi aisément traversé l'Atlantique. Bref, ils étaient restés, mesurant et assumant le risque d'être repérés en moins de deux heures par le plus aveugle des agents débarqué du train de Berlin. Sans compter que Jakob ouvrait volontiers sa porte aux amis, amis d'amis, ou prétendus amis d'amis, contraints au long des années de fuir l'Allemagne nazie et dont certains peut-être... allez savoir.

L'insécurité était donc leur lot. Mais leur méfiance, trop quotidienne, s'était émoussée, épuisée. Plus exposés que la plupart, ils ne se décidaient même pas, l'invasion progressant, à quitter Paris. Lui, surtout, lui, seul.

Ils en débattaient chaque soir. Susanne geignait, d'un ton que Laura détestait, rappelait que, déjà, il avait attendu l'extrême minute pour abandonner l'Allemagne, ce qui lui avait tant coûté. Elle ne mentionnait pas, du moins devant Laura, l'épisode Göring, dont le souvenir la faisait encore frissonner. Mais ne se privait pas de suggérer que si Jakob s'accrochait tant à la capitale, c'était que d'autres liens l'y retenaient – un propos qu'il écartait d'un geste agacé. Exaspérée, au début de juin, alors que les armées de Hitler se rassemblaient déjà sur la Somme, elle le menaça de partir seule avec Laura : elles s'entasseraient devant les grilles des gares, comme tant de familles depuis quelques jours, attendraient des heures au besoin, et sauteraient dans le premier train en partance pour n'importe où. Il haussait les épaules, répétait qu'en 1914, et en 1918 aussi, les armées du Kaiser avaient plus encore approché de Paris. C'était toujours la même chose avec les Français : jamais prêts à temps, trop insouciants, trop cultivés pour s'intéresser vraiment aux combats, ils finissaient par se réveiller et l'emporter. Il n'était pas comme Picasso qui croyait que toute guerre, celle d'Espagne comme celle-ci, avait pour seul objectif de l'embêter et qui, dès le 1er septembre, quand les Allemands entraient en Pologne, s'était empressé de filer à Royan, renonçant même à emballer ses toiles après avoir commandé des dizaines de caisses dans ce seul but.

Un soir qu'il reprenait ces arguments, reconnaissant pourtant que le même Picasso avait, un jour, comparé devant lui les généraux français aux professeurs de l'Ecole des beaux-arts, ce qui n'était pas encourageant bien sûr, Susanne lui avait répondu, furieuse, qu'il cesse de chercher prétextes et faux-fuyants. Elle avait même prononcé le nom de Bella, sa maîtresse depuis deux ans.

Alors, ce fut l'explosion. Ils échangèrent les plus grossières insultes, rageurs, à mi-voix et en français, dans l'espoir vain de tromper Leonard Weil, le dernier réfugié accueilli chez eux, débarqué de Suisse on ne savait comment, sans un papier, qui ne parlait que l'allemand et que le premier policier venu eût fait aussitôt coffrer comme espion. Susanne évoquait Bella, Jakob répondait en citant le nom d'un peintre viennois devenu, pensait-il, son amant l'année précédente.

Laura, qui avait appris la langue de son nouveau pays dans *Bibi Fricotin* et *Les Pieds nickelés* autant qu'à l'école et à qui n'échappait aucun des mots dont ils s'éclaboussaient, s'était décidée, pour en finir, à feindre une crise d'hystérie, trépignant et hurlant avant de se rouler à terre avec une étonnante conviction.

C'est depuis ce jour qu'elle multipliait les polémiques futiles, auxquelles Jakob se prêtait volontiers, soulagé de parler d'autre chose. Il avait même fait le tour des librairies d'Auteuil encore ouvertes afin d'acquérir un fort savant ouvrage sur les oiseaux. Sans parvenir à la convaincre de la répulsion des merles pour la ville.

131

Laura C.

Ce matin-là, donc, elle se précipita une fois de plus vers la fenêtre de la cour pour tenter d'apercevoir enfin les bruyants volatiles qui les divisaient. Elle ne vit, comme les jours précédents, qu'un grand carré de ciel pâle, d'un bleu tendre et rosé. Les merles flûtaient, mais ne se montraient guère. Elle se demanda, amusée, si ces fuyards débattaient aussi de la nécessité de quitter la ville, commença d'inventer une histoire où ils décidaient de se former en escadrilles qui iraient aveugler de leurs chiures les avions à croix gammée, l'abandonna faute de lui trouver un épilogue heureux, et s'interrogea, chagrine, sur le sort d'un garçon plusieurs fois aperçu à cette heure de l'autre côté de la cour, intéressé par les merles semblait-il, et par elle peut-être, puisqu'il multipliait les gestes amicaux. Mais il ne se montrait plus depuis trois jours. Parti sans doute. La ville se vidait, le monde se défaisait. Son école allait fermer, elle aussi, le soir même. Ainsi en avait décidé le gouvernement après quelques bombardements sur la banlieue. Les vacances, en cette année 1940, commenceraient donc dès le 8 juin. Et ce n'était même pas réjouissant.

En vérité, depuis une dizaine de jours, les trois quarts des élèves ayant suivi leurs familles sur les routes, les classes prenaient parfois l'allure de réunions amicales. Mais les religieuses qui dirigeaient l'école emmenaient plus souvent leurs dernières élèves à la chapelle afin de réciter des chapelets et des litanies au Sacré-Cœur pour qu'il se décide enfin à sauver la France. Et bien que Jakob Biermann ait obtenu pour Laura une dispense d'instruction religieuse, elle était obligée de suivre le mouvement.

Elle s'ennuyait parfois, à genoux entre les longs bancs de bois ciré aux arêtes cruelles. A d'autres moments, elle

priait, fervente, ce Dieu qui n'était peut-être pas le sien –
elle s'y perdait un peu – et cette Vierge que son éducation protestante lui avait rendue suspecte. Elle leur
demandait de réussir un de ces miracles qui renversent
soudain le cours de l'Histoire, d'interdire aux méchants –
elle disait parfois aux salauds, se reprenait vite, jugeant
le mot malvenu dans une prière – de l'emporter aussi
effrontément.

Les salauds. Son père était parmi eux. Il n'acclamait
pas Hitler, pourtant, ce soir de janvier 1933 où ils étaient
passés devant la mince silhouette, poussés et portés par la
foule frénétique. Elle avait parfois songé lui écrire, donner de ses nouvelles à l'homme jeune et gai qui courait
avec elle sur la longue plage de sable blanc, ou faisait
mine de la chercher partout lorsqu'il rentrait du travail.
Et puis il y avait eu ces peurs, vertigineuses, quand des
hommes la suivaient et que des femmes tentaient de
l'enlever. Et puis, un livre que Jakob Biermann avait
ramené à l'appartement, un livre intitulé *Le peuple allemand accuse*, décrivait en détail les camps de concentration, contenait une grande carte dépliante où se lisaient
les noms de Dachau, Oranienburg, Osterstein, parmi des
dizaines d'autres. Et puis, ses camarades de classe, à qui
elle s'était d'abord présentée comme autrichienne – sur
les conseils de Jakob –, avaient décidé ensuite que
l'Autriche et l'Allemagne, c'était tout comme, d'ailleurs
celle-ci avait avalé celle-là; on l'appelait donc l'Allemande. Elle avait dû protester, expliquer, mentir un peu,
flatter beaucoup, craignant toujours que l'identité et les
fonctions de son véritable père ne soient révélées. Alors,
elle s'était prise à le haïr.

Et ce matin-là, tandis qu'elle refermait la fenêtre, la
peur, brutale, l'étouffa. Elle le sentit tout proche, comme

s'il venait de pénétrer dans sa chambre, complice de ceux qui, dans les camps, pendaient de misérables détenus, coupables seulement de ne pas aimer Hitler ou ses idées, devant une foule d'affamés, de loqueteux aux corps zébrés de coups. Elle réentendait les récits des réfugiés que Jakob accueillait généreusement et qui dressaient d'interminables listes : Hans D., mâchoire cassée dans la caserne Hedemannstrasse, à Berlin, Friedrich V., doigts écrasés à coups de marteau dans une maison de la SS, Heinrich V., injection d'une solution de camphre dans le canal de l'urètre, Rudolf R., langue arrachée dans une officine de la Gestapo. Susanne, alors, ordonnait à sa fille de sortir du salon, ou de la salle à manger, d'aller lire, jouer, peu importe, dans sa chambre. Mais elle revenait toujours, se cachait dans le couloir, tendait l'oreille, imaginait Karl dans ces enfers, ce papa qui, le soir, après la partie de cache-cache, l'emportait dans une sorte de ronde en la couvrant de baisers et l'appelait Lauralei.

Il reviendrait. Il se trouvait peut-être à quelques kilomètres de Paris. A Compiègne, par exemple. Ou même à Chantilly où Jakob, parfois, les avait emmenées aux courses. Parce que la radio mentait, à coup sûr. Les armées de Hitler, elle l'aurait juré, étaient bien plus proches que le gouvernement n'osait l'avouer. Et Jakob, toujours optimiste, qui lui faisait confiance! Il aurait dû apprendre, pourtant, à se méfier des Français : ne l'avaient-ils pas arrêté, dès le début de la guerre, parce qu'il était de nationalité allemande? A l'arrivée des policiers, ce jour de septembre, il avait d'abord cru à une erreur : oui, bien sûr, il était allemand, enfin si l'on voulait, car il était né en Pologne, de parents polonais, il avait eu tort de demander ensuite la nationalité allemande, mais c'était vers 1920, au temps de la République, on ne pouvait pas prévoir la suite ; après quoi Hitler l'avait privé de cette nationalité, il avait dû fuir, car on persécutait les juifs en Allemagne – le savaient-ils ? – les juifs et bien d'autres. Il était donc réfugié, papiers en règle et tout, les voilà, s'ils voulaient les voir, et voilà aussi la carte de la galerie, remarquez l'adresse, dans le plus beau quartier de Paris, une galerie honorée parfois de la visite de Monsieur Herriot, de Monsieur Jean Zay, de Monsieur Paul-Boncour, de Monsieur Frossard, de tant d'autres ministres et présidents de toutes espèces.

Les policiers écoutaient à peine, un peu embarrassés quand même. Mais :

– On a des ordres, m'sieur. Regardez vous-même sur la liste, là. Biermann Jakob. C'est bien votre nom, y a pas de doute. Tous les Allemands, on vous dit.

– Mais je suis antinazi, moi, et réfugié.

Ils haussaient les épaules, sortaient encore leur liste :

– Vous voyez bien, c'est marqué : « Vu le décret du 4 septembre... » Ça n'a pas traîné, hein ? Le lendemain de la déclaration de guerre. Des fois qu'il y aurait des espions parmi tous ces Allemands-là... C'est qu'votre Hitler, il est malin, hein ?

– Mon Hitler !

Il avait failli s'étouffer.

Susanne pleurait, interrogeait :

– Les femmes aussi ?

Ils se regardaient, hésitaient :

– On n'en sait rien, on n'a pas d'ordre. Plus tard, peut-être...

Ils semblaient le regretter, et tentaient de la consoler de cette discrimination en promettant que son tour viendrait.

Laura C.

Ils avaient emmené Jakob, qui s'était retrouvé, au terme d'un voyage harassant, au camp des Miles, près d'Aix-en-Provence, une ancienne tuilerie transformée à la hâte pour servir de prison à ces artistes, ces compositeurs, ces avocats, ces philosophes, ces cafetiers et ces rabbins qui se demandaient comment le pays où ils avaient cherché refuge, qui les avait souvent fêtés et honorés, pouvait les jeter dans cette bâtisse au sol de terre battue, avec une botte de paille en guise de lit, des feuillées pour tout sanitaire, et de vieux territoriaux ardéchois aux uniformes disparates en guise de gardiens.

Jakob avait eu la surprise, la joie, de retrouver là, parmi quelques poignées de peintres, le grand Max Ernst, dont il avait souvent exposé les toiles, et qui occupait ses journées à découper des tuiles mal cuites pour en faire des chefs-d'œuvre. Il avait, ils avaient, protesté, tempêté, écrit partout, obtenu enfin – rare privilège, d'autant que peu d'intellectuels français plaidaient pour eux – d'être libérés quelques jours avant Noël. Ce qui avait rasséréné Jakob : il s'en tirait toujours, il s'en sortirait encore, le petit garçon qui s'était caché sous les caisses tandis que les Polonais des rues non juives traquaient pour les tuer les Polonais des rues juives.

Mais à présent, s'effrayait Laura, le vieux président de la République française lui-même, cet Albert Lebrun aux yeux pleurnichards, ne pourrait rien pour Jakob Biermann, ni pour Susanne, ni pour elle, si Karl arrivait à Auteuil à bord d'un de ces chars dont on disait qu'ils semaient la terreur dans les rangs des Français. Sa mère avait raison. Il ne fallait plus perdre un seul jour. Désormais, elle ne se rendrait plus complice de Biermann en discutaillant des merles, du chat de la concierge ou des employées de l'étude notariale. Et même, elle le lui dirait sans attendre. Elle sortit.

Laura C.

Le téléphone sonna alors qu'elle quittait sa chambre. Elle courut au salon, décrocha. Une voix d'homme, qui demandait Jakob Biermann.

– Mais, c'est... il est à peine six heures...

– Je sais. Mais c'est urgent. Réveillez-le s'il le faut. Dites-lui que c'est le commissaire divisionnaire Devienne...

Jakob arrivait, enfilant un peignoir. Elle lui tendit le combiné, garda l'écouteur.

– Monsieur Biermann? C'est Devienne, de la préfecture. Voilà : si vous voulez échapper aux Allemands, partez vite.

– C'est que... je dois encore mettre de l'ordre à la galerie. Je pensais que demain...

– Croyez-moi, monsieur Biermann, laissez la galerie. Partez tout de suite. Deux divisions allemandes ont percé les lignes hier. Ils sont à Forges-les-Eaux.

– Forges-les-Eaux?

– Une centaine de kilomètres. Et il n'y a plus rien entre eux et nous.

Ils embarquèrent le lieutenant à la sortie de Bourges. Un officier sans troupe et sans casque, au cheveu rare et au visage jaune, qui s'était installé d'autorité dans leur voiture prisonnière d'un embouteillage. Ils en avaient connu des dizaines depuis leur départ de Paris, cinq jours plus tôt. Cinq jours dans un tumulte de cris et de hennissements, de grondements de moteurs, une cohue où se mêlaient d'immenses chars à blé encombrés de paquets et de familles, des voitures cabossées, des piétons qui poussaient sur les bas-côtés landaus, charrettes à bras et brouettes, mêlés à des soldats dépoitraillés, hirsutes et désarmés, aux allures de vagabonds.

« Allez, faites-moi une place », avait dit l'officier en tapotant de la main l'étui de son revolver. Il n'avait pas attendu de réponse, s'était installé au côté de Jakob, obligeant Susanne à se réfugier sur la banquette arrière entre sa fille, la bonne, et Leonard Weil. Lequel baissa aussitôt la tête, lançant de tous côtés de furtifs regards comme un jeune voleur pris au piège.

— Ça va repartir, dit l'officier. Je leur ai fait comprendre qu'ils avaient intérêt à dégager.

Presque aussitôt, la camionnette qui leur bouchait la

rue avança. C'était un véhicule haut sur roues auquel manquait – arraché ? démonté ? – l'un des panneaux de la porte arrière. On pouvait distinguer sur l'autre, bien que la peinture en fût écaillée et noircie, les lettres DEP puis, un peu plus bas, CHAR, et plus bas encore, BAG. Laura avait tenté de susciter puis d'entretenir un débat sur la profession de son propriétaire : charbonnier, charretier, charcutier, charpentier, charron ? Ou plutôt, oui, charmeur de serpents. Après avoir sillonné les routes, il avait pris sa retraite, ainsi qu'en témoignait l'état de son véhicule, sans doute sorti en hâte d'un hangar poussiéreux. Peut-être le conducteur habitait-il Bagnolet, ou Bagatelle, ou Bagneux. Et peut-être avait-il gardé avec lui quelque bon vieux serpent, une sorte d'animal familier, qui devait s'ennuyer à périr dans ces embouteillages et finirait par passer la tête pour tenter de s'informer.

Mais ils ne l'écoutaient guère. Seule la bonne avait poussé un petit cri d'effroi à l'évocation d'une possible sortie de l'animal, s'attirant un regard de Susanne où se mêlaient pitié et mépris. Biermann grognait, en polonais semblait-il, à moins que ce ne fût en yiddish. Leonard Weil lisait en remuant les lèvres un livre – de prières peut-être – aux pages fripées et cornées qu'il saisissait difficilement, comme si ses doigts étaient gourds malgré la chaleur – une maladresse qu'elle avait déjà remarquée.

L'arrivée de l'officier avait aussitôt imposé un silence inquiet, seulement troublé par les tapotements de ses doigts sur le cuir de l'étui.

Après quelques minutes, il s'en prit à Jakob :

– On ne vous a pas mobilisé, vous ? Pourtant, vous êtes encore jeune. Et costaud. Même pas dans la réserve ?

– N... Non. C'est-à-dire : je suis roumain. Et puis, j'ai fait l'autre...

Laura C.

– Ah, oui? Roumain... Tiens! Vous êtes tous roumains?

Il se retourna, son regard s'attarda sur Susanne en légère robe d'été et qui avait dégrafé son corsage pour mieux supporter la chaleur de juin. Il parut se détendre un peu, se dit grand admirateur d'Elvire Popesco (« Vous avez vu son dernier film, *Paradis perdu*? Elle n'avait pas le premier rôle, mais je ne voyais qu'elle. J'y suis allé pendant une permission. Pas mal. Le Paradis perdu, ça nous va bien maintenant ») et indiqua que son père avait combattu dans l'armée d'Orient pendant l'autre guerre (« Mais à ce moment-là, tout le monde y allait, on n'était pas seulement quelques cons à risquer notre peau »). Puis il reprit ses roulements de doigts sur l'étui, soupira, montra des familles qui piétinaient dans l'herbe, sur les bas-côtés:

– Tandis qu'aujourd'hui, regardez tous ces hommes. Des costauds, hein? Celui-là, le gros, avec sa gueule d'ivrogne. Il est resté bien au chaud chez lui avec Bobonne pendant qu'on faisait les cons, nous, cet hiver, dans les Ardennes, à se geler les orteils. Un affecté spécial, je parie, qui s'est débrouillé pour expliquer que, sans lui, plus rien ne marcherait dans son usine. Et celui-là, le petit brun! Un tout en nerfs. Planqué aussi. Tous planqués. On était fichus d'avance.

Il baissait la tête, laissait s'installer un silence pesant. Puis, se redressait, grognait, éructait des jurons quand la voiture s'arrêtait, bloquée par un nouvel embouteillage. Si l'arrêt se prolongeait, il sortait, revolver au poing, exigeait que l'on dégage la route, et vite fait, parce qu'il était en mission et prêt à tout – compris? prêt à tout. Ses hurlements s'étaient révélés plusieurs fois efficaces.

De retour dans la voiture, il s'en prenait encore à

Jakob, le faisait parler de sa profession, de la galerie –
«Vous aviez la belle vie, hein?» –, expliquait qu'il
n'avait pas suivi les cours d'officier de réserve par amour
de l'armée, mais pour échapper à une vie monotone de
clerc de notaire – «On partait en périodes, dans des
camps comme La Courtine; pas drôles, les camps, mais à
côté il y a un patelin où l'on trouve tout ce qu'il faut pour
des hommes sans femmes. Toujours à la maison, ça n'est
pas drôle. Il faut changer un peu». Là-dessus, un rire
appuyé, un regard en direction de Jakob qui feignait toujours d'être absorbé par la circulation mais se croyait
tenu d'opiner, de laisser échapper en écho quelque excla-
mation complaisante. Et Susanne, furieuse, donnait à
Laura de discrets mais violents coups de coude, comme
pour la prendre à témoin de la lâcheté de Jakob.

La longue chenille de fuyards traversait des villages
soudain surpeuplés, où des petites foules en quête de
nourriture et de boissons assiégeaient boutiques, bistrots
et fermes, s'arrêtait à nouveau sans qu'on en devinât les
raisons. Le lieutenant sortait, courait vers l'avant, revenait – «Ça va repartir; il y en avait un, j'ai dû le boxer»
– toujours plus loquace, comme si ces arrêts et ces interventions l'excitaient, le réconfortaient. Il s'en prenait de
nouveau à Jakob.

– Vous auriez peut-être pu vous porter volontaire,
non? La France vous avait accueilli. Vous pouviez la
défendre.

– J'ai essayé. On n'a pas voulu de moi. Je suis trop
vieux.

Ce qui était à peu près vrai. En plein cœur de l'hiver, à
sa sortie du camp des Miles, il avait parlé de s'engager
mais son médecin, consulté pour une forte grippe, l'avait
assuré qu'on ne le prendrait pas en raison des taches qui

marquaient ses poumons depuis un accès de tuberculose, au camp, lors de la guerre précédente.

Le lieutenant se retournait vers l'arrière, interrogeait Leonard Weil qui avait rangé son livre et tressaillait, livide, les dents serrées.

— Et vous?

Jakob, les yeux rivés sur la route :

— C'est mon beau-frère. Il est sourd-muet. De naissance.

— Ah oui? Sourd-muet? Mais ça ne devrait pas empêcher de tenir un fusil... Vous avez de la chance, les étrangers. On vous ouvre les portes toutes grandes, même aux handicapés. Et puis...

Il se reprit bientôt, corrigea :

— Remarquez, je dis ça, mais vous ne m'êtes pas antipathique... Je parle en général...

Il s'essuya le visage d'un revers de bras, laissant un rai de sueur sur ses galons. Le silence retomba, troublé seulement par le choc des ongles sur l'étui.

Laura souhaitait que le serpent sorte de la camionnette. Après tout, c'était peut-être vrai. Elle avait peut-être deviné juste. Dans une rue d'Auteuil, un jour de printemps, elle avait été poursuivie par un petit chien à poil ras, chétif et hargneux, et s'était arrêtée devant la double porte vert sombre d'un bel immeuble, persuadée qu'un molosse en sortirait qui ferait fuir l'autre; c'est ce qui se produisit. Il lui arrivait, depuis, de se croire dotée d'un don de divination. Si le serpent sortait la tête, l'officier lui tirerait peut-être dessus, quelque chose se produirait qui interromprait ce monologue, ferait tomber cette tension. Mais la camionnette, devant eux, cahotait toujours sans rien laisser percevoir de son contenu.

Leonard Weil observait, le regard fixe, le lent défilé

des piétons sur les bords de la route, la bonne somnolait, Susanne soupirait, Jakob dirigeait sa voiture à coups de volant prudents pour éviter les chariots, les vélos, les carrioles qui le côtoyaient à droite et à gauche, grognait quand le moteur calait tant on avançait lentement. Il se laissait aller parfois à siffloter un air de Charles Trenet, « Monsieur, Monsieur, vous oubliez votre cheval ». Alors Susanne lui tapait sur l'épaule – toujours silencieuse car elle avait gardé un léger accent allemand – et il s'interrompait, surpris.

L'officier, qui s'était assoupi, se redressa soudain, interrogea Laura sur ses études – même ici, ragea-t-elle; c'était donc la seule question que les adultes savent poser aux jeunes qu'ils rencontraient–, ne prêta guère attention à sa réponse, finit par dire qu'il avait deux filles et un garçon, et qu'il allait les rejoindre à Montluçon. « J'ai peur pour eux. Que se passera-t-il quand les Allemands vont arriver? On ne sait jamais, il vaut mieux que j'y sois. De toute façon, si j'étais resté là-bas, sur la Somme, ça n'aurait rien changé, n'est-ce pas? Ce n'est pas moi qui pouvais changer quelque chose, gagner la guerre à moi tout seul. Puisqu'on était trahis, on ne pouvait plus rien faire. »

Il semblait quêter une approbation, observait Jakob qui baissait un peu plus la tête. Laura, furieuse, songeait à tout ce qu'elle avait lu depuis des mois dans livres et journaux sur le courage des soldats français.

– La voiture chauffe, on n'avance pas assez vite; le radiateur va finir par éclater, dit Jakob, peut-être parce que c'était vrai, peut-être pour parler d'autre chose, montrer qu'il n'avait pas entendu cet aveu de fuite.

Mais l'autre insistait :

– On était trahis, je vous dis. On avait pris position

dans un petit bois, à la sortie d'un village, et devant nous il n'y avait que des champs et des champs, presque plats, vous savez, comme toujours dans ces régions du Nord et de l'Est. Moi, j'avais installé les deux mitrailleuses de ma section à la lisière, bien camouflées, couvertes de feuillages. Je me disais : on les verra bien venir, les Boches, pas de problème. Eh bien, croyez-moi si vous voulez, on était à peine déployés depuis deux heures qu'on nous a tiré dessus par-derrière. Par-derrière! Les Allemands étaient entrés dans le bois en sortant du village. Et c'est nous qui avons dû courir dans les champs où ils nous flinguaient comme des lapins. Des lapins. Là, j'ai compris qu'on était trahis : ils arrivaient derrière, vous voyez? Je ne sais pas comment je m'en suis tiré, mais je me suis retrouvé dans une sorte de chemin creux, avec deux ou trois hommes, qui n'appartenaient pas à ma section, remarquez. Et j'ai pensé que mon vrai devoir était de protéger ma femme et mes gosses. Je leur ai dit à ces trois-là : maintenant, c'est chacun pour soi. Et voilà.

Il répéta : « Et voilà », tapota de nouveau, nerveux, l'étui de cuir. Laura ouvrit son sac, en sortit le petit clown de bois au visage taché de sang brun, le serra contre sa poitrine. Le vieil homme au manteau rapiécé, aux lunettes cerclées d'acier – le « kleiner Dreckjude », la petite saleté de juif – qui avait roulé dans le ruisseau, devant une foule immobile. Chacun pour soi. Et voilà.

La camionnette qui les précédait s'était une fois de plus arrêtée.

– Si ça se prolonge, dit Jakob, j'en profiterai pour ouvrir un peu le capot, et laisser refroidir le moteur. Nous avons été bêtes de ne pas emporter plus d'eau, au dernier village.

Il sortit, bientôt suivi par l'officier. On apercevait vers

l'avant, sur la droite, une autre route où s'avançait une file de vieux autobus parisiens, camouflés et mis au service de l'armée, qui avait sans doute provoqué l'arrêt de leur colonne.

Le lieutenant hésitait :

– Ils ont la priorité, dit-il.

Jakob avait entrepris d'ouvrir le capot, observait le radiateur, fasciné et inquiet, comme s'il s'attendait qu'il explosât.

– Je vais quand même aller voir jusque-là, murmura l'officier. Et peut-être que je trouverai un peu d'eau.

Il sortit le revolver de l'étui, le glissa sous le ceinturon, s'éloigna.

Laura sortit de la voiture – « J'en peux plus, je dois me dégourdir les jambes » – sans écouter les protestations de sa mère. La bonne dormait toujours.

C'est alors que les avions apparurent. Trois, au ras des arbres. Et aussitôt un crépitement de mitraillade, bref, qui jeta tout le monde au sol. Puis une explosion, qui lança une longue flamme vers le ciel, du côté du carrefour. Ils étaient déjà repartis.

Laura se redressa aussitôt, la tête vide, étourdie. Un cheval, qui fuyait en traînant une voiturette renversée, faillit la bousculer, fila droit vers les champs, franchissant un fossé où s'était terré un petit groupe. Jakob la prit par les épaules : « Tu n'as rien ? » Elle secoua la tête, regarda enfin vers l'auto.

Elle était vide.

Ils retrouvèrent bientôt Susanne et la bonne, enlacées, au pied d'un arbre. La bonne sanglotait en marmonnant des prières.

– Je t'ai cherchée, gronda Susanne. Et celle-là qui ne voulait pas me lâcher. Allons, calmez-vous, vous voyez bien que c'est fini. Fini. Fertig, terminé.

Laura C.

Ils repartirent vers la voiture qui semblait intacte et où Leonard Weil, revenu d'on ne sait où, s'était déjà rencogné à l'abri des regards. Une femme les dépassa, bras tendus vers le ciel, criant que le pape avait demandé à Staline de déclarer la guerre à Hitler et que le chef communiste venait d'accepter. Vers l'avant, cris et gémissements se multipliaient.

– Et l'officier? demanda Susanne. Il était parti vers le carrefour...

Jakob haussa les épaules.

– Je vais y aller. De toute manière, il faut savoir comment sortir d'ici.

Laura le suivit, indifférente aux interdictions de sa mère. Ils avançaient à travers un désordre de charrettes et de landaus renversés, de voitures aux vitres brisées par les balles et aux pneus crevés, parmi des hommes et des femmes qui couraient, hagards, pleuraient, soutenaient des blessés, ou hurlaient couchés sur des cadavres. Des petits groupes s'éloignaient à travers les champs et les prés. Sur l'autre route, deux autobus brûlaient en dégageant des bouillons de fumée noire, les suivants tentaient de faire demi-tour, leurs occupants s'éparpillaient.

Un camion chargé de tonneaux métalliques – emplis de « produits chimiques », disaient les uns, contenant « des gaz », assuraient les autres – avait explosé au beau milieu du carrefour, projetant au loin ses débris et ceux des véhicules les plus proches, blessant et tuant. Des civils et des soldats, deux gendarmes aussi, s'affairaient à ramasser les corps et dégager la route. Un prêtre à la soutane tachée de sang faisait sur les cadavres de grands signes de croix.

– N'avance pas, ordonna Jakob. Reste avec ces dames. Je te retrouverai ici. Je ne vais pas tarder, je te le promets.

Laura C.

Il lui montrait un grand arbre au pied duquel trois jeunes femmes aux allures de cheftaines avaient étalé un drap et aligné des bouteilles de vin dont elles emplissaient les quarts des soldats et les verres que leur tendaient des civils.

Elle lui obéit d'abord et s'assit là. Elle se sentait lasse, s'étonnait de ne pas craindre le retour des avions et de n'être pas plus impressionnée par le sang et les cadavres. Rien, décidément, ne ressemblait à ce qu'elle avait imaginé. Plus rien n'avait de sens. Des murailles s'écroulaient. Le monde à l'envers.

Elle regarda la petite marionnette qu'elle n'avait pas lâchée et lui cria : « Je ne suis plus une enfant. » Une femme qui venait d'avaler deux verres de vin et l'avait entendue la dévisagea, inquiète. Elle ne la vit pas, cria plus fort « Je ne suis plus une enfant. J'ai compris » et puisqu'elle venait, en quelques minutes, de franchir plusieurs années, elle se leva pour tenter de rejoindre Jakob.

Elle retrouva avant lui le corps de l'officier, un peu plus loin, dans un fossé où on l'avait jeté avec quelques autres. Son visage, apaisé, lui parut presque beau. Elle le bénit, comme le faisait le prêtre. Cet homme n'arriverait donc jamais dans cette ville appelée Montluçon qu'elle ne situait pas très bien, il ne reverrait jamais – sinon du ciel, peut-être – les trois enfants pour lesquels il s'était enfui. Mais non, il avait eu peur, tout simplement. Ses enfants n'étaient qu'un prétexte. Les enfants étaient très utiles aux adultes parfois. Souvent. Toujours peut-être.

A présent, elle le détestait.

– C'était un lâche, dit-elle à Jakob qui arrivait. Et il est mort quand même.

Il ne répondit pas, se pencha, ouvrit la tunique du mort, prit son portefeuille, expliqua qu'ici on le lui volerait, qu'il venait de voir à l'œuvre des détrousseurs de cadavres – « Je sais, interrompit-elle, je ne suis plus une enfant » – et qu'on l'enverrait à son épouse quand la vie reprendrait un cours normal.

Ils s'en retournèrent, dépassèrent la camionnette marquée DEP, CHAR et BAG, à laquelle elle ne prêta même pas attention, retrouvèrent leur voiture où Susanne avait repris son siège à l'avant comme si elle savait déjà. Elle crut bon de paraître émue quand ils lui annoncèrent la fin du lieutenant.

– C'était un salaud, s'insurgea Laura. S'il avait su la vérité, pour nous tous, on serait peut-être à sa place maintenant, dans un fossé.

– Peut-être, murmura Jakob, mais maintenant, c'est moi qui ai ceci.

Il sortit de sa poche le revolver.

Chapitre II

Le soleil brillait dans un ciel d'un bleu si tendre et pâle que tout semblait noir et sale, par contraste, à l'intérieur du café débordant d'une petite foule où se mêlaient réfugiés et gens du pays. Des bavards qui s'étaient à peine tus quelques minutes après le suicide du commandant – un officier arrivé avec son ordonnance au moment même où la radio du bistrot transmettait le discours du maréchal Pétain annonçant qu'il venait de demander l'armistice et qu'il fallait cesser le combat. Le commandant, assez âgé, long et mince, la poitrine très décorée, avait remis sa serviette à son compagnon avant de prendre la porte de la cour. On avait cru qu'il cherchait les cabinets et la patronne commençait à lui courir après pour lui expliquer qu'ils n'existaient pas et qu'il fallait se débrouiller au fond du jardin. Le coup de feu l'avait arrêtée, pétrifiée. Il s'était tué d'une seule balle, en pleine tête.

Et puis voilà, c'était la vie – enfin : la vie de ces jours-là, avec des morts qui ne comptaient guère, qui dérangeaient plutôt. Deux réfugiés, et l'ordonnance qui pleurait, avaient emmené le corps jusqu'à l'église du village. Et les conversations avaient repris, d'abord murmurées, bientôt presque criées.

Laura C.

Des hommes aux bérets enfoncés sur la tête en dépit de la chaleur, la plupart en blouses noires de paysans, commandaient des « canons » dont Laura comprit assez vite qu'il s'agissait de gros verres de vin rouge. Quelques-uns évoquaient, rieurs, un certain Favrot dont ils assuraient que, si jamais les Allemands venaient jusque-là – mais grâce à Pétain on en serait peut-être protégés –, il irait les accueillir avec des fleurs à l'entrée du village. Des familles de réfugiés, serrés près de la table où Jakob faisait venir omelette, fromage, pain et vin – leur premier vrai repas depuis vingt-quatre heures –, supputaient déjà leurs chances de rentrer bientôt chez eux, quelque part aux alentours de Reims.

Laura se leva.

– Où vas...?

Susanne fit mine de se lever à son tour, n'osa parler davantage de crainte de faire remarquer son accent, retomba sur sa chaise, épuisée. Jakob, aux prises avec le patron, lui promettait beaucoup d'argent en échange d'une chambre où ils pourraient s'allonger quelques heures.

– Je reviens tout de suite.

Laura se faufila entre les voitures, les cyclistes et les chariots qui descendaient vers Châteauroux. Au milieu de la place, à deux pas, un soldat de bronze, fusil à la main, expirait sur un socle de pierre où s'étalaient les longues listes de morts de la guerre précédente. Elle compta trois Chastaing, Alphonse, Maurice et Robert, trois frères sans doute, et deux Reboullet, Jules et Joseph, un Lucien Favrot aussi, peut-être le père de celui que les paysans imaginaient déjà souhaitant la bienvenue aux Allemands. Pourquoi? Ne voudrait-il pas, au contraire, se venger? Elle imaginait une scène : les chars se présentant à l'entrée du village – là où elle avait repéré, en arrivant, une grande maison entourée de hautes grilles –, et le bonhomme planté au milieu de la rue avec ses fleurs ; alors, la tourelle du premier tank s'ouvrirait, un soldat vêtu de noir en sortirait, et le bonhomme Favrot, un paysan comme ceux du café sans doute, tirerait un revolver de son bouquet et ferait feu, feu, feu. Avant de mourir héroïquement bien sûr, fauché par les mitrailleuses du blindé.

Mais Favrot ne ferait rien de ce genre. Il n'en aurait pas le courage, ni même l'idée. Les autres l'avaient bien dit : il irait souhaiter la bienvenue aux ennemis de la France. Et ces hommes en riaient, comme s'ils n'avaient pas honte d'être vaincus, comme si l'invasion de leur pays, la prise de leur capitale, la déroute de leur armée ne leur donnaient pas envie de pleurer. Alors, elle les méprisa. Que faisait-elle parmi ces gens-là, qui n'étaient pas de sa race, qui l'auraient hier tuée, peut-être, en apprenant qu'elle était née allemande, et devant qui sa mère n'osait même pas parler ? Ce Favrot que, l'instant d'avant, elle imaginait tirant sur le premier Allemand aperçu aurait peut-être tué ainsi son cousin Rudolf qui lui avait fait parvenir l'année précédente une superbe photo en uniforme d'officier de chars. Et ce soldat de bronze, qui mourait depuis des années sur son socle de pierre, aurait peut-être, s'il l'avait pu, s'il s'était trouvé à l'assaut parmi les nègres, tué Karl, son père, quelque part devant cette ville appelée Lens où elle avait souvent souhaité se rendre depuis son arrivée en France. Auquel cas, elle n'existerait même pas. Ce qui serait peut-être aussi bien.

Laura C.

Elle avait commencé, sans savoir pourquoi, de cueillir quelques fleurs, des œillets et des pensées qui garnissaient une plate-bande, autour du monument. Elle en forma un petit bouquet, eut envie de rire en songeant qu'elle pourrait le donner à ce Favrot, pensa le jeter, puis décida d'aller le porter à l'église, d'en fleurir le corps de ce commandant assez courageux, lui, pour en finir avec toute cette humiliante bêtise.

L'église était sombre, vide et fraîche. Les hommes avaient abandonné le corps du commandant, recouvert d'un drap, devant un autel latéral que dominait une statue du Sacré-Cœur aux couleurs criardes. Elle déposa son bouquet sur le drap gris, à la place de la tête qu'elle imaginait à demi éclatée. Elle grimpa sur l'autel pour décrocher, derrière la statue, deux drapeaux tricolores poussiéreux et en recouvrit le cadavre. Puis elle s'assit sur un prie-Dieu. Et pleura.

Les fleurs, le rouge du drapeau : un immense rhododendron du même rouge, dans une tonnelle. C'était l'été 1938 à Deauville, où elle séjournait avec sa mère. Jakob se trouvait à New York pour ses affaires. Et devant le rhododendron, un fauteuil de rotin qui se balançait doucement. Une chaleur de porcelaine. Un bourdonnement d'insectes ivres. Le silence, comme aujourd'hui. C'était l'heure où les estivants faisaient la sieste. Elle avait atterri là, dans cette partie du jardin où personne ne venait, parmi de vieux meubles aux formes bizarres de fleurs et de fruits exotiques qui achevaient de pourrir, oubliés. Elle regardait le rhododendron, bercée par le fauteuil qui craquait doucement. Et en se penchant, elle avait soudain aperçu, entre les arbres, plus loin, une écharpe qui traînait à terre, sur une piste de danse où des électriciens avaient installé des lampions

Laura C.

pour la soirée, une écharpe d'un rouge un peu sombre comme ce drapeau, l'écharpe de sa mère. Elle s'était levée, approchée à pas silencieux, entre les arbres.

Susanne était dans les bras du Viennois, un peintre qui ne les lâchait pas depuis le début de leur séjour, s'installait à leur table pour évoquer à longues phrases les fastes de l'Autriche impériale, parfois suivi d'un secrétaire chinois qui amusait beaucoup Susanne, sans que Laura sût pourquoi. Le Viennois conseillait à l'adolescente – onze ans alors – d'apprendre le dessin; il assurait qu'elle montrait un grand talent. Mais sa mère expliquait que c'était uniquement par politesse, viennoise et impériale de surcroît, que des compliments de ce genre sont pain quotidien dans un certain monde et qu'il ne fallait guère y prêter attention.

Ils avaient échoué là, tendres, à demi allongés sur une balancelle. Susanne portait une robe couleur chair où s'attardaient les mains du peintre. La petite fille était repartie, effrayée, étourdie comme par le flamboiement d'une hallucination.

Le lendemain, alors qu'elle se promenait avec sa mère, le long de la plage, le Viennois s'était présenté avec un gros animal de caoutchouc, une sorte de dauphin, et la mère avait conseillé à Laura d'aller se baigner, tandis qu'ils bavarderaient : elle la surveillerait de loin; d'ailleurs, que pourrait-il lui arriver? Laura avait refusé tout net, furieuse, et tenté de détruire ce jouet de gamine qui lui résistait. Comment les parents, les adultes, peuvent-ils s'imaginer que les enfants – d'ailleurs, à onze ans, elle n'en était plus une – ne s'aperçoivent de rien, ne comprennent rien? Elle ignorait alors presque tout de la sexualité, mais s'était interrogée sur cette force qui avait poussé sa mère à prendre tous les risques pour Jakob,

153

quitte à se jeter quelques années plus tard dans les bras d'un passant, qui portait beau, certes, en dépit de ses soixante ans bien sonnés, mais qui n'était qu'un diseur de bonnes paroles.

Les enfants voient tout et les domestiques parlent : quelques mois plus tard, une certaine Bella était apparue dans la vie de Jakob – peut-être y avait-elle fait irruption quelques mois plus tôt, et sans doute, à en croire les chuchotis et les sous-entendus, n'était-elle pas la première. Mais lors de « l'été du Viennois », comme elle disait, Laura, qui n'en savait rien, s'était prise à détester sa mère qui l'avait séparée de Karl pour tomber dans les bras d'un vieux beau parleur, un peintre, qui prétendait donner à tout le monde des leçons de bon goût et qui achetait aux filles de onze ans, comme si elles étaient encore des bébés, des jouets hideux. Elle s'était aussitôt arrangée pour s'exposer au soleil aux pires heures de la mi-journée, et grelotter en sortant de l'eau aux pires heures de la soirée, afin d'attraper au choix une insolation ou un refroidissement. L'entreprise réussit au-delà de toute espérance : elle eut les deux. Le refroidissement devint même pneumonie. Susanne, Jakob aussi, revenu des Etats-Unis tout guilleret d'avoir vendu nombre de toiles, s'étaient relayés à son chevet. Ils l'enveloppaient de draps mouillés, lui faisaient absorber un médicament amer que Susanne avait fait venir d'Allemagne en toute urgence, et dont elle tentait de faire oublier le goût en gavant sa fille d'animaux fantastiques en pâte de guimauve que Laura vomissait presque aussitôt mais dont les formes inquiétantes hantaient ses nuits de rêves et de fièvre.

Elle avait compris alors que ce couple existait vraiment, en dépit du Viennois et des autres, si autres il y avait, passés, présents ou à venir. Mais elle s'effrayait toujours d'une possible brisure. Et là, pleurant devant le cadavre du commandant, elle se prit à penser que, pour lui, tout était facile désormais, simple, qu'il était avec le bon Dieu si celui-ci – comme c'était probable – existait. Il fallait peut-être du courage pour se tuer. Mais plus encore pour vivre. Que se produirait-il si les Allemands arrivaient? Les Français qui trouvaient le cœur de plaisanter après avoir entendu que leur pays était vaincu, aplati, raboté, valaient-ils mieux que leurs ennemis? Elle avait appris à les aimer, s'était plu à Paris – maintenant occupé – mais les jugeait aujourd'hui petits, médiocres, moches.

Moches.

Elle murmura « moches », s'étonna de l'écho de sa voix, répéta plus haut « moches », dans l'église vide, et plus haut encore. Toujours plus fort. « Moches », « moches », « moches ».

– Tais-toi.

C'était Jakob.

– Je te cherchais. Et en passant devant la porte, j'ai entendu. Je croyais qu'on criait « boche, boche, boche »...

Il s'approchait, souriant. Puis, inquiet :

– Tu as pleuré?

Il désigna le cadavre d'un mouvement de la tête :

– A cause de lui? Le suicidé?

Elle ne répondit pas, haussa un peu les épaules. Qu'il le croie. A quoi bon expliquer? D'abord, c'était impossible.

Il s'approcha du corps :

– Les fleurs, c'est toi?

– Oui...

– C'est bien, dit-il, ce dépôt de fleurs au commandant inconnu.

Laura C.

Il resta un instant immobile, figé. Elle l'observait, se demandait s'il priait le Dieu des juifs. Il n'en parlait guère, n'allait jamais à la synagogue, ne respectait pas le sabbat. Mais cela n'empêchait pas de prier.

Il fit mine d'arranger un pli du drapeau, se redressa, répéta « c'est bien », puis lui prit le bras.

– Allons, viens : ta mère s'inquiète.

Il leur avait conté la veille, dans la voiture, une étonnante histoire : celle d'un groupe d'officiers supérieurs, aperçus sur la place de l'Etoile, quelques soirs plus tôt, et qui discutaient à grands gestes devant le tombeau du Soldat inconnu. La nuit était tombée, et un cercle de petites lampes allumées autour de l'Arc de Triomphe en dépit du couvre-feu projetait leurs ombres, longues, sur les pierres du monument. Il s'était approché, curieux. Les militaires, tout à leur débat, n'avaient même pas prêté attention à ce civil : ils discutaient de la possibilité de soulever, avec des engins du génie, la lourde dalle de marbre pour retirer le cercueil du soldat inconnu, éviter ainsi que les Allemands le trouvent, violent peut-être le tombeau, lors de l'entrée à Paris. L'un d'eux assurait qu'il dénicherait bien une fanfare pour exécuter les sonneries réglementaires, ce qui semblait tout à fait incongru dans cette pagaille de défaite. Un autre promettait que ses hommes se rangeraient en garde d'honneur. Quelques-uns semblaient sangloter. Plusieurs jugeaient ce projet irréalisable, voire dangereux ou blasphématoire : imaginait-on le cercueil de l'Inconnu ballotté sur les routes, parmi les fuyards ? En fin de compte, ils s'étaient alignés au garde-à-vous devant le tombeau, silencieux. Quelques civils, parmi lesquels des fêtards

156

sortis d'un bar de l'avenue de la Grande-Armée, avaient
participé à cette poignante cérémonie.

— Le soldat inconnu, demanda Laura alors qu'ils passaient devant le monument aux morts, sur la place, il a
été vraiment choisi au hasard?

— Vraiment. Je vous ai raconté hier comment, après
l'autre guerre, on avait pris mille précautions pour choisir le corps tout à fait au hasard parmi tous ceux qu'on ne
pouvait plus identifier; c'était comme une sorte de loterie
sacrée.

— Alors, on ne sait vraiment pas qui c'est?

— Non. Je ne crois pas. Non.

— Alors, c'est peut-être un juif. Ce serait drôle, non?

— Oui, comme tu dis : drôle.

Il lui sourit.

Ils avaient trouvé refuge pour la nuit dans le grenier surchauffé du bistrot, étendus à même le plancher, en compagnie d'autres familles épuisées. Ils dormirent peu. Des couples chuchotaient. Un bébé pleurnichait à petits coups. Un vieillard se leva plusieurs fois, tâtonnant dans l'ombre, butant sur les corps étendus avant de dégringoler l'escalier grinçant.

Sur la route s'éternisait le lent défilé des voitures, des chariots et des camions.

Le jour se montrait à peine quand Laura s'éveilla. La plupart de ses voisins avaient fini par sombrer, assommés de fatigue. Elle courut au jardin, aima la froideur du matin, le sentiment de liberté que donne l'aube quand tout dort alentour, s'amusa d'un chat qui transportait trois cadavres de mulots jusqu'au centre de la cour, comme pour exposer son tableau de chasse. La guerre était lointaine, peut-être terminée. Et l'on pouvait même douter ici de son existence, n'eût été le grondement de la longue chenille de véhicules qui, devant le bâtiment, se hâtait lentement vers le sud.

Elle traversa le café pour l'observer, trouva Jakob devant la porte.

158

— Ta mère s'inquiétait, dit-il. Elle n'en peut plus : la fatigue, la peur aussi. Mais je savais bien que tu n'étais pas loin.

Il fouilla ses poches, à la recherche de cigarettes, sortit un paquet vide. Des orientales à bout doré, dont elle n'aimait guère le parfum sucré. Il le jeta, esquissa un sourire, de coin :

— C'était mon dernier. Je vais devoir m'habituer à leurs Gauloises. Elles arrachent le gosier, tu sais?

Elle ne répondit pas. Elle s'étonnait de son insouciance. A moins qu'il ne trichât, pour cacher ses craintes.

Quelques gros camions, immenses, apparurent, qui ne portaient aucune marque, conduits par des hommes vêtus de noir, aux visages fermés. Des militaires? Jakob en doutait.

— Trop propres, dit-il, trop corrects. C'est peut-être une banque qui veut mettre ses trésors à l'abri. Tu te rends compte? Tout un pays qui fiche le camp.

Elle le sentit près de pleurer, s'attendrit de le découvrir faible, soudain.

Deux ambulances passaient, suivies d'un long chariot tiré par des bœufs, sur le plateau duquel on avait ficelé, debout, une statue de bronze de monument aux morts, un soldat qui s'élançait vers l'avant, glorieux, solidement maintenu par un entrelacs de cordages, et entouré de quelques vieillards en costumes de mariage ou de cérémonie. Laura battit des mains, se reprit aussitôt, un peu honteuse.

— Cette nuit, dit Jakob, la voix tremblante encore, j'ai pensé à ton idée de soldat inconnu juif. Si c'était vrai, j'en connais qui ne s'en remettraient pas. C'est possible, pourtant : il y avait des milliers de juifs dans l'armée française, beaucoup de volontaires...

Laura C.

– Et... de l'autre côté?
– Dans l'armée du Kaiser?... Autant.
– Et ils se tuaient les uns les autres?
– Pourquoi pas?... Il y avait des Français, il y avait des Allemands. La guerre, c'est comme ça.

Elle faillit lui dire « Vous êtes drôles, les juifs », mais n'en eut pas le temps, car il était lancé dans un de ces longs récits qu'il aimait :
– Leonard Weil était dans l'armée du Kaiser, tu sais? Il s'est battu longtemps sur le front russe. Longtemps et bien. Il a même reçu un tas de médailles pour cela. Lui, un peintre, un artiste. Un peintre guerrier... Ça n'a pas empêché les nazis de l'arrêter en 1936. Ils lui ont même fait l'honneur – j'appelle ça un honneur – d'accrocher quelques-unes de ses toiles à Munich, à côté de celles de Chagall et de bien d'autres, au cours d'une exposition organisée par Goebbels et qui s'appelait « L'art dégénéré ». Ils voulaient montrer que l'art d'aujourd'hui était grotesque, l'œuvre de fous dangereux. Ils avaient d'ailleurs brûlé quelques-uns des tableaux de Chagall, dès le début. Et lui, Leonard, ils l'ont sorti de sa cellule, le jour de l'ouverture de l'exposition, pour lui taillader l'intérieur des mains afin qu'il ne puisse plus jamais peindre. Il me l'a raconté, l'autre jour. La vue de son sang l'avait rendu presque heureux, tant il avait perdu conscience de ce qu'il était, d'où il était. Il n'éprouvait aucune douleur, seulement une étrange langueur qui, de ses mains, montait avec douceur le long de ses bras, inondant ses épaules, sa gorge, sa poitrine, son cerveau. Et quand ils l'ont rejeté dans sa cellule, il s'est comme réveillé soudain. Il a réussi à se redresser et à empoigner les barreaux, les serrer très fort, pour arrêter l'hémorragie. Et il y est parvenu. Sinon, il serait mort.

160

– Et il peut encore peindre? Ses mains...?

– Je ne sais pas, il ne sait pas, il n'ose pas. Il n'a plus touché un seul pinceau depuis. Il aurait peut-être essayé si nous étions restés à Paris. Mais là, il tombait au plus mauvais moment. Sa famille américaine avait réussi à le faire sortir du camp, il y a seulement un mois, à coups de dollars; et voilà qu'en Suisse on lui vole ses faux papiers...

Elle l'écoutait à peine. Elle songeait à Karl, l'imaginait parmi les hommes qui tailladaient les mains du peintre. Karl, quand il courait sur la plage, mon papa.

Quelques soldats passèrent, hirsutes, mais armés ceux-là, qui se racontaient des histoires de combat : « La balle lui a fait une étoile sur le front, juste quand il reboutonnait sa braguette. S'il avait pas tellement eu envie de pisser, peut-être que... Et plus tard, j'vais quand même pas écrire à sa mère qu'il est mort en pissant, hein?... »

Jakob continuait, comme pour lui-même :

– Nous, à Paris, à Londres, à New York, que faisions-nous quand on brûlait les tableaux de Chagall, quand on mutilait les mains de Leonard Weil? Rien. Il y a deux ans, j'ai participé à l'exposition surréaliste internationale. Ce n'était pas dans ma galerie mais celle de Wildenstein, au Faubourg Saint-Honoré. J'y ai participé quand même. Ils avaient eu l'idée de tapisser les murs et les plafonds de sacs de charbon usagés pour que tout se passe dans le noir; les visiteurs devaient amener une lampe de poche.

– Pas vrai?

Elle avait envie de rire soudain. Libérée.

– Vrai. Ça leur permettait, disait-on, de mieux découvrir le sens des choses.

Laura C.

— Des tableaux?

— Oh, il y avait des tableaux, très beaux parfois. Mais aussi une brouette capitonnée de satin, un tabernacle monté sur des jambes de femmes — de mannequins bien sûr —, une flaque d'eau, et puis je ne sais plus quoi. Un vrai bazar de farces et attrapes. Voilà ce qu'on faisait à Paris tandis qu'ils brûlaient les œuvres de Chagall et tentaient de paralyser Leonard Weil à jamais. Des aveugles. Tous des aveugles!

Il cria presque ces derniers mots.

Elle l'interrogea, surprise :

— Et maintenant, qu'est-ce qu'on va faire?

— Maintenant?

Il semblait sortir d'un songe, se frotta les yeux, regarda autour de lui. Le village s'éveillait. Des volets claquaient. Quelques jeunes qui avaient dormi sur la place, près du monument aux morts, actionnaient la fontaine publique pour s'asperger. On entendait crier des coqs, meugler des vaches. La route était vide comme si les soldats qu'ils avaient vus passer l'instant d'avant formaient l'arrière-garde, comme s'il n'y avait plus rien entre eux et les troupes qui les faisaient fuir, ces troupes que, découvrit-elle soudain, elle ne pouvait se résoudre encore à appeler ennemies. Et pourtant, les mains de Leonard Weil, la tête du petit clown... Mais Karl et le cousin Rudolf. « Ma Lauralei. » Si le premier soldat allemand à déboucher là, perché sur son char, près de la grande maison cernée de hautes grilles, était son cousin Rudolf, elle ne pourrait donc courir vers lui?

— On va repartir, dit Jakob. Ce n'est pas la peine de traîner.

— Vous avez peur?

162

Laura C.

– Non. En principe, ils sont encore assez loin d'ici. Et une armée qui avance fait du bruit bien avant d'arriver. D'ailleurs, si l'armistice est signé, ils s'arrêteront. Pétain nous protégera. C'est un grand soldat, Pétain... Allons chercher ta mère.

– Ce n'est pas vrai. Ce n'est pas possible. Ces journalistes racontent n'importe quoi...

Jakob froissa le quotidien, en fit une boule, la lança, violent, vers l'immense cheminée de pierre.

Ils avaient échoué, quelques jours plus tôt, leur voiture refusant d'aller plus avant, dans une petite bourgade corrézienne, proche d'Uzerche, à mille lieues de la guerre. Séduits par la majesté triste des puissantes bâtisses de pierre, le charme des lisières de bois étagées jusqu'à l'horizon comme des remparts, l'éclat des bandes de fougères parfois trouées de tapis de fleurs d'or et traversées de ruisseaux rapides comme des torrents, ils avaient été surpris, en revanche, choqués même, par les intérieurs sans lumière, noircis de fumée, les sols de terre battue, les rares planchers de chêne fixés par d'immenses clous à large tête où le pied parfois s'accrochait. Mais quoi? La maison que leur avait trouvée le maire était grande, les voisins accueillants, et ceux de la ferme la plus proche les acceptaient même, le soir, pour écouter les informations. Ils se groupaient en demi-cercle face au poste Ducretet-Thomson, posé très haut sur une étagère de bois garnie d'une dentelle souillée de chiures de mouche. Le père Chavagnac, un costaud à la moustache grisonnante, versait un vin aigrelet dans des verres douteux où Susanne osait à peine poser les lèvres. Et un silence de tombe s'établissait dès que le solennel speaker commençait d'égrener son chapelet de déchirantes nouvelles.

C'est là qu'ils avaient appris l'armistice. Le père Chavagnac avait grogné que les soldats d'aujourd'hui ne valaient plus ceux de son temps. Sa femme s'essuyait les yeux, guère humides pourtant, comme pour la forme, comme si elle pensait qu'un tel événement méritait quelques pleurs. Laura s'était étonnée de ne rien ressentir. Aucune émotion. Ni joie, ni peine. Elle avait seulement pensé qu'elle n'assisterait pas cette fois à l'arrivée triomphale de son cousin Rudolf, assis sur la tourelle de son char.

Les jours suivants, Jakob s'était inquiété des clauses de l'armistice. Mais impossible d'en savoir beaucoup avec cette radio déjà aux ordres; elle répétait que l'ennemi d'hier ne mettrait pas la main sur la flotte de guerre française, qu'il laissait libre un tiers du pays avec de grandes villes comme Lyon, Marseille et Toulouse, que, bien sûr, la France devrait supporter la charge des frais d'occupation, mais que les fonctionnaires français pourraient continuer leur travail sur tout le territoire, bref, que le gouvernement du Maréchal aurait les moyens, malgré tout, de travailler au relèvement national.

Biermann s'était fait prêter un vélo pour descendre jusqu'à Tulle. Et il en était revenu avec ce journal. Un quotidien daté du 26 juin qui énumérait toutes les clauses de l'armistice du 22. L'article 19 prévoyait la livraison au gouvernement nazi, s'il le désirait, des ressortissants allemands réfugiés en France.

– Ce n'est pas possible, répétait Jakob. Un grand soldat comme Pétain n'a pu accepter un tel déshonneur.

Il disait « dessonneur », n'était jamais parvenu à prononcer correctement certains mots, ce qui agaçait toujours Laura. Même ce jour d'orage et de drames.

Il retourna à la cheminée, reprit le journal, le défroissa, lut encore, le tendit à Susanne :

– Regarde. Dis-moi si je me trompe. Article 19...

Elle lut. Murmura :

– Karl...

– Quoi, Karl?

– Tu le sais bien : Laura. Il la voudra et il...

– Bien sûr, il y a Laura. Mais il y a toi aussi. Et moi. Moi, un juif! Et tu sais ce qu'ils font aux juifs, les gens de ton pays?

– Jakob!

Elle avait blêmi, furieuse et glacée, comme à chaque fois qu'il élevait entre eux cette barrière. D'ordinaire, il s'excusait aussitôt, la prenait dans ses bras pour la calmer de mots tendres où se mêlaient l'allemand, le polonais et peut-être le yiddish. Cette fois, il ne parut pas l'avoir entendue. Il montrait, par l'étroite fenêtre creusée comme une meurtrière, Leonard Weil qui errait dans la prairie proche où paissaient les brebis.

– Et celui-là! Ils vont lui remettre la main dessus. En espérant, peut-être, toucher une deuxième rançon de sa famille américaine. Ou bien ce seront les Français... les Français...

Il avait prononcé ces mots avec une infinie lassitude, comme assommé soudain. Il reprit, très bas :

166

Laura C.

– Il n'a même pas de papiers. D'accord, le maire m'a cru quand je lui ai dit que nous étions tous des Roumains. Mais c'était dans la pagaille de ces derniers jours. Bientôt, tout va se tasser. Il faudra se faire recenser, montrer des passeports, des cartes d'identité, que sais-je... Et qu'est-ce que nous pourrons faire?

Il tournait comme une bête folle dans la vaste pièce où les anciens occupants avaient laissé des portraits d'ancêtres, guindés et graves dans leurs grands cadres noirs.

Ils se disputeraient toute la soirée. Susanne criait que s'ils se trouvaient tous pris au piège, il en était le principal responsable : fussent-ils partis une semaine plus tôt, rien qu'une petite semaine, ils seraient aujourd'hui au bord de la Méditerranée et trouveraient bien un navire qui leur permettrait de fuir; peut-être même auraient-ils déjà embarqué, quitté le port. Il répliquait que c'étaient là rêves de femmes nourries de romans. Qu'à la guerre, on ne pouvait rien prévoir. Que la mort vous guettait aux endroits et aux moments les plus inattendus. Qui sait? Peut-être seraient-ils tous tués? L'aviation nazie pilonnait routes et voies ferrées depuis des semaines... Elle devait le reconnaître, ils s'en étaient plutôt bien tirés. Ce raisonnement exaspéra Susanne : « C'est trop de mauvaise foi! Avec des hypothèses, on peut tout démontrer... »

Bientôt, elle lui parla de Bella. C'était à cause d'elle, bien sûr – une petite actrice de quatrième zone qui ne parvenait à décrocher des rôles qu'en traînant dans les bars et les cocktails pour s'offrir au moindre producteur ou assistant metteur en scène de passage –, c'était à cause d'elle qu'il avait tant tardé. Mais pourquoi ne voulait-elle pas partir cette... cette putain, il n'y avait pas d'autre mot? Peut-être attendait-elle les nazis, peut-être pensait-elle qu'avec eux ce serait plus facile, qu'ils seraient tout heureux de se payer une petite actrice française prête à tourner dans tous les films de propagande. Peut-être même accepterait-elle de figurer dans cette immense production que les journaux avaient annoncée deux ou trois mois plus tôt, ce film antisémite intitulé « Le Juif » quelque chose et où les détenus juifs des camps de concentration devaient servir de figurants.

Il étouffait, explosait, hurlait :

— Je t'interdis, je ne... je ne...

Il tentait de lui parler du peintre viennois. Mais elle ne l'écoutait pas, sourde, exaspérée de peur.

— Mais ta Bella, tu aurais pu l'emmener avec nous, tiens. J'aurais accepté, je te l'ai dit. Je lui aurais même laissé le siège voisin du tien, à l'avant, comme cet imbécile, là, l'officier au pistolet. Ou encore, je l'aurais prise sur mes genoux.

Laura s'enfuit.

Dans la prairie, Labri, le chien des Chavagnac, rabattait une petite troupe d'agnelets et de brebis avides, trop attirés par les blés verts du champ voisin. Il chargeait, encouragé par sa maîtresse, aboyait autant qu'elle criait, prenant une brebis par la jambe, mordant l'oreille de celle-ci, traînant celle-là par la queue, puis s'arrêtait un instant, observait, haletant, repartait rattraper un agnelet retardataire, et revenait, enfin triomphant, tête haute et regard fixe, quémander une caresse de récompense.

Leonard Weil eut un sourire léger. Triste.

— Demain, dit-il, ce sera notre tour.

Que voulait-il dire? Laura n'eut pas le temps de

s'interroger. La mère Chavagnac les regardait, soupçonneuse :

— On dirait du boche, ce qu'il parle, votre monsieur, là...

— Cela? Non, c'est un patois roumain. Du nord du pays. Tout près de la Bulgarie, vous voyez?

— Et les Bulgares, y sont avec nous ou avec les Boches? Enfin, c'est fini maintenant : tout le monde va être avec tout le monde... Allez, Labri, viens-t'en ramasser ceux-là.

Elle s'éloigna pour rentrer son troupeau.

Laura s'admira d'avoir su imaginer si vite une réponse. « Il ne faut jamais mentir, Mademoiselle, répétait Gutsi. Quand vous mentez, vous donnez une gifle au petit Jésus. » Une gifle au petit Jésus... Comme c'était bête. Et comme c'était vieux. Depuis, elle avait toujours vécu dans le mensonge. « Un jour, pensa-t-elle, je ne saurai peut-être même plus qui je suis. »

La mère Chavagnac achevait de rentrer le troupeau. Leonard Weil avait disparu.

La bonne sortit de la maison :

— Madame vous fait dire de rentrer. Les nuits sont fraîches par ici, il ne faut pas tarder.

— Comment sont-ils?

— Monsieur va s'installer sur la paillasse, en bas, comme les autres jours. Et Madame est déjà remontée dans la petite chambre. Elle vous attend.

— J'arrive.

Elle s'attarda pourtant. Des martinets piailleurs piquaient vers le sol — comme les avions à croix gammée, pensa-t-elle — et se redressaient dans un superbe élan. Vers l'ouest, une guirlande de nuages sombres rayait le mauve du ciel. Dans la grange, des moutons bêlaient encore, cherchant peut-être leur place pour la nuit.

Elle rêva au bonheur de pleurer.

Le lendemain matin, Jakob, tout revigoré, annonça qu'il partait pour Clermont-Ferrand où, disait-on, allait s'installer le gouvernement du maréchal Pétain avant de rentrer à Paris.

Chapitre III

Il fut absent dix jours.

Il ne donnait aucune nouvelle, mais Susanne ne s'inquiétait guère : à peine arrivé à Clermont-Ferrand, le gouvernement était parti pour Vichy où se regroupaient parlementaires et fonctionnaires et elle imaginait Jakob courant de l'un à l'autre, tissant et retissant les fils de ses relations, promettant, quémandant, négociant, imaginant des moyens de survivre en paix.

Elle vivait ces journées comme des vacances dans une France mystérieuse et secrète, un peu sauvage encore, pauvre mais belle. Avec Jakob, elle n'avait connu que les destinations d'été de leurs amis de Paris : Deauville, Le Touquet, Biarritz et la Côte. Et voilà qu'elle découvrait ce monde où le temps semblait s'être arrêté. A explorer ce pays bosselé, à observer les couples de bœufs nonchalants tirant d'antiques chars à foin, à suivre de frais chemins qui s'enfonçaient entre les haies vives et les murets de pierres couverts de ronces, elle se sentit comme neuve, revenue aux temps anciens de l'autre guerre, quand elle courait les champs en compagnie de ses frères et sœurs, tendait des pièges aux oiseaux et grimpait à la cime des arbres pour dénicher leurs œufs.

Laura C.

Du coup, elle s'adressa des reproches : elle ne s'était pas, jusque-là, assez souciée de sa fille. Elle décida de l'emmener dans ses promenades, de lui apprendre les plantes et les champignons, encore rares en cette saison brûlante, les fleurs sauvages et les arbres, la pâleur des bouleaux, le gris des hêtres, le vert moisi des chênes, les mauves infiniment variés des enfilades de sapins.

Laura, d'abord, s'en étonna. Surtout le jour où Susanne, tout à sa jeunesse retrouvée, lui raconta soudain l'accident qui lui avait blessé le sexe – « Le 11 novembre, te rends-tu compte, le jour même de l'armistice, l'autre » – et les drames qu'il avait provoqués, son incapacité à aimer les hommes comme ils souhaitaient l'être : « Jakob et moi, nous avons failli nous séparer, il y a deux ans ; en plus, j'avais connu un peintre viennois, tu te souviens peut-être, tu ne l'aimais pas... A Deauville... mais si, celui qui voulait t'apprendre le dessin, et qui te trouvait tellement douée. En vérité, ce n'était pas allé très loin. Mais Jakob l'avait appris. Il a voulu me quitter. Ah ! il était très bien, comme toujours. Il me disait d'épouser ce peintre et de partir avec lui en Amérique du Sud, parce que c'était un juif, lui aussi, ce Viennois : c'est pourquoi il avait quitté l'Autriche quand Hitler l'annexa. Mais la France commençait à trouver que les réfugiés, elle en avait son compte : elle voyait arriver aussi des Espagnols et des Italiens hostiles à Mussolini ; du coup, Jakob lui-même commençait à peiner pour obtenir des autorisations et des papiers. Il disait : partez donc tous les deux pour le Venezuela – ou bien l'Argentine, je ne sais plus. Il avait décidé de faire mon bonheur. Il est comme cela, Jakob... A moins que... Il pensait peut-être que je refuserais et que l'autre, lui, sauterait sur l'occasion, si bien qu'il en serait débarrassé. C'est ce qui s'est passé, finalement. Mais moi, quitter Jakob, c'était impossible. Et c'est lui que j'ai épousé, alors. Pourtant, Dieu sait qu'il m'a trompée. Avec cette Bella, et avec d'autres. Et peut-être qu'en ce moment même, à Vichy...! »

L'adolescente écoutait, interdite. Sa mère, d'ordinaire, la traitait en petite fille, ne lui livrait guère de confidences, faisait mine d'ignorer l'existence du sexe et de la sexualité. Les bonnes recevaient consigne de la fourrer dans la baignoire deux fois par jour et de l'astiquer avec une telle énergie que Laura, très vite, avait conclu que le corps était une chose honteuse, et qu'on devrait le dissoudre dans de l'eau de Javel si seulement l'âme trouvait alors le moyen de survivre toute seule.

Quelques mois avant ses règles, elle ne savait des relations entre hommes et femmes que ce que lui avait confié, peu après son arrivée en France, une compagne de récréation : « Les hommes ont de gros machins, ils font des trous dans les bonnes femmes, elles saignent, elles ont très mal, et c'est comme ça qu'elles ont des bébés. » En fin de compte, une bonne plutôt délurée, qui ne cachait pas son plaisir de la caresser quand elle sortait du bain, lui avait livré l'essentiel de ce qu'il fallait savoir – à temps pour qu'elle ne provoquât pas un scandale en découvrant, un matin, le sang qui tachait son drap.

Et voilà que ce mur de silence s'effondrait. « C'est à cause de la guerre, songea d'abord Laura. La guerre casse tout, change tout, bouleverse tout. Elle n'a donc pas que des mauvais côtés. »

Elle se sentit plus proche de sa mère qu'à aucun moment depuis la petite enfance, se serra contre elle, voulut lui prendre la taille pour marcher côte à côte, comme elle l'avait vu faire parfois aux grandes dans la cour de récréation, ce qui offusquait les religieuses. Mais

Susanne la repoussa, brusque, comme si elle l'avait brûlée. Alors, Laura pensa qu'elle n'était qu'une sorte de suppléante, qu'elle ne bénéficiait de ces confidences qu'en l'absence de toute autre personne, alentour, qui pût être jugée digne de les entendre. A Paris, Susanne réunissait à jour à peu près fixe quelques amies et Laura avait remarqué que des conversations très animées s'éteignaient souvent comme victimes d'une panne dès qu'elle apparaissait au salon. Après qu'elle eut été initiée par la bonne, elle avait compris que ces dames adoraient détailler l'intimité de leurs relations avec leurs maris, ou leurs amants. Mais ici, à qui d'autre Susanne eût-elle pu se confier : la mère Chavagnac? La bonne? De quoi rire.

Elle rit donc. Et sa mère, surprise, troublée, s'interrompit, la regarda, l'appela « sotte! »

Les jours suivants, elles poursuivirent pourtant leurs promenades. Mais Susanne avait décidé d'en finir avec les confidences, de jouer seulement les pédagogues. Quand elles dévalaient des creux de terre hérissés de piquants et d'herbes sauvages, elle s'appliquait à trouver les noms des uns et des autres. Quand elles longeaient un ruisseau, elle faisait deviner à Laura les truites qui paressaient à l'ombre des feuillages. Et quand elles traversaient un hameau de maisons aux toits de chaume, où la volaille semblait partout chez elle, elle donnait à sa fille des leçons d'hygiène.

Elles accompagnèrent un jeudi le père Chavagnac à la foire du bourg voisin où il allait vendre des veaux. Leonard Weil avait repoussé l'invitation : il se promenait chaque jour de son côté, avec un cahier, et Laura se demandait s'il dessinait, si ses mains lui obéissaient.

Elles s'amusèrent de voir les acheteurs – des hommes en blouse noire qui faisaient les importants et consul-

174

taient de petits carnets, le crayon coincé sur l'oreille – lever les queues des bêtes attachées aux barres de fer du foirail, leur regarder l'œil et leur tâter jambes et ventre. Elles s'étonnèrent des rites et des gestes obscurs qui présidaient à la conclusion d'une vente, au terme de laquelle tout le monde semblait se précipiter dans les bistrots qui cernaient la place. On y parlait haut, dans un patois qu'elles ne comprenaient pas. Mais Susanne s'inquiéta vite à l'arrivée de deux gendarmes qui, crut-elle, les observaient, devaient s'interroger sur cette femme et cette jeune fille dont l'allure et le vêtement marquaient assez leur différence. Elles s'étaient crues loin de la guerre et voilà que celle-ci les rattrapait.

Elle trouva le père Chavagnac, qui, tout heureux d'avoir bien vendu ses veaux, s'apprêtait à les célébrer avec l'acquéreur dans une salle enfumée. Elle lui indiqua qu'elles partaient aussitôt, histoire de se promener un peu. Il les retrouverait sur le chemin, plus tard : elles seraient bienheureuses, alors, de remplacer les veaux sur son char.

Il avait sans doute retrouvé de vieux amis, entamé d'interminables discussions sur les « événements », apprécié le jambon du pays et la saucissonnaille du bistrot : de toute la route, elles ne le revirent pas. Elles atteignirent la maison épuisées, assommées par le soleil de midi.

Jakob venait d'arriver, amené d'Uzerche par un taxi.

Il leur raconta Vichy.

Un désordre, un chaos, un fouillis. Il multipliait les mots en français, en allemand, se maudissait – avec quelque excès, songeait Laura – de ne pas trouver les expressions et les phrases qui lui permettraient de décrire ce spectacle d'après-tempête, et ne cessait de répéter qu'elles, Susanne et Laura, ne pouvaient pas imaginer la ruine pitoyable qu'était devenu le monde qu'ils avaient connu, à Paris, puissant, assuré, parfois arrogant.

Arrivé le 1er juillet au matin, par des moyens étranges – sur cette route un car, sur cette autre une voiture, sur ce chemin un char à bœufs –, il avait assisté d'abord à la débandade des précédents occupants de la ville d'eaux. Des familles, réfugiées là depuis les premiers mois de la guerre; des vétérans des sources, coloniaux aux foies épuisés qui ne se déplaçaient jamais sans leur petit panier à verre; des blessés des premières batailles, que des ambulances et des trains de la Croix-Rouge avaient réussi par miracle à amener jusque-là; des employés de grosses banques, réfugiés eux aussi, qui avaient déjà pris leurs habitudes sous les platanes et les marronniers des parcs, au long des rives de l'Allier. Et tout ce monde soudain balayé, sommé de déguerpir au plus vite et d'aller se faire voir ailleurs. Parce que le pouvoir, le gouvernement, ou ce qui en faisait figure, allait débarquer.

Ce débarquement, Jakob y avait assisté. Ces hommes, il les avait rencontrés, car on se heurtait dans toutes les rues de la petite ville à des notables qui étaient naguère, à Paris, invisibles ou toujours escortés. A commencer par Pierre Laval, arrivé à pied à la suite d'une panne de voiture, reconnu par la foule à sa cravate blanche. Et acclamé tandis qu'il se dirigeait, l'allure faussement modeste, comme un paysan endimanché, bottines vernies et canne noire, vers l'hôtel du Parc où ses fourriers se hâtaient d'aménager le premier étage, à lui seul réservé. Au troisième allait s'installer le Maréchal : une chambre et un bureau. Après une arrivée plus discrète. Mais dès le premier soir on l'avait vu apparaître au fond du grand salon, en veston, tête haute, les yeux d'un bleu pâle et trouble, regardant chacun sans paraître voir personne, avançant, paisible et majestueux, saluant de la main une salle tout entière levée et chuchotante.

Ailleurs, répétait Jakob, la pagaille. Les parlementaires, convoqués à Vichy par les radios afin de mettre à bas la République, sifflés de jour par de petits groupes de curieux, ou débarquant de nuit, lampe de poche à la main pour échapper au couvre-feu, en quête d'un hôtel, d'une chambre, d'une simple paillasse qui permette d'oublier les fatigues d'un terrifiant voyage à travers un pays défait. Quelques fonctionnaires avaient aussi suivi leurs ministres, puis les successeurs de leurs ministres, de château en château, de dérive en dérive, et se retrouvaient là, sans archives et sans moyens, dispersés entre les hôtels, les Finances au Carlton, le Travail... à l'hôtel Plaisance, tandis que le Corps diplomatique, lui,

Laura C.

était logé aux Ambassadeurs, comme il se doit, et l'Instruction publique dans une école. Tout ce monde se disputant les tables de nuit, posant des planches sur les baignoires pour en faire des tables, se partageant les chambres, pour le grand bonheur des chefs de service quinqua ou sexagénaires qui se retrouvaient, sans leurs épouses, avec leurs secrétaires.

Et puis, surgi d'on ne sait où, tout un monde de prostituées de haut et de petit vol, de demi-mondaines, de grandes dames, de professeurs Nimbus et d'intermédiaires interlopes, d'agents étrangers, d'inventeurs de projets de réforme et de constitution nouvelles, de revanchards aux poches bourrées de listes de coupables à fusiller d'urgence, de vertueux, d'intelligents, de naïfs et de faisans, qui prolifèrent sur les ruines, trouvent le moyen d'y accourir, de s'y introduire et de s'y faire admettre, dossiers sous le bras et enveloppes en poche. Au total, plus de 100 000 personnes dans une ville qui en accueillait d'ordinaire 25 000, et 70 000 au plus fort de la saison.

Laura écoutait Jakob, l'imaginait très à l'aise dans ce monde en désordre, parmi les restes du Tout-Paris qui se retrouvaient, expliquait-il, au restaurant Ricou, au bord de l'Allier, au Gambrinus où l'on avait l'humeur plutôt joyeuse, et dans les bars du Cintra et du Parc où l'on se montrait du doigt les agents allemands, nombreux et peu discrets. Il avait rencontré au Petit Casino, où allaient se réunir députés et sénateurs, parmi les caisses surmontées d'écriteaux, « Poste », « Trésorerie », « Secrétariat », des dizaines d'hommes persuadés que l'Allemagne nazie avait gagné pour longtemps, que l'Angleterre craquerait dans les prochains jours. D'ailleurs, il existait entre Allemands et Anglais une connivence profonde, et le duc

178

de Windsor – qui avait perdu la couronne royale, quatre ans plus tôt, pour une histoire de femme, pas de politique – n'avait-il pas proclamé ensuite son admiration pour les nazis, allant jusqu'à dire, Biermann ne l'oublierait jamais, qu'il avait vu en Allemagne des choses qu'il pensait « impossibles à réaliser jusqu'alors » et qu'il qualifiait tout bonnement de « miracle »?

Mais, surtout, Jakob sortait de sa poche un bout de journal tout froissé, un extrait du *Moniteur*, le journal de Laval, dans lequel la propriétaire d'une bonneterie de Vichy précisait, « pour mettre fin aux inscriptions tendancieuses mises sur ses magasins », que son mari et ses beaux-frères, actuellement mobilisés, n'étaient « pas israélites ».

– Ça recommence, dit-il. Juste comme chez nous, il y a dix ans. La suite viendra.

Susanne avait tressailli à ce « chez nous ». Il ne parut pas l'avoir remarqué et sortit de sa poche une longue et épaisse enveloppe :

– Désormais, nous sommes tous français, dit-il. Et de longue date. Tous alsaciens, à cause de l'accent. C'est Devienne, l'homme de la préfecture... Vous vous souvenez? C'est lui qui m'avait recommandé de quitter Paris sans attendre. Je l'ai retrouvé à Vichy. Il m'a fabriqué tout cela en deux jours. Il n'y aura plus qu'à y mettre vos photos d'identité et un cachet par-dessus. Mais on trouvera bien un moyen de s'arranger. Des photos, nous en ferons faire des douzaines : on ne sait jamais.

Susanne montra Leonard Weil :

– Et lui?

Il haussa les épaules.

– Impossible de le faire passer pour un Français alors qu'il est incapable de dire trois mots... Je ne sais pas. On verra.

179

Laura C.

— Est-ce que nous sommes des Français juifs ou des Français non juifs? demanda Laura.

— Non juifs. Ni étrangers, ni juifs.

— Tu as enfin compris dans quel monde nous vivons, murmura Susanne.

Il ne répondit pas, leur distribua leurs papiers. Laura ouvrit sa carte d'identité : Marcelle Muller née à Schirmeck, Bas-Rhin. C'était son cinquième nom en treize ans : « Un tous les deux ans et demi », se dit-elle. Puis : « Si j'arrive à cinquante ans, à ce train, j'en aurai vingt. » Elle eut un petit rire qui choqua sa mère.

Arrivés dans ce village en se prétendant roumains, ils ne pouvaient rester en s'affirmant français. Il fallait songer à repartir. D'ailleurs, un mécanicien d'Uzerche avait promis de venir bientôt ausculter la voiture.

Mais où aller? Partout où il était passé, Jakob n'avait vu qu'hôtels surchargés et familles entassées dans des masures, des salles des fêtes ou des écoles.

Ce fut la bonne qui les tira d'affaire. Cette Marguerite, à leur service depuis à peine six mois et que Susanne, qui la méprisait, traitait d'ordinaire à la rude, lui indiqua le même jour, dans un chuchotis effrayé comme si elle livrait un bouleversant secret, qu'un de ses oncles vivait lui aussi en Corrèze, quelque part près d'Ussel, dans un de ces villages nichés au cœur des bois où les réfugiés n'avaient guère dû affluer tant il était écarté. Susanne grogna d'abord – la bonne avait donc écouté? – puis vit là une grâce inattendue, comme un signe de la bonté de Dieu qui l'avait inscrite parmi ses protégées. Deux jours plus tard, la voiture réparée, Jakob partit en éclaireur avec Marguerite, qui préféra s'installer sur la banquette arrière, triomphante, comme si elle voyageait avec son chauffeur. Susanne songea, le cœur

181

serré, que les rôles s'inversaient, et que – bien pis – si elle trouvait à les loger, ils dépendraient désormais de cette jeune bécasse qui savait tout d'eux. Du moins assez pour leur attirer les pires ennuis. Elle souhaita, un instant, que le village de l'oncle soit bondé à craquer de réfugiés dégringolés de partout et que Jakob n'y découvrît aucun refuge. Elle s'interrogea aussi : profiterait-il de la circonstance pour s'offrir la bonne, dans un bois ou sur les sièges de la voiture ? Elle les avait, à Paris, souvent soupçonnés et épiés, sans rien découvrir. Elle s'était presque convaincue que Bella régnait assez sur son mari pour qu'il ne rêvât point d'aller trouver son plaisir ailleurs. Mais où errait donc Bella aujourd'hui ? Elle était exactement le genre de femmes à se précipiter à Vichy, si Vichy était la trouble foire décrite par Jakob. Peut-être même l'avait-il rencontrée dans la ville d'eaux ?

Elle passa la journée à élaborer des hypothèses, décréta à l'heure du déjeuner qu'elle avait la migraine, laissa Leonard Weil et Laura se partager le repas froid préparé par la bonne, et ne réapparut qu'au soir, alertée par le bruit de l'auto.

Ils avaient réussi. Le village de l'oncle n'était pas vide, non. Mais dans un bourg voisin, la veuve d'un notaire s'était laissé convaincre par Jakob de louer une partie de sa demeure jusque-là fermée à tous les réfugiés.

Ils y débarquèrent dès le lendemain.

C'était une grande bâtisse de pierre grise, aux toits de lauzes, que Laura aima dès le premier instant. Elle surprenait par sa majesté, au détour du chemin, derrière un petit groupe de maisons basses et bossues, aux portes de bois décolorées par la pluie et les ans. Avec ses deux étages, elle semblait plus haute que l'église, dotée pourtant d'un clocher à pignon qui arborait fièrement trois cloches. Et elle rivalisait sans peine avec la mairie, dont la devise républicaine surmontait une plaque de tôle émaillée vantant les mérites de la machine à coudre Singer.

Aussitôt quittée la voiture, Laura explora ce qui serait, décida-t-elle, son domaine. Six pièces leur étaient dévolues au premier étage, où elle découvrit même une baignoire flanquée d'un étonnant cylindre de cuivre muni d'un énorme robinet : un poêle à bois qui faisait office de chauffe-eau. Ouvrant les hautes portes et repoussant les lourds volets, elle découvrit, stupéfaite, à l'arrière de la maison (qu'elle baptisa dès lors château), un vaste parc d'une très classique géométrie avec escaliers de pierre, arbres taillés en boules et pyramides, haies au carré et petits murs, qui descendait, très bas, vers un ruisseau. Elle s'y précipita, sans écouter sa mère qui lui demandait de participer au déchargement de la voiture.

Le soleil brûlait, les fleurs étaient rares et l'herbe rousse, mais, dégringolant d'une terrasse l'autre, courant le long des haies, elle joua à se croire à Versailles. Elle dénicherait, en quelque lieu, une ombrelle : le grenier d'une telle maison devait receler d'antiques trésors. Elle s'en munirait pour se promener sagement, avec une lenteur étudiée, comme les dames de la cour. Il se trouverait bien, en ce coin perdu mais habité, quelque garçon de village ou, mieux, un réfugié, peut-être parisien, pour l'admirer, éperdu, et lui tenir lieu de galant.

Elle se traita bientôt de sotte. De tels rêves n'étaient plus de son âge. Encore moins de l'âge qu'elle avait pris avec la guerre. Ses compagnes de Paris – qu'étaient-elles devenues? Mortes, peut-être, déchirées par une bombe ou trouées par les balles d'un avion – se moqueraient si elles savaient. Mais elle avait bien le droit de rêver...

« Ma tête a besoin de repos », se dit-elle. Et cette phrase lui plut. Elle se répéta : « Ma tête a besoin de repos. » La guerre qui bouleversait tout, autorisait tout, lui permettait pour une fois de faire halte. Et même de repartir vers l'arrière. De retrouver l'enfance. Elle y avait bien droit. Comme une autre. Or, elle n'en avait jamais eu, sauf en ces temps très lointains, dont elle entretenait avec soin le souvenir, ces temps où elle courait avec son père sur la longue plage de sable blanc. L'enfance, c'était son dû, et on le lui avait volé.

Elle remonterait jusqu'à la grande maison, jusqu'au château, pour le crier à Susanne, le crier à Jakob, à ce Leonard Weil qui était toujours là et qui ne semblait rien comprendre, comme si les autres, les amis de Karl, lui avaient mutilé la tête en même temps que les mains. Elle voulut crier, là, tout de suite, dans ce grand jardin cerné de forêts, si loin de la guerre. Pourquoi pas ? Elle hurla donc. Un cri idiot, pensa-t-elle aussitôt, qui tenait à la fois de l'animal et des wou-wou des Indiens de cinéma. Elle se jugea très ridicule. Et se mit à pleurer, la tête dans les mains.

Une feuille lui chatouilla la joue, qu'elle repoussa, agacée. Mais la feuille revenait, comme une mouche opiniâtre. Elle l'écarta, brusque, redressa la tête, comprit, et se leva, prête à fuir. C'était un vieux bonhomme qui la taquinait. Enfin, pas si vieux peut-être, sans âge, une allure de vagabond au visage rose embroussaillé de poils, coiffé d'un casque colonial.

– Que voulez-vous ?

Elle essuya ses larmes. Il ne répondit pas, sourit, jeta au loin la branchette qui l'avait chatouillée.

– Qui êtes-vous ? Que voulez-vous ?

Elle n'avait plus peur. Il ne serait pas capable de la

poursuivre jusqu'à la maison. Et puis, ce sourire lui plaisait.

Il bredouilla quelques mots, qu'elle ne comprit pas. Une sorte de patois sans doute.

Il lui montra le ruisseau, quelques mètres plus bas, lui fit signe de le suivre. Elle hésita, regarda vers la maison dont tous les volets, à présent, étaient ouverts. Susanne serait plus furieuse encore si elle tardait à rentrer. Mais elle inventerait une histoire, trouverait un prétexte. D'ailleurs, les adultes l'embêtaient. Ils devraient plutôt lui présenter des excuses, présenter des excuses à tous les jeunes de la terre, pour ce qu'ils avaient fait, pour ce qu'ils étaient en train de faire encore. Tous les adultes. Sauf celui-là peut-être, avec sa tête de vieil enfant.

Elle descendit derrière lui. Il longeait le ruisseau, sans bruit, s'arrêta, près d'un buisson, tira sur une grosse ficelle, sortit de l'eau un gros panier d'osier dont il souleva lentement le couvercle, et lui fit signe d'approcher. Des petits homards! Elle crut d'abord en observant ce grouillement de petites bêtes noirâtres qui se marchaient dessus, se heurtaient et se mêlaient, pinces en avant, que le bonhomme élevait là des bébés homards destinés, devenus grands, à ces aquariums de restaurant où les maîtres d'hôtel les attrapent pour les présenter aux clients, ventres et pinces en avant, comme elle l'avait vu à Deauville. Puis conclut aussitôt qu'elle se montrait sotte, une fois de plus, puisque les homards vivaient dans la mer et que la Corrèze en était loin.

– Qu'est-ce que c'est? Comment ça s'appelle?

Pour toute réponse, le même bredouillis, incompréhensible. Mais le bonhomme lui faisait signe de se taire et de le suivre encore. Il avança de quelques mètres, jusqu'à une longue ficelle blanche qui sortait de l'eau, à l'ombre

d'un grand arbre, se pencha pour scruter le fond du ruisseau, l'invita d'un geste à en faire autant. La ficelle se
divisait en trois cordonnets liés à un petit filet rond qui
reposait sur le sable, et quelques-uns de ces petits animaux à pinces s'affairaient à déchiqueter, en son centre,
un morceau de viande un peu délavé. Le vieux saisit un
branchage qui se terminait en V, glissa la ficelle entre ses
deux tiges, et, d'un coup preste, fit valser le filet sur
l'herbe voisine, ramassa pour les jeter dans le panier les
bêtes qui s'y étaient empêtrées, se hâta de saisir aussi
celles qui fuyaient dans l'herbe, rapides, mais à reculons,
dans une démarche que Laura jugea grotesque.

D'abord ébahie, puis amusée, elle s'enthousiasma vite
pour cette pêche. Et quand le vieux souleva son troisième
filet, elle voulut l'aider à moissonner ses proies mais se fit
cruellement pincer l'index. Elle saignait, se suça le doigt.
Le bonhomme le lui saisit, d'autorité, sortit de sa poche
un morceau de tissu crasseux qui pouvait être un mou-
choir et en fit un pansement qu'elle n'osa pas refuser.
Elle eut envie de rire en songeant à la tête que ferait
Susanne si elle la voyait : maniaque d'hygiène et de pro-
preté, sa mère cherchait des prétextes pour aller se laver
les mains dès qu'elle avait dû en serrer quelques-unes
dans un thé ou une soirée; elle n'embrassait jamais vraiment, même ses amies; elle ne se déplaçait jamais sans
ses propres taies d'oreiller pour en recouvrir celles des
hôtels, et Laura l'avait même vue, parfois, au restaurant,
essuyer à la dérobée les couverts.

Il fallut pourtant rentrer. Susanne, comme prévu, la
sermonna sévèrement. Elle s'était inquiétée de ne plus la
voir. Laura se montrait décidément trop indépendante;
elle devait comprendre que, bien sûr, ils n'étaient pas
encore repérés, mais que cela ne tarderait pas; cette

zone, dite non occupée, grouillerait vite d'agents allemands. Karl aurait plus que jamais tous les moyens de la faire enlever. Les faux papiers obtenus par Jakob, toujours trop optimiste, ne les protégeraient pas longtemps. Qu'elle se mette cela dans la tête une fois pour toutes : désormais ils devraient se séparer le moins possible. A commencer par elle, la première visée.

Le soir, Laura apprit par la veuve du notaire – une dame imposante, au ventre proéminent, mais dont le visage gardait des restes de beauté – que le bonhomme aux allures de vagabond, un certain Jeanjean, fils débile d'un vieux couple de paysans morts l'année précédente, habitait au bout du village, dans une ferme qu'il n'entretenait plus, vivait de dons, de cueillette de fruits et de champignons, adorait pêcher les écrevisses, ce que la vieille dame permettait de faire dans son ruisseau qui en regorgeait, avec ces filets ronds que l'on appelle des balances.

En se couchant plus tard dans un très haut lit de bois, seul meuble de sa chambre toute bleue, Laura se dit qu'elle n'y couperait pas : elle allait certainement cauchemarder toute la nuit, se voir empêtrée dans une balance géante emportée par un immense personnage au chapeau de feutre mou et au long imperméable gris, qui l'emmènerait dans un de ces horribles camps décrits par les amis réfugiés de Jakob.

Mais elle dormit très bien. En s'éveillant, le lendemain matin, elle pensa qu'elle serait peut-être heureuse en ce lieu.

Quelques jours plus tard, Jakob décida d'emmener à Marseille Leonard Weil qui ne pouvait éternellement jouer les sourds-muets. Il trouverait bien là-bas une filière pour quitter la France : on lui avait indiqué des pistes.

Susanne lui demanda pourquoi ils n'en profiteraient pas tous. Ce qui provoqua une dispute : il n'en était pas question, expliquait-il, du moins pas encore, car il devait régler le sort de la galerie et des toiles laissées à Paris. Elle répliqua qu'il préférait ses tableaux et la richesse qu'ils représentaient à celles qui étaient devenues sa famille et avaient tout risqué pour le suivre. Alors, il s'exaspéra : comment pouvait-elle proférer de telles accusations ? Il ne songeait qu'à leur sécurité et l'avait prouvé en revenant s'enterrer dans ce trou après les avoir munies des papiers indispensables. D'ailleurs, les filières marseillaises n'étaient pas sûres, il convenait de les tester d'abord : il le ferait avec Weil, ensuite on pourrait aviser. Les toiles comptaient certes beaucoup à ses yeux, mais pas tellement pour l'argent – Susanne ne l'avait-elle pas elle-même accusé naguère de gaspiller celui-ci en aidant de jeunes peintres ? En réalité, ces œuvres représentaient une vraie richesse, oui, mais pour l'art tout entier, pour l'humanité en quelque sorte. On ne pouvait permettre que les nazis les détruisent comme ils avaient brûlé à Berlin les livres jugés subversifs ou les toiles de Chagall. Ils prétendaient que le surréalisme libérait la perversion, que l'impressionnisme disloquait le visage de l'homme, que l'art moderne détruisait « les derniers restes de la conscience raciale » – c'étaient leurs mots, il ne pourrait jamais les oublier – et présentait la réalité comme un « vaste bordel » – c'étaient leurs mots aussi.

Elle capitula. Mais ne se montra pas quand les deux hommes partirent le lendemain, au petit matin.

Ce fut un voyage éprouvant. Les trains et les cars étaient encombrés de réfugiés qui tentaient de rentrer chez eux, de remonter vers le nord, la zone occupée, ou de soldats que l'on commençait à démobiliser après les avoir largement pourvus en décorations – ce qui surprit Jakob – et gratifiés d'une prime de 1 000 francs et d'un imperméable. Ils circulèrent à partir de Lyon en compagnie d'une escouade de viticulteurs du Languedoc qui venaient de quitter l'uniforme et riaient, en trinquant plus que de raison, délivrés de cette étrange guerre qui s'était résumée à « neuf mois de belote, un mois de course à pied, et mille francs à l'arrivée ». Une formule que Jakob répéterait souvent, comme s'il la trouvait piquante, ce qui irriterait Laura.

Et enfin, Marseille. Un sentiment de gaieté d'abord. Une foule inactive qui promène sa nonchalance dans les rues, les places et les cafés. Mais dans certains quartiers, des grappes de réfugiés, toujours chargés de colis, épuisés de soleil et d'attente. Et devant tous les consulats, des files d'étrangers, quelques juifs français aussi en quête de visas.

Laura C.

La filière dénichée par Jakob permettrait à Leonard Weil, si tout allait bien, de gagner les Etats-Unis en passant par l'Espagne et le Portugal. A condition d'accumuler papiers et visas de complaisance, donc de dépenser beaucoup.

Le labyrinthe commençait chez le consul de Tchécoslovaquie, antifasciste toujours en poste bien que son pays ait été annexé depuis plus d'un an, qui n'était pas trop chiche en faux passeports – gratuits ceux-là. Une aubaine pour Weil, qui ne pouvait se prétendre français : la nationalité tchèque lui conviendrait à merveille.

Au consulat du Portugal, devant lequel la queue s'étirait chaque jour davantage, on avait décidé de ne plus accorder que des visas de transit. Il fallait donc justifier d'une autre destination finale où l'on aurait les moyens et l'autorisation d'entrer. Mais côté américain, on ne se hâtait guère de fournir ces précieuses autorisations. Par chance, une officine chinoise de la rue Saint-Féréol, qui n'avait rien d'un consulat, vendait à qui disposait d'au moins cent francs de faux visas d'entrée pour son pays. Et l'agence Cook cédait, sans barguigner, au tarif unique de deux cents francs, des billets non moins faux pour toutes destinations.

Muni de tous ces viatiques, Leonard Weil pouvait se prétendre en partance pour la Chine avec un détour prévu par l'Espagne et le Portugal. Restait le plus difficile : l'autorisation de sortie du territoire français. Les policiers espagnols l'exigeaient parfois, mais c'était surtout la police française qui veillait, sur instructions d'un gouvernement bizarrement soucieux de garder chez lui des étrangers et des juifs qu'il jugeait par ailleurs indésirables – et qui ne se privait pas d'envoyer les contrevenants dans des camps. Obtenir une autorisation de sortie

190

pour un sujet tchèque était presque impossible. Jakob échoua : il eut beau exhiber billets de cent francs et dollars, téléphoner à Vichy, faire miroiter les noms de puissants d'hier qui n'avaient pas encore perdu tout prestige, il ne rencontra sur place que des fonctionnaires vertueux, peureux, ou impressionnés par la propagande xénophobe de la radio officielle. Leonard Weil devrait donc se résoudre à franchir la frontière d'Espagne en clandestin.

Ils prirent le train pour Port-Vendres, puis gagnèrent Banyuls dont le maire, disait-on, était compréhensif et amical pour les émigrants. Il le fut. Mais les gardes mobiles surveillaient la voie la plus facile. Il en existait une autre, plus escarpée : il fallait partir avant le lever du soleil, se mêler aux vignerons qui allaient veiller sur les grappes mûrissantes, emprunter ensuite un chemin de contrebandier que l'un d'eux indiquerait. Après quelques heures de grimpette entre les ceps surchargés de raisins, ils parviendraient sur une sorte de plateau, d'où ils apercevraient la Méditerranée, la côte espagnole et, devant eux, un village. Ils seraient alors en Espagne. Il suffirait de descendre jusqu'au poste frontière.

Jakob accompagna Leonard Weil jusqu'au plateau, admira les ocres du pays catalan et les reflets turquoise de la Méditerranée, serra le peintre dans ses bras, et le regarda descendre, chargé d'un léger sac, vers un petit port espagnol. Il pleurait un peu.

Il regagna Banyuls, remercia le maire comme il convenait et reprit le train pour Marseille où il informa de la filière quelques étrangers en quête de moyens de fuir. Il s'émut de voir des personnalités parisiennes le saluer dans le hall de l'hôtel alors que Radio-Vichy rendait les juifs responsables de tous les malheurs de la France, et enragea pendant le voyage de retour de lire dans les jour-

Laura C.

naux que la vie artistique reprenait dans la capitale, tandis que les meilleurs restaurants, toujours combles, affichaient désormais leurs menus en allemand.

Il n'apprendrait que six mois plus tard, par hasard, que
Leonard Weil, refoulé par les Espagnols parce qu'il ne
possédait pas de visa de sortie français, s'était presque
aussitôt suicidé en se jetant d'un très haut rocher.

Chapitre IV

L'été leur donna un répit.

Ils prirent quelques habitudes. Laura avait fait du parc son royaume et de Jeanjean le débile son unique sujet. Elle réussit même à le détourner un temps de la pêche aux écrevisses – qu'elle aimait pourtant – afin qu'il lui bâtît au fond du jardin une cabane de feuillages qui devint sa bibliothèque. Elle pillait celle du notaire, avec la complicité de la veuve qui s'était vite entichée d'elle et lui permettait d'emporter tous les livres de son choix. Elle découvrit ainsi Baudelaire, dont on ne lui avait pas laissé soupçonner l'existence chez les sœurs de Paris, et aussi la *Mademoiselle de Maupin* de Théophile Gautier qui la fit rêver : elle avait toujours considéré la vie sexuelle comme une sorte de corvée, la contrepartie indispensable et pénible de l'amour que l'on portait à un homme, et le moyen de se l'attacher ; les plus délurées de ses compagnes de classe ne s'intéressaient, à les en croire, qu'aux échanges de baisers avec quelques cousins et amis, ajoutant toujours qu'elles repoussaient avec horreur leurs tentatives d'aller « plus loin », comme si ce « plus loin » cachait les plus désagréables perversions ; et voilà que cette Magdeleine de Maupin, son amie Rosette aussi, des femmes solides et averties pourtant, semblaient trouver du plaisir à jouer de leur corps avec des hommes, et même entre elles.

Cette histoire, certes, était l'œuvre d'un homme. Mais ce qu'il disait là expliquait trop bien les attitudes de tant d'adultes des deux sexes pour n'être que pure imagination et mensonge. De ce jour, Laura regarda son corps autrement. Elle s'intéressa à ses seins dont le développement l'avait d'abord embarrassée. Susanne la surprit un matin à les observer devant la vieille glace toute piquetée de la salle de bains, mains ouvertes et paumes caressantes. Elle la gifla en l'appelant « gourgandine », l'interrogea aussi sur ses fréquentations masculines. Mais Laura ne sortait guère seule dans le village et le personnel masculin de Madame Meyssignac, la veuve du notaire, se limitait à un jardinier né au lendemain de l'avant-dernière guerre, celle de 1870.

Jakob se saoulait de journaux et de radios. Ceux de Vichy et de Paris qui le faisaient enrager, la BBC de Londres qui évoquait des combats lointains autour d'obscures contrées africaines disputées entre les Anglais et les Italiens de Mussolini, des batailles plus proches aussi mais seulement aériennes au-dessus de la Manche et de l'Angleterre. Il s'étonnait parfois que la guerre pût se poursuivre si loin et si près, exister en même temps que cet été de chaleur et de paix.

Les dernières familles de réfugiés parisiens avaient quitté le bourg; quelques hommes du pays étaient rentrés, démobilisés; on attendait des nouvelles de ceux que l'on supposait prisonniers. Le fils d'une ferme écartée ne reviendrait pas : il était mort à Dunkerque. Le maire avait fait célébrer une messe à sa mémoire, suivie d'une cérémonie au monument aux morts où l'on avait déjà gravé son nom, en appendice à la liste des victimes de la guerre précédente. Comme si l'on se hâtait de solder les comptes de celle-ci, de tourner la page. Jakob répétait pourtant, obstiné, qu'elle commençait à peine. A quoi Susanne, toujours inquiète, répliquait que justement, si la guerre commençait à peine, elle les rattraperait encore, à moins qu'ils n'aient fui à nouveau, la laissant loin derrière, de l'autre côté de l'eau, celle de l'Atlantique de préférence.

Il hésitait, courait jusqu'à Ussel ou Tulle, la préfecture, pour trouver des journaux de Lyon, de Marseille, de Limoges ou de Toulouse, découvrait des motifs d'espérer en constatant que la vie reprenait ou de s'exaspérer en lisant un éditorial qui louait la générosité de Hitler. Il recensait parmi les explications de la défaite la facilité avec laquelle, depuis quelques années, on avait accordé la nationalité française à qui la demandait. Il se sentait alors personnellement visé, s'affolait quelques minutes. Susanne croyait pouvoir triompher. Il lui montrait alors un livre de Paul Morand, *France la doulce*, datant de 1934 et retrouvé dans la bibliothèque du notaire, qui dénonçait « ces pirates, naturalisés ou non, qui se sont frayé un chemin parmi l'obscurité de l'Europe centrale et du Levant, jusqu'aux lumières des Champs-Elysées ». Rien, en somme, n'avait changé : ce que disaient les journaux d'aujourd'hui était la suite, la copie conforme de ce qu'avaient écrit depuis des années Morand, Céline, et tant d'autres. Ce qui n'avait pas empêché la France de les accueillir, Susanne et lui, et de les protéger. Elle les protégerait encore. D'abord, il y avait Pétain, qui ne laisserait jamais commettre d'infamies, qui était peut-être de mèche, en secret, avec ce de Gaulle qui appelait, à Londres, à continuer le combat.

Laura C.

Il convenait, bien sûr, de rester prudents. Ils se montrèrent à la messe du dimanche, à la suite d'une remarque de la notairesse notant que l'on revoyait à l'église depuis les événements – elle disait « les événements », les mots de défaite, d'armistice ou de guerre lui semblaient étrangers – des gens qui n'y avaient plus mis les pieds depuis leur communion solennelle ou leur mariage, des radicaux, deux ou trois socialistes, l'instituteur et même le boucher, un franc-maçon, disait jadis son mari, qui se rendait régulièrement à Tulle participer à des réunions de loge avec des fonctionnaires de la préfecture.

Laura aima retrouver l'odeur de l'encens, presque oubliée depuis les cérémonies dans la chapelle de l'école des sœurs. Elle avait été fière d'expliquer à Jakob et Susanne, peu au fait de la liturgie catholique, l'essentiel des rites. Elle s'amusa à les deviner appliqués à l'observer, pendant toute la messe, pour savoir quand il convenait de se lever, de s'asseoir, ou de s'agenouiller. Elle rit beaucoup – Susanne aussi pour une fois – quand Jakob, de retour dans leur salon, leur expliqua comment on pouvait interpréter la messe : le curé arrivant coiffé de son bizarre chapeau, l'ayant donné à l'enfant de chœur, se tourne ensuite vers lui pour le récupérer, mais, de toute évidence, celui-ci ne sait plus ce qu'il en a fait, alors le curé s'agenouille pour le chercher à terre, se redresse pour regarder s'il n'est pas sur la table d'autel, se tourne vers le public, mains écartées, pour demander si personne ne l'a trouvé, organise une quête pour s'en acheter un autre, et ainsi de suite jusqu'à l'instant où l'enfant de chœur se souvient enfin du coin poussiéreux où il l'avait laissé et le rapporte. A ces moments, Jakob était irrésistible d'humour, de tendresse aussi, et Laura comprenait pourquoi sa mère avait tout laissé pour suivre cet homme avec qui elle vivait maintenant des orages.

L'un des plus violents éclata le jour où Jakob reçut, par l'entremise d'un inconnu venu de Paris en clandestin, une longue lettre d'un employé de la galerie. Celui-ci l'informait que les Allemands l'avaient perquisitionnée, laissant un total désordre et posant mille questions sur le sort de son propriétaire. A part cela, la vie continuait. La plupart de ses confrères – juifs exceptés – avaient rouvert leurs portes et les expositions attiraient un public nombreux, mêlé d'officiers allemands. Le Louvre n'allait pas tarder à en faire autant. Derain, Vlaminck, d'autres peintres parmi les plus grands étaient réapparus. Picasso aussi, revenu de Royan à bord de sa grande Hispano. Les Allemands l'avaient même convoqué après avoir trouvé nombre de ses toiles dans les chambres fortes d'une banque du boulevard Haussmann. Un des officiers, stupéfait de découvrir de tels tableaux, avait demandé au peintre, disait-on, pourquoi il peignait ainsi; à quoi Picasso, surpris, s'était contenté de répondre qu'il le faisait parce que ça l'amusait. « C'est donc une fantaisie! » avait conclu l'officier, rassuré, qui, du coup, avait laissé les toiles.

– Voilà ce que sept ans de nazisme ont déjà réussi à faire des Allemands : des imbéciles! s'était écrié Jakob à la lecture de cette lettre.

Il s'affolait aussi. Puisque les nazis cherchaient à mettre la main sur les objets d'art et l'avaient dans le collimateur, ils finiraient par retrouver ses tableaux. Bien sûr, il n'avait pas commis la bêtise de les confier à une banque – fût-ce dans des chambres fortes : il ne s'appelait pas Picasso, ni Matisse –, mais on pouvait tout craindre. A moins... à moins qu'il ne parvînt à les sortir de leur cache pour les faire passer du côté Sud. Susanne lui criait que c'était folie, qu'il se ferait prendre en passant la ligne, qu'il ne fallait quitter ce coin perdu de Corrèze que pour la Côte, ses ports et ses grands navires qui les emporteraient à jamais loin de cette Europe condamnée, et non pour Paris où il ne pourrait s'interdire de rôder autour des galeries, des restaurants de Montparnasse et de Saint-Germain-des-Prés, où il serait fatalement reconnu, où il tomberait dans tous les pièges, surprenant naïf qu'il était. Et à supposer qu'il évitât tous ces traquenards, comment pouvait-il espérer sauver ses toiles? Il n'avait confié à personne, pas même à elle, qui avait pris tous les risques pour lui, le lieu où il les avait dissimulées. Qu'espérait-il? Organiser un convoi de camions où il prétendrait transporter des choux-fleurs et des pommes de terre? Les confier aux chemins de fer dont les troupes d'occupation fouillaient avec une minutie toute germanique les derniers recoins de chaque wagon? Quelle folie l'avait donc pris soudain?

Elle eut un rire furieux, amer et blessant, qui le fit se dresser, blême. Il cria des injures, la gifla, une fois, deux fois, trois fois. Et partit, presque titubant.

Elle n'avait pas bougé. Elle eut un nouveau rire, étrange, faux, pleura enfin.

— Il tient à nous, murmura-t-elle un peu plus tard à Laura encore pétrifiée. Il tient à nous, il m'aime malgré tout... Toi aussi, il t'aime. Mais c'est un drogué. Un drogué de peinture.

Il revint quatre jours plus tard.

Laura le revit un matin, dans la cuisine, où il prenait son petit déjeuner. Il lui avait acheté deux livres de Jules Verne dans la collection de la Bibliothèque verte. Elle n'osa pas lui dire qu'elle ne les appréciait guère. Elle n'osa pas, non plus, l'interroger sur ce qu'il avait fait, lui demander où il était allé. Elle n'apprendrait que des années plus tard qu'il s'était rendu à Vichy. Là-bas, il avait entendu qu'un statut des juifs allait être publié par le *Journal officiel* et constaté que la plupart de ses anciennes relations avaient disparu des avenues du pouvoir, qu'il ne pourrait désormais compter sur leur appui.

Susanne ne se montra qu'à la fin de la matinée. Elle ne parut guère surprise de le voir : il était donc rentré la veille, très tard. Elle semblait lasse, se comporta comme une épouse attentionnée et aimante.

Ils retrouvèrent le quotidien des habitudes.

La question des études de Laura se posa bientôt. Au début d'octobre, les deux classes de l'école du bourg – une pour les garçons, une pour les filles, de six à douze ans – accueillirent leurs élèves, des petits paysans pour la plupart, venus à pied de villages éloignés parfois de trois ou quatre kilomètres. Il n'était pas question d'y envoyer Laura, qui n'y eût rien appris d'utile. Pas question non plus de l'inscrire dans un pensionnat, comme les filles du docteur ou le fils du maire, que leurs familles envoyaient chez les sœurs ou au lycée de Clermont-Ferrand : Susanne, qui croyait voir partout des agents de Karl, ne pouvait accepter de se séparer de sa fille. Elle resterait donc avec eux. Ils lui enseigneraient ce qu'ils savaient d'algèbre, de géométrie, d'histoire et de géographie. Pour le reste, Jakob, qui se rendait parfois encore à la messe (mais le coup de fièvre religieuse des villageois semblait déjà décliner), songea à s'adresser au curé. Or, Madame Meyssignac proposa ses services. Elle avait été, expliqua-t-elle, professeur de français, bien avant d'abandonner ses classes pour le théâtre – à Paris, s'il vous plaît – d'où le notaire, venu pour un congrès, puis revenu pour elle, et dès lors éperdument amoureux, l'avait sortie et emmenée en ce lieu.

Cette offre les surprit. Comment pouvait-elle savoir qu'ils cherchaient des cours pour Laura? Il fallait donc conclure à une indiscrétion de la bonne qui aurait surpris leurs conversations. Mais si cette Marguerite parlait à la veuve du notaire, elle pouvait aussi bien bavarder dans le bourg, ou le village voisin où elle allait le dimanche embrasser son oncle. Et peut-être révéler leur identité exacte.

Ils étaient contraints d'accepter l'offre de Madame Meyssignac. Mais ils se sentaient à sa merci, et plus encore à celle de Marguerite. Susanne finit par penser que, si Jakob couchait avec elle, ils se l'attacheraient plus sûrement et seraient mieux assurés de son silence.

Laura C.

Mais rien dans l'attitude de l'un et de l'autre, qu'elle épiait avec crainte et espoir, ne laissait deviner entre eux quelque intimité. Et si elle se permit de rares et maladroites allusions, allant jusqu'à trouver à la domestique « un charme certain », elle n'osa pousser franchement son mari dans les bras de cette fille silencieuse et secrète.

Madame Meyssignac se révéla un bon professeur de français, amoureuse des classiques, qui se plut à jouer des scènes de Molière avec Laura. Elle lui assignait les rôles de servantes effrontées, se réservant de jouer les filles amoureuses aux prises avec un père avare ou hypocondriaque. Elles s'amusaient beaucoup. La veuve du notaire, bavarde, finit par avouer à l'adolescente qu'elle n'avait jamais tenu au théâtre que de petits bouts de rôle, et c'était sur le Boulevard. Une de ses camarades, ayant remarqué qu'elle avait des seins superbes et de bien belles jambes, lui avait alors conseillé de se faire engager aux Folies-Bergère, qui vivaient à cette époque des heures de gloire : la guerre, l'autre, venait de se terminer; Paris regorgeait de soldats américains et anglais. Après quelques cours de danse, elle avait réussi à se faire engager. Elle rêvait encore des ors, des plumes, des paillettes et des strass, des feux des projecteurs et de l'enthousiasme du public. Elle avait côtoyé alors Chevalier – « un impuissant », assurait-elle et Laura n'osa pas lui demander ce que ce mot signifiait –, Mistinguett aussi : « Elle chantait faux et quand elle parlait on l'aurait cru saoule, mais elle avait de belles jambes, très belles, et des yeux bleus magnifiques. » Enfin, le notaire était venu, elle l'avait rencontré au promenoir, revu, revu encore et avait accepté enfin de le suivre jusque-là, de « tout plaquer » pour lui parce qu'il fallait bien faire une fin, qu'elle ne progresserait guère aux Folies – « pas assez de voix, pas assez de culot peut-être, pas prête à donner mon cul à n'importe qui, et puis l'âge qui venait » – et qu'elle l'aimait bien, son petit Meyssignac. Quant à reprendre le professorat, jamais de la vie. Et voilà qu'elle recommençait. « Mais seulement pour toi, Laura. Seulement pour toi. Parce que tu es gentille, et jolie, tu sais. Très jolie. D'ailleurs, tu as de beaux seins déjà, toi aussi. Montre-moi un peu. » Elle déboutonnait le corsage de l'adolescente, sortait doucement les seins des bonnets du soutien-gorge, y posait un petit baiser, souriante, avant de se reprendre : « Mais qu'est-ce que je fais? Allons! Tu as bien de la chance d'être jeune et belle. » Et Laura se demandait si elle devait accepter ces caresses, agréables en vérité mais troublantes, puisque sa mère lui avait ordonné d'être gentille, très gentille, « car cette femme-là pourrait nous faire beaucoup de mal, tellement de mal, tu le sais bien ».

Elle n'osa pas en parler à Susanne, et la veuve du notaire ne recommença pas. De ce jour, pourtant, elle prêta plus d'attention à ses seins. Elle eut souvent le sentiment que les yeux de Jakob se posaient volontiers sur eux. Mais il était comme son père après tout, elle l'appelait « papa », et elle vivait avec lui depuis des années. Elle portait même un nom identique au sien : Muller. Marcelle Muller, née à Schirmeck, Bas-Rhin. Un nom qu'il lui arrivait d'oublier.

Restait le latin, qu'elle avait commencé d'apprendre chez les sœurs. Madame Meyssignac ayant déclaré forfait, on s'adressa au curé, un homme de soixante ans, ancien aumônier militaire qui portait ceinturon de cuir sur sa soutane et accepta avec enthousiasme. Il lui faisait traduire César, le *De bello gallico*, la guerre des Gaules, et assortissait ses cours de commentaires sévères sur les désaccords entre Gaulois, perpétués au long des siècles, et responsables selon lui de cette défaite-ci comme de bien d'autres. A quoi s'étaient ajoutés depuis quelques années l'esprit de jouissance sans frein, les robes courtes qui laissaient tout deviner – « même les paysannes quand elles montent à vélo, elles ne prennent pas de précaution pour garder leur pudeur » –, les attraits pervers de la ville, miroir aux alouettes où allaient se perdre les gens des campagnes, le divorce et la dénatalité.

« La France a perdu parce qu'elle a péché », répétait-il dans ses cours comme dans ses sermons. Une idée qui finit par la choquer. Car si cela était vrai, l'Allemagne était moins pécheresse que la France? Les camps que décrivaient les amis réfugiés de Jakob, les tortures, les assassinats, tout ce que l'on savait de Hitler et de ses

203

nazis, pesaient donc moins dans les balances de Dieu que les robes courtes? Elle n'osa pas lui en parler. Il fallait toujours se taire, oublier le passé, oublier son père, oublier le cousin Rudolf, oublier qu'elle était allemande. Et mentir, sans se contredire un instant.

Ce prêtre dissimulait-il quelque soupçon? Il l'interrogeait parfois sur l'Alsace. Jakob lui avait soufflé une parade : elle pourrait toujours raconter que ses parents avaient quitté Schirmeck peu après sa naissance, que leurs familles étaient dispersées, et qu'elle n'y était guère retournée depuis. Ce qu'elle fit. En rougissant, et furieuse de rougir ainsi.

Le remarqua-t-il? Le lendemain, il l'interrogea sur sa pratique religieuse. Il la voyait régulièrement à la messe, ce qui était très bien, mais jamais, nota-t-il, « elle ne s'était approchée de la Sainte Table ». Avait-elle fait sa communion solennelle? Bien sûr, chez les sœurs à Paris. Elle expliqua que des maux d'estomac l'empêchaient de rester à jeun trop longtemps, fut assez fière d'avoir trouvé elle-même ce mensonge, mais se crut obligée, encouragée par Jakob et Susanne, d'aller le dimanche suivant s'agenouiller au banc de communion en compagnie de trois vieilles dames, de la demoiselle qui tenait l'harmonium, et de quelques gamines. Les sœurs, à Paris, lui avaient expliqué qu'agir ainsi, communier sans avoir été baptisée catholique et spécialement préparée, eût été commettre un sacrilège, une méprisable injure à Dieu, une faute d'une exceptionnelle gravité. Si Dieu existait, et elle pensait que les chances étaient plutôt en sa faveur, et s'il était catholique, ce qui paraissait moins probable mais on ne sait jamais, lui pardonnerait-il? Dès qu'elle regagna sa place, l'hostie dans la bouche qu'elle peinait à avaler d'un coup, elle se prit la tête dans les mains,

comme elle l'avait vu faire aux autres. C'était pour
demander pardon, répéter des excuses comme une lita-
nie. La peur au cœur.

Le curé, le lendemain, la félicita. Mais observa qu'il ne
l'avait pas, avant cette communion, ni jamais d'ailleurs
depuis son arrivée dans le pays, entendue en confession.
Or, on ne pouvait, sous peine de faute grave, communier
si l'on n'était pas en état de grâce, l'âme pure de tout
péché : « Avant d'accueillir Jésus chez soi, on lave la
maison ; on le ferait pour le Maréchal, et Jésus est quand
même bien plus important. »

Elle ne répondit pas, consulta Susanne et Jakob qui lui
conseillèrent de se dévouer une fois de plus pour leur
commune sécurité, d'y aller le samedi suivant dans
l'après-midi. Mais comment faire? Elle ignorait tout de
ce rituel, eux plus encore, et ne pouvait interroger personne. Elle hésita quelques jours, au bord de l'angoisse,
eut enfin l'idée de se glisser dans la salle attenante à
l'église où le curé réunissait le jeudi les gamins et
gamines du catéchisme. De vieux livres traînaient sur
une table poussiéreuse. Elle finit par trouver dans un
missel à la reliure cassée quelques pages consacrées à la
confession. Elle le cacha sous son pull-over mais aperçut
en sortant une vieille femme que le bourg appelait Julie
la Bachellerie, qui faisait les lessives au lavoir pour les
plus fortunés des habitants et qui, justement, portait son
linge au curé. La vieille lui jeta un regard que Laura
jugea soupçonneux, et elle trembla qu'elle n'aille parler
au prêtre de leur rencontre en ce lieu.

Les jours suivants, elle apprit par cœur les formules de
la confession, s'interrogea aussi sur les péchés qu'elle
avouerait, jugea que leur liste était bien mince et serait
jugée telle, décida de l'allonger en annonçant d'autres

fautes : le vol à Madame Meyssignac d'un livre qui n'était « pas pour les enfants », le meurtre d'un oiseau à qui elle aurait lancé des pierres, et de nombreuses « pensées impures » à la suite de mauvaises lectures. Le prêtre parut s'en contenter, lui promit – puisqu'elle aimait tant lire – de lui procurer des livres édifiants et de son âge et lui accorda l'absolution, en échange d'une pénitence de trois dizaines de chapelet. Sortant de cette armoire sombre et poussiéreuse, elle pouffait presque : elle l'avait bien eu ! Mais elle fut aussitôt saisie de crainte : que pensait Dieu de tant de dissimulation ? Elle plongea la tête dans les mains, multipliant longtemps les demandes de pardon. La demoiselle de l'harmonium, occupée à répéter sur sa machine grinçante les morceaux qu'elle jouerait le lendemain dimanche, fut émerveillée d'une si pieuse attitude.

Par chance, l'automne était beau et nombreux les moments de liberté. La saison des écrevisses terminée, Laura courut les bois avec Jeanjean, le seul habitant du bourg auquel elle n'eût aucune comédie à jouer. Le seul aussi à s'intéresser aux cèpes, dont les gens du lieu – à l'exception de la veuve du notaire – faisaient alors peu de cas et dont quelques pluies succédant à de chaudes journées avaient accéléré la poussée.

C'était plaisir que de les découvrir, pointant hors de la mousse leurs têtes rondes couleur de pain brûlé, rangés en cercle sous les branches affaissées d'un sapin, ou nichés comme des bébés entre les puissantes racines d'un vieil épicéa. Elle suivait Jeanjean à travers les sous-bois ombreux parfois troués de taches de lumière. Il semblait en connaître tous les secrets, l'ébauche d'un sentier, l'obstacle de grands arbres abattus et abandonnés, les vertes clairières noyées de hautes fougères. Il filait à grandes enjambées, droit devant, sans un regard pour le tapis de mousses et d'aiguilles de sapin qu'il foulait de ses lourdes bottes, et soudain s'arrêtait, comme s'il eût entendu le bruit d'un animal ou reçu un mystérieux signal. Il tournait lentement la tête, aux aguets – le nez plus attentif que les yeux, finit par penser Laura –, daignait enfin courber son long buste, désignait de son bâton un cèpe qu'elle se reprochait aussitôt de ne pas avoir aperçu la première, tant il semblait n'attendre qu'eux, leur avoir fixé rendez-vous en ce lieu et s'être fait accompagner pour leur plaire de quelques compagnons vers lesquels elle se précipitait, joyeuse.

Le bonhomme avait enseigné à Laura l'art de les saisir délicatement, avec une sorte de religieux respect, en écartant à peine la mousse ou l'humus, puis de nettoyer leur pied en ayant soin de laisser toujours un morceau qui servirait peut-être, imagina-t-elle, de semence pour l'année suivante.

Ils rapportaient de chaque expédition de pleines musettes dont la bonne de Madame Meyssignac conservait l'essentiel en faisant sécher les champignons sur de longues ficelles tendues dans sa vaste cuisine comme d'odorants chapelets.

Quand la saison des cèpes s'arrêta, d'un jour à l'autre, après une forte gelée, ils poursuivirent leurs escapades. Il tendait des pièges à des lapins qui se croyaient tout permis depuis l'interdiction de la chasse. Ou bien il ramassait dans de profonds fossés et sur les rives pierreuses de petits torrents des plantes bizarres dont elle ignora longtemps l'usage et finit par penser, bien plus tard, qu'il les confiait ensuite à quelque rebouteux.

Elle se plaisait beaucoup à l'accompagner, commençait à oublier ses craintes, se confessait régulièrement et communiait chaque dimanche, devenait incollable sur les comédies de Molière et se montra bientôt experte en analyse logique, exercice qui lui était jusque-là apparu comme le plus rébarbatif des grammaires française et latine.

Jakob et Susanne se querellaient moins. Il s'essayait à peindre des aquarelles. Elle passait de longues heures, l'après-midi, en compagnie de la veuve du notaire qui s'était prise d'amitié pour elle, lui ouvrait ses hautes armoires aux portes taillées en pointes de diamant pour lui faire admirer d'étranges trésors : des piles de draps d'une toile grossière et raide que des générations d'ancêtres avaient entassés là, des douzaines d'assiettes de Limoges, d'antiques colliers et de longues robes anciennes dont elles jouaient à se parer. Laura, les entendant rire comme des gamines, se joignait parfois à elles dans un puéril carnaval, se disait qu'elle avait peut-être eu raison, le premier jour, de penser qu'elle serait heureuse en cet endroit.

Mais le curé, un matin, lui annonça l'arrivée de nouveaux réfugiés. Des Lorrains, que les Allemands avaient expulsés au début de l'automne, des Alsaciens aussi, pour on ne savait quelle raison : parce qu'ils étaient juifs, peut-être, ou parce que les nazis les jugeaient trop indociles. Ces familles, plusieurs dizaines de milliers de personnes, avaient traversé dans les pires conditions une bonne partie de la France avant d'être dispersées dans plusieurs départements de la zone non occupée. Le village devrait en accueillir trois. Venues d'Alsace, avait annoncé la sous-préfecture au maire. « Peut-être des gens que connaissent vos parents ? » lâcha le prêtre, d'un ton qu'elle jugea lourd de soupçons, d'ironie aussi.

Elle s'affola. Cet homme, à n'en pas douter, savait tout, ou du moins l'essentiel, avait deviné ou appris qu'ils se cachaient sous de fausses identités. Et à supposer que ces Alsaciens fussent de Schirmeck, ou de la région, les siens courraient les pires dangers. Elle pourrait toujours raconter sa petite fable : elle était bien née là-bas et puis ses parents étaient partis presque aussitôt pour Paris où elle avait passé toute sa jeunesse. Mais comment s'en tireraient Jakob et Susanne?

Elle prétexta un malaise, quitta vite le presbytère pour les retrouver et les informer, se traita aussitôt de sotte : le curé n'aurait pas cru une seconde à ce malaise; il avait à coup sûr vu dans son attitude une confirmation de ses soupçons; elle méritait le premier prix de bêtise.

Ils peinèrent à la rassurer. Car ils n'étaient pas très sûrs d'eux-mêmes. Certes, Jakob s'était documenté sur cette ville de Schirmeck et sa région. Il avait déniché un guide qu'il leur avait lu et relu, expliquant que la ville, sur une petite rivière, n'était pas très jolie mais la campagne voisine superbe : les Vosges, un peu semblables à cette Corrèze en un sens, et piquées au surplus d'auberges pimpantes. Il avait noté, en outre, l'existence d'industries textiles. Mais cela ne suffirait pas à soutenir une longue conversation.

Ce furent des journées d'inquiétude. Le maire du petit bourg, un cultivateur paisible, était venu très vite demander le concours de Jakob pour l'accueil des familles. Il avait trouvé des logements à demi abandonnés qu'on retaperait comme on pourrait, si on en avait le temps avant leur arrivée. Mais il faudrait bien sûr les aider à s'adapter ici. « Et vous, monsieur Muller, vous êtes évidemment bien placé : entre Alsaciens... ».

Là-dessus avait éclaté la nouvelle de la rencontre de

Montoire entre Hitler et Pétain, provoquant la rage de Biermann. Comment ce glorieux Maréchal avait-il pu serrer la main d'un homme dont les troupes commençaient à persécuter les juifs de zone occupée? Son gouvernement, il est vrai, s'apprêtait à en faire autant : les journaux et Radio-Vichy annonçaient presque chaque jour de nouvelles lois qui limitaient la liberté des juifs, les écartaient de nombreuses fonctions.

Susanne triomphait, amère : s'il l'avait écoutée, ils seraient bien loin. Il répondait que, pour tout le monde ici, ils n'avaient rien à voir avec quelque juif que ce soit. Mais justement, s'emportait-elle, cela pourrait-il durer quand les vrais Alsaciens arriveraient?

Ceux-ci débarquèrent un soir du camion d'un marchand de bois parti les chercher au train d'Ussel. Le bourg s'était mis en frais pour les accueillir. Les réfugiés de juin étaient tombés sur le pays comme une de ces soudaines averses d'orage qui bouleversent tout : on ne leur avait pas toujours fait bonne mine. Cette fois, en revanche, on avait eu le temps de créer un comité, de collecter couvertures et ustensiles ménagers, de se distribuer des tâches et des rôles et de se donner quelque importance. Et puis, ces Alsaciens faisaient événement dans le lent écoulement des jours d'automne, au seuil d'un hiver que les plus anciens prévoyaient rude : les oignons s'étaient couverts de plusieurs pelures, dans les cheminées la suie pétillait autour des marmites, et les monts d'Auvergne paraissaient tout proches.

Il flottait donc comme un air de gaieté quand les nouveaux réfugiés arrivèrent devant la mairie. Marqué pourtant d'une légère déception : ces trois couples accompagnés de deux vieillards et de huit enfants ne faisaient pas mauvaise figure en dépit des fatigues du voyage. Ils étaient bien vêtus et ne semblaient pas avoir trop souffert de la faim.

On avait poussé Jakob au premier rang, craignant peut-être, sans oser l'avouer, que les arrivants ne parlent qu'un français insuffisant, souhaitant surtout qu'ils soient rassurés de trouver si loin de chez eux un « pays ». Il fut habile, chaleureux et put réconforter le soir une Susanne fébrile : tout s'était bien passé ; il n'y avait rien à craindre ; ces gens-là venaient de Mulhouse, presque de ia frontière suisse, à des dizaines de kilomètres de Schirmeck ; il avait préféré devancer le danger en parlant de ses origines alsaciennes aux hommes, des pères de famille dont les nazis s'étaient peut-être séparés parce qu'ils étaient infirmes depuis l'autre guerre et ne pourraient leur être utiles dans celle-ci. Ils avaient à peine prêté attention à ses propos. Et le nom de Schirmeck n'avait paru frapper aucun d'entre eux. Bien entendu, il importait de rester prudent, d'autant que l'on serait appelé à les rencontrer beaucoup, du moins dans les premiers jours. Le maire, par exemple, avait demandé si Laura, le lendemain, pouvait faire découvrir le pays – les commerçants, l'école, la poste et ainsi de suite – à deux jeunes filles, les aînées des enfants, pendant que leurs parents poursuivraient l'aménagement de leurs maisons.

Alors, la peur de Laura éclata. Elle n'irait pas. Elle ne les verrait pas. Rien à faire. Que Jakob et Susanne se débrouillent. Qu'ils inventent une histoire. Qu'ils la prétendent malade, tiens. Rien de plus facile. Elle resterait toute la journée au lit. Elle vomirait même s'il le fallait. Elle savait très bien se faire vomir : elle s'y était essayée deux ou trois fois pour voir ; deux doigts dans la bouche, très profond, très loin, et puis voilà.

Ils firent front contre elle.

— Ne sois pas sotte, criait Susanne. Tu as entendu ce que disait ton père? Il n'y a rien à craindre. Tandis que si tu joues les timides, si tu te caches, ils vont chercher des raisons. Et alors...

Jakob, à qui elle tournait le dos, la prit dans ses bras, câlin, comme pour la bercer, protecteur. Il la raisonna, lui fit des promesses de cadeaux qu'elle entendit à peine. Mais de se trouver collée à lui, de sentir sur sa nuque le souffle de cet homme, la fit tressaillir.

Elle céda, accepta, heureuse de lui offrir ce renoncement. Mais dormit mal. Elle crut trouver le lendemain une confirmation de ses craintes. L'une des deux filles, une brune assez boulotte prénommée Thérèse, qui ne cessait d'évoquer des souvenirs alsaciens tandis qu'elle les guidait vivement, dans l'air glacé, depuis la scierie jusqu'aux deux épiceries, aux sept bistrots et même au cimetière, finit par s'étonner que Laura y prêtât fort peu d'attention :

— Tes parents étaient de Schirmeck, on m'a dit. Et toi, on dirait que l'Alsace ne t'intéresse pas. Ils ne revenaient pas chez nous? Ils ne t'y emmenaient jamais? Ils ne voulaient plus voir leur pays?

— Ben... c'est-à-dire : leurs parents étaient morts, alors...

— Tous? Tu n'as plus de grands-pères ni de grands-mères... Ni d'oncles ni de tantes?... Ils sont morts aussi?

— Oui... Tous. Alors, voilà. Bien sûr, mon père me racontait des choses, quand j'étais petite. Ma mère aussi. Des choses de là-bas. Mais c'est un peu loin, maintenant...

— Maintenant, tu es devenue une vraie Parigote, hein? Et nous, pour toi, c'est zéro.

— Non. Mais...

Laura C.

– Tu nous appelais les boches, je parie, comme beaucoup de Français?

Cette Thérèse haussait le ton, par jalousie ou chagrin. Sa compagne, une Augustine aussi blonde qu'elle était brune, tentait de la calmer :

– Laisse-la tranquille. Elle est bien gentille de nous montrer le village. Elle n'était pas obligée.

– Et alors? On était bien capables de se débrouiller toutes seules. On n'avait rien demandé.

Laura trouva un prétexte, une leçon chez Madame Meyssignac, les planta au bord d'un petit chemin – « pour rentrer chez vous, c'est par là » –, éclata en sanglots dès qu'elle les eut quittées, les nerfs à bout, épuisée, reprise par la peur. Elle n'osa pas se montrer dans cet état, courut se réfugier à l'intérieur de l'église, glaciale, vide et sombre.

Elle ne pourrait plus. Elle en était certaine désormais. On exigeait trop d'elle. Se surveiller sans cesse. Etre obligée d'inventer toujours de nouveaux mensonges, s'y empêtrer, dire des sottises. Comment cette Thérèse, une vraie vache, une grande qui avait au moins seize ans, pourrait-elle croire que tous ses grands-parents, tous ses oncles et ses tantes de Schirmeck étaient morts? Elle trouverait cela bizarre. Elle en parlerait aux autres. Ils essaieraient de savoir. Et Jakob aurait beau faire le malin, il se trouverait certainement parmi eux quelqu'un qui connaissait Schirmeck et découvrirait le mensonge.

Elle fut tentée d'aller tout avouer au curé, puisqu'après tout – elle le croyait fermement – il avait deviné la vérité. Il ne serait donc pas surpris. Et puisqu'il n'avait rien dit, rien fait contre eux, c'est qu'il n'était pas si mauvais, au fond. Alors, il trouverait peut-être un moyen de les aider.

213

Laura C.

Elle était déjà au portail lorsqu'elle se ravisa : si elle s'était trompée, si le curé n'avait rien deviné, pourquoi lui mettre la puce à l'oreille, pis encore, tout lui dévoiler? Il n'y a pas si longtemps, lui avait raconté un jour Jakob, bien des curés en France étaient des ennemis jurés des juifs. Bien sûr, elle n'était pas juive, Susanne non plus. Mais Jakob... Elle ne pouvait lui faire courir un tel risque.

Elle revint s'asseoir près du confessionnal dans un grand désordre de pensées, un tourbillon de peurs et d'espoirs. Elle se répétait : « Je craque, voilà je craque; c'est comme cela quand on n'en peut plus; je suis brisée. » Et ce mot, « brisée », lui rappela l'histoire d'une jeune fille, l'héroïne d'un feuilleton publié par *Le Voleur*, un hebdomadaire ancien dont elle avait trouvé une collection reliée, année par année, dans la bibliothèque de Madame Meyssignac. La jeune bourgeoise du roman s'était jetée dans la Seine, parce qu'on voulait lui faire épouser un riche et repoussant banquier, après avoir laissé à ses parents une lettre accusatrice : « Vous avez brisé ma vie. »

Voilà. Sa vie aussi était brisée. Déjà. Alors, pourquoi ne pas en finir aussitôt? Une petite porte de bois, toute proche, ouvrait sur l'escalier qui menait à la tribune où s'assemblaient les hommes pendant la messe, comme pour se cacher. Elle se jetterait de là-haut sur les pierres du sol. Et ce serait terminé. Elle retrouverait Dieu, s'il existait. Elle regarda le crucifix au-dessus de l'autel, une toile derrière celui-ci, mal éclairée et sombre, où l'on devinait les traits d'un Jésus souriant. Ce serait si simple. Elle n'aurait plus rien à craindre. Et son père Karl pourrait bien la faire rechercher par ses bonnes femmes SS ou ses hommes de la Gestapo en chapeaux mous et longs imperméables – qui avaient maintenant dix fois, cent fois plus de chances de l'enlever qu'avant la guerre –, ils ne la trouveraient jamais. Plus jamais.

Elle se leva, alla jusqu'à la porte, regarda l'escalier de pierre. Et revit soudain le petit clown de bois au visage barbouillé de sang qu'elle avait ramassé, un jour dans un ruisseau de Berlin. Plus tard, elle se demanderait pourquoi l'image de la petite marionnette s'était, en cet instant, imposée. Elle ne trouverait aucune réponse. Le fait est qu'elle ne vit plus que ce bonhomme de bois, se dit que, puisqu'elle ne l'avait jamais quitté et l'avait apporté jusque-là, elle ne s'en séparerait pas à ce moment. Il fallait le chercher.

Elle referma la porte de la tribune et songea qu'elle ne pourrait infliger à Jakob et Susanne une telle peine, qui s'ajouterait à toutes leurs misères. D'abord, cette tribune n'était peut-être pas assez haute pour lui garantir la mort. Et puis, si elle se tuait, les gens s'interrogeraient, chercheraient des raisons. Les gendarmes enquêteraient. Ils seraient en danger. Elle ne pouvait pas leur faire ça.

S'ils devaient mourir, si cette guerre devait entraîner leur perte, que ce soit tous ensemble, tous les trois.

Elle regagna la chaise, près du confessionnal, regarda le crucifix.

Elle eut envie de rire.

Chapitre V

Les oignons ne s'étaient pas trompés, ni les anciens du village qui depuis la fin de l'été interprétaient les signes du ciel : l'hiver fut rude.

La première neige était tombée peu après l'arrivée des Alsaciens. Elle se maintint. « Elle en attend d'autres », dirent les anciens. Ce qui se vérifia encore. Dès le début de décembre, elle atteignait les cinquante centimètres, les dépassa vite. Bientôt, Laura ne put sortir de la grande bâtisse du notaire qu'en empruntant une étroite tranchée, taillée entre deux murs blancs et glacés.

Elle s'ennuyait un peu. Jeanjean ne se montrait plus, comme s'il s'était endormi pour l'hiver. Elle se lia davantage avec la bonne, décida de l'accompagner dans les épiceries, chez le boucher et à la ferme où elle allait chercher le lait. Elle connut un peu mieux le village, les boutiques où les clientes ne parlaient que du temps, jamais de la guerre, les paysans qui, pour se tenir au chaud, couchaient près de leurs bêtes dans une odeur mêlée de purin et de foin, et lui offraient parfois, dans un bol ébréché, du lait tiède à peine sorti du pis de la vache, qu'elle n'osait pas refuser mais qui lui soulevait le cœur. Elle s'étonna de voir le soleil se donner des allures de

217

pleine lune blanche pour régner sur la campagne conge-
lée. Mais jugea, au total, la neige bien monotone et se
lassa très vite de ces sorties.

Il arrivait que le petit bourg fût isolé des jours entiers.
Jakob enrageait alors de se voir privé des journaux. Il
restait fidèle à l'écoute des radios, l'oreille collée au poste
lorsqu'il s'agissait de Radio-Londres car il baissait le
volume de crainte que Madame Meyssignac ne
l'entende, et passait des plus folles espérances au plus
noir pessimisme.

Qu'ils soient ainsi cernés par la neige rassurait
Susanne, comme si personne ne pouvait plus les atteindre
et leur nuire. Il ne supportait pas, lui, cet enfermement.
Leurs disputes devinrent bientôt quotidiennes, d'autant
plus vives qu'ils se contraignaient à un demi-silence afin
de ne pas alerter leur voisine. Laura les fuyait parfois
pour retrouver la bonne à la cuisine ou s'étendre sur son
lit et dévorer un livre. Mais la curiosité, d'autres fois,
l'emportait. Elle se tassait dans un coin, derrière la porte,
pour écouter, tenter de comprendre.

Sa mère, désormais, ne rêvait plus de fuir. Ils avaient
appris, à la fin de janvier, l'échec et le suicide de Leonard Weil. Elle s'était convaincue qu'ils prendraient plus
de risques en voyageant qu'en se faisant oublier dans ce
qu'elle appelait « ce trou de bout du monde ». Ils avaient
donc trouvé pour se disputer d'autres raisons ou prétextes
– Laura finit par trancher : prétextes.

Plus tard, mieux avertie, elle parlerait de mésentente
sexuelle et de désirs contrariés mais ce vocabulaire lui
était alors inconnu. Ce qu'elle découvrait en cet hiver
glacial, c'est que Susanne, qui depuis des années faisait
chambre à part, refusait à présent obstinément son lit à
l'homme qu'elle admirait toujours et pour lequel elle

avait tout risqué. Elle se mit à les espionner, entendit, la nuit, Jakob, gratter doucement à la porte, la supplier à mi-voix sans obtenir la moindre réponse. Elle l'imaginait transi dans le couloir glacé, furieux de ce refus, de ce mépris, et du silence auquel il s'estimait contraint, lui qui, jadis, dans l'appartement parisien, poussait à la moindre contrariété des hurlements tels que la concierge, un soir, était sortie dans la cour afin d'en chercher l'origine et avait placardé le lendemain dans le hall marbré de l'immeuble un avis menaçant de faire appel à la police pour tapage nocturne à la prochaine occasion.

Elle eût voulu le consoler, ne souhaitait pas se montrer, se hasarda pourtant un soir jusqu'à lui en prétextant l'urgence d'un passage aux toilettes. Il en fut à peine surpris, lui reprocha de sortir dans le froid, à peine vêtue d'une mince chemisette, lui couvrit les épaules de sa propre veste d'intérieur et, pour la réchauffer, lui frotta dos et bras de mouvements vigoureux qui devinrent bientôt plus caressants. Elle aima cette douceur mais lui rendit sa veste, et regagna sa chambre, rapide et heureuse.

Elle comprit mieux les raisons de leurs disputes en entendant, quelques jours plus tard, Susanne souhaiter, hurlant presque, qu'une rapide disparition de la neige permît à son mari de reprendre ses escapades vers Ussel et Tulle et d'y retrouver ses complaisantes hôtesses. Mais l'hiver s'obstinait.

Une lettre qui avait suivi de mystérieux chemins leur apporta des nouvelles de Paris. Tous les magasins appartenant à des juifs avaient été contraints depuis l'automne d'afficher des placards jaunes; beaucoup avaient ensuite fermé; ou bien, des affiches rouges annonçaient que leur gestion était reprise par des Aryens. Les galeries d'art n'échappaient pas au sort commun. Celle de Bernheim jeune avait même été rachetée, pour un prix dérisoire, par un haut fonctionnaire. Les Allemands avaient dressé une liste de collectionneurs juifs, où les noms des Rothschild apparaissaient neuf fois, et s'efforçaient de mettre la main sur leurs tableaux. Le vernissage du Salon des arts décoratifs avait attiré une foule au pavillon de Marsan, à la fin de février, mais les artistes juifs en avaient été exclus. Des informations qui bouleversaient Jakob, ravivaient ses craintes de voir les Allemands retrouver les dizaines de toiles dissimulées dans des caves et des abris de fortune.

Il s'exaspérait aussi d'apprendre par de vieux journaux parisiens que Charles Trenet triomphait à l'Avenue Music Hall et Edith Piaf à Bobino tandis que Django Reinhardt faisait les beaux soirs de l'Amiral. En pleine guerre, alors que des milliers d'hommes mouraient chaque jour sous les bombes ou les obus, que d'autres étaient martyrisés, torturés, déportés, fusillés ! Ces Français tombaient dans tous les pièges de Goebbels, le chef de la propagande du Reich, qui voulait « distraire le peuple » de l'essentiel et recommandait à ses radios de ne pas « présenter ses opinions sur un plateau ».

Madame Meyssignac, à qui il n'avait pu taire, un jour, sa réprobation en lui prêtant ces journaux dont elle se montrait avide, lui avait rétorqué qu'il en allait ainsi dans toutes les guerres, qu'entre 1914 et 1918, s'il fallait en croire les récits des plus anciennes des Folies-Bergère, les music-halls et tous les lieux de plaisir de la capitale avaient réalisé de fabuleuses affaires. Mais c'était, répliqua-t-il, grâce à des militaires français ou alliés, qui trouvaient là un agréable dérivatif, le repos du guerrier, et non des ennemis – et quels ennemis ! – qui occupaient la France.

L'argument sembla porter. Elle resta pensive de longues secondes. Puis, étonnée ou choquée, il n'aurait su le dire :

– Vous êtes donc gaulliste, monsieur Muller ?

Il haussa les épaules, sans répondre, et, furieux contre lui-même, remonta vers l'étage où Susanne, toujours aux aguets et qui avait tout entendu, l'accusa de multiplier les imprudences.

Rien ne changea, pourtant, dans l'attitude de la veuve du notaire. Après Molière, elle avait commencé de faire découvrir à Laura Zola, auquel elle vouait une véritable dévotion – « Mais tu ne le diras pas à Monsieur le curé, je ne sais pas ce qu'il imaginerait. » Prudente, elle lui fit lire d'abord *Au bonheur des dames*, s'enthousiasmait aux descriptions de grands magasins aux rayons chargés de soieries, de satins aux cassures vives, qui se fanaient en pâleurs d'une tendresse infinie, de tapis aux teintes fanées, d'écharpes aux couleurs de l'arc-en-ciel et de velours d'un noir profond ou d'un blanc de lait caillé. Elles rêvaient de se parer de tous ces tons, se choyer de ces douceurs. Madame Meyssignac, alors, courait à l'une de ses immenses armoires, en sortait un foulard, une blouse de dentelle : « Tiens, tiens, c'est pour toi, je te la donne. Essaie-la tout de suite, tu vas voir, avec une poitrine comme la tienne, ce sera superbe... » Laura se prêtait au jeu, passait la blouse, attendait – crainte et espoir mêlés – un baiser ou une caresse. Mais l'ancienne danseuse ne s'y risquait plus. Et un soupçon de gêne, parfois, les séparait.

Changement de climat avec le curé : il en était toujours, lui, à la guerre des Gaules mais venait de sauter quelques chapitres pour s'arrêter longtemps au Livre VII, où, alors que César croit avoir gagné, « les personnages les plus considérables de la Gaule s'entendent pour tenir des conciliabules dans des lieux solitaires et couverts de bois » (« comme ici », disait le curé) et « par toutes sortes de promesses et de récompenses, ils demandent instamment qu'on commence la guerre et qu'on risque sa vie pour rendre la liberté à la Gaule ». Ce qui semblait enthousiasmer le prêtre. Mais elle n'osait le questionner, se demandait s'il ne lui tendait pas un piège : il ne cessait de citer les discours de Pétain ; le 11 novembre, on l'avait même vu défiler sous la neige avec les membres de la Légion dans laquelle le Maréchal avait fait entrer les anciens combattants. Il fallait donc se taire, dissimuler encore et toujours.

Jakob, qui devait lui enseigner histoire et géographie, avait vite abandonné. Tout, l'évocation d'un fleuve, le récit d'une bataille, la naissance d'une industrie, tout était pour lui prétexte à parler peinture. Comme s'il en était affamé. Il lui expliquait que le véritable artiste ne s'arrêtait pas à l'image, comme on l'avait trop longtemps cru, mais tentait d'atteindre la réalité profonde des êtres et des choses, leur essence plutôt que leur aspect.

La vie campagnarde l'avait réconcilié avec les impressionnistes qui s'émerveillaient d'un hameau, d'un chemin bordé d'arbres fuyant vers l'horizon incertain, des reflets changeants d'une lumière sur l'eau d'une mare ou d'un ruisseau, et n'allaient pas chercher les sujets de leurs tableaux dans une Antiquité de pacotille ou sur des terres exotiques.

Il s'exaltait, citait les Goncourt conseillant aux jeunes peintres de « défaire leurs malles et faire leurs sacs de nuit, parce que la Seine, la Marne, le Morin sont là », de vivre en somme avec leur temps dans leur pays.

Laura C.

Elle l'écoutait, ravie, passionnée, emportée par ce sentiment d'orgueil que l'on éprouve à comprendre soudain ce qui semblait voilé. Et quand Susanne apparaissait, parce que c'était l'heure de la leçon d'algèbre ou de géométrie, ils la renvoyaient d'un même mouvement, assurant qu'ils n'en avaient pas fini, qu'elle ne pouvait les interrompre au beau milieu d'un chapitre capital de l'Histoire universelle.

Elle repartait, froissée, jalouse peut-être. Et ils se souriaient, complices.

Mai flamboya. Une pesante chaleur assomma gens et bêtes, comme si la torpeur de l'été dût succéder sans répit à celle de l'hiver. Les genêts éclataient en lourdes grappes d'or sur les monts et les ravines, des massifs de fleurs avaient surgi, d'un coup, qui éclaboussaient de couleurs le jardin reconquis par Laura. Jakob s'y installait parfois, muni de gros pinceaux de soie et de verres d'eaux colorées, pour tenter de fixer sur des cartons d'emballage ou de vieux papiers jaunis le fragile éclat d'un œillet rouge ou les reflets du soleil sur les verts brillants des buis. Susanne, alors, le rejoignait, s'asseyait à distance, lisait et le complimentait, tendre, de ses progrès.

Cette paix-là était précaire. Elle se déchira. Le 20 mai exactement, le lendemain du jour où, pour célébrer Jeanne d'Arc, les deux instituteurs laïcs avaient conduit leurs élèves à la messe solennelle, sur ordre du gouvernement disait-on, ce qui avait fait jaser le bourg.

Laura, la première, la vit arriver au milieu de la matinée : une grande femme aux allures de déesse égyptienne, port majestueux, lourde chevelure de jais rangée en tresses savantes, les yeux immenses fendus en

224

amande. Elle descendait d'une longue voiture décapotable, une Viva grand sport qui semblait défier la guerre.

Elles se regardèrent, silencieuses, un très court instant. La jeune femme était superbe dans sa robe de mousseline. Mais blême, et agitée.

Bella. Laura pensa aussitôt : Bella, la maîtresse de Jakob.

Elle en était certaine, sans trop savoir pourquoi.

Elle n'eut pas le loisir de s'interroger sur le sens de cette apparition, ni de s'inquiéter. La jeune femme, déjà, l'interpellait :

— Laura... Vous êtes Laura, n'est-ce pas?

— Et vous, Bella?

— Je... Comment le savez-vous?

Avoir deviné juste donna à Laura plus d'assurance :

— Il n'est pas là.

— Jakob? Bien sûr qu'il est là!

Bella eut un petit rire, méprisant. Puis :

— Allons, laissez-moi passer.

Elle était déjà au seuil de la maison, saisissait la poignée de la porte.

Laura lui retint le bras.

— Attention. Ce n'est pas chez nous, ici.

— Mais si, n'essayez pas de me tromper.

— Mais non, c'est la maison de Madame Meyssignac.

— Mais vous habitez au premier!

Elle savait donc tout. Laura fut tentée de capituler, se reprit aussitôt :

— On n'a pas le droit de rentrer par là. Pas nous.

L'autre hésitait. Une fenêtre s'ouvrit au premier étage : Susanne.

— Laura, tu montreras à cette dame l'entrée de derrière. Et tu iras chercher ton père au jardin.

– Mais...

– Fais ce que je te dis! Tout de suite!

L'adolescente ne bougea pas. Paralysée de stupeur.

– Fais ce que je te dis, tu m'entends...

Elle ne pouvait tout simplement pas. A peine avait-elle encore la force d'éviter les larmes. Pas devant celle-là, qui n'était pas si belle après tout. Ou qui l'était trop. Contre laquelle elle se sentait incapable de lutter.

Alors, Susanne se précipita, serrant contre elle les pans de sa robe de chambre, visage de glace – « Suivez-moi! » –, mena la visiteuse jusqu'à la pièce dont ils avaient fait un salon, descendit au jardin où Jakob peignait :

– Ta maîtresse est arrivée, elle t'attend.

Et lui, abasourdi :

– Ma... quoi?

– Ta maîtresse, oui. Bella.

– Bella?

Ahuri, agité, il renversait ses pots de couleurs et ses pinceaux, bégayait, parvint enfin à esquisser un demi-sourire grimaçant :

– C'est une plaisanterie, n'est-ce pas, une simple plaisanterie? Une plaisanterie idiote, je veux dire.

Elle, raide, figée :

– Vas-y voir.

– Je n'irai pas. Tu te moques de moi... Je ne sais pas pourquoi tu as inventé cette stupide histoire.

– Très bien. Je vais la chercher et je te l'amène.

Il courut pour la devancer, fut aussitôt à l'étage où Bella l'attendait. Furieux :

– Fiche-moi le camp! Tout de suite. Tu n'as rien à faire ici. Tu n'aurais jamais dû. Tu n'as donc pas reçu ma lettre? Tu n'as donc pas compris? J'ai été assez clair, pourtant.

La bonne, plantée sur le palier, écoutait. La femme du notaire, cheveux pris dans des papillotes, était sortie de sa cuisine. Susanne, revenue, ferma sur le couple la porte du salon.

– Un peu de dignité, quand même! Tout le monde va vous entendre.

Et à Laura, réapparue :

– Toi, tu vas au jardin.

Mais Jakob rouvrait la porte :

– Justement, je veux que tout le monde entende. Je n'ai rien à cacher, moi.

– Rien à cacher!

Elle voulut rire, moqueuse, s'écroula aussitôt, descendit quelques marches pour s'abattre dans les bras de la veuve, qui l'entraîna, heureuse de se montrer utile et avide d'en apprendre plus : « Venez chez moi, au calme. Ça vous fera du bien. »

Laura, restée à l'étage, revivait une autre querelle : Susanne et Karl, il y avait tant d'années, c'était si loin. La bonne, comme Gutsi alors, tentait de l'emmener. « Venez; Madame ne serait pas contente si elle savait que vous écoutez... Ou bien, allez au jardin. » Mais elle n'était plus une gamine de sept ans. Elle se dégagea, brusque, s'assit sur les marches, indécise et soudain épuisée.

Jakob, en fin de compte, avait refermé la porte. On n'entendait pas Bella. Il criait si fort que ses injures et ses reproches claquaient à travers toute la maisonnée, tout le bourg peut-être, se disait Laura. Elle croyait deviner les raisons de sa colère : il avait écrit – comment? où? – à Bella pour lui signifier sa volonté d'en finir et la jeune femme était venue jusqu'ici le relancer. Mais cela signifiait que, depuis l'exode de l'année précédente, ils

227

Laura C.

n'avaient pas perdu le contact, s'étaient revus, semble-t-il, à Vichy, ou à Clermont-Ferrand, peut-être même à Tulle ou Ussel, sans que rien dans l'attitude de Jakob puisse le laisser deviner. D'ailleurs, il n'avait pratiquement pas bougé de l'hiver, sauf pour des sauts d'une journée jusqu'à Ussel, grâce à la camionnette du boucher désormais munie d'un haut gazogène.

Comment pouvait-on mener ainsi des vies cachées? Elle pensa qu'elle n'était qu'une enfant de s'étonner ainsi, et que le mot adulte se conjuguait bien avec adultère. Elle se plut à jouer avec ces mots, fière de les avoir réunis – une vraie trouvaille. Peut-être avaient-ils la même source, latine ou grecque? Elle voulut aussitôt consulter le vieux dictionnaire étymologique du notaire que la veuve lui avait prêté. Mais il était précisément dans le salon... Et si elle y allait? Si elle ouvrait à son tour cette porte, rien que pour les emmerder? Elle se répéta: les emmerder, les emmerder, les emmerder, se dit qu'elle aimait ce mot aussi. Et se décida.

Elle se levait quand la porte claqua: Bella se précipitait vers l'escalier, visage défait, en pleurs, dégringolait les marches, disparaissait par la porte interdite, celle du devant. Quelques secondes plus tard, on entendit le démarrage d'un moteur, le crissement des pneus de la voiture.

Susanne apparut aussitôt. Alors commença une autre scène. La plus violente que Laura ait connue. Jakob tonnait qu'elle n'aurait jamais dû laisser entrer « cette personne ». Susanne hurlait qu'il n'aurait jamais dû donner son adresse à une « personne » qui n'était en vérité qu'une putain, bien connue depuis longtemps pour coucher avec tout Paris, maintenant avec tout Vichy sans doute, et qui leur faisait courir ainsi les plus grands dangers. Il criait

228

qu'elle n'était venue là que parce qu'il avait rompu, justement, parce qu'il lui avait écrit qu'elle n'avait rien à espérer, à attendre de lui, que sa femme et sa fille lui étaient également chères, chères plus que tout, et qu'il entendait les garder, rester avec elles. Toujours.

Alors, Susanne :

— Chères plus que tout? Et tu nous dénonces aux hommes de Karl?

— Aux hommes de Karl? Tu dis n'importe quoi!

— N'importe quoi? Mais tu ne comprends donc pas que si ta putain sait où nous sommes, elle sera bien capable, pour se venger justement, de tout révéler. Elle commencera par te dénoncer, elle racontera partout que l'Alsacien Muller est en réalité un juif polonais, ou allemand, on ne sait plus, un sans-patrie.

— Tais-toi!

— ... Je suis sûre que tu lui as raconté toute notre histoire, qu'elle sait que nous sommes recherchées, la petite et moi, et par qui. Alors, elle ira trouver les hommes de la Gestapo...

— Tais-toi...

— Et elle leur dira tout. D'ailleurs, elle les connaît peut-être déjà. Parce qu'elle n'a pas l'air de souffrir de la guerre, elle!

— Elle ne ferait pas ça! Elle ne le fera pas, j'en suis certain.

— Tu vois, tu la défends, tu tiens encore à elle. Tu prétends avoir rompu, mais ce n'est qu'un mensonge de plus. Parce qu'il faut toujours que tu couches. Tu n'as donc que ça en tête? Toujours besoin d'une femme? Mais tu avais la bonne, ici. Elle n'est pas si mal, elle sent un peu la sueur et la mal lavée, d'accord, mais elle est jeune, et pas si mal faite.

Laura C.

– Tu es folle! Folle, folle, folle! D'abord, tu n'aurais jamais dû faire entrer Bella. Qu'a dû penser l'autre, en bas? Tu y as réfléchi?

– Ce qu'elle pense, je le sais, moi. C'est que tu es comme tous les hommes. Pas mieux. Parce que son notaire, il était un peu comme toi, figure-toi, il troussait toutes les filles du pays. Il a même laissé quelques bâtards dans la région. Elle a eu le temps de me l'expliquer pendant que tu faisais des mamours à ta Bella!

– Des mamours? Je lui répétais que je ne voulais plus la voir. Plus la voir, tu m'entends? Toi-même, qui es-tu pour me faire la leçon.? Te souviens-tu de l'Autrichien?

Laura n'en pouvait plus. La tête lui tournait. Elle descendit, hébétée, en s'accrochant à la rampe. Elle trouva au rez-de-chaussée la bonne et la notairesse qui écoutaient, immobiles, ces hurlements et lui demandèrent pourquoi ses parents se disputaient en allemand. Elle leur répondit que c'était du dialecte alsacien, la langue de leur enfance. Et elle s'enfuit.

Jeanjean, le débile, la retrouva le soir dans la forêt. Après avoir beaucoup erré, elle s'était endormie, épuisée, au bord d'une clairière où ils avaient souvent trouvé des cèpes.

Chapitre VI

Le jour n'était pas encore levé quand des motards allemands conduisant des convois de blindés et de camions se présentèrent devant les postes de la ligne de démarcation qui coupait la France en deux. Ils ne demandèrent pas le passage : ils la franchirent sans explication et sans rencontrer de résistance. Un peu plus tôt, à 5 h 25, le représentant de l'Allemagne à Vichy avait porté une longue lettre de Hitler à Pétain l'informant qu'en raison du débarquement des troupes anglo-américaines en Afrique du Nord, il avait décidé l'occupation du pays tout entier. Il appliquait ainsi, le 11 novembre 1942, le plan « Attila », élaboré depuis deux ans.

Jakob Biermann l'apprit presque aussitôt : depuis ce débarquement, il siégeait en permanence devant le poste de radio, partagé entre l'excitation de l'espérance et les incertitudes de l'angoisse.

Susanne s'affola. Elle voyait déjà Karl surgir d'une voiture, accompagné de ses inquiétants jeunes hommes en chapeau mou et long imperméable.

Jakob ne tenta pas de la rassurer. Elle ne lui adressa aucun reproche.

Depuis dix-huit mois, depuis le passage de Bella, ils

231

Laura C.

avaient retrouvé le calme. Et connu même un retour de passion qui s'était prolongé l'espace d'un été. Laura n'avait plus entendu Jakob mendier à la porte de sa mère. La bonne elle-même, d'ordinaire silencieuse, avait un jour remarqué devant elle qu'« entre Monsieur et Madame ça chauffait maintenant dans le bon sens ». Ce qui avait beaucoup amusé l'adolescente.

Elle s'était interrogée aussi sur le sens de ces retrouvailles. En allait-il ainsi de tous les amours? Les livres qu'elle pillait, au hasard, dans la bibliothèque du notaire, ne lui apportaient pas de réponses. Elle n'osait questionner personne, s'isolait plus souvent et, quand le temps le permettait, courait les bois derrière Jeanjean. Ce qui déplaisait fort à Susanne : ce débile était quand même un homme, pas un eunuque, et costaud avec ça, on ne savait pas ce qui pouvait lui passer par la tête – ou ailleurs – et Laura ne se méfiait pas assez, avec ses robes d'été trop courtes et cette mauvaise habitude de dégrafer très bas son corsage pour goûter la brûlure du soleil et les caresses de l'air.

Mais quoi? Il convenait de ne point trop se lier aux jeunes filles du village. Pas avec les Alsaciennes, d'autant qu'une des tantes de celles-ci avait abordé Jakob et Susanne à la sortie de la messe des Rameaux pour leur raconter qu'elle avait vécu une partie de son enfance à Schirmeck; ils avaient eu beaucoup de peine à s'en tirer sans perdre la face. Mais pas plus avec les autres filles du lieu : une parole malheureuse pourrait toujours éveiller les soupçons et les mettre en danger. Bien sûr, puisqu'ils ne se liaient avec personne, ne se montraient qu'à la messe et parfois chez les commerçants, tout le bourg les considérait comme des « sauvages », avait un jour murmuré la bonne. Tant pis. Mieux valait être pris pour des sauvages que pour des juifs.

232

Des juifs ou des Allemands traîtres à leur patrie. Ou tout simplement des Alsaciens, qui n'avaient pas été expulsés, eux, comme les trois autres familles du bourg, et pourraient donc être considérés comme des sujets du grand Reich allemand. Or, puisque les troupes de Hitler étaient désormais partout, leurs hommes se montreraient sans doute plus curieux que les gendarmes du canton. Il fallait fuir.

Fuir, Jakob y avait de nouveau songé au printemps. Au cours d'un bref voyage à Clermont-Ferrand – une de ces escapades dont l'objet restait mystérieux pour Laura –, il avait entendu parler, annonça-t-il, d'un très sérieux réseau d'évasion vers l'Espagne, le Portugal et l'Amérique par le Pays basque. Mais qui faisait payer très cher ses services. Et Jakob n'était pas certain (même après la vente de sa voiture à un boucher enrichi par le marché noir) d'en avoir les moyens. Il enrageait à la pensée que le prix d'un seul des tableaux dissimulés à Paris eût largement suffi. Les journaux racontaient que le marché de l'art dans la capitale demeurait très florissant : Picasso, qui travaillait comme un fou, vendait ses toiles comme jamais ; les dignitaires nazis ne montraient pas pour les cubistes ou les surréalistes le même mépris qu'à Berlin et bien des peintres restés dans la capitale semblaient, en retour, s'accommoder fort bien de la situation ; Derain, Vlaminck, Dunoyer de Segonzac et quelques autres avaient accepté une invitation officielle en Allemagne en échange, assurait-on – mais c'était peut-être propagande – de la libération d'artistes français prisonniers ; et quand on avait inauguré à l'Orangerie une exposition consacrée au sculpteur nazi Arno Breker, qui donnait à ses sujets des anatomies de blindés, Jean Cocteau lui-même avait cru devoir se fendre d'une sorte d'ode : « Je vous salue, Breker. Je vous salue de la haute patrie des poètes, patrie où les patries n'existent pas. »

A lire de telles informations, Biermann suffoquait. Mais elles l'avaient entraîné, en ce printemps 1942, à bâtir un projet que Susanne jugeait irréaliste : il franchirait la ligne de démarcation, qui existait encore, se rendrait à Paris afin de sortir de leurs cachettes deux ou trois de ses toiles, et les confierait à un courtier qui les vendrait. Ainsi seraient-ils délivrés de tout souci financier, munis du viatique nécessaire à la fuite.

Il s'était obstiné en dépit de toutes les objections, était parti pour Moulins : de ce côté, l'Allier séparait les deux zones et les passages, lui avait-on assuré, étaient faciles – mais plus rares dans le sens qu'il souhaitait. L'équipée avait failli mal tourner. Huit jours plus tard, il revenait, plutôt penaud, le bras gauche bandé : tout avait bien commencé, il avait, derrière le passeur, franchi sans encombre plusieurs rouleaux de barbelés jusqu'au moment où, malchance, ils étaient tombés nez à nez avec une patrouille allemande. Il avait fui. Il ne savait pas ce qu'était devenu le passeur : était-il complice des occupants ? Les soldats tiraient. Une balle lui avait sérieusement écorché le gras du bras. Rien de grave en somme. Il s'était pansé lui-même, avant de repasser par Vichy. A tout hasard. Et saisi d'une heureuse inspiration puisqu'il avait retrouvé là le commissaire Devienne, l'homme de la Préfecture de police qui leur avait recommandé de quitter Paris au plus tôt en juin 1940. Cela pourrait servir.

Susanne avait hésité entre colère et émotion. La blessure l'attendrissait, l'imprévoyance de cet optimiste la navrait, et elle soupçonnait Jakob d'être passé par Vichy dans le seul espoir d'y revoir Bella, toujours incapable à ses yeux de vivre ailleurs que dans une capitale, fût-elle provisoire, pour passer dans les lits de tous les ministres, des amiraux et des généraux portés au pouvoir par la défaite de leurs armées. Mais elle avait décidé de s'accommoder désormais de ses infidélités supposées, puisqu'il lui restait. Elle se trouvait quelque peu rassurée aussi par l'allusion à ce Devienne qui avait promis de veiller au grain. Le projet de départ avait donc été reporté.

A l'automne, l'invasion de la zone Sud par les armées de Hitler balaya leurs illusions.

Ce soir-là, rapprochés, ils débattirent longuement du parti à prendre, décrétèrent qu'ils seraient moins repérables dans une ville importante, tranchèrent en faveur de Nice, occupée, annonçait-on, par les Italiens dont on pouvait espérer indulgence ou laxisme. Une fois à Nice, on aviserait.

Le jour suivant, ils improvisèrent une petite comédie dont Laura goutta fort le parfum d'aventure et de complicités. Jakob partit à bicyclette pour Ussel, téléphona à Susanne, en essayant de déguiser sa voix, pour lui annoncer que sa mère venait de mourir à Lyon. Elle s'en montra très affectée, pleura beaucoup devant Madame Meyssignac et la bonne, et fit décider par son mari, bientôt revenu, qu'ils se rendraient dès le lendemain aux obsèques, emmenant Laura qui aimait tant sa grand-mère.

Ils préparaient les minces bagages nécessaires à un déplacement de quelques jours quand le curé se présenta. Il se confondait en excuses, presque obséquieux, un peu mystérieux, et souhaitait « parler d'urgence à Monsieur

Laura C.

Muller ». Ça ne pouvait pas attendre? Comme il pouvait le comprendre, les préparatifs de ce voyage les occupaient beaucoup. Non, ça ne pouvait pas attendre.

Ils craignirent le pire.

Jakob emmena le prêtre dans le salon.

— Voilà, dit l'abbé. Je ne souhaitais pas vous en parler jusqu'à présent. Mais puisqu'ils sont arrivés...

Jakob faisait l'innocent, ouvrait de grands yeux, le laissait s'avancer :

— Maintenant, reprit l'autre après un temps, ça devient dangereux. C'est pour cela que vous partez, n'est-ce pas? Ce voyage, c'est un prétexte? Vous n'allez pas revenir?

— Je ne comprends pas ce que vous voulez dire.

— Vous vous méfiez de moi; cela peut se comprendre. Mais vous avez tort.

— Monsieur le curé, je vous respecte beaucoup, nous ne sommes peut-être pas des paroissiens très pieux, mais enfin...

— Ecoutez, un vieil homme comme moi finit par deviner des choses. J'ai compris assez vite que vous n'étiez pas des réfugiés comme les autres, que vous étiez venus vous cacher ici...

— Mais nous n'avons rien à cacher. Désirez-vous voir mes papiers, ceux de ma femme, de ma fille? Ils sont tout ce qu'il y a de plus réguliers. Je m'étonne que...

— Tant mieux s'ils sont réguliers. Parce que... Ecoutez, vous n'êtes pas alsacien, c'est devenu assez vite évident, surtout après l'arrivée des autres. J'ai pensé d'abord que vous étiez juifs. Mais puisque Laura communiait et se confessait, connaissait des prières... Si je l'avais crue juive, je ne lui aurai évidemment pas donné les sacrements.

236

– Vous voyez bien.

– Mais vous ne semblez tout de même pas en situation régulière. Vous êtes des réfugiés politiques, ou quelque chose comme ça. Polonais, Autrichiens, Tchèques ou même Allemands, je l'ignore, et peu importe. Les gens qui se cachent, je ne sais pas pourquoi, mais on les repère vite. Nous avons eu ici, dans l'hiver 1939, un lieutenant républicain espagnol; il appartenait à un convoi de miliciens qui avait passé la frontière juste avant la victoire finale de Franco; les gendarmes mobiles français les avaient désarmés pour les amener dans un camp et lui – je ne sais comment –, il s'est évadé et a fini par débarquer ici. Un costaud, aux cheveux très bruns et au teint très pâle, qui voulait se faire passer pour un ouvrier agricole du Gers, récemment sorti de prison, et qui cherchait du travail dans les fermes. Mais on le sentait toujours sur ses gardes, vous comprenez, inquiet, tendu, jamais naturel. Vous non plus, si je puis me permettre, monsieur... euh, Muller, et votre épouse encore moins.

– Et où est-il à présent?

– L'Espagnol? Il avait très vite trouvé quelque chose, chez un fermier communiste; il y a des communistes, ici, monsieur... euh, Muller. Enfin, il y en avait. Maintenant, c'est moins clair. Et puis, notre homme a été dénoncé.

– Dénoncé?

– Oui. Et emmené par les gendarmes bien sûr.

– Dénoncé par qui?

– Si on le savait! Pas par moi, rassurez-vous. Mais vous commencez peut-être à comprendre. Jusqu'à présent, vous ne couriez pas trop de dangers. Mais maintenant que les Allemands sont là, le gouvernement du Maréchal ne pourra plus vous protéger...

– Il nous protégeait, croyez-vous?

237

— Moi, je fais toujours confiance au Maréchal, monsieur Muller. Il fait ce qu'il peut. J'essaye, de mon côté, d'en faire autant. C'est pourquoi je suis venu, comprenez-vous. Parce que je ne suis pas le seul à vous avoir percé à jour...

— Comment? On parle de nous dans le bourg?... Qu'est-ce qu'on dit dans le bourg?...

— On ne dit rien dans le bourg... Enfin, pas grandchose. Certains peut-être s'interrogent un peu. Ce n'est pas le pire. Mais je viens d'apprendre qu'une personne au moins a découvert sur vous un certain nombre de choses...

Jakob montra l'étage inférieur, interrogatif. Le curé fit non de la tête.

— Pas Madame Meyssignac. Du moins, je ne crois pas. Mais je ne vous le dirai pas. Je ne dénonce jamais, moi. Vous savez, il y a un délateur dans l'Evangile : il s'appelle Judas, il n'a pas le beau rôle...

— Le gouvernement de votre Maréchal fait pourtant de la délation, lui aussi. Il s'est même engagé par la convention d'armistice à livrer aux nazis les réfugiés politiques qu'il pourrait retrouver en zone Sud, et il l'a fait. Sa police a aussi aidé les nazis à rafler les juifs à Paris, au mois de juillet, vous l'avez su?

— Il fait ce qu'il peut, monsieur. Moi, j'ai toujours eu confiance en cet homme, le maréchal Pétain. Je continuerai. Mais je n'étais pas venu vous voir pour en discuter. Seulement pour vous dire qu'il était prudent de partir, de changer de région.

— Vous croyez que... la personne qui... enfin : celle qui croit savoir que nous... elle pourrait nous dénoncer, comme elle avait dénoncé l'Espagnol?

— L'Espagnol, comme vous dites, on n'a jamais su

vraiment qui l'avait signalé aux gendarmes. Mais c'était peut-être la même personne, après tout. Alors, vous n'allez pas revenir, n'est-ce pas? Ce deuil, c'est un prétexte?

Et si cet homme de Dieu tendait un piège diabolique? Jakob se prit à penser, effrayé, qu'il s'était trop laissé entraîner dans son jeu.

— Non. Pas un prétexte, monsieur le curé. C'est bien vrai.

Le prêtre parut surpris, esquissa un léger sourire.

— Bon, vous avez peut-être raison, après tout. Je ne peux pas vous en vouloir.

Il ouvrit le haut de sa soutane, sortit un portefeuille, y prit un carton, le tendit.

— C'est l'adresse de ma sœur. A Villard-de-Lans, dans l'Isère, pas très loin de Grenoble, donc de Lyon. Elle pourrait vous aider. Vous pouvez lui faire confiance. Tout à fait confiance.

Jakob hésitait, prit le carton, murmura des remerciements. Le curé ouvrit la porte et, sur le palier, très fort, comme s'il souhaitait que toute la maison l'entendît:

— Je vous répète mes sincères condoléances, monsieur Muller. Je prierai pour la défunte, soyez-en certain.

Il descendit aussitôt. Jakob tournait le carton entre ses doigts. Perplexe.

« Un chemin de croix, soupirait Susanne, ce voyage est un véritable chemin de croix. » Jakob répondait qu'il ne fallait quand même pas exagérer, que l'histoire chrétienne du chemin de croix se terminait en calvaire tandis que leur voyage les mènerait à la Méditerranée, à Nice, dont ils avaient gardé de merveilleux souvenirs, sur une côte où les Anglais et les Américains débarqueraient sans doute dans les prochains jours et où, en tout état de cause, les Italiens se comporteraient comme des Italiens.

En apercevant, sur le quai de la gare de Clermont-Ferrand où ils devaient faire étape, ses compatriotes casqués et en armes, Susanne avait crié qu'elle allait se trouver mal. Et tandis qu'ils traversaient la ville où les hommes de la Wehrmacht croisaient des soldats français de l'armée d'armistice qu'on n'avait pas encore démobilisés et qui feignaient de ne pas les voir, elle murmurait qu'elle ne pourrait jamais supporter cette Occupation. Laura dévisageait avec curiosité ces hommes en vert, cherchait parmi eux, sans y croire, son cousin Rudolf.

Jakob les installa dans un hôtel un peu écarté, tenu par deux jeunes femmes dont les maris étaient prisonniers. Il semblait bien connu d'elles. Il interdit à Susanne de sor-

Laura C.

tir puisqu'elle ne savait pas se contenir, fit un saut à
Vichy d'où il revint radieux, annonçant qu'ils dispose-
raient à Lyon de nouveaux papiers.

Ils repartirent le lendemain, dans un train bondé et
lent, où ils ne trouvèrent place que dans le couloir,
debout. Trois jeunes soldats allemands étaient assis dans
le compartiment voisin. D'abord paisibles, ils avaient
bientôt sorti deux bouteilles de vin dont ils se servirent de
longues rasades et commençaient à parler fort. Susanne
entendit bientôt qu'elle était devenue, avec Laura,
l'unique sujet de leur conversation. Riant beaucoup et
croyant n'être compris de personne, ils détaillaient son
anatomie, prenaient des paris sur la fermeté de ses seins,
lui trouvaient les fesses trop grosses et le visage ridé, tandis que « la jeune », comme ils disaient, ils en feraient
volontiers leur affaire. L'un d'eux assurait même qu'il
allait la prendre sur ses genoux, elle serait beaucoup
mieux que dans ce couloir cahotant. Il saurait, en la
caressant là où il faut, lui faire oublier les fatigues du
voyage. Et si la vieille vache ou son type, à côté, qui avait
une grande gueule de juif, osaient protester, il leur montrerait qui avait gagné la guerre.

Susanne s'était surprise à prier – Dieu Puissant, faites-
les taire ; Dieu Puissant, faites-les taire – mais maintenant, bouleversée de colère et de peur, se répétant qu'elle
allait éclater de rage ou de désespoir, elle s'était tournée
vers Laura qui faisait mine d'être absorbée dans la
contemplation des étendues de bois accrochées aux
pentes du Forez, puis vers Jakob qu'elle supplia à mi-
voix : « Partons, allons ailleurs, je ne tiendrai pas. » Il
perçut le danger, accepta. Alors commença dans le couloir surpeuplé une lente et pénible course d'obstacles : ils
enjambaient des valises ou des corps, se faufilaient entre

241

des civils ou des soldats aux mains frôleuses, se heurtaient à de mauvais bougres qui refusaient de bouger, râleurs ou rigolards, ou à des imbéciles obstinés qui expliquaient que tout le train était ainsi, comble, et que ce n'était pas la peine de bouger. Ils échouèrent enfin dans un soufflet bruyant et venteux, entre deux wagons. Susanne s'était écorché le genou au coin d'une petite malle d'osier et pleurait à moitié.

Lyon la rasséréna d'abord. Son animation lui rappelait Paris, la vie des villes dont elle était depuis longtemps privée.

Jakob avait rendez-vous dans un café des bords du Rhône avec un mystérieux personnage, indiqué par Devienne, qui se fit attendre près de deux heures, éprouvantes. La tenancière, une grosse femme dont l'opulente poitrine prenait appui sur le comptoir, assurait que, si Monsieur André avait promis de venir, il viendrait, pas de problème. Mais elle jeta bientôt de fréquents coups d'œil à la grosse horloge de bois noir accrochée au mur jauni. Deux jeunes hommes en canadiennes doublées de mouton qui discutaient autour de tasses d'un café baptisé « national », parce qu'il n'était fait que d'ersatz, avaient des allures, jugea Laura, de policiers aux aguets. Elle se garda pourtant d'ajouter à l'angoisse de sa mère qui feignait de dormir sur l'épaule de Jakob mais ne cessait d'ouvrir l'œil pour jeter alentour des regards affolés.

Monsieur André apparut enfin. Un petit bonhomme aux allures de clerc de notaire bedonnant. Il avait les fausses cartes, fabriquées dans l'imprimerie d'un journal parisien replié à Lyon depuis juin 1940. Mais, bien sûr, il lui fallait leurs photos afin qu'on puisse les tamponner des cachets nécessaires. Et de l'argent aussi. Il les retrouverait une heure plus tard dans l'arrière-salle d'une brasserie proche de la gare de Perrache.

Cette fois, il fut exact au rendez-vous. Sans les cartes. Il expliqua, la mine désolée, que son « correspondant » – ainsi appelait-il le détenteur des cachets – avait disparu. Peut-être arrêté : depuis l'arrivée des Allemands, certains policiers français étaient animés d'un zèle de néophytes dans la chasse aux contrevenants et résistants de tout poil. Peut-être aussi était-il en fuite.

Qu'ils ne s'inquiètent pas, cependant : il connaissait une autre piste, un autre moyen. Mais cela supposait un petit déplacement – un rien : jusqu'à Villeurbanne. Il ne pourrait donc fournir les papiers avant le lendemain. Jakob pensa qu'il voulait faire grimper les enchères, sortit un billet de mille francs que l'autre repoussa, horrifié : il n'agissait pas pour l'argent, expliqua-t-il, mais – il chercha ses mots – par conviction. Il disparut aussitôt. Et ils craignirent de l'avoir froissé.

Il fallait passer la nuit à Lyon. Aussitôt arrivés, les Allemands avaient réquisitionné quelques hôtels. Les autres étaient bondés. Ils finirent par en dénicher un, très loin de la gare, et passèrent la nuit dans une chambre aux lits si douteux que Susanne refusa de s'y allonger, préférant occuper l'unique chaise, emmitouflée dans son manteau comme si elle craignait de devoir repartir dans l'instant. Laura qui s'était couchée, un peu pour défier sa mère et beaucoup par lassitude, ne dormit guère, rêva que Monsieur André surgissait dans la chambre en compagnie de son père, et attrapa cette nuit-là des puces qui ne la quitteraient plus de longtemps. Jakob ronflait. Elle le jalousa.

Ils furent au rendez-vous le lendemain, avec une heure d'avance. Monsieur André en eut une de retard. Guilleret, il glissa une enveloppe à Jakob. Tout était en règle, expliqua-t-il : ils s'appelleraient désormais Vauclair et étaient nés tous trois dans un village lorrain dont la mairie avait été détruite en 1940 et les registres d'état civil brûlés; aucune vérification n'était donc possible. Laura calcula qu'on lui offrait une sixième identité en quinze ans et qu'elle améliorait ainsi sa moyenne. Mais elle fut bien incapable, cette fois, d'en rire.

Ils coururent à la gare, attendirent, patients, le train de Nice qui avait dû céder le passage à des convois militaires, participèrent à une véritable rixe pour arracher deux places où ils se tassèrent, soulagés, espérant en avoir terminé avec ces inquiétantes péripéties. Ce qui se vérifia presque : seul un Méridional très bavard, qui semblait trouver Susanne à son goût, l'embarrassa beaucoup en cherchant mille moyens d'engager une conversation qu'elle laissait aussitôt dépérir, de crainte d'avoir à expliquer son accent germanique. Jakob sommeillait, ou faisait semblant. Laura vint au secours de sa mère en expliquant qu'elle était souffrante, épuisée par un voyage qui les avait menés jusqu'à Nantes pour les obsèques d'un grand-père très aimé.

L'autre fut dès lors plus discret. Mais, voyant défiler les oliviers, les lauriers et les maisons roses du Comtat Venaissin, Laura nourrit plus encore sa rancune, un léger mépris aussi, envers ces adultes qui l'avaient jetée dans une telle aventure, s'étaient placés eux-mêmes dans une situation impossible, et se montraient incapables d'y faire face avec courage, d'inventer d'efficaces parades.

Chapitre VII

La vieille dame s'agitait : « Vous les entendez? Ils arrivent! Ce sont eux! »

Laura tendit l'oreille. Toute la maison sommeillait, comme engourdie par la molle tiédeur d'un printemps précoce. Jakob et Susanne eux-mêmes, qui s'étaient pliés aux habitudes du lieu, faisaient la sieste. Et aucun bruit ne montait de la rue.

La vieille dame essayait de se redresser, de rehausser son oreiller. Elle retomba. Laura se précipita.

— Ça ira, dit la dame, dans un souffle. Ne vous inquiétez pas pour moi. Racontez-moi plutôt. Vous les entendez? Les tambours et les clairons. Pom, pom, pom! Vous les entendez, hein? Ils approchent. La musique est plus forte déjà. Allez ouvrir la fenêtre, vous me décrirez le cortège.

Laura hésitait.

— Allez-y. Je savais bien qu'ils débarqueraient avant que je parte.

Appeler à l'aide? Le docteur, le matin, n'avait pas caché son inquiétude : une si mauvaise grippe à quatre-vingt-six ans, et cette fièvre qui résistait à tous les médicaments.

245

Laura C.

– Allez-y, répétait la vieille dame. Ouvrez la fenêtre, et racontez-moi.

Laura ouvrit. La rue étroite aux hautes maisons d'où pendaient quelques linges n'était animée que par deux soldats italiens qui flânaient, en quête de filles peut-être ; une gamine, un peu plus loin, jouait à la marelle, poussant du pied une boîte de cirage.

– Et le général de Gaulle ? demanda la vieille. Il est en tête ? Vous le voyez ?

– Je... oui... Le général de Gaulle ?

Elle se sentit près de rire. Et soudain, décidée :

– Oui, maintenant je le vois.

– Devant la musique ?

– C'est-à-dire... Oui... Il y a d'abord des hommes qui portent des drapeaux.

– Bien sûr, des drapeaux. Je n'y pensais plus... Et il est derrière les drapeaux ?

– C'est cela. Il y a des hommes qui portent des drapeaux, et puis lui, et puis les musiciens...

– Il est beau, n'est-ce pas ? Il est beau ?

– C'est-à-dire : pour l'instant, je ne le distingue pas très bien, ils sont encore au coin de la rue. Et puis, avec tous ces drapeaux.

– Comment est-il ? Racontez-moi, petite, comment il est ?

– Il est grand...

– Grand. Oui. C'est ce qu'on dit. Et après ? Racontez-moi, petite.

– Il porte un képi, avec des feuilles de chêne, vous savez... Du coup, on ne voit pas très bien ses cheveux. On dirait qu'ils sont blonds.

– C'est ça : blonds, et les yeux bleus. Et il porte des décorations ?

246

- Oh oui! beaucoup. De toutes les couleurs, des
étoiles, des plaques dorées aussi, des médailles. Ça lui
fait comme un tapis sur la poitrine.
- Parlez plus fort, petite. Avec toute cette musique et
ces acclamations, j'ai un peu de peine à vous entendre, on
dirait que vous êtes très... très loin.

Le souffle s'était fait plus court. Laura regarda vers le
lit, inquiète. La vieille dame s'était repliée, recroquevil-
lée sur le côté, les genoux presque à la hauteur du menton.

Elle voulut s'approcher. Mais la voix :
- Je ne vous entends plus. Seulement cette musique et
ces... ces cris... Il y a beaucoup... beaucoup de monde,
n'est-ce pas?

Elle repartit vers la fenêtre.
- Une foule. Je vois Madame Ducrot, l'épicière, qui a
sorti un grand drapeau, Mademoiselle Rogliano aussi...
- Elle? Elle allait... avec... les Italiens...
- Monsieur Michaeli, toute la famille Serra, les
enfants Maîtron, Madame Siebura, et puis beaucoup
d'autres, et puis...
- Et le général de Gaulle? et le... défilé?

Comment imaginer? Le seul défilé qu'elle ait jamais
vu, c'était il y a dix ans déjà, à Berlin, sur les épaules de
son père, les groupes bottés, l'océan de drapeaux rouge et
noir, les fanfares, et les chants, « les drapeaux hauts, les
rangs solidement serrés », et la petite silhouette dans la
fenêtre vers laquelle se tendaient des milliers de bras...
- Il y a tellement de drapeaux, vous ne pouvez pas
imaginer, tellement de drapeaux, une forêt de drapeaux
bleu blanc rouge, pendus aux fenêtres, aux balcons, aux
sèche-linge, aux fils électriques, partout. Et la musique,
vous entendez, la musique, de plus en plus fort. Le géné-

ral de Gaulle s'est mis sur le côté maintenant, dans la porte de l'épicerie de Madame Ducrot, tout en haut des marches. Et les gens défilent devant lui, avec les drapeaux vous comprenez – je me demande d'où sont sortis tous ces drapeaux – et puis les fanfares, et puis les soldats...

– Des Français...?

– Oui, tous des Français. Mais ils n'ont plus ces bandes autour des jambes comme avant, ils ont des bottes, c'est bien mieux, mais ça fait du bruit sur la chaussée, vous entendez? Et puis, ils ont des casques français quand même. Et puis des grands fusils. Les gens les embrassent, ils leur accrochent des fleurs aux fusils, des mimosas, des œillets, des roses, des grandes branches de lilas, des rubans bleu, blanc, rouge, et tout le monde rit, tout le monde est heureux...

– Encore... Continue...

– Oui, tout le monde est heureux. On n'a jamais vu ça. Et quand ils passent devant le général de Gaulle ils lèvent... Ils saluent, vous comprenez, ils font le salut des soldats, la main au front, le salut français, pas comme... et il les salue aussi. Et il y en a qui chantent *La Marseillaise*. Vous entendez? « Allons enfants de la patrie, le jour de gloire... » Vous entendez? « Contre nous de la tyrannie... ». Et puis voilà encore des soldats mais on dirait que ce ne sont pas des Français ceux-là... Des Américains, peut-être... Oui, ce sont des Américains... Je reconnais leur drapeau, avec les étoiles et les bandes blanches et rouges comme dans le dictionnaire. Ils marchent drôlement, eux, pas comme les Français. Mais ils saluent le général de Gaulle aussi. Et puis voilà des Ecossais... Ils sont drôles ceux-là, vous verriez, avec leurs petites jupes... et des pompons à leurs chaussettes vertes.

Ce n'est pas une tenue pour faire la guerre, ça! Et ils jouent de leurs cornemuses.

— Et ils... Gaulle?

— Oui, oui. Ils saluent; tout le monde salue le général de Gaulle. Il est toujours là, dans la porte de l'épicerie, on lui a seulement amené un tabouret et il est monté dessus pour que tout le monde puisse le voir. Et avec lui il y a des officiers, beaucoup d'officiers, avec des médailles et des décorations. Et voilà encore des soldats. Ah non, ce sont des marins maintenant, avec les pompons rouges. Il y en a beaucoup, beaucoup, jusqu'au bout de la rue... peut-être jusqu'au marché aux fleurs, et même jusqu'à la mer, tellement il y en a. Les gens applaudissent, ils les acclament encore plus que les soldats. Mademoiselle Rogliano en embrasse un. Mais il la repousse, il veut saluer le général de Gaulle. Ils le saluent tous. Et lui, il n'arrête pas de répondre à leur salut... il n'arrête pas... Je me demande s'il n'est pas...

Elle s'interrompit, inquiète de ne plus entendre dans son dos le souffle saccadé, marcha vers le lit. La tête de la vieille dame reposait sur sa poitrine, le cou cassé. «Kaputt!» murmura Laura, qui se reprocha aussitôt ce mot allemand, se demanda d'où il avait surgi. Elle repartit vers la fenêtre. La petite fille jouait toujours à la marelle. Madame Ducrot ouvrait sa boutique. Mademoiselle Rogliano s'en allait vers le Paillon au bras d'un soldat italien, un bersaglier au chapeau orné de plumes de coq.

La vieille dame avait dû mourir dans le bonheur de la liberté retrouvée.

Ils avaient partagé l'appartement de la vieille dame depuis leur arrivée. Enfin, presque. Le premier jour, Jakob, qui devinait son épouse au bord de la crise de nerfs, avait décidé de jouer le grand jeu : ils logeraient dans le plus luxueux hôtel de Nice.

Susanne avait aimé le charme rococo de cette grosse bâtisse – « un vrai gâteau d'anniversaire », avait murmuré Laura – posée sous une coupole de cuivre verte. Les tapisseries, les tableaux historiques accrochés aux murs des longs couloirs, le lustre géant de Baccarat, le personnel tiré à quatre épingles, tout respirait la paix, avait une bonne odeur d'avant-guerre. Et dans leur immense chambre, qui ouvrait sur la Promenade et ses palmiers, la mer à peine ridée par un vent venu peut-être des Baléares ou de cette Afrique du Nord à présent libérée, Susanne avait pleuré. Des larmes de nostalgie, d'apaisement et d'espoir.

Mais le soir, dans la vaste salle du restaurant où une table d'officiers allemands faisait tache parmi des couples de civils âgés, pâles et frêles, et surtout des dizaines d'uniformes italiens, accompagnés de jeunes femmes aux extravagantes toilettes, ses peurs l'avaient reprise. Elle s'était persuadée que l'un des Allemands la fixait comme s'il l'avait reconnue. Elle froissa, nerveuse, sa serviette, griffa la nappe. Quand l'homme se leva enfin et sortit, elle crut entendre que l'on parlait allemand à une table voisine, occupée par trois personnages discrets. Elle souffla à Jakob qu'il s'agissait probablement d'agents secrets, que les nazis infesteraient bientôt la région car on ne pouvait croire un instant qu'ils fissent confiance aux Italiens, fussent-ils fascistes, pour garder une côte devant laquelle les flottes américaine et anglaise risquaient de se présenter bientôt. Jakob s'était donc montré d'un fol optimisme, une fois de plus, en venant parader dans le lieu le plus exposé de la ville.

Il ne répondait pas, fermé, et Laura le plaignait, cherchait ses yeux pour lui manifester compassion ou complicité. Mais il semblait fasciné par sa fourchette d'argent qu'il tentait de faire tenir en équilibre sur le bord d'un cendrier.

Ils quittèrent vite la salle.

Le lendemain, il s'était mis en quête d'un logement. Un centre spécialisé existait sur le boulevard Dubouchage, autorisé par les Italiens à délivrer des permis de séjour aux juifs qui affluaient de partout. Mais pas question de se faire identifier comme juifs. D'abord, Jakob seul l'était. Et l'avenir restait trop incertain. C'était donc un certain Henri Vauclair qui cherchait un logement, pas trop onéreux, pour y vivre avec sa femme Elise et sa fille Solange : trois Lorrains d'origine qui vivaient à Paris, s'étaient d'abord réfugiés près d'Ussel (Corrèze), une petite ville charmante qu'ils avaient dû quitter à l'arrivée des Allemands, ceux-ci ayant réquisitionné l'hôtel où il travaillait. Or, il fallait vivre, les temps étaient durs pour les sans-emploi qui ne pouvaient même pas s'offrir un peu de beurre ou de viande au marché noir. Alors, ils avaient quitté la Corrèze en espérant qu'à Nice un homme doué d'une solide expérience dans l'hôtellerie aurait plus de chances de se faire engager.

Il répéta cette fable d'agence de placement en agence immobilière, justifiant l'absence de certificats de travail par la précipitation de son départ d'Ussel. On le crut, ou l'on fit comme si. Il trouva une place d'homme à tout faire dans un hôtel du quai des Ponchettes, à la pointe de la Baie des Anges. Pour 1200 francs par mois. Au printemps précédent, à la sortie d'un triomphal vernissage parisien, des douzaines d'invités avaient dîné dans un restaurant du marché noir à 500 francs par couvert. La cote des objets d'art disputés entre collectionneurs allemands, nouveaux riches et spéculateurs privés d'une Bourse active était emportée dans un tourbillon d'inflation. Il songeait à ses toiles bien cachées, s'inquiétait parfois, enrageait souvent, et concluait que, la paix revenue, il réussirait de mirifiques affaires avec les Américains.

La chance, d'ailleurs, lui faisait parfois signe. Une vieille dame qui logeait à deux pas de l'hôtel, près de l'église Saint-Jacques, et qui venait de perdre, en même temps que son mari, la moitié de sa retraite, cherchait à partager son logement pour accroître ses revenus. Elle était d'origine lorraine, ce qui l'incita à quelque sympathie pour ces réfugiés, mais sa famille avait quitté les environs de Metz en 1871, à l'époque de l'annexion par l'Allemagne : peu de chances, donc, de revivre ici les affres endurées avec les Alsaciens de Corrèze.

Ils avaient connu un nouveau répit. La vieille dame s'était prise d'amitié pour Laura. Très pieuse, elle lui faisait lire l'Evangile puis l'*Histoire d'une âme*, l'autobiographie de sainte Thérèse de l'Enfant Jésus que l'adolescente avait lue et relue avec passion : ainsi on pouvait aimer Dieu de cette façon, comme un amant auquel on appartient tout entière ! Elle s'abîmait en prières et, au sortir de l'école – un petit cours privé qui l'avait acceptée en seconde, sans poser trop de questions – faisait le tour des églises de la ville, Saint-Jacques, bien sûr, à deux pas de leur appartement, mais aussi Sainte-Réparate, le Sacré-Cœur et surtout la cathédrale orthodoxe russe dont les icônes dorées et enluminées la fascinaient davantage que les statues de plâtre de la petite carmélite. Cette flambée mystique agaçait Susanne : « Puisque tu t'entends si bien avec Dieu, pourquoi ne lui demandes-tu pas de nous venir en aide ? » Ce qu'elle faisait avec sérieux, mais sans trop d'espoir : Dieu n'était quand même pas responsable de la guerre ; les hommes faisaient ce qu'ils voulaient. Il avait peut-être eu tort d'inventer la liberté, mais ce qui était fait était fait ; il ne pouvait plus revenir en arrière. D'ailleurs, il avait beaucoup de travail avec les autres planètes où il était occupé, elle s'en était convaincue, à créer des hommes plus réussis que les terriens.

La vieille dame recevait tous les dimanches, après le déjeuner qu'elle allait prendre dans un petit restaurant de la place Garibaldi : deux couples âgés qui, pénurie oblige, apportaient chacun dans de petits sacs les biscuits qui accompagneraient le thé. Ils se chuchotaient informations et prévisions sur l'évolution de la guerre. Pendant que ses parents jugeaient prudent de se montrer dans les cinémas qui affichaient les films produits par la UFA allemande avec Zarah Leander ou Marika Rökk en vedette, mais qui n'étaient, prétendaient-ils, pas « de son âge », Laura était parfois admise dans ce salon. Elle entendait raconter que la Milice, presque née dans la ville qui arborait sur plusieurs immeubles son insigne gamma, déculottait des hommes dans des arrière-salles de bistrots pour vérifier qu'ils n'étaient point circoncis. Elle tremblait d'effroi : et s'ils se saisissaient ainsi de Jakob? Son nez, peut-être, pouvait le faire soupçonner. Il était moins gros et crochu, pourtant, que sur les affiches et les tracts de la propagande. Ou bien elle voyait circuler, de main en main, des feuilles dactylographiées reproduisant des prophéties qui annonçaient pour juin un débarquement anglo-américain en France, pour juillet la libération de Paris, pour août un bouleversement en Europe centrale dirigé contre les Allemands et les Italiens, pour septembre l'assassinat de Hitler, et pour novembre la victoire finale des alliés. Elle n'y croyait qu'à demi, mais en nourrissait ses rêves.

Un soir où elles achevaient une partie de crapette gagnée par Laura, la vieille dame, qui détestait perdre et refusait dès lors – jusqu'au lendemain – de jouer aux cartes, lui avait montré de vieilles photos. Elle avait été très belle, et très lancée, dans un monde ancien, celui de la Russie des tsars dont elle gardait des images brillantes, des souvenirs de fabuleuses réceptions à Saint-Pétersbourg où son époux dirigeait une banque. La révolution les avait chassés. « Mon mari disait que toutes les grandes révolutions s'en prennent aux minorités puisqu'elles veulent construire des sociétés où tout le monde pense la même chose, partage les mêmes ambitions. Donc, il était préférable de sortir vite, avant d'être contraints, puisque nous étions juifs... ».

Voilà, le mot avait été lâché. La vieille dame s'était aussitôt interrompue, rougissant comme une oiselle, paupières battant la chamade. Et avait fait jurer à Laura de ne rien dire à qui que ce soit, même à ses père et mère : « Je sais bien qu'une jeune demoiselle bien élevée ne doit rien cacher à ses parents, n'est-ce pas ? Mais à situation exceptionnelle, morale exceptionnelle, usages exceptionnels. Moi qui détestais le mensonge, je raconte toujours que je viens de Lorraine : à situation exceptionnelle, morale exceptionnelle, usages exceptionnels. »

Elle semblait presque heureuse d'avoir imaginé cette sentence, la lui avait répétée le lendemain, et le surlendemain encore. Vérifiant : « Vous ne leur avez rien dit, n'est-ce pas ? » Lui offrant, comme pour acheter son silence, de petits cadeaux : un éventail, un livre, une broche, un œuf, un ticket de pain. Lui prédisant un avenir radieux : « Jolie comme vous êtes. » Passant, selon l'humeur, d'un « vous » réservé à un « tu » confiant.

Et Laura lui prêtait chaque jour serment, amusée de jouer la comédie entre tous ces prétendus Lorrains, impressionnée aussi de tant d'artifices : la vieille dame n'avait-elle pas amassé toute une bibliothèque de livres religieux, dont la fameuse vie de Thérèse de l'Enfant Jésus, pour donner le spectacle d'une ardente foi catholique ?

Elle en venait parfois à douter de tout : qui trichait, qui mentait ? Comment distinguer décor et réalité ? apparence et vérité ? Qui fallait-il croire ? Et puis, le printemps éclatait, les fleurs surgissaient partout, éclaboussant de leurs vives couleurs jusqu'aux plus sombres ruelles de la vieille-ville. Alors, elle se sentait renaître, la joie au cœur.

Quelques semaines après cet aveu, la vieille dame se mit à tousser. De longues quintes, qui les réveillaient tous la nuit, à travers les minces cloisons.

Laura C.

Une mauvaise grippe, assura le médecin. Elle se traîna huit jours de lit à fauteuil. Laura la gardait le plus souvent. La malade avait entrepris de lui décrire, avec une inquiétante minutie, les cinq antichambres, la grande salle chinoise et le salon turc du palais Catherine de Tsarskoïe Selo, où elle dansait aux beaux soirs du règne du tsar Nicolas II. Jusqu'à ce jour où elle crut entendre le défilé des troupes alliées qui débarquaient derrière le général de Gaulle. Et mourut.

« Je viens de la part de votre cousin Pierre », avait dit l'homme. Un long personnage presque chauve, encore jeune pourtant, qui les attendait au pied de l'immeuble au retour des obsèques de la vieille dame, derrière le château, à deux pas du port.

– Vous êtes bien Monsieur Vauclair ? Henri Vauclair ? J'aurais à vous parler. De la part de votre cousin Pierre, je l'ai dit. Et je ne voudrais pas poireauter ici. J'ai déjà fait le pied de grue assez longtemps dans le quartier.

L'homme observait la rue, très animée. Des queues s'étiraient devant la poissonnerie et surtout l'épicerie, qui venait de recevoir un arrivage de tomates. Des commères grognaient devant la vitrine du boucher qui annonçait tristement « cette semaine 90 grammes de viande avec os ».

« Cousin Pierre » : ils étaient convenus avec Devienne d'utiliser ce pseudonyme s'il devait transmettre un message à Jakob.

L'homme s'était engouffré dans le couloir, d'autorité, sitôt la porte ouverte, escaladant l'escalier sans les laisser souffler, puis écartant les femmes, scrutant les murs du salon où Jakob l'avait fait entrer.

– Vous avez des voisins?

– Oui. Là, à droite.

– Ils pourraient nous entendre?

– Vous savez, à leur âge... Ils sont plutôt sourds. Plus de quatre-vingts ans...

Jakob esquissait un sourire. Inquiet pourtant:

– Vous craignez quelque chose?

– Pas pour moi. Pour vous.

L'homme se laissa tomber dans le fauteuil de la vieille dame.

– Vous êtes repérés.

– Nous...?

– Vous n'avez rien remarqué?

Jakob revivait les derniers jours, fouillait sa mémoire. Rien d'anormal. Ni à l'hôtel dont il tenait à présent la comptabilité. Ni autour de la maison. Les deux derniers jours, il est vrai, avaient été occupés par la préparation des obsèques. Et puis, avec les Italiens, on se sentait plutôt en sécurité...

– Tant mieux si c'est vrai, murmura l'homme.

Il tira de sa poche un petit papier, un ticket d'autobus peut-être, lut:

– Sarah Bernstein, ce nom vous rappelle quelque chose?

– N... non...

– Réfléchissez bien, je vous en prie, c'est important.

Jakob s'interrogeait: où avait-il connu une Sarah Bernstein? En Pologne, en Allemagne, ici en France? Il ne trouvait pas.

– Vous êtes certain, dit l'homme, que ce n'était pas le premier nom de votre fille, avant que vous épousiez sa mère?

– Le premier nom? Jamais de la vie, elle n'est pas juive.

L'autre eut un regard étonné. Mais Jakob, soudain :
– Vous permettez ?
Il courut jusqu'à la cuisine où les deux femmes atten-
daient, inquiètes :
– Laura ? Sarah Bernstein, c'était...
– Mon nom d'orphelinat, mon deuxième nom.
Il se déroba à leurs questions, rejoignit rapidement
l'émissaire de Devienne.
– Oui. Elle a porté ce nom. Quelques semaines seulement. Vous comprenez, c'était...
– Donc, votre... cousin ne s'était pas trompé. Ce nom
figurait sur une liste d'enfants juifs d'origine allemande
réfugiés en France que les nazis ont entre les mains.
– Et ils les recherchent ?
– Plus ou moins. Les enfants ne sont pas une priorité
pour eux. C'est plutôt à Vichy qu'on veut s'en débarrasser, les envoyer en Allemagne avec leurs parents. Mais
votre fille, c'est une autre affaire. Nous ne savons pas
pourquoi. En tout cas, elle les intéresse ; et ils ont
demandé l'aide de la police française.
– Et ils... enfin : la police française ou eux, ils l'ont
retrouvée ? Ils savent que...
– Non. Pas comme ça, pas ceux-là. Du moins, nous ne
le croyons pas. Mais d'autres sont allés plus vite. Un petit
ponte de la Gestapo, un certain Karl Hopper. Celui-là, on
peut dire qu'il a remué ciel et terre. C'est un proche
d'Oberg, vous savez, le SS qui commande toutes les
polices en France. Il a fini par apprendre que vous étiez
en Corrèze avec votre femme et votre fille. Là, il a perdu
votre trace. Et puis, voici trois semaines, d'autres Allemands ont arrêté, un peu par hasard, à la suite d'une
imprudence, quelques personnes à Lyon. Et parmi
celles-ci figurait quelqu'un que vous avez rencontré. Ils

l'ont torturé. Il a raconté tout ce qu'il savait, les faux papiers, le village lorrain où vous étiez nés en principe, tout. Ils ont donc demandé à la police française de rechercher tous les détenteurs de cartes d'identité soi-disant nés dans ce patelin. Ce n'est pas trop difficile. Du travail de routine, classique. Avec les cartes de ravitaillement, les paperasses de toutes sortes, on repère vite les gens maintenant. Donc, vous avez été retrouvés, fichés. Vous auriez sans doute eu des ennuis bientôt. Et voilà que ce Karl Hopper est tombé là-dessus on ne sait pas comment... cette affaire ne le concernait pas, en principe. Pas directement en tout cas. Quoi qu'il en soit, un télégramme est arrivé hier matin, qui vous concerne. Nous ne savons pas non plus pourquoi ils préfèrent passer par la police française... Peut-être parce que nous sommes en zone d'occupation italienne. Pourtant, ils ne se gênent pas beaucoup avec les Italiens. Bref, votre soi-disant cousin a laissé traîner le télégramme quelques heures. Mais il ne pouvait pas faire plus, bien sûr. Et me voilà... En un sens, vous avez eu de la chance...

De la chance! Jakob, anéanti, tentait de se reprendre. L'homme s'était levé, ouvrait la fenêtre, observait la ruelle, revint :

– Il ne faut pas tarder. Disparaissez. Ne prenez pas de valises, ça attirerait l'attention. Vous êtes peut-être surveillés. Je ne vois rien, mais on ne sait jamais.

– Vous... Vous pouvez m'indiquer où...?

– Malheureusement non. Après l'affaire de Lyon, tous nos amis ont disparu : arrêtés ou enfuis. Et votre cousin... Mais avec vos papiers, vous avez peut-être deux ou trois jours devant vous, à condition de vous faire contrôler par les Italiens plutôt que par la police française : parce que du côté français, vous êtes peut-être signalés partout, je n'en sais rien. Du côté italien, ça me surprendrait. Vous ne connaissez personne dans la région?

– Non. Personne.

– On dit que l'évêque a aidé des juifs...

– Justement, nous ne voudrions pas passer pour juifs.

– Votre fille a porté un nom juif pourtant, elle est entrée ensuite dans une organisation juive...

– C'est parce que... Ah, c'est une affaire compliquée. Je vais...

L'homme regarda sa montre, repartit à nouveau vers la fenêtre, toujours aux aguets.

– Excusez-moi. Je suis obligé de partir. Les trains ont toujours du retard maintenant. Mais on ne sait jamais... Pour une fois peut-être...

Il eut un sourire, vite réprimé, secoua la main de Jakob – « Et surtout, faites vite; aujourd'hui même » –, sortit sans plus attendre.

Jakob s'adressait mille reproches, s'inquiétait surtout de la scène que ne manquerait pas de lui faire Susanne. Il prit, au-dessus de l'armoire, le revolver du lieutenant tué sur la route de Montluçon. Puis il songea au bristol que lui avait donné le curé corrézien la veille de leur départ. Il l'avait déchiré le lendemain, après avoir appris l'adresse par cœur : Mademoiselle Hélène Mauzac, rue Gambetta, Villard-de-Lans.

Chapitre VIII

Par bonheur existait Francesca.

D'où venait Francesca, Laura ne le sut jamais tout à fait. Une jeune femme belle et intrépide, qui arpentait les sentiers de montagne en knickerbockers et souliers ferrés, traînant à sa suite une vingtaine d'adolescentes qu'elle invitait soudain à s'asseoir au creux d'une prairie, à la lisière d'un bois, face à la montagne, ses forêts, ses alpages et ses rochers d'un gris sale rayés de petits torrents ou ses murailles blanches de falaises calcaires. Alors, elle leur lisait Eluard, son *Amoureuse* – « Elle est debout sur mes paupières, et ses cheveux sont dans les miens, elle a la forme de mes mains, elle a la couleur de mes yeux, elle s'engloutit dans mon ombre comme une pierre sur le ciel. » Ou Valéry – « Le vent se lève!... Il faut tenter de vivre! / L'air immense ouvre et referme mon livre, / La vague en poudre ose jaillir des rocs! »

De lourds grondements parfois l'interrompaient. Elles dressaient la tête : des dizaines de bombardiers dessinaient très haut dans le ciel d'immenses V qui avançaient en laissant derrière eux de longues traînées blanches. Elles rêvaient : ces avions annonçaient la fin, le retour de bonheurs perdus. Elles se trouvaient si bien, pourtant, avec Francesca.

La jeune femme avait créé quelques années plus tôt, à deux pas de Villard-de-Lans, un home d'enfants où de petits citadins venaient se refaire les poumons. Et puis, la guerre, l'Occupation : la grande maison au toit de pierres blanches avait changé de destination, accueilli des réfugiés, des orphelines, des gamines d'identités douteuses et d'origines imprécises. C'était finalement devenu un cours privé, un pensionnat catholique, présenté comme une dépendance d'une institution de Grenoble qui avait bien voulu détacher une religieuse, promue aussitôt maîtresse de la cuisine. Francesca et une de ses amies, imposante sous un casque de cheveux blancs, que tout le monde appelait respectueusement Mademoiselle Loiseau, s'étaient réservé la direction des études : à celle-ci, les plus jeunes, à celle-là, les autres, de la seconde à la philo.

L'hiver, les classes se déroulaient autour d'une table. Un ingénieur des mines en retraite montait de Villard-de-Lans donner des cours de maths. La philosophie était en principe enseignée par le curé du village – un religieux envoyé là en pénitence, assuraient les grandes élèves, parce qu'il avait eu des aventures coupables avec une dame de sa ville bretonne. Francesca, méfiante, accompagnait donc ses filles au presbytère, et quand les explications de cet érudit s'envolaient trop haut, elle le reprenait, candide : « Mon révérend père, je crains de n'avoir pas très bien compris. » Alors, il recommençait, dompté. Les filles s'amusaient bien, et suivaient mieux.

Laura avait débarqué dans la région au printemps précédent, celui de 1943. Leur fuite précipitée, elle ne l'oublierait jamais. Jakob qui surgit, affolé, dans la cuisine après le départ du mystérieux messager. Et qui crie

à Susanne, laquelle s'affale aussitôt – « Elle va s'éva-
nouir, vite, Laura, un remontant, de l'eau, fais quelque
chose » – qui crie à Susanne qu'ils ont été repérés. C'est
Karl. Oui, Karl, Karl Hopper, son ex-mari, le père de
Laura. Karl, maintenant adjoint d'Oberg, ou quelque
chose comme ça, oui, Oberg, c'est dire. Il faut donc partir. Et sans attendre. Les valises? Pas question de valises,
alors que, peut-être, des hommes de Karl ou des policiers
français, va savoir, guettent dans la rue, attendant le
moment propice. Quel moment? On ne sait pas. On n'a
pas le temps d'y réfléchir ou d'en discuter. Il est plus
urgent de jeter deux ou trois affaires dans un sac à provisions, comme si on allait faire des courses. Et dans le cartable de Laura : après tout, il pouvait paraître normal
qu'elle retourne à l'école après l'enterrement de la vieille
dame. Prévenir l'hôtel, le propriétaire, l'agence immobilière? Pas question. On s'évanouit. Direction la gare.
Oui, une ou deux chemises quand même, et mon rasoir.
Et puis ce revolver. Dans ton cartable, Laura. Tu te
méfieras, n'est-ce pas? Avec le petit bonhomme de bois?
Quel petit bonhomme? La marionnette? Vous posez trop
de questions toutes les deux, je vous dis que nous n'avons
pas le temps. Schnell! Vite! Oui, tu peux passer deux
robes sous ton manteau, si tu y arrives, et si ça ne se voit
pas, surtout dans le train quand tu seras assise : si l'une
dépassait sous l'autre, nous serions tous remarqués. Bien
sûr, tes bijoux. Tu ne vas quand même pas les laisser,
non? Je ne te comprends pas, je t'assure que je ne te
comprends pas. Et ne crie pas comme cela, je t'en sup-
plie : ne crie pas. Allez, schnell. Nous devrions déjà être
partis. A la gare, j'ai dit. A la gare!

Il leur avait fait suivre des chemins tortueux pour
dérouter d'éventuels poursuivants. Un train partait pour

Cannes : ils s'y jetèrent, achetèrent sur la Croisette une valise de carton, plus convenable qu'un sac à provisions, trouvèrent à se loger dans un petit hôtel du Cannet dont le patron leur expliqua que la ville était bourrée de juifs qui commençaient à crier misère et à embêter tout le monde, mais qu'un jour viendrait où l'on s'en débarrasserait, vu qu'ils étaient tous repérés, identifiés : « Vous savez ce qu'on dit pour rigoler : tous les comptes sont bloqués et tous les Bloch sont comptés. » Jakob feignit d'apprécier la plaisanterie, rit beaucoup, très faux. Laura serrait la main de sa mère, très fort. Ils repartirent tôt, le lendemain matin, pour Grasse.

Jakob avait tracé un itinéraire compliqué, toujours à l'intérieur de la zone d'occupation italienne, qui les fit passer par Digne, Sisteron, Gap et même Briançon, avant de rejoindre Grenoble et Villard-de-Lans au terme de trois harassantes journées de train, de car, et enfin de taxi. Des étapes hachées de contrôles qu'ils subirent en tremblant, mais sans encombre, sauf à la gare de Briançon où un gendarme, qui les soupçonnait de marché noir parce qu'un hôtelier de Gap leur avait vendu un fromage, les retint une demi-heure avant de se l'approprier et de les laisser repartir.

La sœur de l'abbé Mauzac les avait presque accueillis avec plaisir : « Mon frère se conduit quand même correctement... Lui qui est si entiché de son Pétain, je n'aurais pas cru. Il ne parle que de cela dans ses lettres : le Maréchal par-ci, le Maréchal par-là. Pire que si c'était le pape ! Ces curés ne comprennent jamais rien à la politique. Mais ça, ce n'est pas de la politique, n'est-ce pas ? C'est de la morale, du patriotisme, de la charité ; appelez ça comme vous voudrez. » Elle expliquait qu'elle n'était pas « de ce bord-là », d'ailleurs elle ne savait pas très bien de quel bord elle était, mais elle était certaine d'une chose, c'est qu'il fallait se débarrasser au plus vite des Allemands, « une sale race, il n'en existe pas un qui soit meilleur que l'autre ». Laura avait encore jeté un coup d'œil à sa mère. Mais celle-ci, trop épuisée, ou résignée peut-être, ne laissait plus rien paraître.

Mademoiselle Mauzac ne manquait pas de relations. En deux jours, elle leur avait déniché un petit logement. La semaine suivante, elle les fournissait en faux papiers qui faisaient d'eux des Meusiens. Laura, devenue Laura Martin, n'avait plus envie d'en rire. Il fut convenu qu'elle serait, dès la rentrée d'octobre, pensionnaire chez Francesca qui ne prenait pas d'externes. Et que Jakob s'y rendrait tous les vendredis donner des cours d'allemand et d'anglais, pour améliorer leur situation financière, chaque jour plus précaire. En attendant, ils compteraient franc par franc. Susanne, que l'épreuve semblait désormais fortifier, se défit volontiers d'une paire de boucles d'oreilles qu'un bijoutier de Grenoble acheta à la moitié de leur valeur pour les revendre quatre fois plus cher, assurait Mademoiselle Mauzac, « à quelque bouchère ou crémière enrichie par le marché noir, ou peut-être à une putain d'Italiens et de boches ».

L'été avait été paisible. Septembre amena les Allemands : Mussolini renversé et arrêté, son successeur et le roi d'Italie avaient signé un armistice avec les Anglo-Américains; leurs soldats fuyaient la France dans le désordre, abandonnant armes et bagages, pour éviter d'être faits prisonniers par la Wehrmacht. Des convois allemands sillonnèrent la vallée. Des soldats casqués remplacèrent dans les principales villes et les gros bourgs les

Laura C.

Italiens aux chapeaux à plumes. On racontait que la Gestapo avait engagé des physionomistes pour dépister les juifs réfugiés dans la zone. Revint le temps des grandes peurs. Et, bientôt, celui de la séparation.

Deux semaines après la rentrée scolaire, Francesca appela Laura. Son père, lui dit-elle, devrait interrompre ses cours à peine commencés ; et sans doute pour long-temps : Susanne et lui avaient disparu. La Gestapo était venue les arrêter. Six hommes, pas moins, dans deux tractions avant noires. Par chance, ils s'étaient trompés de rue et de logement. Mademoiselle Mauzac avait eu le temps de prévenir le couple qui était parti aussitôt, dans une direction inconnue. Mais les nazis les recherchaient toujours. Ils cherchaient trois personnes en réalité : les parents, et elle, Laura. On le savait parce que Mademoiselle Mauzac, arrêtée, avait réussi à faire passer un message. « Alors, dit Francesca, j'ai bien réfléchi : puisqu'ils te croient partie avec eux, le plus intelligent pour toi, c'est de rester avec nous. »

Laura avait plongé son regard dans les yeux sombres où brillait comme une flamme. Rester là ? Pourquoi pas ? Elle se croyait arrivée au bout du chemin. Ce n'était plus qu'une question de jours. Son père la rattraperait de toute manière. Alors, elle le tuerait. Il ne se méfierait pas de sa fille, sa « Lauralei » ; ce ne serait donc pas si diffi-cile. Si Jakob s'était enfui, il avait emporté le revolver. Mais elle trouverait un autre moyen.

Elle s'étonna de ne pas pleurer.

Elle le tuerait.

Francesca possédait un don très rare, et précieux en ces temps-là : elle savait faire oublier le malheur, la peur et la guerre, et rafistoler les âmes blessées.

Les soirs d'hiver, elle réunissait les filles autour d'une flambée, leur chantait des chansons de Carco, leur apprenait Cendrars, Apollinaire, Eluard. Aux heures de cours, cette jeune femme, qu'elles surprenaient parfois étreignant un crucifix, les entretenait de Voltaire. « Rousseau est à votre programme, disait-elle aux élèves en pleine année du bac, il est temps que nous en parlions. Rousseau était un génie. Mais Voltaire, lui, était intelligent... » Et elle repartait chez Voltaire, volant de *Candide* à *Zadig*, et de la *Diatribe du docteur Akakia, médecin du pape*, au *Traité sur la tolérance*. Quelques élèves inquiètes bûchaient dans leur coin les autres auteurs mais Laura se laissait emporter avec Voltaire loin de Voltaire, apprenait à observer et analyser le monde et les hommes, atterrissait parfois, en suivant l'étoile de la fée Francesca, chez des théologiens que bien des officiels jugeaient sulfureux et qui insistaient sur la beauté et la bonté du corps.

« Le corps de l'homme est capable de porter la vie

divine : on le sait depuis Jésus », disait Francesca. Et Laura, encore pénétrée des craintes de Susanne, ouvrait de grands yeux, se regardait autrement dans les petits miroirs de la salle d'eau.

« On a trop longtemps maintenu les femmes dans l'obscurité », disait encore Francesca, racontant comment, quinze ans plus tôt, elle s'était crue enceinte parce qu'un petit cousin lui avait donné un baiser au coin de la bouche. Les filles riaient, s'observaient à la dérobée, encore empêtrées d'ignorances mais jouant les délurées. Libérées sans se l'avouer. Laura, quand elle le pouvait, adorait mettre les pieds dans le plat, utilisait le fouillis de connaissances ou d'idées amassées dans le pillage de la bibliothèque du notaire : « J'ai lu que les extases de sainte Thérèse d'Avila avaient un caractère sexuel. » Alors, Francesca, paisible : « Bien entendu, nous sommes des êtres sexués, comment voulez-vous que nous sentions les choses autrement? »

On pouvait donc croire à ce Dieu, le Dieu de Francesca qui ressemblait plus à celui des juifs peut-être qu'à celui de Susanne, on pouvait donc croire à ce Dieu et aimer aussi le bonheur d'aimer, aimer aussi son corps et celui d'un autre, aimer aussi tous les plaisirs de cette terre!

Pour l'heure, cette terre se nourrissait de jeunes corps décharnés, déchirés ou gazés, se tordait de douleur, retentissait de cris de haine et de désespoir. Francesca ne leur en cachait rien, leur donnait chaque matin un petit résumé des nouvelles, glanées de toute évidence à la radio de Londres. Les filles l'interrogeaient : oui, mais, que se passait-il plus près, dans les forêts voisines, sur les pentes du massif de Belledonne, le plateau du Vercors, la Chartreuse? Il eût fallu être aveugles, ou sourdes, ou naïves, pour ignorer que des hommes, des garçons de leur âge presque, s'y creusaient des tanières et des repaires, s'exerçaient au tir et à la manœuvre, s'aventuraient parfois dans les vallées en quête d'armes et de provisions, faisaient le coup de feu avec miliciens et Allemands. Francesca ne jouait ni les innocentes ni les ignorantes, récitait un poème sur les porteurs de rêves, citait le *Britannicus* de Racine – « Il n'est point de secret que le temps ne révèle » – pour conclure que ce temps n'était pas venu encore mais ne tarderait pas.

Ce fut en juin. Le débarquement venait d'être annoncé et des milliers de jeunes hommes en shorts, bleus de chauffe ou culottes de golf se glissèrent dans les bois, se hissèrent sur les rochers, peinèrent sur les raidillons, escaladèrent les falaises, se mobilisèrent pour de nouveaux combats.

Francesca ne renonça pas à donner ses cours dans les prés et au bord des ruisseaux, sur fond de canonnades, de mitraillades ou de meuglements de troupeaux raflés par les combattants des deux bords. Le professeur de mathématiques avait disparu : les filles chuchotaient qu'il faisait de la résistance. Le curé s'absentait à l'improviste : elles murmuraient qu'il avait été requis pour des funérailles de maquisards.

Des pensionnaires partirent bientôt vers Grenoble, plus loin encore, rappelées par leurs familles. Bientôt, elles ne furent plus qu'une dizaine dans la grande maison.

Depuis près d'un an, Laura était sans nouvelles de Susanne et Jakob. Elle imaginait mille scénarios. Ils avaient réussi à s'échapper, Jakob abattant les gardes-frontières qui tentaient de les arrêter. Ils avaient été pris par les hommes de Karl, torturés peut-être mais sans rien révéler puisqu'elle se trouvait toujours là, chez Francesca, et que personne n'était venu l'y chercher. Ils avaient été pris, mais une chance insigne avait permis que ce fût par une unité de la Wehrmacht aux ordres du cousin Rudolf, et celui-ci, dans un sursaut de solidarité familiale, leur avait laissé vie sauve et liberté. Ou bien, ils avaient été pris par des inconnus, considérés comme juifs et envoyés dans un de ces terribles camps dont parlaient avant la guerre les réfugiés reçus par Jakob.

Ses nuits, parfois, étaient hantées par un rêve, toujours le même : Jakob et Susanne se traînaient dans la neige, très haut, vers les sommets de la montagne, harassés et glacés, en quête d'un asile, poursuivis par des gardes accompagnés de chiens qui déchiquetaient leurs corps après que les balles des soldats les eurent abattus. Elle se réveillait, hagarde, en pleurs. Mais ses compagnes de chambre dormaient. Aucun bruit ne troublait le silence de la maison et de la montagne. Elle s'allongeait, peinait durant des heures à retrouver le sommeil, s'occupait à inventer d'autres scénarios, plus roses, ou à imaginer les mille moyens les plus raffinés de tuer Karl Hopper si pour leur commun malheur il la retrouvait.

Jamais Francesca ne faisait allusion à sa situation. Laura s'en était d'abord étonnée et désolée. Elle aurait tant voulu se réchauffer à cette chaleur, se confier à cette force amicale. Jusqu'au jour où elle devina, alertée par une demi-confidence, que l'une de ses voisines de chambre était juive. Elle regarda dès lors ses compagnes autrement. Combien de secrets se cachaient là? Les ignorer était précaution élémentaire. Mais ces précautions dressaient autant de cloisons. Francesca elle-même, qu'elles adoraient, demeurait inaccessible, devait, pour les sauver, rester lointaine.

Laura C.

Par bonheur, les avions haut dans le ciel, les bulletins de la radio, les mitraillades sur les sommets et dans les vallées, les groupes de jeunes hommes aux uniformes disparates qui se glissaient parfois sous les arbres annonçaient que des temps nouveaux étaient proches.

Francesca disparut un matin de juillet. Elle était descendue à Villard-de-Lans et la Milice l'avait enlevée. Alors, Mademoiselle Loiseau, jusque-là effacée, prit en charge les quelques élèves encore présentes. A midi, la grande maison était vide, les filles dispersées, en exécution, semblait-il, d'un plan prémédité de longue date.

Laura fut accueillie par un couple de vieux paysans qui élevaient des moutons et quelques vaches autour de leur ferme : une grande bâtisse rectangulaire couverte de chaume, au creux d'une douce vallée que surplombait un hameau aux ruelles étroites. Des gens taciturnes qui pouvaient, le soir venu, demeurer des heures sans échanger un mot, affalés de part et d'autre de la longue table de bois graisseux qui barrait la cuisine et qui avait regroupé, jadis, toute une nichée d'enfants. Deux filles étaient mariées à des gendarmes et les suivaient dans leurs affectations, deux garçons se languissaient depuis 1940 dans des camps de prisonniers, et leurs photos cornées étaient glissées dans le vaisselier parmi les assiettes de faïence et des chromos représentant les pavillons américain et belge de l'Exposition universelle de 1937. Mais en accompagnant la mère à l'heure de la traite ou des soins aux agneaux, Laura lui avait arraché des demi-confidences et deviné que deux autres garçons, plus jeunes, requis pour le travail obligatoire en Allemagne, s'étaient enfuis depuis l'été précédent, « là-haut ». Et de ceux-là ne restait nulle trace, ni photos, ni vêtements, ni papiers.

Elle eut, très vite, le sentiment d'une vie secrète. La vallée était paisible, d'un calme à peine troublé parfois de tirs lointains. Mais certains soirs, à la brume, elle crut voir passer des ombres le long du bois qui bordait la prairie, de l'autre côté de la petite rivière et du chemin qui en épousait le sinueux tracé. Des hommes s'agitaient là-haut, autour de la vieille grange où le père faisait sécher comme des briques les litières usées des moutons qui serviraient l'hiver de combustible. Elle s'en était inquiétée d'abord, mais les vieux haussaient les épaules – « y a rien » – avant de retomber dans leurs songes ou leur demi-sommeil. Ils ne voulaient, d'évidence, rien savoir et rien dire. Elle faisait mine alors de s'approcher de l'unique fenêtre afin de lire plus aisément les quelques anciens numéros de *L'Illustration* qui constituaient toute la bibliothèque du lieu et évoquaient l'assassinat à Marseille du roi Alexandre de Yougoslavie par un révolutionnaire croate, ou le fastueux mariage à Berlin du général Hermann Göring avec la jeune comédienne Emmy Sonnemann, aussitôt promue actrice à perpétuité des Théâtres nationaux : elle se demandait si Jakob ou Susanne avaient connu cette Emmy débutante, dans ce fameux Romanisches Kafe dont ils l'avaient si souvent entretenue.

Alors revenaient nostalgie et inquiétude. Elle laissait les revues, saluait les deux paysans que son départ semblait soulager, et montait se coucher sous le toit, dans une sorte de chambre-grenier où se mêlaient des odeurs

Laura C.

de foin et de fumier. Tendant l'oreille, elle croyait
entendre des chuchotis et des grincements de portes,
comme si l'on avait attendu son départ pour accueillir de
mystérieux émissaires ou se livrer à de clandestines activités. Humiliée, elle brûlait d'envie de descendre leur
crier qu'ils pourraient lui faire confiance, qu'elle n'était
plus une enfant, qu'elle appartenait évidemment à leur
camp, et de tout cœur. Mais elle se disait parfois qu'elle
en rajoutait peut-être, que son imagination lui jouait de
vilains tours.

Jusqu'au soir où il lui fallut remplacer la vieille.
Celle-ci s'était foulé le pied en courant après une brebis
rendue folle par des coups de feu plus rapprochés que
d'ordinaire. La fermière, ensuite, avait tenté de se prouver qu'elle pouvait encore marcher, à l'aide d'une canne
bizarre, un manche de parapluie pour dame dépouillé de
toutes ses baleines et de sa toile imperméable, mais
s'était bientôt écroulée. Le père, lui, traînait une sale
crise de rhumatismes. Ils s'étaient donc résignés à la
mettre dans la confidence.

C'était simple : chaque soir, la vieille attendait l'obscurité pour porter du lait frais, parfois du beurre et du
fromage, dans la vieille grange où venaient en prendre
livraison les gars du maquis. Et pourquoi pas le jour ? On
ne voyait, dans la vallée, objecta-t-elle, ni Allemands, ni
miliciens. Ils grommelèrent. Elle crut comprendre qu'ils
se sentaient surveillés par un habitant du hameau, un
traître à leurs yeux. D'évidence, ils ne souhaitaient pas
en dire plus. Elle n'insista pas. Elle avait, depuis des
années, appris à s'accommoder de l'inconfort et des servi-
tudes du mystère et du mensonge. D'ailleurs, que
savaient-ils d'elle ? A peu près rien.

Le soir venu, elle se glissa donc dans la prairie, chargée d'un seau de lait et de fromages de brebis. Elle avait le sentiment d'être observée par mille paires d'yeux, attendue par des embuscades sur le petit pont qui traversait la rivière, la route qui la longeait, et même la grange vers laquelle elle se hâtait. Elle était transportée à l'idée de rencontrer peut-être ces clandestins, tremblait aussi que des Allemands ou des miliciens se soient cachés là pour lui tendre un piège. Mais la grange était vide. Elle déposa comme prévu ses provisions sur une grande pierre plate proche de l'entrée, y trouva un seau, espéra quelques minutes l'arrivée de mystérieux visiteurs, se résigna à repartir, se retournant dix fois pour observer l'orée du bois. Rien ne bougeait. La vieille, qui l'avait attendue, ne la remercia même pas. L'aventure manquait de parfum. La résistance – s'il fallait ainsi qualifier son geste – avait des allures de routine.

Le quatrième jour, elle trouva deux hommes assis sur la longue pierre plate. Deux garçons dont elle distinguait à peine les traits dans la nuit, mais dont elle aperçut les fusils, et qui lui demandèrent si « la vieille » était malade. Ils se contentèrent de ses explications et disparurent aussitôt.

Elle prit l'habitude de les retrouver, presque chaque soir. La fermière avait bien essayé de marcher sans canne, était tombée de nouveau, souffrait davantage, pestait contre les événements qui lui interdisaient de consulter le rebouteux d'une vallée voisine, et ne voulait pas appeler le médecin. Laura apprit à connaître les deux hommes : l'un était le fils d'un industriel lyonnais et se prénommait Jean; l'autre, Henri, fils de paysan. Ils semblaient s'entendre à merveille. Henri avait fait découvrir

Laura C.

à Jean les plaisirs de la forêt et tous les moyens d'y trouver son chemin. Ils lui expliquèrent que leur compagnie était un ramassis de Français de toutes origines, de républicains espagnols et de « Yougos », et comprenait même trois déserteurs allemands. Ils semblaient surpris qu'elle les admirât : ils agissaient ainsi, parce qu'il le fallait, mais n'avaient qu'une hâte, en finir et rentrer chez eux. Ils prenaient plaisir, pourtant, à lui raconter les opérations auxquelles ils avaient été mêlés : quelques embuscades, la protection de saboteurs de voies ferrées ou de poseurs de mines sur les routes, la réception d'un parachutage qui semblait avoir été un considérable événement. Elle aimait les écouter, et rentra de plus en plus tard. La fermière avait renoncé à l'attendre. Le vieux paraissait soulagé de pouvoir reprendre ses habitudes et de se coucher, comme il disait, avec les dindons.

Ces retrouvailles du soir, aussi brèves fussent-elles, devinrent bientôt indispensables à Laura. C'était comme une petite fête, attendue tout au long du jour, tandis qu'elle soignait les brebis ou aidait la vieille aux travaux de la maison. Et pourtant, presque rien : un ou deux quarts d'heure de conversation, dans la nuit, avec des garçons dont elle devinait à peine le visage, qui s'étaient pourtant hasardés peu à peu à l'embrasser sur les deux joues, à l'arrivée et au départ, lui tenant les épaules dans un geste tendre et fort qu'elle aima.

Elle fut déçue de ne plus les voir, trois soirs de suite ; le lait n'était même plus enlevé, comme si toute leur compagnie avait été contrainte de lever le camp d'urgence. Un matin, des planeurs survolèrent la petite vallée. Elle sortit en courant, pour tenter de les identifier : Américains ? ce n'était pas sûr. Allemands, peut-être. Des tirs, ce jour-là, se multipliaient sur toutes les

278

hauteurs : canons, mitrailleuses, mortiers, coups de feu isolés. Elle priait pour les deux garçons, proposa aux fermiers de grimper jusqu'au hameau, où l'on devait bien savoir quelque chose. Le vieux, pour une fois, s'emporta. Ce n'était pas le moment de se séparer. Et puis il aurait peut-être besoin d'elle pour soutenir sa femme s'ils devaient quitter la maison pour se cacher : la boulangère, qui passait trois fois par semaine sur sa charrette tirées par un vieux mulet, lui avait parlé la veille de maisons brûlées par les Allemands, et de leurs habitants fusillés. Il passa la journée à tourner autour de la ferme, nez en l'air, aux aguets, comme un chien en quête de gibier, ou une bête aux abois qui se demande d'où viendra le chasseur.

Le soir, elle décida de se rendre quand même à la vieille grange, quand la nuit serait tout à fait tombée. Une folie. Elle se répétait : une folie. Une folie dont elle ne pouvait rien espérer mais qui lui réchauffait le cœur. Elle s'était mis dans la tête qu'en projetant ainsi de revoir ses amis, elle dégageait une sorte d'énergie spirituelle qui contribuerait à les protéger. Francesca aurait agi ainsi, elle en était certaine. C'était une affaire d'engagement : on tient ses engagements, cela ne se discute pas. Et c'était tout ce qu'elle pouvait faire pour Susanne, Jakob, Francesca, Mademoiselle Mauzac et les autres. Tout ce qu'elle pouvait faire contre son père.

Elle ne trouva personne dans la grange, n'en fut guère surprise mais très déçue. La nuit était assez calme, à peine troublée de rares détonations. La journée qui suivit aussi. Un petit avion d'observation passa au-dessus de la vallée à la mi-journée. La canonnade semblait s'être éloignée. Quelques rafales de mitraillette, plus proches, indiquaient que l'on se battait encore dans la forêt.

Laura C.

Au soir, elle reprit le chemin de la grange. Sans espoir, en signe de fidélité. Or, à peine fut-elle entrée qu'une ombre se dressa. C'était Henri, le paysan. Les Allemands, expliqua-t-il, avaient attaqué le maquis du Vercors en mettant le paquet : l'artillerie, l'aviation, les planeurs chargés de SS, tout. Des milliers d'hommes. Ils avaient gagné, bien sûr, puis massacré, pendu, fusillé, mutilé. Elle n'osait l'interroger. Et Jean ? Qu'était devenu Jean, son compagnon ? Il poursuivait son récit. L'ordre de dispersion avait été donné, sa compagnie – enfin : ce qu'il en restait – était revenue par ici, où c'était plus calme, mais ne s'attarderait pas. Les Allemands n'étaient pas loin, des miliciens les aidaient, il fallait s'attendre à de nouveaux accrochages, cette nuit même peut-être. Et s'il avait décidé de repasser par là, ce soir, ce n'était pas pour le lait, c'était...

Elle cria :

– Pour Jean ? Pour me dire que Jean... ?

– Vous le saviez ? Vous l'avez deviné ? Oui. Dès le premier jour. Il n'a pas souffert, vous savez. Pas du tout. On avançait en ligne dans une prairie, bien séparés, tout, comme il fallait. Et puis, une mitrailleuse : les boches étaient en face. Il est tombé. J'ai couru. Il était déjà mort. En pleine tête, la balle...

Elle s'était abattue sur lui, en larmes. Jean, qui plaisantait toujours... Et lui, Henri, si grave, solide.

Quel sens avaient ces sacrifices ? Les Alliés finiraient de toute manière par arriver, avec des avions, des chars, du matériel, tandis que ceux-là n'avaient rien que leur courage et quelques pétoires comme disait justement Jean. Alors, à quoi bon ces morts ? Ils étaient dans le vrai

Laura C.

pourtant. Pour des raisons que la raison ne parviendrait jamais à justifier et qui s'appellent l'honneur, le goût du bonheur, le panache comme disait Francesca, la révolte contre le crime aussi. Peut-être ne gênaient-ils pas plus les Allemands qu'une piqûre d'abeille. Mais il arrive qu'un homme piqué par une abeille fasse n'importe quoi, des bêtises, en devienne fou.

Elle aurait dû être avec eux, les aider davantage. Parce qu'elle était la fille de Karl. Parce que Jakob, parce que Susanne... Parce que Francesca...

Les bras du garçon s'étaient refermés sur elle. Ses seins s'écrasaient contre son blouson de cuir. A sa peine se mêlait un trouble qu'elle n'avait jamais connu.

Il lui caressait les cheveux, d'une main hésitante. L'autre, bientôt, se glissa dans l'échancrure de sa robe d'été. Une peau rêche effleurait sa poitrine. Elle se serra contre lui. Elle songea que cela au moins elle pourrait le faire pour cet homme qui serait peut-être mort demain, ce garçon dont elle n'avait jamais vraiment vu le visage mais qui lui était comme un frère aimé, un de ses frères aimés.

– Si tu veux..., murmura-t-elle.

Puis une force l'emporta.

Les cris la réveillèrent. Elle avait vécu une bien mauvaise nuit et vite oublié les quelques minutes passées sur la longue pierre blanche dans les bras de ce gentil garçon, haletant, timide et brusque à la fois, pour ne rêver qu'au cadavre noirci de l'autre, étendu dans une prairie, un tourbillon de mouches sur le visage éclaboussé de sang. Elle n'avait trouvé le sommeil qu'à l'aube. Et soudain, ces cris dans la pièce du bas.

Elle se précipita, d'instinct. Le regretta aussitôt. Deux miliciens en béret et brassard marqués de l'insigne gamma braquaient leurs mitraillettes sur les fermiers, serrés sur un banc, hurlant qu'ils y passeraient s'ils n'avouaient pas où étaient partis les maquisards.

Ils s'interrompirent, stupéfaits :

— Et celle-là, d'où sort-elle ?

— C'est notre petite-nièce, bougonna la vieille.

— Votre nièce ? On dit ça, et puis...

Le plus âgé, un gros à la moustache tombante, envoya l'autre en reconnaissance.

— Visite toute la baraque. Y en a peut-être d'autres. On aurait dû commencer par là. Et méfie-toi.

Laura C.

Il saisit Laura par l'épaule, la jeta sur une chaise, près des vieux.

— Alors, beauté, réponds?

— Elle vous l'a dit, je suis sa petite-nièce. On habitait Lyon. Il n'y a pas grand-chose à manger là-bas, vous le savez. Alors, je suis venue passer l'été.

L'homme haussa les épaules, méprisant, se retourna vers le fermier.

— Les terroristes, tu les as vus, oui ou non?

Le vieux faisait non de la tête.

— Mais si, tu les as vus. Ils étaient au moins une cinquantaine. Ils sont passés par la vallée hier soir. Et on veut seulement savoir s'ils allaient par en haut ou par en bas.

— J'les ai pas vus, ni la mère, ni... elle. Z'avez qu'à demander à l'autre, là, votre copain du hameau.

— Notre copain? Quel copain? Connais pas. C'est toi que j'interroge.

Il s'était remis à crier. Alors le vieux se racla la gorge :

— Et moi, je t'emmerde.

Aussitôt, les coups. Gifle après gifle. Une-deux, une-deux. La vieille qui se redresse pour secourir son mari. Le plus jeune milicien, revenu, qui l'assomme de la crosse de sa mitraillette. Et Laura qui se précipite vers la vieille et qui hurle :

— Salauds! Je vous emmerde moi aussi, et je suis juive, vous m'entendez, je suis juive.

Elle est heureuse de le crier. Elle s'en fout. La mort est là, c'est ce qui peut arriver de mieux, elle est à bout. Et les vieux ne risquent plus rien puisqu'ils sont déjà à moitié morts, peut-être.

Les autres se sont arrêtés, stupéfaits. Elle voit les canons des mitraillettes se tourner vers elle, observe, fascinée, les deux petits ronds noirs, répète :

Laura C.

— Je suis juive!

Le bruit d'une voiture, dehors. Les deux hommes tournent la tête. Un troisième milicien est déjà à la porte : « Vite, vite, le chef vous fait chercher partout. » Ils hésitent, regardent les deux vieux à terre, lâchent des rafales dans le vaisselier et les poutres du plafond, disparaissent. Laura, qui n'arrive pas à se croire encore vivante, entend repartir la voiture, se laisse tomber à genoux près des paysans. Ils respirent tous les deux, geignent un peu. Ils s'en tireront.

Elle court jusqu'à la porte. La voiture est déjà loin. Elle crie encore, très fort : « Je vous emmerde et je suis juive. » Elle reconnaît à peine la vallée.

Troisième partie

Chapitre I

Ils avaient quitté Paris à l'aube. Jakob conduisait. Elle somnola tandis qu'ils traversaient une morne banlieue aux maisons grises parfois éclairées de publicités d'avant-guerre déchirées ou écaillées.

Elle ne se ressaisit qu'aux abords de Fontainebleau. Agacée d'abord parce qu'un de ses bas noirs avait filé. Mais le soleil sortait de la brume. Elle se sentit renaître. Elle aimait les joies simples de la campagne, presque oubliées déjà.

Elle le regarda. Il s'appliquait. Tellement fier de tenir le volant d'une telle voiture, toute de chromes, de nickels et de phares multicolores, une Cadillac dont il n'existait peut-être que vingt modèles en France, la plupart entre les mains de ferrailleurs, de grossistes en surplus américains, ou de génies du marché noir.

Jakob n'avait pu résister. Il voulait cette voiture, rose bonbon de surcroît. Peu importait le prix. Comme s'il souhaitait effacer les années de malheur, oublier qu'il avait à Nice lavé les couloirs d'un hôtel misérable, fui Villard-de-Lans avec quatre sous en poche, traîné à travers les neiges alpines une Susanne épuisée et geignarde, donné à un passeur sa grosse montre en or et les derniers

Laura C.

bijoux de sa femme – ce qui n'avait même pas suffi : en vue de la Suisse, l'homme avait tenté de les lâcher, sous le nez des patrouilles allemandes, et seule la menace du revolver récupéré sur la route de Montluçon l'avait convaincu d'aller jusqu'au bout. Et puis Montreux, la liberté et la sécurité. Mais aussi des fonctionnaires et des policiers figés dans une méfiance polaire, soupçonneux et tracassiers, animés, semblait-il, du seul souci d'envoyer au diable tout ce qui n'était pas helvète. Par chance, Jakob avait retrouvé du côté de Zurich un cousin éloigné. Laura n'en savait guère plus. Mais soupçonnait humiliations, misères et mesquineries. Alors, la Cadillac...

Il dépassait en slalomant un convoi militaire américain. De lourds GMC bâchés, semblables à celui où Laura avait trouvé place à l'automne de la Libération pour regagner Paris. Son chauffeur, un Noir, le faisait voltiger sur les routes défoncées et les ponts militaires dont les planches claquaient à son passage. Il éclatait alors d'un rire d'enfant. On racontait que ces GI roulaient si vite parce que, habitués à marcher sans chaussures, là-bas, dans les plantations de leur Sud de légende, ils avaient les pieds de corne, comme les chevaux, et ne sentaient donc pas l'accélérateur.

Il l'avait laissée à Montlhéry, sans rien demander. Elle s'était retrouvée à Auteuil à la porte de leur appartement à demi-ruiné : un vague groupement d'aide aux blessés de la Résistance y avait succédé aux Allemands, guère plus soucieux qu'eux de son entretien. Ils voulurent bien lui laisser la chambre de bonne, dans un septième étage dont ils n'avaient que faire puisque l'ascenseur était en panne pour longtemps.

L'administration cherchait des traducteurs d'allemand pour ranger des monceaux d'archives. Elle se fit accepter sans trop de peine, passa de longs mois à classer des documents policiers, rêvant toujours, mais en vain, d'y trouver trace de son père. A partir de mai, elle s'était rendue chaque jour à l'hôtel Lutétia où l'on accueillait les rescapés des camps. Elle espérait trouver Jakob et Susanne dans ces petits groupes de squelettes dépenaillés. Et fut fort surprise, un matin, de voir Jakob descendre, prospère et affairé, d'une voiture qui n'était pas encore la Cadillac, seulement une traction avant.

Ils avaient beaucoup tardé à quitter la Suisse, faute de papiers convaincants pour les fonctionnaires français. Et peut-être, songea-t-elle, parce que la vie y était plus douce. Ils logeaient dans une villa de Saint-Cloud, passaient eux aussi par le Lutétia chaque jour avec la même crainte qu'elle eût été déportée, le même espoir de la revoir.

Et les tableaux? Tous retrouvés, dans leurs caves de Gonesse et Chantilly. En parfait état. A peine quelques taches d'humidité sur les bords de quelques toiles. Des impressionnistes. Deux ou trois étaient déjà vendues à des Américains. A très bon prix, au-delà de toute espérance. Plus de problème d'argent, enfin... Heureusement. Parce que Susanne... Quoi, Susanne? Jakob avait hésité avant de tout lâcher : elle était atteinte d'une leucémie, le diagnostic des médecins suisses était formel. Et le pronostic? Trois ou quatre mois peut-être, à moins d'un miracle. Elle n'en savait rien, bien sûr, croyait seulement à une anémie.

Lui, Jakob, s'occupait du miracle. Il s'était acoquiné avec un médecin militaire américain, avait obtenu de lui les adresses des meilleurs spécialistes mondiaux, et télégraphiait dans toutes les capitales du monde pour les faire venir. Les lignes régulières n'étaient pas rétablies?

Laura C.

La belle affaire. Qu'ils se débrouillent! Avec de l'argent, on parvient à tout, on obtient des ordres de mission sur les avions de l'armée, des passages sur les cargos ou les transports de troupes qui venaient chercher en Europe, pour les ramener à Baltimore, New York ou La Nouvelle-Orléans, tous ces jeunes hommes devenus un certain 8 mai, du jour au lendemain, des anciens combattants. Et de l'argent, on n'en manquait pas, on n'en manquerait pas. Il suffisait de vendre des Picasso, des Gris, des Klee, des Braque, dont les prix s'envolaient.

De l'argent, on en donnait aussi à tous ceux qui venaient s'allonger sur le grand fauteuil, près du lit de Susanne, pour lui vendre leur sang. Des forts des Halles, des malabars, et même des petits malingres classés « donneur universel » par les hôpitaux. Jakob leur bourrait les poches de billets. « Achetez de la viande au marché noir, mangez-en beaucoup, bien saignante, ça vous refera, et revenez dès que vous le pourrez, pour lui apporter de bons globules rouges. »

Il se lançait dans des calculs compliqués qui prouvaient, assurait-il, que, transfusion après transfusion, tout le mauvais sang serait parti, évacué, écrasé, vaincu par du sang frais, jeune, triomphant. Mais les spécialistes hochaient la tête, sceptiques. Mais les donneurs de sang se faisaient jeter à la porte s'ils osaient dire que, depuis leur dernière visite, « la " petite dame " avait un peu blanchi ». Mais Susanne ne caressait plus qu'un espoir : Biarritz, revoir Biarritz, sa mer écumante, son fouillis de rochers, ses villas rococos, ses hibiscus et ses magnolias. Avant de mourir. Elle s'accrocha à la vie pendant des mois dans ce seul but.

Biarritz avait, aux yeux de Jakob, un visage de mort. Accepter d'y transporter Susanne, c'était accepter sa

Laura C.

dernière volonté, donc la mort. Il s'arc-boutait dans le refus. Elle gémissait jour après jour la même demande. Elle trouva en Laura une alliée.

Laura n'aimait guère cette plage, voyait dans la maladie de sa mère la preuve nouvelle d'une faiblesse qu'elle avait toujours un peu méprisée. Mais elle en voulait ces jours-là à Jakob, se surprenait à penser qu'à tromper ostensiblement une femme qui avait tout abandonné et risqué pour le suivre (et sa soif de conquêtes ne s'était certainement pas interrompue en Suisse), il l'avait affaiblie, poussée à un désespoir suicidaire, dont cette maladie était le résultat.

Il fallait donc qu'il eût tort. Il fallait donc qu'il acceptât Biarritz.

Il capitula, loua l'année suivante pour Susanne une villa aux immenses chambres tapissées de perse à gros bouquets, meublées d'acajou et de lourds miroirs, où l'on attendait de voir surgir derrière chaque porte le fantôme de l'impératrice Eugénie. Il la promena le long de la grève. Il eut l'idée d'aller jouer pour elle, au casino, les chiffres qu'elle avait choisis – et qui perdaient toujours. Il convoquait des dizaines de médecins. Et aussi des apporteurs de sang, des pêcheurs basques ou des contrebandiers qui répétaient que tout ça, c'était la faute à la guerre qui provoquait partout de sales maladies qu'on ne savait pas guérir.

Susanne s'épuisait, voulut rentrer. Ils prirent tous les trois l'ambulance, Jakob toujours au bord des larmes, Susanne déjà presque partie, Laura priant à ses pieds et jurant à Dieu de renoncer à tout bonheur personnel s'il accordait à sa mère une mort facile. Puis, se disant que c'était un marchandage ridicule, qui faisait fi de la liberté de Dieu et de sa Création. Puis concluant qu'elle n'en savait rien, ne savait plus.

291

Laura C.

Susanne mourut dans une clinique de Neuilly. Laura garderait longtemps le souvenir des longs couloirs de marbre noir et blanc aux fenêtres ouvertes sur le ciel bleu de juillet.

Une chaleur qui vibre, immobile. Elle ouvre la porte. Sa mère est là, qui sait qu'elle va mourir – à sa demande on a déjà déposé dans la chambre les vêtements qu'elle portera dans son cercueil, une robe couleur chair, une grande écharpe bleu et rouge, un manteau de dentelle noire. Elle sait qu'elle va mourir, et elle regarde Jakob avec des yeux de jeune fille amoureuse, une adoration passionnée qui efface et explique tout.

Ils furent le soir même à Genève. Laura se demandait pourquoi Jakob avait choisi cet itinéraire pour se
rendre en Italie, quels souvenirs le ramenaient là. Il ne
l'avait pas consultée. Pas plus qu'il ne lui avait
demandé son avis le soir des obsèques de Susanne. Les
derniers amis partis, qui avaient tenu à les accompagner toute la journée mais dont la présence leur avait
pesé, il avait jeté : « Je t'emmène en Italie. Ça te fera
du bien. Le temps de régler quelques affaires, on
part. »
Il avait sans doute vendu quelques tableaux de plus. Il
disparaissait la journée entière, l'emmenait le soir dans
les plus chics restaurants où les nouveaux puissants et les
nouveaux riches se mêlaient aux officiers alliés. Il lui
parlait parfois de sa mère : « Elle était bonne. Très
bonne. Tu sais, nos deux chiens à Berlin, quand nous
avons dû les donner avant de fuir, le dogue et le fox-
terrier, elle a pleuré. Un vrai déluge. » Laura acquiesçait,
renchérissait : « Un jour où je chantonnais à table, la
fenêtre ouverte, elle m'a demandé de me taire et comme
je m'étonnais, elle expliqua que, si un mendiant passait
dans la rue à ce moment, il penserait que je me moquais

de son dénuement : ça m'a coupé l'appétit pendant des semaines. »

Elle osait un petit rire, se demandait pourtant si en quittant l'Allemagne sa mère avait pleuré davantage sur ses chiens que sur sa fille qu'elle laissait aussi. Puis elle se reprochait une telle pensée : cent fois, mille fois, Susanne avait montré sa crainte que Karl ne la reprît, ne réussît à la faire enlever. C'était donc qu'elle l'aimait. A moins que Laura n'ait été un enjeu entre les deux époux séparés, une sorte de butin ou de trophée que le vainqueur emporterait.

Jakob insistait de nouveau sur la bonté de Susanne : « En mars 1939, après la capitulation de Madrid, quand la guerre espagnole fut terminée, elle est même allée voir Picasso, qu'elle détestait pourtant, pour lui demander d'aider un réfugié que nous avions connu. Parce qu'il en était arrivé un demi-million, tu sais, qui avaient franchi la frontière. Et le gouvernement français n'avait rien trouvé de mieux que les enfermer dans des camps improvisés. Une pagaille et une misère! On a fait pis depuis, mais quand même... Picasso était membre d'un comité d'accueil pour les intellectuels espagnols, il avait fait sortir deux de ses neveux de ces camps. Mais ta mère avait cet autre protégé. Et il ne voulait rien entendre pour s'y intéresser. Je ne sais pas pourquoi : peut-être s'imaginait-il que s'il se mêlait trop aux malheurs des autres il ne pourrait plus travailler. Les peintres, je les connais bien, c'est fragile... Mais Susanne ne le lâchait pas, tapait ensuite à toutes les portes; elle a fini par faire sortir ce Miguel, il s'appelait Miguel, je ne sais plus son nom exact, nous l'avions connu en 1936, au début de la guerre d'Espagne justement, il était venu à Paris demander de l'aide pour les républicains et il s'était accroché à nous, je ne sais pas pourquoi, il nous écrivait de temps à autre, nous décrivait les bombardements aériens... Ce n'était rien, non plus, pas grand-chose à côté de ce que le monde a connu ensuite... »

Laura ne l'écoutait plus, le laissait soliloquer. Elle songeait qu'elle savait d'eux peu de chose. Ils avaient pourtant vécu ensemble tant d'années, subi ensemble tant d'épreuves. Elle gardait surtout le souvenir de leurs disputes, des gémissements et des pleurs de Susanne. De ce printemps de 1939 où elle luttait, à en croire Jakob, pour ce réfugié espagnol – qui avait peut-être été son amant –, Laura avait retenu qu'ils avaient beaucoup pensé à divorcer déjà, avant d'y renoncer pour quelque mystérieuse raison, peut-être parce qu'ils tenaient vraiment l'un à l'autre, en fin de compte. Ce que la suite avait prouvé. Et voilà que Jakob érigeait Susanne en symbole de bonté, sculptait sa statue. Un peu comme ces hommes politiques qui couvrent de fleurs, au lendemain de sa mort, un adversaire qu'ils insultaient la veille.

Peut-être voulait-il se faire pardonner? Dans les solitudes du Vercors, Laura avait eu mille fois le loisir de revivre son enfance, d'en faire défiler à nouveau les images et de les interpréter autrement, comme un film que l'on ne comprend bien qu'à la deuxième vision, après avoir lu des critiques qui en donnent la clé. Or, Francesca, sans le savoir, lui en avait fourni un trousseau. Elle avait deviné, alors, que nombre de femmes amenées par lui à la table familiale ou au salon de Susanne, sous prétexte de discussions d'affaires, de services à rendre, ou de simple amitié, étaient en réalité ses maîtresses du moment. Bella... S'il n'y avait eu que Bella! Il les montrait, il les exposait, pour prouver à la femme qui lui fermait sa chambre, qui le laissait mendier à sa porte, que

Laura C.

l'on pouvait l'aimer ou l'apprécier, qu'il n'était pas répugnant ni antipathique aux yeux de toutes. Il cherchait à se rassurer en même temps qu'il l'humiliait.

Susanne l'avait compris, l'avait toujours aimé, lui avait pardonné, Laura en était certaine. En tout cas, la dernière nuit, la dernière heure avant sa mort. Elle avait eu ce sursaut, ce retour de vie, fort et bref, comme il s'en produit souvent dans les derniers instants, et, redressant la tête, ouvrant les yeux, avait lancé à Jakob, assis à son chevet sur un fauteuil, ce regard de passion, comme une jeune fille éperdument amoureuse. L'avait-il aperçu? Il lui tenait la main mais, perdu dans une triste rêverie, semblait suivre du regard une fente qui serpentait au plafond. Laura avait voulu l'alerter, mais Susanne était déjà retombée.

Elle s'était tue, se le reprochait encore, mais gardait le silence sur ce geste, cet élan d'amour qui l'aurait rassuré, le consolerait peut-être. Elle n'aurait su dire ce qui lui interdisait de parler. Elle éprouvait pourtant pour ce couple une immense et tendre pitié.

Au lendemain des obsèques, Laura était entrée, par hasard, à l'église Saint-Sulpice, s'était d'abord demandé ce qu'elle faisait là, puis ce qu'elle pourrait bien trouver à dire à Dieu. Et soudain, elle s'était agenouillée, jetée à terre presque, pour le supplier de lui accorder enfin une existence normale.

Avant de quitter l'église, elle avait acheté un cierge, qui s'était cassé aussitôt. Elle avait ri, alors : comme s'il suffisait de faire brûler un cierge pour s'assurer sur la vie! Un peu plus tard, elle s'était interrogée : il y avait peut-être là un présage, un mauvais présage. Avant de se

296

révolter : si Dieu avait quelque chose à lui annoncer, qu'il s'y prenne autrement, qu'il soit un peu plus clair, pour une fois. Les devinettes, non merci! Ce n'était plus de son âge. Elle ne lui demanderait plus rien. Puisqu'il se cachait, elle se débrouillerait seule. Elle ne s'intéresserait à Lui que plus tard, « à l'heure de notre mort », comme dit le Pater.

Elle s'était interrogée : qu'eût pensé Francesca d'une telle attitude? Mais Francesca était morte dans un camp, et son école portait maintenant son nom. Et morte aussi Mademoiselle Mauzac, la sœur du curé corrézien. Et mort le petit maquisard, tué dans une embuscade, le lendemain du jour où elle s'était donnée à lui. Et mort aussi Leonard Weil. Et morts tant d'amis qui fréquentaient Jakob et Susanne. Et morts peut-être son cousin Rudolf et Karl, son père. Un long cortège de morts...

Comment vivre? Elle voulut soudain parler à Jakob, lui faire part de ses pensées et de ses remords, décrire le dernier regard de Susanne. Il venait de signer l'addition et d'y inscrire le numéro de sa chambre, redressait la tête pour observer trois jeunes femmes très en beauté qui faisaient grand bruit à une table voisine.

– Tu as une mine de déterrée, dit-il. Cela ne sert à rien. Demain matin, achat de rouge à lèvres, de fards et de vêtements.

Il avait voulu, pour gagner l'Italie, emprunter le col du Grand-Saint-Bernard. Une folie, pensa-t-elle d'abord. C'était pour la distraire, l'éblouir d'un superbe paysage, comprit-elle ensuite.

Une folie car la Cadillac n'était assurément pas faite pour cette route étroite et tire-bouchonnée, cette chaussée glissante et hérissée d'obstacles. Le radiateur se mit à bouillir. Ils furent plusieurs fois contraints d'arrêter la belle voiture dans un creux de rochers, pour courir chercher l'eau glacée des torrents et des ruisseaux qui devenait vapeur dès que Jakob en inondait le moteur. Il avait fallu d'abord trouver un récipient, acheter un seau à lait à un berger qui menait là quelques chèvres. Jakob, obstiné, refusait qu'elle prît la moindre part à ces tâches : qu'elle reste dans la voiture, elle prendrait froid à l'extérieur. Elle protestait qu'elle connaissait sans doute la montagne mieux que lui, depuis le Vercors. Il ne voulait rien entendre, il s'était mis dans la tête de la traiter comme une reine, et de lui offrir l'Italie sur un plateau.

Elle lui en sut gré, comme elle lui avait su gré, la veille, de l'avoir comblée de robes, de jupes et de blouses chatoyantes : « Il faut de la couleur, pas du noir, disait-il,

298

l'Italie, c'est le pays des couleurs, tu ne peux pas y arriver en noir. » Ils avaient été obligés d'acheter, pour les
emporter, une nouvelle valise qui voisinait désormais
dans le coffre avec le seau du berger.

Elle connaissait enfin le bonheur d'être entourée,
choyée, unique. Elle ne souffrit guère du froid glacial du
monastère où un vieux moine leur servit une maigre
pitance. Jakob lui contait l'histoire du lieu, expliquait
que les légions romaines, en passant par là, ne mettaient
que huit jours pour se rendre de Rome à Genève, citait
les Grands, de Charlemagne à Bonaparte, qui avaient
emprunté ce passage désolé et rocailleux, expliquait
qu'un flot de civilisation s'était toujours écoulé ainsi
entre le nord et le sud de l'Europe, qu'elle allait maintenant découvrir la beauté unique du Val d'Aoste cerné de
pics vertigineux, hérissé de châteaux et de forteresses à
l'architecture admirable. Elle se disait qu'il parlait
comme le Guide bleu ou le Baedeker, et qu'il avait sans
doute poussé la gentillesse jusqu'à les apprendre par
cœur, la nuit, afin qu'elle profitât pleinement de ce
voyage.

Elle consentit à se laisser aimer.

Il s'ingéniait à la distraire de son chagrin, à lui redonner le goût de vivre, la traîna dans tous les musées, lui montra tous les paysages.

C'était l'automne, la nature flamboyait d'une lumière dorée qui s'éteignait le soir en longs crépuscules frileux. Il avait, à Gênes, engagé un chauffeur, un Italien qui avait la tête d'un jeune acteur rêveur et un peu lunaire qui venait d'apparaître aux côtés de Pierre Brasseur dans un film appelé *Le Pays sans étoiles* et dont elle cherchait en vain le nom, ce qui l'agaçait.

Jakob avait abandonné le volant pour être plus disponible, à son service, sur la banquette arrière. Il ne cessait de remonter un plaid sur ses genoux, de crainte qu'elle ne prenne froid. Il se montrait courtois jusqu'à lui demander la permission de dormir lorsqu'il se sentait fatigué ou après un déjeuner trop copieux. En sortant des restaurants de luxe, où il l'avait devinée mal à l'aise, il donnait de royales aumônes aux mendiants, des enfants surtout, qui pullulaient dans les rues des villes : l'Italie, comme toute l'Europe, relevait à peine ses ruines. Ainsi cherchait-il à la rassurer, à la convaincre que l'on pouvait, sans remords, jouir de tous les plaisirs.

Elle s'interrogeait : était-ce bien l'homme contre lequel gémissait parfois Susanne? Qu'elle accusait certains jours de brutalité? Ses multiples égards auraient comblé la femme la plus romanesque et la plus exigeante. C'était encore l'Italie de Shelley, celle d'un voyage de noces bourgeois. Ils logeaient dans d'immenses hôtels dont les murs blancs ornés de riches tableaux le disputaient en éclat aux marbres des sols, parfois recouverts d'un chemin de moquette rouge qui étouffait le bruit des pas. Ils occupaient des chambres protégées de la rue et de la vérité du monde par des rideaux de guipure et de lourdes tentures de velours, entre des candélabres de bronze coiffés d'abat-jour en verroterie. Ils couchaient dans des lits gigantesques, des draps brodés dont les femmes de chambre, en stricts uniformes, prétendaient qu'ils étaient l'œuvre de nonnes, lesquelles ne devaient tout de même pas ignorer qu'un tel déploiement de luxe, de douceur et de beauté, n'était pas destiné au seul sommeil. Laura, bien sûr, le savait. Il lui arrivait de songer qu'il attendait derrière la porte. Elle s'attendrissait, rêvait, voulait l'oublier, se perdait.

A Florence, il se fit professeur. Des Offices au palais Pitti, d'un musée l'autre, elle l'écouta, d'abord passionnée, expliquer que la découverte des règles de la perspective par les peintres de la Renaissance avait enfin permis de représenter l'homme dans son cadre réel, de le situer au centre du monde, maître de son destin. Un thème qu'il reprit, en l'amplifiant, devant le *David* de Michel-Ange : « Tu comprends, David est petit et il va affronter Goliath, un géant. Pourtant, regarde-le bien : il est calme, paisible, serein, comme s'il était déjà assuré de gagner. Il a conscience de ses qualités et de sa grandeur d'être humain. Ce que les maîtres de la Renaissance ont incarné, c'est la grandeur de l'homme. »

Il s'exaltait, s'enthousiasmait. Elle le jugea bientôt un peu ridicule. Il répétait « la grandeur de l'homme », comme un refrain, une incantation. Quelques visiteurs, les plus proches, le regardaient, sans comprendre sans doute, souriaient. Elle voulut l'interrompre. Mais il reprenait de plus belle :

— C'est la vraie révolution de la Renaissance, la grandeur...

La grandeur... Elle n'en était pas si convaincue. Elle l'interrompit à nouveau.

— La grandeur, la grandeur... c'est vite dit. Qu'ont-ils fait, les hommes, depuis ma naissance? Je n'ai entendu parler que de violences, j'ai au fond des yeux les images des camps d'extermination, ces corps squelettiques, et tous ces cadavres ambulants, en pyjamas rayés, que l'on voyait au Lutétia, chaque jour...

— C'est vrai, c'est horrible, mais...

— Mais tu vas me dire que tout est rentré dans l'ordre. C'est ce que tu vas me dire? Dans quel ordre?

— Non, mais...

Elle criait presque maintenant.

— Mais ce sont les miens qui ont fait cela, comprends-tu? Les miens! Et c'étaient des hommes, les miens : mon père Karl, mes oncles, mes cousins, les miens, les Allemands. Tu n'es pas allemand, toi, tu es juif, tu es du bon côté.

— Comment?

— Oui, du bon côté, celui des victimes. Moi, du mauvais, celui des bourreaux. J'ai été juive quelques années mais je serai toujours allemande, tu comprends? J'ai ça dans le sang...

Elle pleurait. Il l'entraîna hors du musée, cherchant à la calmer, balbutiant des mots qu'elle n'entendait pas, ne voulait pas comprendre. Il l'attira contre lui, tendre. Elle se débattit, s'enfuit, courut quelques mètres, sous le regard étonné d'un carabinier. Se jugea ridicule et se retourna. Il n'avait pas tenté de la suivre, ébahi, pitoyable. Les hommes pouvaient donc paraître si faibles !... Elle eût voulu le prendre dans ses bras, le câliner comme un enfant. Elle s'approcha, à petits pas, s'abattit sur lui et pleura de nouveau. Doucement.

– Tu sais, souffla-t-il, pour moi tu n'as jamais été allemande. Seulement ma...

Elle attendait qu'il dise « ma fille », mais il s'était interrompu, brusquement. Elle n'y prêta guère attention alors. Elle ne songeait plus qu'aux raisons de cet éclat, le résultat de tant d'années de peurs, de regrets, de hontes, d'humiliations et de silences. Jamais elle n'en avait parlé avec l'autre Allemande, sa mère. Et jamais sa mère ne lui en avait parlé. Ce que faisaient Karl et ses amis, ce qu'acceptaient, désiraient, souhaitaient parfois, les gens de leur pays, de leur famille, tout cela avait été rangé une fois pour toutes par Susanne dans la catégorie des sujets honteux et scabreux, comme le sexe, qu'une mère n'aborde pas avec sa fille. Jamais Laura n'avait osé ouvrir ce tiroir-là, n'avait pensé même à le faire. Elle songea à l'histoire de Barbe-Bleue, à la jeune épousée qui avait eu le courage d'ouvrir les portes pour savoir, se traita de lâche. Fille d'un bourreau et lâche. Elle eût voulu mourir là, sans attendre.

Jakob murmura, comme une prière :

– Nous rentrons ?

Elle fit non, d'un petit mouvement de tête, à peine perceptible. Elle se sentait incapable de bouger.

Laura C.

Il la serra un peu plus. Elle aima cette force et cette douceur, songea qu'elle devait lui présenter des excuses pour cette crise. D'urgence.

— Tu sais, chuchota-t-elle, ce n'est pas à toi que j'en avais tout à l'heure, c'est à... Et c'est toi qui as tout pris, ce n'est pas juste.

— Je sais. Tais-toi. Oublie. Oublie vite.

Il la serrait encore et ses mains lui caressaient le dos. Elle redressa la tête. Alors, il lui prit la bouche. Elle lui rendit ce baiser, ardente, rêva de se donner à lui aussitôt.

— Rentrons, reprit-il.

Elle acquiesça.

Dès leur arrivée à l'hôtel, elle courut s'enfermer dans sa chambre.

Le soir, elle refusa de le retrouver au restaurant.

Le lendemain, ils prirent la route de Rome.

Ils n'avaient pas échangé trois mots, ni fait la moindre allusion aux éclats et à ce baiser de la veille. Elle avait à peine dormi, bien qu'elle ait très tôt pris un somnifère puis, désespérant d'en subir l'effet, se soit fait monter, aux environs de minuit, trois grands verres de whisky. Elle revivait toute la scène, cette explosion de colère soudaine qu'elle ne parvenait pas à s'expliquer tout à fait. La guerre, bien sûr, qui avait été comme un cloître dont les murs auraient été peints de visions d'Apocalypse. Ou plutôt une prison. La guerre, ses peurs, dont elle tentait de se libérer. Mais pourquoi, là, ce jour-là, contre Jakob ? Et puis ce baiser dont elle éprouvait encore la force et la douceur. Il avait eu ce mot aussi, qu'il n'avait pas prononcé mais sur lequel il avait trébuché : « Tu n'as jamais été allemande. Seulement ma... » Et c'était vrai. Elle n'était pas sa fille. Ils pourraient donc...

Elle s'arrêta là, comme devant un trou noir ou un horizon lumineux, refusa de penser plus avant, de rêver à Jakob, de songer à l'avenir ou de revenir sur le passé, tenta d'apaiser sa tempête en lisant. Elle ouvrit au hasard des romans qui traînaient dans ses valises depuis Paris,

Laura C.

L'adieu aux armes d'Hemingway, puis *L'âge de raison* de Sartre, où elle trouva d'abord ces mots : « Ivitch était une petite souffrance voluptueuse et tragique qui n'avait pas de lendemain : elle partirait, elle deviendrait folle, elle mourrait d'une crise cardiaque... »

Laura ne voulut pas savoir qui était cette Ivitch, ni en quoi elle lui ressemblait, jeta, violente, le livre au bout de la chambre, fut tentée de sortir pour chercher un homme, le premier venu sauf Jakob, et finit par sombrer.

Elle somnola dans la voiture. Quand elle ouvrait les yeux, elle apercevait parfois dans le rétroviseur le visage du chauffeur, décidément un beau garçon – il ressemblait à Gérard Philipe : elle avait enfin retrouvé le nom du comédien – qui lui souriait, hardi. Elle finit par répondre à ses sourires, apaisée, interrogea Jakob sur l'Ombrie, qu'ils traversaient, et constata, émue, qu'il avait sans doute encore bûché les guides touristiques.

Ils étaient attendus : Jakob devait retrouver à Rome un marchand de tableaux italien avec lequel il avait travaillé longtemps quand il avait sa galerie à Berlin, expliqua-t-il, et cet homme-là, comme lui, était parti de rien, ou presque. Mais il avait le sens des vraies valeurs; celui du public aussi.

Laura trouva dans sa chambre d'hôtel d'énormes bouquets de tubéreuses, des fleurs blanches comme lys, aux pétales charnus et au parfum grisant.

Les fenêtres donnaient sur des jardins tirés au cordeau où un moine lisait son bréviaire. Elle décida qu'il sentait le confessionnal et les secrètes passions, rêva d'histoires d'amour en le regardant arpenter les allées, avant de s'habiller pour le dîner.

C'était l'épouse du marchand de tableaux qui avait fait envoyer les tubéreuses. Une beauté romaine, altière,

Laura C.

au visage de statue antique, sans maquillage aucun, dont les cheveux blonds lumineux auréolaient le teint mat de Méridionale.

Laura et Jakob retrouvèrent le couple dans une trattoria proche du Panthéon, très dépouillée et très snob, dont les garçons en tenue de pêcheurs houspillaient un peu les clients en leur servant d'excellents poissons et des pots d'un vin blanc d'une pâleur d'eau. On lui annonça que la jeune femme lui ferait, dès le lendemain, visiter la ville tandis que Jakob vaquerait à ses affaires. Elle se réjouit de cette compagnie mais constata qu'on s'ingéniait à la distraire comme la fille d'un homme riche, d'une relation utile aussi, qui venait de perdre sa mère.

La jeune femme avait l'âge de Laura; le mari, semblait-il, celui de Jakob. Elles allèrent de coupole en campanile et de catacombes en musée. La froideur des marbres les ennuyait autant l'une que l'autre. Et lorsqu'elles estimaient avoir accompli leurs devoirs culturels, elles préféraient se promener dans les jardins en faisant virevolter de blanches ombrelles, ou siroter des citronnades à l'ombre des terrasses. Les conversations étaient limitées : chacune parlait sa langue et tentait de comprendre celle de l'autre. L'Italienne plaignait beaucoup Laura d'avoir perdu sa mère, la seule personne, pensait-elle, à qui une femme pouvait se confier. La sienne était disparue depuis longtemps. Elle n'était pas heureuse : son mari, jaloux, l'enfermait dans une propriété à la campagne, à des kilomètres de la ville. Elle n'en était sortie que grâce à Laura, et y retournerait dès son départ.

Jakob et Laura y furent conviés le dimanche suivant. C'était, au sommet d'une douce colline, un immense parc où s'épanouissaient des arbres précieux d'une folle

307

Laura C.

richesse de coloris, qui servaient parfois de lieu de rendez-vous, expliquait le maître des lieux, à des vautours d'une espèce rarissime. Les allées en étoile, dont les bornes portaient les noms des plus grands peintres, menaient vers la maison de brique ocre, aux dimensions de château et aux allures d'église, surmontée d'une petite tour, dont les luxueux marbres et les ors, les alignements de tableaux, les entassements d'argenterie, les éblouirent d'abord, révoltèrent Laura ensuite.

Elle se contint toute la journée, sourit comme il le fallait, apprécia les mets, les vins et le service, embrassa avec fougue la jeune femme – c'était leur dernière rencontre – et entreprit, dès qu'ils furent remontés dans la Cadillac, de tourmenter Jakob : tant de luxe, tant de richesses étaient-ils justifiés alors qu'au pied de la colline, dans toutes les rues de Rome et sur les bords du Tibre, des enfants mouraient de faim, se prostituaient peut-être pour un chewing-gum ou un morceau de pain? Décidément, elle ne pourrait pas supporter ce monde-là, il fallait tout changer. Elle irait, dès leur retour en France, s'inscrire au parti communiste.

Il tomba dans le panneau, entra dans le débat : alors qu'elle se prétendait incapable de supporter ce monde-là, elle semblait très bien s'accommoder de ses hôtels, de ses restaurants, bref, de tous ses avantages. C'était la réponse qu'elle attendait sans le savoir :

– Tu me les reproches? Tu me reproches l'argent que tu as dépensé pour moi? Mais ça ne durera pas, rassure-toi. Je n'irai pas seulement m'inscrire au parti communiste, j'irai travailler. Je veux être indépendante, moi, libre. Tu entends? Libre!

Il tentait de l'interrompre, sans succès. Elle se sentait injuste, méchante, cherchait les mots qui lui permettraient d'exprimer sa peine et sa rancœur sans le blesser, n'y parvenait pas, et s'irritait contre lui de n'y point parvenir, s'exaspérait qu'il ne tendît pas une perche, n'importe laquelle, qu'il ne trouvât pas une phrase, n'importe laquelle, qui lui permît de faire la paix. Alors, elle repartait à l'assaut.

– Je serai peut-être pauvre, mais on ne m'emprisonnera pas comme elle...

– Elle?

– Elle. Tu le sais bien. Tu as vu ce château, ces marbres, ces mosaïques, et cette armée de bonnes en robes noires et bonnets blancs? Elle n'a que ça à regarder jour après jour. Elle doit en avoir marre, marre, marre, d'être prisonnière. Quelle différence avec une pute, je te le demande. Elle est adorable, tout ce que tu veux, mais c'est une pauvre petite pute...

Elle disait pute avec une sorte de plaisir sauvage, s'apprêtait à lui dire qu'il connaissait évidemment bien ce genre de personnages, à lui parler de Bella. Elle se sentait proche de sa mère soudain, prête à lui accorder toutes les raisons, et à lui tous les torts. Elle commençait à... Mais il cria, brutal, terrifiant, hors de lui :

– Tais-toi, je t'ordonne de te taire. Plus un mot, tu m'entends? Plus un mot. Je te l'interdis.

Elle se tut. D'un coup. Comme libérée d'obéir. Elle se tourna vers la vitre. Il en fit autant de son côté. Ils traversaient des banlieues grises. Des gamins faisaient rouler des caisses à savon équipées de roues de landau; quelques vieilles aux visages affaissés faisaient la queue à la porte d'une épicerie; des filles aux corsages largement dégrafés tournaient devant les grilles d'une caserne occupée par des militaires américains.

Il grommela quelques mots en polonais. Elle en fut

Laura C.

surprise : il semblait s'être défait de cette habitude. Elle ne s'y arrêta pas. Elle était tout à son idée de s'inscrire au parti communiste. On pouvait bâtir un monde meilleur, plus juste. Bien sûr, il avait, lui, les communistes en horreur, mais c'était l'horreur des Polonais pour les Russes. A l'Ouest, on ne ferait pas comme les Russes, surtout en France où l'on ignorait le knout et le servage. Il suffisait de regarder un homme comme Maurice Thorez : une bonne tête d'ouvrier, de brave père de famille. Mais ce n'était pas l'essentiel. Les hommes ne comptaient pas. C'est l'idéal, l'objectif, qu'il fallait considérer : la construction d'un monde juste, heureux.

Elle décida d'être heureuse.

Comme ils arrivaient à l'hôtel, elle lui dit soudain :

– Tu sais, j'ai repensé à... à Florence, toi et moi, tu sais ? Eh bien, c'est très malheureux, mais je ne puis rien pour toi, et tu ne peux rien pour moi.

Il détourna la tête.

Rentrée dans sa chambre, et regardant le moine qui lisait son bréviaire tandis que la ville s'embrasait, elle se dit que c'était une phrase de roman, qu'elle avait peut-être trouvée dans un roman.

Mais c'était ce qu'elle pensait.

Le retour fut un désastre.

Ils avaient pourtant passé trois jours paisibles et presque délicieux à Parme, puis à Turin. Elle s'était évertuée à faire oublier ses fureurs et il s'était comporté, délicat, galant, attentionné, comme si elles n'avaient jamais existé. Ils cherchaient des occasions de se sourire, de partager des enthousiasmes et des émerveillements. Ils construisaient avec soin de longues conversations qui cheminaient en évitant tous les sujets de possibles discordes. Il avait seulement décidé de l'emmener désormais dans les restaurants populaires où ils s'empiffraient de pâtes, et dont il sortait en distribuant des aumônes impériales.

Les difficultés se présentèrent dès la frontière. D'abord parce qu'un douanier soupçonneux contrôla de fond en comble cette Cadillac qui ne pouvait être, à ses yeux, que la voiture d'un trafiquant avéré. Et puis, le versant français des Alpes était noyé de brouillard. Jakob devait rouler au pas.

Il avait décidé de passer la nuit à Aix-les-Bains pour y retrouver sa mère de retour d'Amérique, où elle avait émigré en 1938 et passé toute la guerre, qui s'était préci-

Laura C.

pitée là sous prétexte de faire une cure. En réalité, expliqua-t-il, elle éprouvait encore la nostalgie d'un amour de rencontre, un Français qu'elle avait connu dans cette ville d'eaux vers la fin des années vingt. Ils s'étaient séparés, la saison terminée, en se jurant fidélité avec promesse de se revoir à Noël, s'étaient écrit presque chaque jour, et puis plus rien : il était mort, elle l'avait appris des semaines plus tard, renversé en plein Paris par un taxi alors qu'il traversait la rue en lisant une de ses lettres. Une histoire très romanesque qu'il venait peut-être d'imaginer, pensa Laura, étonnée qu'il ne la lui ait pas contée plus tôt. Elle revoyait la vieille dame aux cheveux blancs et aux mains alourdies de bagues qui décrivait le pogrom, les gens des rues non juives qui dévastaient les rues juives, et volaient, et tuaient, la disparition de sa fille et enfin ce « ne me demandez pas de vous aimer ». Comment les années l'avaient-elles changée? Et Aron Brockman, le petit homme roux qui l'avait amenée chez elle, qu'était-il devenu? Mort peut-être. Mort sans doute. Tant de morts. Et combien au compte de Karl?

Ils arrivèrent tard, fatigués, dans une station thermale en fin de saison, dont le vide formait un déprimant contraste avec l'animation des villes italiennes, et qui donnait le sentiment de ces lendemains de fête où les forains démontent manèges et stands de tir tandis que les employés municipaux s'affairent à ramasser papiers gras et tickets de loterie.

A la réception du Bernascon, le palace où elle était descendue, ils trouvèrent une lettre de Madame Biermann. Elle se disait très souffrante, regrettait de ne pouvoir dîner avec eux, mais Jakob, bien sûr, pourrait aller l'embrasser dans sa chambre. Il rougit à cette lecture, ce que Laura n'avait jamais vu, hésita, grommela encore en polonais, et se précipita soudain vers la chambre.

312

Laura C.

Laura comprit, ou crut comprendre, ce qu'on lui signifiait ainsi : fille d'un nazi et d'une Allemande, elle ne pourrait jamais appartenir à cette famille. Il existait toujours des rues juives et des rues non juives, et le mur qui les séparait s'était beaucoup élevé encore. Depuis le « Ne me demandez pas de vous aimer », des millions d'hommes, de femmes et d'enfants avaient été torturés, abattus, étouffés, gazés, brûlés. Elle se revit dans le Vercors, hurlant qu'elle était juive pour défier les miliciens. Mais ce n'était qu'un cri, une provocation. Elle ne pourrait jamais franchir le mur.

Jakob la rejoignit bientôt. Elle le devina furieux et accablé. Mais il feignait de croire au mensonge de sa mère. Elle lui en sut gré.

Pendant le dîner, ils firent assaut de gentillesses. Il lui offrit une très jolie bague, d'un modèle qu'elle avait admiré à Rome en courant les vitrines avec la jeune femme du côté de la Trinité des Monts.

La nuit, elle rêva qu'il grattait à sa porte et se réveilla attendrie.

Elle songea à Salomon, au rendez-vous qu'ils s'étaient donné à Jérusalem, en 1947, et auquel il ne pourrait être fidèle. Elle le revoyait décrivant avec enthousiasme la Terre promise, avant d'être enterré en terre allemande. Salomon et Jakob, ses impossibles amours.

Chapitre II

La danseuse aux longs cheveux virevoltait de table en table au tempo de la rumba, provoquant les hommes de la bouche, des yeux et des seins évadés du corselet très serré d'une robe sans bretelles pour s'offrir, généreux, aux regards. Et entre lesquels, le temps d'une caresse, un fêtard glissait parfois un billet.

A l'exception d'un petit noiraud qui se déhanchait derrière elle en secouant, frénétique, de grosses maracasses, les musiciens du Paradisio avaient renoncé à la suivre, demeurant, ignorés des projecteurs, sur la piste centrale ; ils en profitaient, nota Laura, pour abandonner leurs sourires de commande.

La danseuse piétina un instant devant leur table, se pencha vers Jakob, avec un sourire qui se voulait lascif et découvrait des dents inégales. Elle sentait le patchouli et la sueur. Il posa son cigare, tendit les mains, se reprit.

Comme chaque soir, Laura se demanda ce qu'elle faisait là et s'il n'était pas préférable de partir. Il serait plus libre. Elle trouverait bien un taxi. Et comme chaque fois, elle se résigna à l'attendre.

Laura C.

Depuis leur retour à Paris, une sorte de folie habitait Jakob. Le jour, il s'activait à préparer l'ouverture de sa nouvelle galerie. Elle lui servait d'assistante, de secrétaire, de garçon de courses, voire de femme de ménage. Ils déjeunaient ensemble, sur place le plus souvent, parfois en compagnie des artisans qui aménageaient la longue salle. Il se montrait alors le plus pudique des pères et le plus tendre des hommes. Le soir, il se transformait. Il l'emmenait dans des boîtes de Montparnasse ou de Pigalle. Elle ne les appréciait guère, se laissait émouvoir par les rengaines grinçantes des violons, mais s'ennuyait vite au défilé des girls au visage fatigué qui levaient haut la jambe, et plus encore les bras afin de redresser des gorges en péril. Elle tentait de se distraire en leur inventant des histoires romanesques, des amants désespérés, des maris volages et des enfants abandonnés aux portes des couvents. Elle détestait plus encore les boîtes où l'on dansait, surtout depuis la nuit où un ami de Jakob, un grand chauve à l'haleine meurtrière, dont elle n'avait pu refuser l'insistante invitation, avait profité de la quasi-obscurité – seuls deux projecteurs aux couleurs changeantes allumaient des boules de miroirs – pour la plaquer contre lui et lui coller à la naissance du cou un baiser goulu et humide. Elle avait failli le gifler, s'était dégagée, preste, et cette fois, oui, avait obtenu de Jakob qu'ils s'en aillent.

Que voulait-il? Pourquoi l'amenait-il là?

Après l'Italie, elle s'était convaincue que ce n'était pas elle qu'il aimait mais ce qui, en elle, lui rappelait Susanne. D'ailleurs, il la présentait presque toujours comme sa fille. Il avait même tenté, quelques semaines après leur retour, de la faire passer pour telle définitivement, devant la loi. Ils avaient accumulé au cours des années tant de faux papiers que cela semblait des plus facile – d'autant que des juifs avaient été tout simplement exclus, en Allemagne, des registres de l'état civil. Il suffisait qu'elle signât quelques documents qu'il lui avait amenés un soir, presque triomphal. Elle s'y était refusée, d'emblée, s'en était ensuite félicitée : la mère de Jakob, découvrant cette affaire, aurait supposé que les plus sombres intrigues, destinées à capter sa fortune, avaient amené son fils à ce geste, et n'eût pas manqué de réagir de la façon la plus vive, la plus dangereuse aussi. Le plus absurde, mais Jakob n'y avait, semble-t-il, pas pensé, c'est qu'il aurait pu l'adopter légalement. Il suffisait du consentement de Karl, s'il vivait encore. Cet ancien nazi n'aurait pu refuser. Elle s'était bien gardée de le suggérer.

N'être qu'un substitut de Susanne la peinait et l'humiliait. Elle se l'avouait parfois, mais rejetait vite cette idée. Aux premiers jours de leur voyage, dans un restaurant de Bologne où un Italien faisait compliment à Jakob, avec une galanterie outrée, d'avoir une si belle fille, elle s'était exclamée : « Il ne m'a jamais regardée. » Elle l'avait aussitôt regretté, s'en était ensuite excusée, mais pensait que c'était vrai, qu'il ne l'avait, jusque-là, pas regardée comme une femme. Il avait pris soin d'elle dès son arrivée en France, ébauché pendant la guerre quelques complicités avec l'adolescente qu'elle était devenue, surtout quand Susanne geignait trop, et il la découvrait à présent tout autre, mûrie aussi par les épreuves et la séparation. D'où ses incohérences tout au long de ce voyage : il l'avait traitée parfois en enfant qu'il fallait éduquer – peut-être aussi préférait-il les femmes-enfants et Susanne l'était un peu –, parfois aussi avec la sollicitude d'un jeune mari inquiet des mystères et des

fragilités de l'âme féminine. Si l'on ajoutait qu'il cherchait peut-être aussi à faire pardonner, à travers elle, ses
infidélités envers Susanne, on obtenait, estimait Laura,
une explication à peu près cohérente de ses contradictions. Il ne fallait pas être grand clerc, ni bardée de
diplômes de psychologie, pour le comprendre. Et cette
souffrance, la faiblesse, la générosité qu'elle voyait en
lui, l'incitaient à éviter désormais tout sujet de désac-
cord, à ne pas contrarier cette folie de sorties nocturnes
qui l'avait saisi – mais à laquelle elle ne trouvait guère de
raisons solides.

Sortie pour sortie, elle eût préféré le Tabou, la Rose
rouge, les caves et les cabarets de Saint-Germain-des-
Prés dont les journaux disaient la vogue croissante.
Camus venait de monter *Caligula* – avec Gérard Philipe... – et de mettre en scène *Huis clos* de Sartre. Vian
publiait sous un nom d'emprunt, qui ne le cachait pas, un
J'irai cracher sur vos tombes qui faisait scandale, et les
libraires dressaient des listes d'attente pour les acheteurs
du *Paroles* de Prévert parce que l'éditeur manquait de
papier. La France était à peu près dépourvue de tout
mais dans cet îlot de la Rive gauche éclatait un printemps de liberté, de fantaisie et de création. Et lui,
Jakob, semblait l'ignorer. Ses peintres les plus proches
étaient dispersés, vieillissants : Chagall et Dali n'annonçaient pas leur retour d'Amérique d'où Léger débarquait
à peine ; Matisse, sur la Côte, s'éblouissait de couleurs et
l'on commençait à murmurer qu'il allait décorer une chapelle ; Picasso enfin, toujours parisien, venait d'entrer à
grand tintamarre au parti communiste, de s'enfermer
surtout dans le personnage de Picasso.

Jakob restait un peu à l'écart, nostalgique jugeait-elle,
et quand il évoquait l'après-guerre, c'était celle des

années vingt. Pouvait-on réussir deux après-guerre? Peut-être. Mais il ne serait plus pionnier, ni découvreur. Un astucieux marchand seulement, un professionnel très éclairé.

Laura ne s'imaginait pas travaillant longtemps à ses côtés, comme il le lui avait proposé. Un jour, elle partirait. Pour faire quoi? Elle échafaudait vingt hypothèses, n'en retenait aucune. Ses études bousculées ne l'avaient préparée à aucune profession. Se marier, élever des enfants? Personne n'avait succédé au petit maquisard du Vercors. Et depuis des mois, sa vie se limitait à la galerie le jour, aux boîtes le soir. Elle songea même à entrer au couvent, mais conclut que se tourner vers Dieu serait fuir devant le monde. Dieu, c'était l'au-delà, et il fallait avoir le courage de s'attaquer aux réalités d'ici-bas avec le seul secours de l'intelligence et de la volonté. Pourquoi remettre en question ce qu'elle avait décidé quand le cierge s'était cassé à Saint-Sulpice? D'ailleurs, on ne pouvait rien savoir de Lui. Il fallait s'en passer.

Rêver au départ était déjà s'évader. Mais en craignant la tourmente et la souffrance qu'il provoquerait. Pour lui, à coup sûr. Mais pour elle aussi.

C'est alors qu'apparut Marguerite.

Ils la rencontrèrent au Paradisio, le soir même où Jakob avait paru si attiré par la danseuse du cabaret. Marguerite : une longue femme aux cheveux sombres et foisonnants, au visage mobile, qui passait de la moue puérile ou du rire cristallin à la plus rude tension, soulignée par un brusque mouvement du menton et un éclat meurtrier de l'œil. Elle semblait, ce soir-là, fourvoyée, rêvant sans doute comme Laura de s'échapper au plus vite de ce lieu où l'avaient amenée des amis de Jakob, désireux de s'encanailler à la fin d'un repas dans un restaurant huppé. Ils étaient deux couples avec elle. Ils s'installèrent à leur table, applaudirent le numéro d'un bellâtre qui déshabillait une jeune femme en lui enlevant les vêtements de la pointe du sabre, vidèrent quelques coupes, et se séparèrent très satisfaits les uns des autres.

Laura avait remarqué que Jakob lançait à cette Marguerite des regards appuyés, mais ne s'y attarda guère. Cette attitude lui était coutumière, et la jeune femme semblait lointaine.

Trois semaines plus tard, il l'installait dans l'immense appartement qu'il avait loué sur le boulevard Raspail au retour d'Italie. Sans s'embarrasser de justifications ou d'explications. Comme pour défier Laura, qui fit mine de s'en accommoder. Elle pensa d'abord que cette Marguerite n'était qu'une maîtresse de plus, qu'il effeuillerait comme bien d'autres. Mais celle-ci prit vite ses habitudes, se comporta avec Laura, bien qu'elle ne fût guère plus âgée, comme une belle-mère, et montra de toutes les manières qu'elle entendait bien se faire épouser.

Elle y parvint.

Laura dut le reconnaître : cette femme adorait Jakob et ne mentait pas vraiment quand elle affirmait vouloir passer sa vie à ses genoux. Orpheline, elle avait été enfermée jusqu'au brevet dans une de ces bâtisses tristes et mal chauffées où des gamines solitaires se passent en cachette des romans dans lesquels des jeunes filles pauvres et humiliées trouvent enfin le bonheur dans les bras d'un séduisant personnage qui se révèle être milliardaire par-dessus le marché. Marguerite était convaincue que toute femme qui s'approchait de Jakob n'était intéressée que par sa fortune. Sauf elle. Et peut-être Laura dont elle avait décidé de se faire une alliée – un marchepied, pensait celle-ci les jours où elle la détestait – dans son ascension jusqu'au mariage.

Pour démontrer qu'elle n'était pas seulement la maîtresse de Jakob – et Paris lui en avait beaucoup connu – mais qu'elle jouissait déjà d'un statut particulier, elle sortit donc Laura de la galerie, l'introduisit partout. Elles couraient les expositions et les salons de thé, fréquentaient l'après-midi les théâtres poussiéreux où de vieux académiciens racontaient leurs souvenirs à des parterres de dames somnolentes et de généraux retraités. La jeune femme se laissa faire quelque temps, pas mécontente d'échapper à son beau-père.

Un mince incident les rapprocha même alors qu'il était

parti en Suisse pour une expertise. Elles assistaient à une générale de *La Dame aux camélias*. Et Marguerite, sujette à de fréquentes crises de hoquet, en fut saisie au moment même où l'héroïne, sur scène, poussait des cris déchirants parce qu'on lui arrachait son amant. Saisies d'un accès de fou rire irrépressible, les deux femmes furent obligées de s'éclipser sous les regards indignés de leurs voisins pour s'esclaffer tout leur soûl hors du théâtre. « Une femme capable de sacrifier sa réputation et son ambition mondaine à un accès de gaieté intempestive n'est pas calculatrice », conclut Laura.

Elles échangèrent quelques confidences. Marguerite apprit ainsi à la jeune fille, au lendemain d'un soir où Jakob les avait emmenées dans une boîte de travestis, qu'il lui avait confié avoir beaucoup fréquenté ces maisons avec Susanne, dès les années d'avant-guerre, dans l'espoir insensé de la guérir ainsi de sa frigidité, et avait fini par y prendre goût.

Entre Marguerite et son amant, après les premiers mois, les relations étaient déjà devenues chaotiques. Un soir, alors que Laura, seule dans le vaste appartement, dévorait un policier américain, le téléphone sonna. C'était Marguerite qui voulait lui dire adieu : elle s'était querellée avec Jakob et allait se tuer. Laura en doutait, mais on ne sait jamais. Elle se précipita dans le petit appartement que la jeune femme avait gardé derrière l'Ecole militaire, et ne la trouva pas. Elle courut en taxi dans quelques cafés ou restaurants où Marguerite avait ses habitudes. Sans plus de succès. A son retour, peu avant minuit, elle trouva Jakob, arrivé entre-temps, qui lisait paisiblement son journal. Elle le mit au courant, le houspilla. Il ne s'inquiétait guère. « C'est du chantage », dit-il. Et il partit se coucher.

Laura C.

A trois heures, le téléphone sonna de nouveau. Il ne pouvait pas ne pas l'entendre mais ne bougea pas. Marguerite appelait d'un café proche de la gare de Lyon. Elle avait tenté de se jeter dans la Seine, pleurait-elle, mais n'en avait pas trouvé le courage. Elle suppliait qu'on vînt la chercher. Laura appela un taxi, et se mit en route, tremblant à l'idée d'une mauvaise rencontre.

Marguerite n'était plus dans le café, où les garçons empilaient les chaises sur les tables pour laver le sol. Elle la trouva dans la salle d'attente des IIIe classes où quelques jeunes soldats éméchés faisaient grand tapage sans oser approcher de cette femme en manteau de fourrure, au visage noyé de larmes, qu'ils prenaient peut-être pour une jeune veuve. Laura ne comprit rien à ses explications. Mais lui promit de l'aider et la ramena chez elle.

Le lendemain, elle se demandait comment tenir une telle promesse : son beau-père venait de lui annoncer sa ferme intention de rompre, en lui demandant de s'occuper de Marguerite pendant quelques jours, le temps qu'elle retrouve son équilibre. Ce qu'elle fit. Deux semaines plus tard, Marguerite était revenue boulevard Raspail, jouait à la maîtresse de maison et à la sœur aînée, traînait Laura chez les couturiers pour lui acheter des robes, convoquait des décorateurs pour changer la disposition des pièces, la forme des cheminées et les rideaux des fenêtres. Trois mois plus tard, elle était mariée.

Elle eût souhaité une grande cérémonie. Jakob ne voulait pas en entendre parler. Ils trouvèrent un compromis : il n'y aurait, à la mairie, que les intimes; on inviterait tous les autres pour une brillante soirée dans la grande

Laura C.

maison de campagne qu'il venait d'acheter près de Chevreuse. C'était au début de février. La neige commença à tomber au milieu de l'après-midi. A flocons si serrés que la plupart des invités renoncèrent, dérapèrent ou se perdirent en chemin. Ceux qui eurent la chance et le courage d'aller jusqu'au bout durent se contenter de charcuterie, d'olives et d'amandes grillées arrosées de quelques bouteilles de bordeaux précipitamment tirées de la cave que Jakob commençait à constituer en ce lieu : les camions du traiteur, pris dans une véritable tempête de neige, n'arrivèrent qu'aux alentours de minuit, à la fin de cette soirée dont l'extravagance avait beaucoup amusé Laura. Ce qui n'échappa pas à Marguerite.

Elle avait souhaité partir en Italie pour leur voyage de noces, assurant qu'à cette époque de l'année le printemps, *primavera*, montrait déjà le bout de son nez dans la Péninsule. Laura les imaginait à Bologne, à Florence, à Rome, dans ces palaces où trois valets se disputent chaque valise tandis qu'un gérant à courbettes taille l'espace sur mesure pour chaque client, ce qui devait ravir Marguerite. Ou encore dans les musées où Jakob, ayant peut-être révisé ses guides, apprendrait à la jeune femme le sens profond, essentiel, de la découverte des lois de la perspective. Distribuerait-il des aumônes royales aux mendiants de la rue? Rencontreraient-ils la jeune femme aux tubéreuses, prisonnière dans son beau château sur la colline? Elle n'avait pas osé les interroger sur leur itinéraire. Ils ne l'en avaient pas informée.

Elle rêvait qu'ils aillent à Naples, en Sicile, à Venise, n'importe où, sauf dans les villes où il l'avait accompagnée. Elle apprit à leur retour que – col du Grand-Saint-Bernard excepté puisqu'ils avaient pris l'avion – ils avaient suivi à peu près le même chemin, fait étape en

324

tout cas dans les mêmes hôtels, et visité les mêmes musées dans les mêmes villes. La seule bonne nouvelle était la disparition de la jeune femme aux tubéreuses, enfuie on ne savait où avec un jeune amant. Marguerite avait ramené de ce périple des douzaines de pellicules et promit à Laura de lui montrer les clichés dès qu'elles seraient développées, ce que la jeune fille jugea du dernier grossier. Elle répondit que cela ne l'intéressait guère puisqu'elle connaissait déjà ces lieux, visités avec Jakob quelques mois plus tôt. Ce fut le début d'un conflit qui allait bientôt s'exaspérer.

Il éclata un soir où la radio évoquait un des nombreux débats de l'Assemblée nationale sur l'épuration des collaborateurs, agents des nazis ou supposés tels. Les mois passant, l'indulgence croissait, les anciens résistants eux-mêmes se divisaient sur la rigueur des sanctions qu'il fallait infliger. Marguerite, entendant les propos d'un partisan de l'apaisement et de l'oubli, les approuva très haut. Il n'était que temps, disait-elle, d'en finir avec ces histoires. Un mot qui fit sursauter Laura. Des histoires ? Tant de millions de jeunes hommes tués au combat, tant de gens torturés, déportés, affamés, assassinés ?

Oui, c'était bien triste, rétorquait Marguerite. Mais en exécuter quelques autres ne ferait pas revivre tous ceux-là. Il fallait passer l'éponge, regarder devant soi.

Laura, qui se contenait à grand-peine, l'interrogea sur sa vie pendant la guerre, découvrit que, son brevet en poche, la jeune femme avait été embauchée dans une officine qui travaillait pour les Allemands – « comme toutes les entreprises, bien sûr, il n'y avait pas d'autre choix possible ; et puis, moi, la politique ne m'a jamais intéressée » – et qu'elle y avait vite progressé jusqu'à devenir l'adjointe – la maîtresse ? – du patron.

– Mais être pour ou contre les Allemands, les nazis, ce n'était pas une affaire de politique, mais de patriotisme. Un bon Français, une bonne Française, devait être hostile à ceux qui occupaient son pays, tout faire pour qu'ils s'en aillent, ou du moins ne pas les aider.

Marguerite paraissait surprise :

– C'est vous qui me dites cela ? Mais vous êtes allemande d'origine, non ?

– D'origine. Oui. Parce que... Mais ça ne change rien pour vous.

– En tout cas, ce n'est pas une Allemande qui va me donner des leçons. Parce que mon père était français, moi. Et il n'appartenait pas à la Gestapo, lui.

– Vous osez !

– Quoi, j'ose ?

– Vous osez !

Laura, suffoquée, s'était levée, approchée de Marguerite assez près pour la gifler, lui cracher au visage, la malmener. Toutes ces idées lui vinrent mais elle n'en fit rien. Elle éclata en sanglots et s'enfuit. Furieuse contre elle-même, contre Jakob qui s'était lié à cette femme, et désespérée. Elle s'enferma dans sa salle de bains, se composa une mixture de tous les médicaments qu'elle put trouver, et l'avala tout entière. Une heure plus tard, la bonne, qui avait entendu les échos de la dispute, trouva le moyen de forcer la porte et la découvrit gisant au pied de la baignoire.

Marguerite, qui venait de passer son permis de conduire et s'était acheté une Dyna Panhard, la nouvelle voiture à la mode, vint la rechercher à l'hôpital, deux jours plus tard. Elle se confondait en excuses et regrets,

expliquait que leur dispute n'avait été que le fruit véné-
neux d'un malentendu et de son ignorance des souffrances qu'elle avait endurées pendant des années,
s'humilia autant qu'il était possible. Laura l'écoutait à
peine, n'osait lui demander où était passé Jakob, apprit
enfin qu'il était reparti une fois encore pour la Suisse,
regretta alors de s'être ratée, brûla de dire qu'il retrouvait sans doute une maîtresse du côté de Genève ou de
Lausanne, et décida de s'enfermer dans le silence jusqu'à
son retour. Alors, elle lui dirait ses quatre vérités.

Quelles vérités? Elle se tourmenta, dormit peu, bien
qu'elle ait fait provision de somnifères, se nourrit à peine,
ne quitta guère son lit.

Quelles vérités? Elle ne pourrait lui reprocher de s'être
remarié après la mort de sa mère, ni de l'abandonner,
elle, alors qu'il avait tout fait, lors de leur voyage en Italie, pour la réconcilier avec la vie et l'avait ensuite asso-
ciée à son travail. S'il avait disparu au lendemain de sa
tentative de suicide, c'était seulement après s'être assuré
qu'elle ne courait aucun danger, et sans doute par dépit
et colère.

L'idée lui vint qu'elle rêvait en réalité de lui faire une
violente scène de jalousie, qui seule la délivrerait, mais
elle la rejeta aussitôt, la jugeant sotte. Et quand il apparut un matin, sortant tout frais du train de nuit, elle lui
reprocha d'abord de se désintéresser de la naissance
attendue de l'Etat d'Israël, qui était la grande affaire du
moment, de montrer peu de solidarité envers ses frères.

Il se disait heureux de la voir rétablie. Elle lui répondait qu'elle irait, elle – bien que non-juive comme il le
savait et comme sa mère, à coup sûr, devait le lui répéter

dans chacune de ses lettres –, travailler dans un de ces kibboutz où tant de jeunes tentaient de bâtir un monde différent et d'inventer de nouvelles manières d'être.

Il la félicitait de sa bonne mine. Elle s'esclaffait et lui demandait s'il avait au moins donné un peu de son argent pour aider les rescapés des camps qui partaient vivre à Haïfa ou Tel-Aviv.

Il disait regretter son absence des derniers jours : ce rendez-vous à Genève avec un collectionneur américain ne pouvait être différé. Elle lui parlait de l'attaque de la prison de Saint-Jean-d'Acre par l'Irgoun, une organisation juive que l'on disait terroriste ou libératrice, selon le camp choisi, et qui avait fait évader 189 juifs détenus par les occupants britanniques.

Il s'exaspéra, finit par lui annoncer qu'il avait pris rendez-vous pour elle, le soir même, chez un psychiatre. Pour le reste, qu'elle lui fiche la paix : il savait ce qu'il avait à faire, et l'avait fait.

Il l'emmena lui-même chez le praticien. Elle se laissa conduire bien qu'elle enrageât, jugeant qu'il la traînait comme une criminelle devant un juge. Le psychiatre, un professeur réputé, parla beaucoup, ne l'écouta guère puis la renvoya au salon d'attente afin de s'entretenir avec Jakob. Elle était sortie de son bureau affolée, persuadée qu'il recommanderait de l'enfermer dans une maison de santé et fut tentée de fuir. La curiosité l'emporta : elle voulait connaître son verdict et se jugeait assez habile pour s'échapper si celui-ci était trop sévère. Jakob réapparut, rassurant et rassuré : le savant professeur avait bien voulu la déclarer normale, et recommandait simplement du repos. Ce qu'elle jugea risible.

Elle accepta pourtant la proposition qu'il lui fit le lendemain : une de ses amies, qui possédait une jolie villa à

Lugrin, près de Genève, serait enchantée de la recevoir quelques jours et de lui montrer les beautés d'un pays qu'elle ignorait et que sa mère avait, assurait-il, aimé.

Elle passa deux semaines, en compagnie d'une femme un peu mûrissante et très attentionnée, dans cette riche demeure d'où elle voyait chaque matin émerger, au-delà du lac luisant de lumière, les sommets alpins coiffés de blanc. Elles exploraient l'arrière-pays, ses villages de vignerons et ses bois, s'offrirent deux ou trois escapades sur la rive française, au casino d'Evian où quelques riches Helvètes, chaque soir, tentaient de distraire leur ennui en perdant leur argent. Mais Laura découvrit, la veille de son départ, que son accueillante hôtesse était une sœur de Bella. Bella qui, maîtresse d'un familier du maréchal Pétain, l'avait suivi en Allemagne en 1944 et dont on avait, depuis, perdu la trace.

Jakob avait donc été l'amant des deux sœurs? Cette évocation amusa soudain Laura. Elle voyait dans ces aventures et ces liaisons une manifestation de vitalité, le signe d'un amour de la terre, de la chair et de ses plaisirs qui ne la rebutait plus depuis que Francesca lui en avait montré les richesses. Mais elle ne s'imaginait pas dans la même situation.

Le retour à Paris fut difficile. Marguerite avait très naturellement profité de son absence pour la dépouiller de ses dernières prérogatives de maîtresse de maison. Jakob lui présentait un visage d'homme offensé. En essayant de se tuer, elle l'avait trahi. Bien plus radicalement que sa mère avait pu le faire avec le peintre viennois. Et c'était peu de temps après la mort de Susanne. Il avait donc failli perdre l'aimée deux fois.

Tout semblait désormais clair à Laura, évident. Et irréparable puisqu'il était marié. Un divorce était, certes, toujours possible. Mais Marguerite, qui flairait le danger, établissait ses défenses.

Laura se sentit à la fois prisonnière et exclue. Elle rêva de s'échapper, d'en finir avec ce qui eût pu constituer un banal ménage à trois. Ce fut lui, en fin de compte, qui l'aida. Il lui confia un jour, à l'improviste, que le psychiatre avait conseillé qu'elle vive hors de sa famille. Elle lui reprocha vivement de ne pas l'en avoir informée plus tôt. Elle comprenait, en réalité, qu'il lui signifiait son congé. Ce fut une nouvelle scène, très violente. La rupture.

Chapitre III

Paul pelait la pêche avec application, fit néanmoins jaillir en direction de sa cravate un petit geyser de jus.

Il la regarda, déconfit :

– Ça se nettoie bien? Avec de l'eau? Ça tache?

Elle rit. Elle n'en savait rien. Elle aimait en lui cette maladresse d'enfant pauvre. Aucune mère, épouse ou maîtresse ne l'avait dressé à décortiquer crevettes, écrevisses et pinces de homard ou à éplucher un fruit d'un air distrait et détaché sous l'œil attentif et critique de larbins jaloux.

Il appela, pour lui demander une carafe d'eau, l'unique serveuse de ce bistrot à la mode, une Bretonne mafflue qui s'efforçait d'amuser la clientèle en hurlant : « J'ai deux pieds de cochon qui marchent » ou « j'ai une tête de veau », en direction de la cuisine.

– Inutile, dit Laura. C'est probablement fichu. Le jus de pêche, il n'y a pas pis. Mais je vous en achèterai une autre.

Il eut un geste agacé, comme pour chasser un insecte insistant.

– Merci, j'en ai. Et je suis quand même capable de me payer une cravate.

331

Laura C.

Elle s'en voulut. Elle l'aurait blessé, une fois encore. Mais il se montrait trop susceptible, à la fin des fins. Qu'une femme offre une cravate à un homme qui lui plaît, quoi de plus normal? Sauf pour lui. Il ne voulait rien accepter. Elle était à ses yeux la fille d'un riche marchand de tableaux; bien qu'elle lui eût cent fois certifié le contraire, il croyait dur comme fer que Jakob Biermann la faisait bénéficier de multiples largesses et semblait persuadé, meurtri aussi, de ne pouvoir jamais l'égaler en fortune. Elle tentait souvent de le rassurer, s'extasiait sur sa réussite : ce fils d'une mercière toulonnaise (et peut-être d'un marin de passage : il se disait de père inconnu) comptait désormais parmi les critiques littéraires les plus influents de Paris. Et même si ses revenus n'atteignaient pas des sommets, ils lui assuraient ce qu'on appelait « une honnête aisance » dans les romans à succès qu'il tournait en dérision avec l'impertinent talent qui faisait sa réputation.

Il nettoya sa cravate à grande eau, étendit le désastre.

Elle fit mine de ne rien remarquer, tenta une diversion. Que pensait-on dans les journaux qu'il fréquentait des formidables événements qui changeaient la donne mondiale? Les communistes de Mao Tsé-toung avaient fini par se rendre maîtres de la Chine et l'Union soviétique venait de renoncer au blocus dans lequel elle enserrait Berlin; il faudrait à celle-ci, avait lu Laura, des décennies pour absorber le continent chinois, ce qui l'attirerait de manière définitive vers l'Extrême-Orient. Il la regarda, surpris. Elle devait bien savoir que cette actualité ne le passionnait pas. Il venait de relire *La Vie des abeilles* de Maurice Maeterlinck, ce Belge, Nobel de littérature, dont on avait annoncé la mort quelques jours plus tôt. Le connaissait-elle? Non, bien sûr. Voilà un auteur qui mériterait son attention. Il entama un exposé.

Laura C.

« Il me traite comme une petite fille », pensa-t-elle. Elle s'en émut. Depuis le début, Paul guidait ses lectures jusque-là vagabondes – le temps de Francesca excepté, qui n'avait été, hélas, qu'un intermède.

Elle l'écoutait, ravie, oubliait la cravate qui s'égouttait, la rumeur de cantine du restaurant bondé, les cris et les rires de la serveuse, et fixait ses yeux de grand myope, à demi masqués par de très épaisses lunettes, cherchant à y découvrir quelque éclat de tendresse.

Ils s'étaient rencontrés dans une soirée, quelques mois après qu'elle eut quitté l'appartement du boulevard Raspail. Elle avait déniché un emploi de correctrice chez un éditeur d'art qui recevait ce jour-là des journalistes pour leur présenter sa dernière production, un gros album consacré à Bruegel ; Paul accompagnait par hasard un de ses confrères. Un groupe s'était formé, loin du buffet, dont la conversation passa, par d'imprévisibles détours, de Bruegel à Catherine II et ensuite à Voltaire, un sujet sur lequel elle se sentait imbattable grâce aux leçons de Francesca. Elle avait, pour une fois, envie de briller. Il ne put le supporter, l'enfonça. Ils se quittèrent ennemis en se promettant de se revoir. Ce qu'ils firent une semaine plus tard. Elle n'avait pas dormi afin de relire toutes les œuvres du philosophe, en jugea la qualité moins évidente que dans ses souvenirs et osa le lui avouer. Il lui en fut reconnaissant, et commença pour elle seule une sorte de cours sur la philosophie des Lumières.

Elle s'ennuyait : avoir erré, adolescente, dans toute la France du Sud et vécu ensuite dans l'ombre de Jakob ne lui avait pas permis de se faire beaucoup d'amis parisiens. Elle lui arracha la promesse de nouvelles rencontres. Il sembla y trouver quelque intérêt. Elle cherchait un fiancé ou un amant et se jeta presque à son cou.

Il ne parut pas s'en apercevoir et continua de lui donner des leçons de littérature et de philosophie dans les cafés de l'île Saint-Louis où il louait un studio. Mais il ne la fit jamais monter. Pas plus qu'il n'acceptait ses invitations à dîner dans l'appartement qu'elle s'était acheté aux Gobelins avec le petit héritage de sa mère. Il ne faisait exception que pour quelques bistrots, chics ou snobs comme celui-ci. Et cela durait depuis des mois.

Il comprit qu'elle était loin de Maeterlinck, s'en irrita, le lui dit.

Elle s'excusa, prit une mine attentive. C'était un merveilleux causeur, estimait-elle, un des esprits les plus brillants de cette ville envahie de gens superficiels, et elle avait fait irruption soudain dans sa vie, forcé sa porte sans attendre qu'il l'invitât. Il ne fallait donc pas manifester d'impatience. Qu'il ne l'ait pas repoussée était déjà une chance insigne, ou plutôt l'indice d'un véritable intérêt qui pourrait un jour s'épanouir, devenir un sentiment plus tendre, peut-être une passion.

Il ne semblait jamais s'apercevoir qu'elle avait un corps. Elle connaissait ces regards d'homme qui vous déshabillent, d'un éclair, lorsque vous montez dans un compartiment du métro ou entrez dans leur bureau. Elle en était flattée souvent, troublée parfois. Jakob n'avait pas toujours caché son désir lorsqu'au petit déjeuner le haut de son peignoir s'ouvrait. Alors, un délicieux sentiment de chaleur et de fierté l'envahissait. Elle trouvait tellement agréable, pour une femme, de pouvoir s'admirer dans les yeux d'un homme.

Elle avait multiplié les tentations, porté l'été des robes très légères et décolletées à l'excès, se penchait vers Paul pour qu'il ne pût échapper à la vue de ses seins. En vain. Elle affectait, pour elle-même, d'en rire, se traitait par-

fois, en s'adressant dans un miroir un sourire espiègle, de
« petite pute » mais enrageait, dépitée.

Elle lui imaginait parfois des liaisons ou des passades,
mais n'en avait découvert aucun signe. Il lui parlait peu
de lui, ne lui avait guère présenté ses confrères. Ils en
croisaient, bien sûr, dans des restaurants atteints comme
celui-ci par la vogue du moment, mais il se contentait
d'un vague bredouillis et coupait court à toute conversation.

Elle avait interrogé des gens de l'édition, au hasard des
rencontres. On le disait secret, mystérieux. Des amours
passés ou présents? On ne savait pas, on n'avait rien
remarqué. Pas marié en tout cas, ni en charge d'une maîtresse.

Elle était parfois tentée d'interrompre leurs relations
qui ne menaient à rien. Mais c'eût été se priver d'exposés
brillants sur le mouvement des idées et l'évolution des
lettres. C'était surtout renoncer à un amour qu'elle sentait, chez elle, chaque jour plus fort. Elle s'y était pourtant essayée – par tactique, pour voir – en ratant un rendez-vous, puis un deuxième. Il l'avait alors relancée,
s'était inquiété de sa santé, était même arrivé à la rencontre suivante avec un cadeau, une petite bague ornée
d'une mince pierre, qu'elle arborait depuis avec la joie
d'une gamine à qui l'on vient d'offrir son premier bijou;
elle avait, du coup, rangé tous ceux que lui avait offerts
Jakob, à commencer par la bague de Rome.

Paul était passé de Maeterlinck à Verhaeren, autre
auteur flamand de culture française, hypersensible mais
animé d'un plus grand dynamisme, expliquait-il, qui
avait su transcender son désarroi intérieur pour parvenir
à une acceptation sereine de la vie et du monde.

Laura C.

Elle s'accrocha au mot désarroi pour l'interrompre.

— Désarroi, c'est le terme exact.

Il était déjà plus loin, évoquait les rencontres de Verhaeren et de Mallarmé, consentit pourtant à revenir, un peu surpris.

— Vous voulez dire... pour Verhaeren? Vous connaissiez sa poésie?

Elle esquissa un sourire, vite rentré.

— Non, je voulais parler de moi. Je suis sans doute hypersensible comme eux, Maeterlinck et Verhaeren, et c'est peut-être, comme eux, en raison d'un mélange de cultures. Vous savez que je suis d'origine allemande...

Il parut étonné ou agacé, comme chaque fois qu'elle le lui rappelait. Elle refusa de s'en formaliser.

— ... Et vraiment, ce que j'éprouve, c'est un grand désarroi.

— Parce que?

Tant pis : elle brûlerait ses vaisseaux.

— Parce que... vous

— Comment parce que moi?

— Je veux dire : nos relations. Je ne sais plus où nous en sommes. Je n'ai jamais su. Ce que vous attendez de moi. Ce que je pourrai être pour vous.

Il avait penché sa tête vers sa cravate comme pour mesurer une fois encore l'ampleur des dégâts, se redressa, regarda autour de lui. Une tablée parlait fort, trinquait à un succès. D'autres s'interpellaient.

— Je... je comprends, dit-il enfin. Mais ici...

Elle eut soudain le sentiment de pouvoir progresser, poussa son avantage.

— D'accord, pas ici. Alors venez chez moi...

Il hésita :

— Pas... pas ce soir. Vous savez que j'ai ce papier à rendre, demain matin, à propos de Queneau.

Laura C.

– Alors, disons demain soir. Je vous attendrai pour dîner.

Elle eût parié plusieurs années de sa vie qu'il se déroberait.

– D'accord, dit-il. Vingt heures, chez vous.

Il réclama l'addition. Elle rêvait de lui offrir des milliers de cravates.

Des années plus tard, ressassant tous les épisodes de leur histoire, elle conclurait qu'on peut fasciner une femme par la magie de la parole, autant que par la beauté d'un visage ou d'un corps, ou même des caresses. Et que Paul le savait. Et qu'il avait, un temps au moins, voulu la séduire.

Il avait à peine prêté attention, ce soir-là, au dîner qu'elle lui avait préparé, fébrile et tressaillant de peur à chaque sonnerie du téléphone tant elle était persuadée qu'au dernier instant il trouverait prétexte à se décommander. Le repas terminé, elle n'osa même pas lui proposer de quitter leurs sièges incommodes, de part et d'autre d'une fragile table de bridge, pour le canapé du salon. Elle se sentait en beauté pourtant, et le trouvait plus gai que d'ordinaire, bien qu'il n'ait guère touché au pommard qu'elle avait acheté. Il s'était lancé sur la science-fiction, les temps parallèles, la multiplicité des logiques possibles, l'infinité des mondes. Avec son habituel brio et une sorte d'élégant détachement.

Elle pensait qu'il n'était pas pygmalion ce soir-là, ni l'intellectuel suffisant qui jouit de s'écouter parler, mais un homme qui veut éblouir une femme en étalant tous les

Laura C.

éclats de son intelligence et de sa verve comme le paon déploie le chatoiement de ses plumes.

Elle crut que la rencontre tant attendue se produirait enfin, qu'elle était imminente, qu'une commune euphorie les emporterait.

Mais elle s'agaça bientôt. La rencontre, justement, tardait. Il évoquait le temps, avec son ordre irréversible, transformant seconde après seconde l'avenir en passé, signe de l'impuissance de l'homme devant les choses, chaque instant détruisant des possibilités d'action, limitant les espérances d'exister et apportant plus de certitudes de mourir. Elle sourit, lança comme une plaisanterie, mais avec le sentiment de jouer très gros :

– C'est tout à fait notre situation, vous et moi...

Elle devina qu'il ouvrait tout grands les yeux, derrière ses épaisses lunettes.

– Nous?...

– Nous gaspillons le temps qui nous reste.

Elle se sentait un peu ridicule. Se jeter à son cou. Tout oublier. Etre à cet homme et lui en elle. Elle brûlait; paralysée pourtant.

Il semblait sortir d'un songe. Ou faisait semblant.

Elle tendit la main pour saisir la sienne, sur la table, une main de paysan, un peu carrée, aux ongles épais et aux phalanges poilues, dont elle aimait la force. Il la retira.

Elle eut froid.

– Paul... Vous savez bien que je vous aime.

Voilà. C'était dit. Les mots qui dansaient dans sa tête, à chaque rencontre, qui jamais n'avaient été échangés entre eux. Les mots qui pouvaient unir ou séparer. C'était dit. Il ne pourrait plus faire comme si.

Elle ramena sa main, qu'elle avait laissée sur la table.

et dans ce geste renversa un verre. Elle eut le temps de penser qu'elle se conduisait avec la gaucherie de Charlot qui commettait toujours quelque maladresse, touchante et bête, à l'instant décisif d'une scène de passion.

Il s'agitait, regardait à droite et à gauche comme pour chercher une issue, la fixa enfin, ouvrit la bouche toute grande comme s'il venait de prendre une résolution désespérée, laissa s'écouler d'interminables centièmes de seconde, murmura enfin : « C'est compliqué. »

Un élan emporta Laura. Elle avait compris – voulu comprendre? – qu'il l'aimait mais que de mystérieux obstacles lui interdisaient de l'avouer. Elle se leva. Il s'était dressé. Elle plaqua son corps contre lui, en larmes. Heureuse. Voilà. Elle avait franchi la barrière.

Il la repoussa doucement, répéta : « C'est compliqué. »

– Quoi? Mon amour?

Ce mot parut l'agacer. Il s'écarta, vif...

– Je ne peux pas. Je ne peux pas accepter cela. Ce que vous m'offrez... c'est... Vous n'y pouvez rien. Avec moi, vous ne seriez pas...

– Je ne serai pas quoi? ...

Elle se reprocha aussitôt ses questions, tenta de l'embrasser, de provoquer son désir. Il se détourna, s'arracha à elle, recula jusqu'au fond de la pièce, se prit les pieds dans le fil d'un lampadaire, qui tomba. Cette scène tournait à la mauvaise comédie de boulevard.

Elle se laissa tomber sur le canapé. Elle le vit tout juste partir.

Un peu plus tard, elle vida une bouteille de whisky achetée pour l'apéritif et qu'ils avaient à peine entamée.

Elle crut d'abord payer pour Karl.

Paul avait perdu trois frères pendant la guerre. L'aîné tué au maquis, en Auvergne. Les deux autres engagés dans des réseaux de renseignement, déportés à Auschwitz et Mathausen. Seul le premier était revenu, à demi fou, incapable d'expliquer pourquoi il s'était retrouvé dans ce camp-là – il n'était pas juif – et comment il avait survécu. Il avait agonisé trois mois à Toulon. Le temps de raconter les lentes arrivées des trains où l'on apercevait, derrière les barreaux des petites lucarnes, des têtes chiffonnées et effrayées, des hommes et des femmes qui mendiaient de l'eau, se battaient pour aspirer quelques gorgées d'air, qui haletaient, presque assommés, quand les SS et leurs esclaves du camp ouvraient les portes des wagons. Ils demandaient ce qu'on allait faire d'eux et on ne leur répondait pas, par pitié. On leur arrachait leurs paquets et hardes, avant d'emmener les plus faibles vers les chambres à gaz, les plus forts dans les baraques du camp afin qu'ils travaillent avant de mourir. Les SS ensuite ordonnaient à leurs esclaves déportés de nettoyer les wagons, où ils trouvaient, gisant parmi les vêtements déchirés et les excréments, des bébés étouffés aux ventres énormes.

Laura C.

Paul, un soir, dans un de ces restaurants où elle aimait l'inviter, ne lui avait fait grâce d'aucun détail des souvenirs de son frère. Elle avait couru aux toilettes pour vomir. Tentée d'abord de le juger pervers. Mais lui trouvant bientôt des raisons : elle appartenait au peuple qui avait commis cela ; son père figurait parmi les bourreaux ; d'obscures solidarités les liaient dont elle ne pourrait si aisément se délivrer.

De retour à leur table, elle avait donc quêté des précisions. Il racontait la « sélection », le tri presque hebdomadaire parmi ceux qui avaient été envoyés au travail et qui, ce jour-là, se nettoyaient et s'aspergeaient d'eau, cachaient leurs plaies, se redressaient pour paraître plus frais et plus sains, pour tenter de gagner quelques jours encore. Mais les SS ne se laissaient pas tromper, en renvoyaient le plus grand nombre, parce que d'autres convois étaient arrivés avec des hommes plus solides qui dégageraient plus vite les cadavres des chambres à gaz, ne s'effondreraient pas en portant les rails des nouvelles voies ferrées qu'il fallait tracer parce que les trains arrivaient chaque jour plus nombreux.

Cette soirée avait été unique. Comme s'il voulait vider son sac une fois pour toutes. Et elle l'avait chassée de sa mémoire. Elle la revécut lorsqu'elle reprit connaissance, au milieu de la nuit, allongée sur le tapis, la main encore posée sur la bouteille de whisky. C'était simple : elle avait sous-estimé la profondeur et la gravité de la plaie creusée par la mort de ses trois frères ; elle n'avait pas compris qu'elle était toujours à ses yeux une Allemande, solidaire de tous ces crimes. Bien sûr, en la quittant la veille, en la repoussant, il s'était bien gardé d'y faire la moindre allusion, se présentant au contraire comme un vilain personnage à qui l'on offrait un présent immérité.

Laura C.

Mais c'était par pure bonté d'âme. La preuve d'une exceptionnelle qualité de cœur. Il méritait donc qu'elle l'aimât davantage.

Elle en fut plus déchirée encore, décida qu'elle ne pourrait travailler ce jour-là, se traîna, harcelée de nausées, bousculée de vagues de désespoir, conclut vers le soir qu'il était trop tôt, ces souvenirs trop frais, qu'il ne fallait pas violenter le temps, mais s'en faire au contraire un allié.

En foi de quoi, elle se sentit la force de gagner.

Ils se revirent bientôt.

Ils ne s'étaient pas téléphoné ni écrit : elle jugeait sage de ne pas le poursuivre avec trop d'insistance. Mais l'éditeur de Laura donnait un dîner pour célébrer la parution de l'album d'un ami de Paul, un certain Dargand, décorateur de théâtre.

Ils n'eurent pas le loisir d'échanger plus de quelques mots car on les avait placés aux extrémités de la table et ce Dargand brillait en contant les péripéties de ses débuts, et le premier festival organisé en Avignon, deux ans plus tôt, par Jean Vilar : le public assis sur des chaises de jardin, dans la cour du palais des Papes plus qu'à moitié envahie par une étrange scène montée par les soldats du génie, un enchevêtrement de poutrelles, de tonneaux et de câbles recouvert de toile de jute. Bref, une folie aux yeux des quelques snobs venus de Paris. D'autant que Vilar et ses jeunes comédiens avaient présenté à des provinciaux le *Richard II* de Shakespeare et même du Claudel.

Laura observait Paul. Il marmonnait, répondait à peine à sa voisine qui semblait le prendre à témoin de la sottise et de la vanité du petit monde parisien, et fut le

344

premier à s'esquiver quand on se leva pour passer au salon. Elle le rejoignit dans l'ascenseur, tremblant du désir de se serrer contre lui, mais parvint à se maîtriser. Et à lui demander, presque paisible, lorsqu'ils eurent franchi la lourde porte cochère :

– Alors, on se revoit?
– Ça ne dépend que de vous.
– Cela ne...?
– Bien sûr. Il n'y a pas de raison. Je vous téléphonerai.
– Vous me...?
– Oui
– Vraiment?
– Bien sûr.

Il lui tendit la main, comme pressé d'en finir, mais elle eut le sentiment que cette main s'attardait, douce, bien plus qu'il n'eût fallu. Lorsqu'il s'éloigna, presque courant, sans proposer de la raccompagner dans la nuit de septembre, elle fut renforcée dans la conviction qu'il l'aimait sans vouloir l'avouer en raison de quelque mystérieux obstacle.

Son origine allemande? Dans le taxi où elle s'était jetée après son départ, elle finit par rejeter cette hypothèse une fois encore resurgie : c'était à coup sûr un fruit de son imagination, plutôt de ses obsessions, du malheur d'être la fille de Karl dont elle porterait toute sa vie la marque.

Elle était retournée à Berlin, sans le dire à Jakob, quelques mois après leur séparation. Elle brûlait d'en apprendre plus sur son père et ce qu'il était devenu, obtint les papiers nécessaires grâce à son patron, et réussit même à prendre place dans le train bringuebalant et poussif qui reliait deux ou trois nuits par semaine la zone française d'occupation à l'ancienne capitale de l'Allemagne. C'était un convoi hétéroclite aux wagons désuets et parfois luxueux, véritable échantillon des productions des compagnies européennes depuis le début du siècle. Elle s'était étonnée en y prenant place de n'être habitée que par une vague curiosité. Comment serait la ville? Pourrait-elle reconnaître des lieux? Comment s'organisait la vie?

Quinze jours plus tard, elle en repartait bouleversée. Bien sûr, ce n'était plus le temps où les soldats russes se précipitaient – « Frau komm » – sur tout ce qui portait robe ou jupe, violaient les femmes âgées, des filles impubères, des épouses devant leur mari, des mères devant leurs enfants, et logeaient parfois une balle dans le corps de celles qui résistaient. Bien sûr, les montagnes de gravats qui obstruaient les rues avaient été déblayées : les ruines éventrées, percées d'éclats d'obus et de balles, devenaient presque proprettes et de nouveaux commerces ouvraient chaque jour. Mais l'hiver précédent, plusieurs dizaines de milliers de Berlinois, les plus vieux et les plus jeunes, étaient morts de froid et de faim. Et chaque jour, des hommes aux longs visages décharnés les avaient amenés vers les cimetières dans des caisses de bois jetées sur des charrettes à bras. Mais les simples soldats anglais, américains ou français détournaient toujours des cantines et des foyers le corned-beef, le « singe », la poudre d'œufs déshydratés ou les cigarettes qui leur assuraient les bontés des Berlinoises : elles les dorlotaient et les chouchoutaient comme savent le faire les femmes à qui l'on a longtemps appris à admirer les militaires victorieux.

Les premiers habitants qu'elle rencontra, des correspondants de l'éditeur d'art, lui racontèrent comment des costauds surgissaient parfois de voitures rapides, comme dans les films de gangsters américains, pour se saisir d'un passant ou d'un homme qui sortait de chez lui et le jeter dans leur véhicule avant que quiconque pût réagir. Mais ces costauds n'étaient ni gangsters ni américains, simplement des agents soviétiques qui voulaient mettre hors d'état de nuire des opposants au communisme : les commandants des secteurs occidentaux où se déroulaient ces enlèvements protestaient régulièrement auprès de leur homologue de l'Est qui assurait, paisible, n'être au courant de rien et leur reprochait même leur incapacité à assurer la sécurité dans leur zone. La peur, du coup, planait à nouveau sur Berlin. Des intellectuels et des artistes, chaque jour plus nombreux, la quittaient, comme en 1933.

Elle pensa qu'un sort avait été jeté à cette ville dont elle écrivait le nom avec crainte chaque fois qu'elle devait indiquer son lieu de naissance pour une formalité administrative, en se demandant quelle réaction d'hostilité, de suspicion, de haine, il provoquerait.

Elle avait cherché longtemps des traces de son père. Son nom ne figurait pas dans les archives des tribunaux alliés de dénazification, et le retrouver dans la monstrueuse paperasserie accumulée par les bureaucrates en uniforme des troupes d'occupation eût été un impossible exploit.

Il ne restait rien de leur ancienne maison et le quartier, qu'elle ne reconnut pas, était envahi d'une population miséreuse logée dans des caves et des baraques.

La fille d'une cousine de sa mère, qu'elle retrouva par hasard et qui avait déniché une place de secrétaire dans un état-major américain, lui permit d'approcher du but : elle savait où trouver Gutsi, leur ancienne bonne.

La quarantaine séduisante, comme si les malheurs de

la guerre l'avaient affinée, celle-ci était devenue la maîtresse d'un épais major anglais. Il lui avait trouvé une
place de confiance au Winston Club, sur le Kurfürstendamm, où les sous-officiers de l'Armée de Sa Majesté
venaient acheter pour 12 Reichsmark – le prix de deux
cigarettes au marché noir – de quoi remplir une musette
de nourriture pour leurs Fraülein, et souvent leur famille.
Très grande dame, Gutsi avait longtemps refusé de la
reconnaître, laissé enfin perler une larme en apprenant la
mort de Susanne, et annoncé ensuite qu'elle n'avait plus
eu de nouvelles de Karl Hopper depuis qu'il avait été
nommé à la fin de 1944 commandant d'un camp situé
quelque part vers l'Est. Il lui avait alors donné son congé.
Presque une libération, assurait-elle aujourd'hui : « Je ne
devrais pas vous le dire, Mademoiselle – ou Madame?
vous êtes mariée peut-être? Non? enfin, ça viendra bien
sûr –, je ne devrais pas vous le dire mais dans les derniers
temps, il recevait un peu n'importe qui, le soir : des
femmes de mauvaise vie, des hommes aussi, et il se passait des choses pas très propres. Même que j'ai dû... »
Bref, elle avait profité de son départ pour quitter elle
aussi Berlin, trop souvent bombardée. Depuis, elle
n'avait plus rien su. Rien. Voilà. C'était tout ce qu'elle
pouvait dire. « Ah si! Votre famille de Hambourg, vous
vous souvenez d'eux? Oui? Eh bien ils sont tous morts.
Les parents et les filles sous les bombardements. Deux
garçons en Russie et l'aîné, Rudolf, dès 1940, en France,
pas loin de Paris, je crois. En somme, pas très loin de
vous. C'est drôle, la guerre, quelquefois, mais c'est un
grand malheur. »
Un grand malheur dont elle semblait s'être bien tirée.
Laura ne l'écoutait pas, n'avait retenu qu'une chose :
Karl Hopper avait figuré parmi les cadres des camps.

Laura C.

Des images de cadavres décharnés, de pendus, de milliers d'hommes battus, humiliés, rassemblés dans le froid et la neige pour d'interminables appels avaient hanté les dernières heures de son séjour à Berlin.

Un soir, elle en avait fait confidence à Paul, lancé dans une dissertation sur Freud et l'inceste, mais il avait à peine paru l'entendre. Par délicatesse, avait-elle pensé avec reconnaissance.

S'il l'aimait vraiment, comme elle voulait s'en persuader, cela ne pouvait l'arrêter.

Alors?

Elle le crut, un temps, homosexuel.

Rien, dans son comportement, ne le confirmait. Elle interrogea et fit questionner discrètement quelques-uns de ses confrères. Mais n'obtint pour réponses que haussements d'épaules, plaisanteries douteuses et sourires ironiques.

Elle décida donc de partir une fois de plus à l'assaut, osa lui répéter les déclarations les plus nettes un jour où elle avait bu plus que de coutume pour se donner du cœur à l'ouvrage. Sa gamme, ce soir-là, varia du « Je voudrais que vous m'aimiez » à « Je suis certaine que vous m'aimez ». La réponse se fit attendre, mais n'éclaira rien : « Notre situation est impossible. »

Elle crut pouvoir conclure à la fin du dîner qu'il était préférable de mettre un terme à ces rencontres. Elle retira la petite bague qu'il lui avait offerte, voulut la lui rendre. Ce geste parut le peiner beaucoup. Il refusa.

En la quittant, il lui donna rendez-vous, avec le plus grand naturel, pour la semaine suivante. Ce qui la troubla et la réchauffa.

Elle s'accrocha à ces deux mots – « situation impossible » – et à cette volonté de la revoir, en conclut une fois encore, au long de nuits tourmentées et parfois arrosées, qu'elle avait eu raison de croire en son amour. Mais elle fut renforcée dans la conviction que l'obstacle, entre eux, était d'ordre sexuel. Bientôt s'imposa à ses yeux une évidence : il n'existait pas d'autre femme dans l'intimité de Paul; s'il n'était pas homosexuel, il était donc impuissant.

Elle reprit la lecture de Freud, explora les articles de Paul gardés avec soin depuis leur première rencontre, et crut y trouver des confirmations de son hypothèse. Quelques rares confidences sur sa mère toulonnaise qui surveillait ses sorties avec la sévérité d'un pion tatillon lui revinrent en mémoire : il avait donc été victime d'une femme castratrice, et avait acquis en outre la haine du sexe au spectacle de ses débordements. Il était assez imbu de lui-même, assez convaincu, comme tous les mâles, surtout en ce siècle, du primat de la virilité, pour se sentir déshonoré de l'avouer, même à la femme qu'il aimait. Mais elle l'aimerait toujours assez pour ne pas l'y contraindre, et feindre de l'ignorer. Elle lui consentirait ce sacrifice. Il lui arriva même de penser qu'elle compenserait ainsi – très peu mais quand même – les criminels débordements de son père.

D'imaginer qu'il refusait de l'épouser parce qu'il ne voulait pas la priver d'amour physique, elle l'aima davantage encore. Sa passion s'exacerba à la mesure de son admiration pour les vertus qu'elle lui prêtait.

Elle fut, des années, l'auditrice fidèle à qui, après Camus et Sartre, il fit découvrir Nathalie Sarraute puis *Les Gommes* de Robbe-Grillet et bientôt toute la troupe du Nouveau Roman. Elle se passionna avec lui pour la révolution hongroise de 1956 et participa, à sa suite, à quelques défilés pour la paix en Algérie. Il voulut bien l'accompagner à des vernissages où Jakob, qu'elle rencontrait encore, rassemblait le Tout-Paris. Les deux hommes ne s'appréciaient guère, ce qu'elle attribuait à la jalousie. Quand Biermann tentait de lui démontrer l'ambiguïté de Paul, s'emportait jusqu'à lui crier qu'elle ne pouvait rien attendre de lui, elle s'insurgeait. Mais pleurait, parfois, solitaire. Et l'aimait davantage au soir de chaque journée qu'elle lui avait sacrifiée, nourrissait sa passion en dressant l'inventaire des regards et des hommages d'autres hommes qu'elle avait pour lui refusés.

Bientôt, désespérant de pouvoir entretenir avec lui le moindre dialogue, elle commença de lui écrire. Des lettres qu'il faisait mine d'ignorer.

Elle lui proposa un jour une sorte de mariage blanc. Le plaisir du corps, elle ne le connaissait pas, elle n'avait guère eu le loisir de l'éprouver avec le petit maquisard. Elle se jugeait assez amoureuse de Paul pour s'en priver si elle pouvait vivre à ses côtés, partager avec lui joies et peines, l'aider dans son travail. Et il n'aurait à craindre nul jugement de l'opinion puisque ce serait, entre eux, un secret. Cette fois, elle reçut une réponse. Un petit billet, soigneusement plié dans une superbe enveloppe, avec ces simples mots : « Ne m'aimez pas. »

Depuis six ans qu'elle lui écrivait, il n'avait jamais, lors d'aucune de leurs rencontres, fait la plus mince allusion à cette correspondance. Elle reçut ce billet comme un superbe cadeau dont elle s'efforça longtemps de déchiffrer le sens exact, persuadée qu'il fallait à Paul beaucoup d'amour pour tenter de refuser le sien. Elle eut soudain le sentiment de toucher enfin au but, alors qu'elle commençait à désespérer, à se dire que leur couple approchait de l'hiver sans qu'il y ait eu ni printemps, ni été, ni automne. Elle crut à nouveau trouver l'explication sur la foi d'une rumeur : c'était un pervers sexuel qui entretenait avec quelques professionnelles des rapports sadomasochistes. Ainsi, pensa-t-elle, il ferait payer au sexe féminin tout ce que lui avait fait subir sa mère. C'était un règlement de comptes par femmes interposées. Et ce « Ne m'aimez pas » à elle seule adressée trouvait ainsi son sens plénier, le signe d'un plus grand amour.

Elle voulut répondre à cette déclaration par un nouveau sacrifice, lui écrivit qu'elle était prête à se soumettre à tous ses désirs. Et comme il feignait toujours l'indifférence, elle retourna à Pigalle, où elle n'avait plus mis les pieds depuis l'immédiat après-guerre, le temps où Jakob la traînait dans les boîtes, pour acquérir dans une maison spécialisée le matériel qu'elle croyait indispensable. Elle le lui annonça dans une autre lettre, ajoutant que chacune de ces concessions était un pas de plus dans la conquête de sa propre liberté. Elle expliquait : « Je ne blâmerai jamais un homme d'être sadique. Je suis convaincue que j'aurais pu le devenir. Ma morale est fondée sur la nature humaine, certes, mais il n'y a pas beaucoup de sens à être moral tout seul. On ne vit qu'une fois. L'au-delà je n'y crois pas beaucoup. J'admets donc volontiers qu'on puisse juger préférable de profiter des possibilités de sensation que la société vous offre plutôt que de passer à côté de l'existence en voulant l'impossible. »

Il ne répondit pas plus à cette longue lettre qu'aux suivantes.

Les mois passaient, leurs rencontres s'espaçaient. Autant qu'à l'actualité littéraire et au mouvement des idées, il s'intéressait désormais à l'évolution des mœurs et de la société, croyait percevoir les signes avant-coureurs de profonds bouleversements. Mais coupait court quand elle lui parlait de ses lettres et de leur contenu.

Il s'exclama cependant un soir, alors qu'ils avaient peut-être abusé du punch à la Rhumerie martiniquaise, qu'il existait d'autres hommes et qu'il n'était pas nécessaire de les aimer pour prendre avec eux quelque plaisir. A quoi elle répondit qu'elle avait besoin, elle, de sentiments durables, bref, d'un mari, et qu'elle se considérait déjà depuis des années comme sa femme. Ce qui parut l'épouvanter. Il quitta la table pour se fondre dans la foule qui musardait sur le boulevard Saint-Germain.

Elle était furieuse qu'il n'ait pas écouté la suite de ses explications. Elle lui eût dit qu'à ses yeux une femme mariée ne devait pas habiter officiellement sous le même toit que son mari si celui-ci, pour une raison qu'il tenait à garder secrète, ne voulait pas qu'ils couchent ensemble : l'expérience de Jakob et Susanne lui avait appris que la cohabitation, dans ces conditions, risquait d'être trop pénible pour un homme.

Une autre fois – elle s'allongeait depuis plus d'un an sur le divan d'un psychanalyste – elle lui écrivit : « Il faut que nous couchions ensemble au moins une fois. Attendre, il ne peut plus en être question. Nous vieillissons. Mon réalisme ne va pas jusqu'à nous imaginer allant au lit tous deux à l'état de squelettes grenus et chenus. Je ne cesserai d'avoir peur de mon père tant qu'il n'y aura pas eu d'expérience sexuelle entre nous. »

Il se demanda peut-être de quel père elle voulait parler mais ne réagit qu'en décommandant, sous prétexte de voyage, le rendez-vous qu'ils avaient pris pour la quinzaine suivante.

Laura C.

Peu après son retour, elle apprit qu'il s'était marié avec une jeune libraire, crut comprendre qu'il voulait ainsi lui rendre sa liberté, y trouva d'abord un motif supplémentaire d'estime et de reconnaissance, tenta ensuite de se tuer, conclut à la sortie de l'hôpital que Paul et elle formaient un couple qui avait une façon originale de s'aimer, qu'elle restait malgré tout sa femme, et pourrait donc devenir la maîtresse de son mari. Mais longtemps, il ne répondit pas au téléphone. Et elle n'osait plus lui écrire.

Ce fut lui qui la relança, en juin 1968. Leur étrange aventure se poursuivait depuis près de vingt ans. Il souhaitait la revoir pour évoquer avec elle les événements qui venaient de secouer la France, et lui tint de longs discours sur l'homme nouveau que faisaient naître en Chine les maoïstes. Sa conversion subite au communisme chinois amusa d'abord Laura mais elle sortit dépitée de ces retrouvailles et lui écrivit qu'il l'assassinait « moralement », elle, en se croyant indigne d'être aimé, et qu'elle n'était pas née pour servir de joujou à ses névroses.

Le lendemain soir, elle recevait un coup de téléphone de Marguerite : Jakob venait de mourir, foudroyé, en regardant la télévision.

Le jour des obsèques, elle ôta la bague que lui avait offerte Paul au début de leurs relations et enfila comme une alliance celle que Jakob avait achetée à Rome. Elle avait contemplé, la veille, son cadavre, surprise par la totale sérénité de son visage, alors qu'elle l'avait vu si souvent hurler et grimacer. Devant le corps pétrifié, elle pleura beaucoup, se reprocha d'avoir presque abandonné depuis des années cet homme tyrannisé d'abord par une

Laura C.

mère qui avait elle-même subi violence et tyrannie, que Susanne, ensuite, n'avait pas su aimer tout à fait parce qu'on ne lui avait pas appris que la sexualité est naturelle et bonne, et dont elle avait ensuite refusé l'amour. Les images du voyage en Italie se pressaient. Elle songea qu'il avait été son trésor et son écueil, qu'aucun homme rencontré ensuite n'avait égalé en amour, en prévenances, en tendresse et en délicatesse ce qu'avait été Jakob durant tout ce mois.

Au retour du cimetière, elle écrivit à Paul une longue lettre de rupture. On y trouvait ces phrases : « J'écris cette lettre la mort dans l'âme. J'aurais donné tout au monde pour vous éviter de souffrir. » Et cette autre, mêlée à diverses considérations : « Je vous aime, mais je me refuse à risquer ma raison pour vous, sans même que cela vous serve à conserver la vôtre. »

Il lui arrivait de le croire dérangé, anormal ou sadique. Mais elle pensa plus souvent que c'était l'Allemande qu'il haïssait en elle, avec une rage parfois cachée mais sans cesse ranimée.

Chapitre IV

Elle voulut quitter Paris.

Elle rêvait du Vercors, s'y attarda quelques jours et souffrit de se perdre entre les hôtels et les chalets qui avaient bousculé hameaux et granges. Un matin, elle pleura de retrouver, préservé par l'effet de quelque miracle, un bout de terrain coincé entre un bouquet d'arbres et un torrent baladeur, où Francesca installait ses élèves pour les entretenir de Voltaire.

Elle opta enfin pour la Corrèze que le tourisme n'avait pas bariolée et bouleversée. Une famille de paysans partageait la maison de la notairesse avec une basse-cour de canards et de poulets; des machines rongées de rouille occupaient le jardin qui avait été un temps son royaume et qu'elle retrouva avec émotion. Elle tapa en vain à la porte du presbytère : l'abbé Mauzac n'avait pas de successeur et, à la porte de l'église, un petit papier mal protégé de la pluie et du vent donnait les heures de messes d'Ussel. Quelques granges avaient perdu leurs toits mais la mairie venait d'être rebâtie en belles pierres du pays, et le moindre chemin, désormais recouvert de bitume, se donnait des allures de route nationale. Elle arpenta en vain le cimetière pour trouver la tombe de Jeanjean, avant d'apprendre qu'on l'avait enfermé, peu après la guerre, à l'asile départemental où il était mort.

Elle crut qu'elle pourrait, là, oublier son passé.

La maison d'un médecin était à vendre, à l'entrée du bourg voisin. Elle s'y installa, calcula qu'avec ce que lui avait légué Jakob et le salaire de quelques menus travaux confiés par son éditeur parisien, elle pourrait subsister jusqu'à sa mort, qu'elle pressentait proche.

Les premiers temps furent paisibles, presque agréables. Elle courut les bois à la recherche de champignons et retrouva le plaisir de la découverte, acheta des balances pour pêcher les écrevisses, s'essaya à la peinture comme elle l'avait vu faire à Jakob dans les jardins de la notairesse, s'inventa des itinéraires de promenades à travers prés et forêts, aima le silence des froides matinées d'automne à peine troublé par le coup de fusil d'un paysan qui tirait un lapin, le passage d'un tracteur ou le lointain bourdonnement d'un avion égaré.

Elle supporta moins bien les hivers, rudes, qui engourdissaient tout, l'enfermaient des journées entières avec la télévision pour seule compagne, le whisky comme unique plaisir. Elle se mit à l'écriture d'un roman, l'abandonna, le reprit, l'abandonna encore, le termina enfin et l'adressa à des éditeurs parisiens qui le refusèrent.

Elle avait adopté un chat, un laideron sympathique découvert pantelant un matin devant sa porte et qu'elle baptisa Joli Cœur. Et elle se fit enfin des amis : un couple de paysans qui avaient loué leurs terres à des éleveurs pour prendre leur retraite et vivotaient dans une antique bâtisse à quatre pas de sa maison. De vrais pauvres, incapables de s'offrir un bon poste de télévision et qui franchirent pour la première fois sa porte, intimidés, le soir où elle les invita à venir regarder avec elle un documentaire sur les Pharaons. Elle comprit vite qu'ils préféraient « Au théâtre ce soir » et les émissions de variétés, finit par y prendre goût, et faillit l'écrire à Paul, dont elle n'avait plus de nouvelles, afin de l'irriter.

Dès lors, elle s'arrangea pour rencontrer chaque jour Joseph et Augustine. Elle les emmenait le samedi au supermarché de la ville dans sa petite voiture, leur confiait ses peines et ses soucis, trouvait chez la vieille paysanne conseils et réconfort. Elle fut bientôt dotée d'une fastueuse collection de pull-overs : Augustine lui en tricotait un dès qu'elle la voyait déprimée. Joseph bricolait dans la maison ou arrachait les mauvaises herbes de son jardin. Elle rêvait souvent d'embrasser leurs joues tannées et affaissées et renonça même au whisky pour éviter de les scandaliser. Jusqu'au jour où mourut Joli Cœur.

Le petit chat s'était autorisé de mauvaises habitudes. Puisque les chemins de bitume du voisinage n'étaient guère empruntés que par de rares voitures et, de temps à autre, un tracteur, il s'y croyait chez lui. Une nuit qu'il chassait les mulots, une voiture le happa, conduite par de jeunes hommes ivres qui sortaient d'un bal du samedi soir et qui finirent leur folle tournée, un peu plus loin, contre un chêne. Il eut la force, lui, de rentrer à la maison. Laura le soigna, le crut guéri. Mais il refusa bientôt de manger et le vétérinaire consulté supposa qu'il souffrait de lésions internes. Il était prêt à piquer l'animal. Elle refusa, continua de le soigner en pleurant, bien qu'il répandît déjà, à travers la maison, une odeur de cadavre.

La dernière nuit, il se mit à tousser. A chaque

quinte, elle le portait jusqu'au seuil, s'efforçant de croire qu'il pourrait ainsi respirer mieux. Elle fut même persuadée que c'était la bonne méthode quand il se dirigea, titubant, jusqu'au cerisier pour y faire ses griffes comme aux jours et aux nuits où il partait, en mâle fiérot, conquérir une femelle ou provoquer un rival. Mais il retomba bientôt, épuisé, dans l'herbe mouillée. Elle le ramena en pleurant. Il voulut monter sur un fauteuil, s'effondra. Mort. Laura retrouva dans un placard une bouteille de whisky.

Le lendemain, Joseph enterra le petit corps tandis qu'Augustine brûlait du papier d'Arménie dans toutes les pièces pour chasser l'odeur tenace. « Lorsque votre mari meurt, c'est terrible, mais il faut bien en prendre son parti », conclut la paysanne avant de regagner sa maison. Une phrase qui suffoqua Laura. Au soir seulement, elle comprit que la vieille l'avait devinée mieux qu'elle n'eût, elle-même, pu le faire : elle venait de vivre avec ce chat une idylle de quatre ans. Il couchait dans son lit. Elle tremblait chaque fois qu'il disparaissait plus de vingt-quatre heures.

Elle décida de ne pas le remplacer. Elle l'avait trop aimé. Elle s'interrogeait, convaincue qu'aucun élan d'amour ne peut se perdre, eût-il surgi entre un être humain et un animal.

Depuis la mort de Jakob, depuis qu'elle s'était avoué son amour pour lui, elle s'interrogeait de nouveau sur le Dieu de Francesca. Elle avait relu les Evangiles, déçue de n'y retrouver d'abord que l'itinéraire d'un homme très séduisant, condamné à mort pour avoir recommandé à ses semblables de s'aimer les uns les autres. Elle s'irritait de ne pas revivre la confiance et la ferveur de sa jeunesse. Mais, sceptique,

Laura C.

se demandait si cette quête de Dieu qui n'aboutissait
pas n'était pas la recherche d'un remède à trop de
déceptions sentimentales, à trop de solitude. Et à la
vision, qui revenait presque chaque soir, de Karl faisant brûler des cadavres quelque part en Pologne.

Elle rencontra plus souvent Augustine et Joseph. La paysanne lui racontait son enfance. Elle était la cinquième fille d'une nichée de six enfants, en un temps où l'on ne les aimait guère car les garçons aidaient davantage aux champs et ne risquaient pas de revenir à la maison le ventre gros, attirant sur la famille honte et misère.

Elle avait eu la chance, elle, d'être aimée par un grand-père tout cassé, encore bon quand même à garder les moutons, qu'elle accompagnait l'été dans les prés, et qui lui apprenait les herbes, la laissait courir, seule, vers les murets de pierres grises où poussaient les mûriers et s'offrir des festins de fruits dont elle revenait les mains et la langue violettes.

Une enfance heureuse, donc, en dépit de la pauvreté. Et puis la maison avait brûlé. A cause d'un chat.

— Comment, à cause d'un chat? s'était étonnée Laura.

— Vous allez voir. C'était un gentil chat, pourtant, bien innocent. L'hiver, quand on faisait la veillée, presque tous entassés dans le cantou, le coin de la cheminée, il était toujours à nos pieds, presque collé à la

362

flamme. Un soir, une étincelle a dû sauter et le brûler ;
il s'est enfui en l'emmenant pour se rouler dans le foin
au grenier et l'éteindre ; c'est le contraire qui est
arrivé : le feu a couru partout, en trois minutes. Et pas
moyen d'en venir à bout. Il gelait à glace cet hiver-là.
On a tout juste sauvé quelques hardes.

Joseph haussait les épaules. « Il veut jamais me
croire, celui-là ! C'est pourtant comme ça que ça c'est
passé. A cause du chat. Après, on n'en a plus voulu. Et
moi j'en ai toujours eu une diable de peur ! »

Elle riait. Laura songeait à Joli Cœur, qui vagabon-
dait chaque jour dans la maison de ses voisins.

Ce soir-là, elle embrassa Augustine.

Le lendemain, au petit matin, Joseph vint la tirer du
lit. Sa femme s'était effondrée dans la nuit, victime
d'un infarctus. Elle n'avait pas voulu l'admettre
d'abord. C'était un simple malaise, assurait-elle, qu'une
tasse de menthe suffirait à dissiper. On ne dérange personne à de telles heures pour un bobo. Réveiller Laura
afin qu'elle coure chercher le médecin ? Pas question. Il
serait toujours temps d'aviser le lendemain. Augustine
s'était même levée, agacée parce qu'il ne trouvait pas
la menthe, pour tomber à ses pieds. Morte.

Laura eut le sentiment de perdre sa véritable mère ;
et un autre père, quelques jours plus tard, quand on
emmena Joseph, victime d'une « attaque » et à demi
paralysé, à l'hôpital d'Ussel.

Toute la nuit, elle insulta Dieu. Elle ne doutait plus
de son existence, mais lui reprochait son indifférence
au malheur des hommes. Elle revit et réentendit, avec
une netteté qui l'épouvanta, une religieuse de son institution parisienne qui, à la veille de la guerre, répétait
chaque matin aux élèves que chacun sur cette terre

doit porter sa croix. Et décréta que cette bonne sœur ne savait pas ce qu'elle disait. Comme la plupart des prêtres et des fidèles catholiques. Car Dieu, à supposer qu'il se soit incarné en Jésus, l'avait fait afin que l'être humain cesse de crucifier son semblable. Dieu n'avait pas agi ainsi pour étendre la souffrance mais pour la combattre.

Cette histoire de croix avait fait penser et dire trop de bêtises. Elle rêva, pour la Passion, à un autre dénouement : si les pharisiens avaient eu le courage de leur haine, ils auraient lapidé Jésus; si Hérode n'avait pas voulu s'offrir le malin plaisir d'embêter Ponce Pilate, il l'aurait jeté dans un cul-de-basse-fosse et fait décapiter, comme Jean-Baptiste; si Ponce Pilate n'avait pas craint de s'attirer des ennuis avec ses supérieurs à cause d'un vulgaire charpentier, il aurait pu transiger et dire aux pharisiens : « Je vous débarrasse de cet homme en l'envoyant aux galères. » Jésus serait quand même mort – un peu plus tard dans la troisième hypothèse – et ressuscité; mais le christianisme aurait été débarrassé de la croix et de son exploitation abusive.

Elle songea ainsi, cette nuit-là, à réécrire à sa manière les Evangiles, s'installa même à son petit bureau pour commencer aussitôt, abandonna car sa main tremblait trop.

Le whisky, la colère? Elle opta pour la colère et celle-ci l'envahit. Elle se souvint de l'existence d'un crucifix que Jakob avait acheté à Nice lorsqu'ils voulaient se faire passer pour chrétiens et qui l'avait, depuis, partout suivie. Elle le retrouva sur le rayon supérieur d'une armoire, enveloppé dans du papier kraft, et alluma un fagot pour le faire brûler. Le bois fut bientôt réduit en cendres. Resta le petit corps d'ivoire. Elle n'osa pas le toucher.

Au retour d'un passage à l'hôpital, le lendemain, où elle avait trouvé Joseph très affaibli, incapable de parler, elle décida de ne plus s'intéresser à Dieu.

Elle s'occuperait l'esprit et les mains en réparant et peignant sa bibliothèque, à demi effondrée sous les livres. Elle commença par les sortir, en retrouva une vingtaine consacrés à l'Holocauste qu'elle avait un jour expulsés sur le rayon le plus élevé afin de les oublier : elle s'était interdit depuis des années de songer encore à son père et à cette époque de sa vie. Elle se réveillait encore la nuit, hantée d'images de foules squelettiques, traînant dans les allées des camps, et d'entassements de cadavres aux jambes immenses.

Elle décida de brûler ces ouvrages, édifia dans le jardin une sorte de bûcher qu'elle arrosa d'essence.

Les livres ne se laissent pas détruire si aisément, leurs pages serrées laissent peu de prises aux flammes. Elle s'irrita, versa plus d'essence encore. La flamme vint lécher la main qui tenait le bidon. Elle recula, d'instinct, songea ensuite que, fille de bourreau, elle eût trouvé dans cette mort un juste châtiment. Mais la dérision l'emporta : elle n'avait rien de commun avec les bonzes qui s'étaient immolés dans les rues de Saigon ; elle ne s'imaginait pas les imitant.

Le vent faisait voler vers le jardin d'Augustine et de Joseph des pages noircies aux bords rougeoyants. Elle décida de laisser aux flammes le dernier mot, mais retrouva le soir quelques livres presque intacts et se résolut à les garder. N'était-elle pas victime, elle aussi ?

Quelques pages d'un récit d'Elie Wiesel avaient résisté au feu. Elles décrivaient la pendaison en public par les SS de trois déportés, et parmi eux, un enfant, appelé Pipel, un ange aux yeux tristes :

> Les trois condamnés montèrent ensemble sur leurs chaises. Les trois cous furent introduits en même temps dans les nœuds coulants.
>
> « Vive la liberté », criaient les deux adultes.
>
> Le petit, lui, se taisait.
>
> « Où est le bon Dieu, où est-il ? » demanda quelqu'un derrière moi.
>
> Sur un signe du chef de camp, les trois chaises basculèrent. Silence absolu dans le camp. A l'horizon, le soleil se couchait. Puis commença le défilé. Les deux adultes ne vivaient plus. Mais la troisième corde n'était pas immobile : si léger, l'enfant vivait encore... Plus d'une demi-heure, il resta ainsi à agoniser sous nos yeux, battant entre la vie et la mort. Il était encore vivant lorsque je passai devant lui, sa langue était encore rouge, ses yeux pas encore éteints. Derrière moi, j'entendis le même homme demander : « Où donc est Dieu ? »
>
> Et je sentais en moi une voix qui lui répondait : « Où Il est ? Le voici : il est pendu ici, à cette potence... »

Laura C.

Laura relut plusieurs fois cette page en pleurant. La réponse était là ! Elle dormit mieux.

Les semaines suivantes furent paisibles. Elle avait démonté les rayonnages afin de les poncer et de les enduire : ses livres méritaient bien de reposer sur une surface laquée, que ne blesserait aucune aspérité. Elle loua une ponceuse dans un grand magasin de bricolage et profita d'un temps clément pour travailler à l'extérieur, les planches alignées contre le mur de pierres grises.

C'est un de ces jours-là, alors qu'elle secouait son tablier roussi par la poussière de bois, que se produisit l'événement.

Evénement : le mot est impropre. Elle l'écrirait un peu plus tard : « Il n'y a pas eu d'extase, mais une lente imprégnation. » Elle ne fut pas éblouie par une soudaine lumière, renversée par une force mystérieuse. Elle revit avec une précision, une netteté hallucinantes, le tas de livres qu'elle avait jetés sur le bûcher. Elle s'essuya les yeux, pensa qu'elle avait abusé du whisky la veille et que c'était là un effet-retard comme certains médicaments en produisent. Elle remit en marche la ponceuse, mais il fallut bien l'arrêter, car l'image s'imposait, occultait tout.

Elle abandonna son travail, rentra, s'affala dans un fauteuil. Vinrent les ténèbres. Ni désarroi, ni affolement : le sentiment d'un mur derrière lequel elle devinait une lumière, si vive, brûlante, qu'elle recula, épouvantée. Elle chercha la bouteille de whisky bien que la matinée fût à peine avancée, prit une rasade, la jeta par la fenêtre, vaqua toute la journée à l'inutile et au futile, arriva au soir très accablée, prit trois cachets pour s'endormir et y parvint.

Laura C.

Le lendemain, elle y pensait à peine, sauf pour s'étonner, tout en ponçant, d'être presque libérée de cette vision. Mais celle-ci revint dans l'après-midi, avec un prodigieux relief, alors qu'elle commençait à enduire le bois. Il fallut à nouveau cesser le travail. Elle rentra, tourna le bouton de la radio, entendit une cantate de Bach qui la réjouit. Elle se dit que Dieu l'appelait et qu'elle pouvait au moins tenter de lui répondre. Mais elle était incapable de rassembler idées ou sentiments.

Des heures durant, le cerveau vide, elle éteignit des cigarettes qu'elle venait d'allumer par automatisme. Puis elle retrouva les Evangiles sous une pile de livres, les lut et relut de bout en bout, toute la nuit, et jugea qu'ils n'étaient qu'un tissu de contradictions. Les péchés étaient remis, il fallait aimer ses ennemis, ne pas juger pour ne pas l'être, mais Dieu avait ses élus et ses damnés. Pis encore, Il révélait la vérité aux uns et la cachait aux autres. Toute personne honnête et douée d'un peu d'esprit logique ne pouvait donc que douter. Elle eut le sentiment d'avoir été dupée, se remit au travail au petit matin. Amère et épuisée.

Quelques heures plus tard, le téléphone sonna. L'hôpital. Joseph était mort dans la nuit.

A la messe d'enterrement, elle se surprit à remercier Dieu d'avoir libéré le pauvre paysan. C'était la première fois depuis des années qu'elle s'adressait à Lui. Elle pensa qu'elle devrait aussi prier pour Susanne et Jakob, et Francesca, mais Karl aussi, s'il fallait vraiment aimer ses ennemis. Cette idée la révolta, elle voulut quitter aussitôt la petite église humide et froide comme une cave, se contint à grand-peine.

Laura C.

Le soir, elle retrouva, parmi les livres amassés dans toutes les pièces de la maison, les œuvres de Thérèse d'Avila, feuilleta *Le Château intérieur*, s'arrêta à quelques pages où Thérèse disait à peu près à ses religieuses : pourquoi voulez-vous que les hommes se respectent entre eux puisqu'ils ont mis Dieu en croix? C'était le bon sens, qui la réconforta. Elle feuilleta encore, trouva des chapitres qui traitaient de l'expérience mystique. Mais elle ne se voyait pas tombant en transe ou s'élevant dans les airs.

Elle alla se coucher et, pour une fois, s'endormit vite et bien, sans le secours d'aucun alcool ou cachet.

Lorsqu'elle s'éveilla le lendemain, le soleil était déjà haut dans le ciel. L'image du bûcher de livres se dessinait sur le mur de la chambre. Elle en fut à peine surprise, se promit de racheter ceux qui avaient brûlé, et se réjouit de cette décision. Une conviction s'imposa à ce moment : toute créature, si lamentable qu'ait été sa carrière terrestre, jouit de la plénitude de Dieu dans l'au-delà. Toute créature, Karl compris? « A première vue, nota-t-elle le jour même, l'idée que les bourreaux et les victimes puissent être fraternellement confondus dans une même félicité est aussi choquante que la parabole de l'ouvrier de la onzième heure payé au même tarif que ceux qui avaient trimé toute la journée le fut pour les premiers disciples. Mais à mon avis, si Jésus est venu sauver l'humanité, ce ne peut être que tout ou rien, tous ou personne. Et rien n'est aussi difficile à concevoir. Y compris pour... » Elle ne poursuivit pas. Elle songeait à Karl qui avait été aussi un mari et un père aimant. « Ma Lauraleï. » Les jeux sur la plage de sable blanc. Elle pleura. De bonheur peut-être.

Quelques minutes plus tard, le facteur qui apportait

369

les journaux parisiens auxquels elle restait abonnée la trouva devant sa porte, en salopette, les cheveux rassemblés dans un foulard, affairée à poncer et enduire les derniers rayonnages.

La bibliothèque fut bientôt montée, les livres rangés. Le dimanche suivant, elle la contemplait, satisfaite de son œuvre, quand son regard glissa, machinal, jusqu'à la fenêtre. Elle vit alors les arbres du jardin devenir transparents, ou lumineux : elle ne trouvait pas le mot exact. Elle se crut victime d'une hallucination. Mais son esprit, à l'instant, bref, de cette vision – fallait-il dire vision ? – n'était occupé que de sa bibliothèque. Elle n'avait pas touché au whisky depuis huit jours. Et ce qu'elle avait vu – ou imaginé ? – l'avait à peine étonnée.

Elle se lança dans le nettoyage du sol, où les livres avaient laissé leurs poussières.

Le soir, elle pensa que Dieu cherchait à lui faire comprendre quelque chose : la résurrection des corps signifie que ce ne sont pas seulement les esprits, les âmes, mais la Création tout entière qui était sauvée.

Cette histoire la « turlupinait », c'est le mot qu'elle employa dans ses notes. Elle avait le sentiment de vivre à la fois sur cette terre corrézienne et ailleurs. Un jour où elle faisait ses courses dans l'unique épicerie du village, qui servait aussi de buvette, et où un quarteron de vieux retraités disputaient une éternelle belote, elle les entendit parler de l'au-delà et répéter, rieurs, qu'ils n'étaient pas pressés d'y aller voir. Elle se mordit la lèvre jusqu'au sang pour éviter de leur dire qu'elle le connaissait, elle, et que c'était très bien. Mais dès son retour à la maison, elle se traita de folle orgueilleuse : rien ne prouvait que Dieu ait voulu lui adresser un message.

Laura C.

Survinrent des semaines d'épreuve, d'épouvantable angoisse. Elle ne parvenait plus à prier, tremblait de solitude, recourait au whisky, alla jusqu'à Clermont-Ferrand consulter un psychiatre – un homme au doux visage parfois animé d'un tic de la paupière droite – qui l'écouta beaucoup avant de lui prescrire des calmants. Elle roulait si vite, dépitée, sur la route du retour que deux motards de la gendarmerie la prirent en chasse et lui annoncèrent qu'elle risquait une suspension de son permis de conduire. Elle leur rit au nez, ce qui les vexa. Ils inspectèrent sa voiture en détail, trouvèrent motif à deux contraventions supplémentaires, qu'elle accueillit avec une indifférence qui les vexa plus encore. Elle se disait à cet instant précis que si Dieu s'était manifesté à elle de diverses manières, l'avait bousculée pendant des semaines, c'était pour lui confier une mission : commenter l'Evangile, en dévoiler le sens à ses contemporains.

Elle y travailla pendant trois ans, abandonnant parfois, reprenant toujours dans l'allégresse. Bouleversée certains jours d'amour pour Dieu. Incapable, à d'autres, de Lui lancer autre chose que « SOS, je suis embourbée, tire-moi de là si tu veux que je m'occupe de tes affaires ». Toujours animée par la volonté de dire aux chrétiens qu'à force de taper sur les clous de la Croix ils avaient oublié l'essentiel, la Résurrection qui vient ensuite, la divinisation de l'homme, de tous les hommes. Revenant toujours à cette idée : « Le Père aime ses créatures d'un amour inconditionnel et toutes seront divinisées également, sans considération de leurs mérites. Du point de vue de Dieu, il n'y a pas de dif-

férence entre un criminel et un saint. C'est manifeste-
ment une idée clé de l'enseignement de Jésus. Chaque
individu est irremplaçable au point que Dieu s'en va
personnellement en quête de celui qui lui tourne le
dos. »

Celui qui lui tourne le dos. Le criminel. Son père.

Elle conclut après trois ans que le message qu'elle avait mission de porter serait accessible au plus grand nombre si elle utilisait la forme du roman. Elle en écrivit plusieurs, les adressa à des éditeurs, éprouva à nouveau les angoisses des longues attentes qui se terminaient toutes de la même manière : une lettre, polie, indiquant que son manuscrit ne correspondait guère au style des publications de la maison. Elle rédigea alors un nouveau texte, plus autobiographique, qu'elle envoya à des maisons d'édition religieuses. Lesquelles s'inquiétèrent des passages relatifs à ses visions et ses expériences mystiques. Ce qui ne la surprit pas : elle avait compris, de longue date, que le rationalisme a trouvé le plus sûr refuge dans les Eglises, tellement anxieuses de montrer que la foi peut faire bon ménage avec la science et l'intelligence, qu'elles craignent, d'instinct, tout ce qui ressemble à une intervention directe de Dieu dans la vie des hommes.

Lasse d'être ainsi éconduite, elle se sentit prête à mourir. Elle en avait souvent rêvé, jusqu'à essayer parfois. Elle était décidée à se sacrifier. Mais elle considéra – et nota – que Dieu ne demandait pas aux hommes de monter sur la croix puisqu'Il s'en était chargé une fois pour toutes. Ce jour-là, elle chercha, et retrouva le petit christ d'ivoire resté parmi les cendres lorsqu'elle avait lancé le crucifix dans les flammes et qu'elle n'avait pas eu le cœur de jeter ensuite.

Elle s'était peut-être trompée sur la volonté de Dieu – par orgueil, à coup sûr par orgueil –, en supposant qu'Il l'avait chargée d'un message. Il attendait autre chose. Mais elle ne se voyait pas entrer dans un ordre contemplatif. On la jugerait indisciplinée et un peu hérétique, et ses supérieures finiraient par la rejeter en l'accablant de bonnes paroles sincères. Elle songea à rejoindre les chiffonniers d'Emmaüs, puis renonça aussi, persuadée qu'elle leur donnerait plus de tracas que de secours, qu'elle trouverait chez eux des alcooliques et s'ajouterait au lot, qu'ils seraient obligés de lui affecter un ange gardien avec pour seule mission de la ramasser.

Elle s'enivra plusieurs jours de suite, se reprit un matin et arrosa son jardin de whisky, s'amusa à jeter les bouteilles contre les arbres. Quand elles furent brisées, elle demanda à Dieu pourquoi Il la gardait en vie puisqu'elle était inutile et n'avait même plus l'énergie de se battre. La réponse, nota-t-elle, « a été stupéfiante. Il veut que je le désire afin d'entrer dans l'éternité en radieuse épousée et non pas à quatre pattes, en instrument usé et brisé à son service ».

Dieu la demandait en mariage. Elle en fut revigorée et décida de se préparer. On la revit dans le village. Elle fréquenta de nouveau les salons de coiffure de la ville, se cuisina de véritables et riches repas, retourna à

Clermont-Ferrand – cette fois pour acheter vêtements, parfums et bijoux dans les magasins chics –, renoua par lettres avec quelques relations qu'elle avait gardées à Paris. Dieu voulait, écrivit-elle à une jeune collègue oubliée depuis des années, « la femme totale et non une version mutilée ».

Quand l'été resplendit, elle se jugea prête, se farda, passa à son doigt une alliance.

Elle nota encore : « Dieu ne nous veut pas amoindris et sacrifiés. Quand Jésus lave les pieds de ses disciples, nous pensons que nous devons toute notre vie en faire autant. Alors que nous sommes l'enfant prodigue que le Père serre dans ses bras. Ce message, c'est un cadeau que Dieu est prêt à offrir à chacune de ses créatures pourvu qu'elle veuille bien le recevoir. »

Suivait cette question inquiète : « Mon Dieu, faut-il que tout cela s'engloutisse avec moi dans la tombe? »

Quand, le lendemain, les pompiers du bourg détachèrent de la poutre où elle s'était pendue son corps paré d'une superbe robe de soie, ils trouvèrent à ses pieds, sur le sol de la grange, un christ d'ivoire jauni par d'anciennes flammes et une petite marionnette de bois représentant un clown. On plaça le christ dans son cercueil. Le plus jeune des pompiers emporta la marionnette pour la donner à sa fille, dont c'était le premier anniversaire.

Le notaire eut un petit rire. Qui s'éteignit aussitôt. Je le jugeai stupide, indécent. Avant de comprendre qu'il n'était qu'un réflexe, une arme contre l'émotion.

Il jouait avec un petit cordon blanc, le tendit soudain.

– Elle s'est pendue avec un morceau de ficelle qui n'était pas plus gros que cela, souffla-t-il. Pas plus gros. On ne croirait jamais, n'est-ce pas? ... Le matin, elle avait rangé ses papiers, tout préparé. C'est ce jour-là qu'elle m'a écrit.

Nous l'écoutions, immobiles, atterrés. Il tira d'une pile un mince dossier vert aux coins cornés, en sortit une lettre, remonta de l'index ses lunettes, lut :

– 10 août. Cher Maître. Après avoir pesé le pour et le contre, je préfère me tuer. Je vous prie de conseiller au mieux Mademoiselle Dunant...

Je n'écoutais plus. 10 août. J'avais reçu, moi aussi, une lettre de Laura C. écrite ce matin-là. Et qui avait quelque peu tardé à me rejoindre en vacances. Elle m'annonçait son suicide. Enfin, presque : comme une intention plus qu'une décision. Avec ces mots : « Ne vous mettez pas martel en tête. Si je meurs, j'aurai passé les dernières années de ma vie à commenter l'Evangile.

Laura C.

Quelle que soit la valeur du résultat, peu d'êtres humains ont une telle chance. » Suivaient ses « sentiments les meilleurs », comme dans la plus banale des correspondances. Et la signature, en longues lettres qui pointaient très haut : Laura C. Enfin, un post-scriptum m'annonçait qu'elle me léguait ses « œuvres littéraires ».

Impossible de téléphoner. Je lui écrivis aussitôt. Sur le thème : ne faites pas de bêtises, je vous aime bien.

Ce suicide, je n'y croyais guère.

Je connaissais à peine Laura C., je ne l'ai jamais rencontrée.

Je n'ai gardé ni trace ni mémoire de sa première lettre, quelques années plus tôt. Elle me donnait, j'imagine, son sentiment sur un article où j'évoquais des problèmes religieux. C'est, dans la presse, l'une de mes spécialités. Je lui répondis, comme il se doit. D'autres lettres suivirent. Trois ou quatre peut-être, en trois ou quatre ans, que je n'ai pas gardées davantage que la première : après un quart de siècle de correspondance avec des inconnus, j'avais renoncé à tout archiver.

Par la suite, arriva un colis : le manuscrit d'un commentaire d'Evangile qu'elle avait composé. Elle me demandait avis et conseils. J'ai craint le piège : d'ordinaire, ces situations vous brouillent définitivement avec l'auteur quand vous finissez par lui avouer la totale absence d'intérêt de ses écrits. Ce fut au contraire une heureuse surprise. Une pensée vigoureuse et souvent originale s'exprimait en des formules qui ne l'étaient pas moins. Laura C. avait du style. Restait à mettre de l'ordre dans ses idées, à transformer ces matériaux de qualité en un vrai livre. Ce que je lui ai alors écrit, me semble-t-il.

378

Laura C.

Enfin, le silence. Jusqu'à cette lettre du 10 août 1980. J'avoue que j'ai cru, un instant, à un chantage : des auteurs en quête d'éditeur utilisent parfois, pour obtenir un appui, les moyens les plus inattendus. Mais cette hypothèse ne résistait pas à la réflexion : ce n'était pas la manière de ma correspondante inconnue. Un accès de dépression, en revanche, paraissait probable. Je voulus y croire, oubliai un peu, lui adressai une deuxième lettre qui resta sans réponse. Le silence. Jusqu'à la correspondance du notaire. Laura C. était morte, il tenait à ma disposition un petit paquet de papiers et de manuscrits : mon héritage. Ce qui me troubla fort. Comme un cadeau qui vous échoit par erreur sans possibilité de renvoi à l'expéditeur. Ou comme un mystérieux message.

J'ai tardé quelques mois. Puis nous avons traversé la moitié de la France, Edith et moi, pour nous retrouver dans ce bureau étroit, aux murs verdâtres et nus. Le notaire, guère troublé par cette histoire, en homme habitué à partager entre les vivants les dépouilles des morts, sympathique pourtant, ajoutait quelques détails, racontait ce qu'il savait de Laura C. Peu de choses, mais qui ajoutaient à l'émotion ; elle vivait seule et avait légué sa maison à sa femme de ménage, cette Mademoiselle Dunant dont parlait sa lettre ; elle était arrivée dans la région une dizaine d'années auparavant. Enfin, peut-être la clé : le nazisme, la guerre l'avaient bousculée, maltraitée, cassée à jamais.

— Elle était d'origine allemande. Sa mère, maîtresse d'un juif, là-bas, à Berlin. Et le père dans la Gestapo. Vous imaginez ? Ils se sont enfuis en la faisant passer pour une juive. Mais son père la recherchait. Là-dessus, la guerre est arrivée. Alors, vous comprenez...

Il n'en dit pas plus. Il n'en savait pas plus peut-être.

Laura C.

Nous n'avons pas eu le courage de le lui demander. Nous sommes partis comme on fuit.

Dans la voiture, nous n'avons pas échangé cinq phrases. Ou des banalités. Laura C. nous accompagnait avec son paquet de papiers posé sur le siège arrière. Il pleuvait des cordes. Le vent torturait les arbres au bord de l'autoroute. La nuit tomba vite.

Le soir, nous avons ouvert le carton, regardé les manuscrits. Le commentaire d'Evangile s'y trouvait, elle ne semblait pas l'avoir beaucoup corrigé. Des romans aussi, que l'on devinait autobiograhiques par endroits. Mais impubliables. Il suffit souvent de lire cinquante pages d'un texte pour être fixé ; tous les éditeurs vous le diront. Elle avait d'ailleurs essuyé de leur part rebuffade sur rebuffade, toujours polies. Quelques lettres en témoignaient. Un annuaire de l'édition aussi, où elle avait coché les noms de ceux qu'elle sollicitait.

Ce que je lisais concernait un amour, une passion, pour un homme impuissant ou feignant de l'être. Je ne suis pas allé plus loin. J'ai refermé les manuscrits et le carton. Le sentiment de me conduire en voyeur était trop fort. Je ne me sentais aucun droit de faire irruption dans cette vie, de me l'approprier, comme si j'avais dépecé ce cadavre.

Pour la même raison, je n'ai pas cherché à enquêter sur Laura C. J'aurais pu interroger quelques témoins. Des noms apparaissaient dans ces papiers, avec adresses et numéros de téléphone. Journaliste, j'ai souvent mené de telles recherches. Et constaté que chacun raconte volontiers les autres, ce qui permet, mine de rien, de parler de soi.

Je n'ai pas eu ce courage, ou cette impudeur.

Le paquet est resté une douzaine d'années au fond

Laura C.

d'une armoire, dans la pièce la plus obscure de l'appartement, jusqu'au jour où s'est imposée l'évidence : je devais raconter cette vie. Et puisque les manuscrits, à coup sûr, ne m'en livreraient pas grand-chose, je devrais beaucoup inventer, beaucoup imaginer, avant d'offrir ce cadeau à Laura C. Et je changerais en outre les noms et les lieux, la plupart des détails, afin de ne pas mettre en cause des tiers.

Si je suis l'auteur de chacune des lignes de ce livre, si j'en ai conçu de toutes pièces la plupart des épisodes, si les portraits, les propos et bien des personnages sont le fruit de ma seule imagination, je prie que l'on se souvienne du rôle de Laura C. : elle en fut l'inspiratrice. Mais c'est quand même un roman.

J. D.

Cet ouvrage a été réalisé par la
SOCIÉTÉ NOUVELLE FIRMIN-DIDOT
Mesnil-sur-l'Estrée
pour le compte des Éditions Grasset
en février 1994

Imprimé en France
Dépôt légal : février 1994
N° d'édition : 9365 – N° d'impression : 25986
ISBN : 2-246-44901-4